열여덟, 소녀를 내게 줘

평탕 지음
문현선 옮김

열여덟, 소녀를 내게 줘

묘
보
설
림
—
18

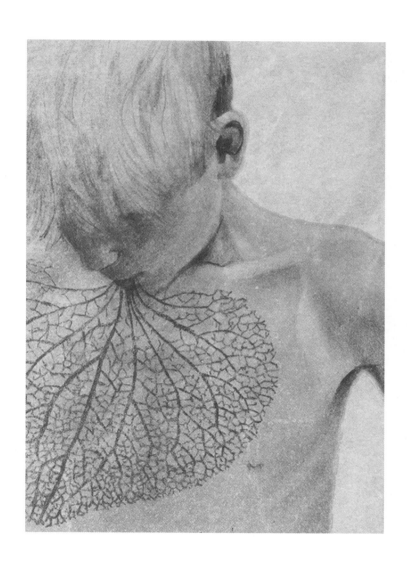

글항아리

차례

Y에게.

그때 나는 한 평생이 이토록 짧을 줄은 미처 알지 못했다.

서언

글을 쓰는 것은 자기를 속이거나 남을 속이기 위해서다

시간적으로 말하자면 이 책은 『만물생장萬物生長』의 전편에 해당하지만, 내용적으로는 『만물생장』과 어떤 관련도 없다. 나중에 『만물생장』의 후편을 쓸 수도 있을 것이다. 베이징에서 미국으로 건너갔다가 거기서 살아남지 못하고 베이징으로 돌아오는 찌질한 사랑 이야기, 제목은 일단 「베이징의 동쪽, 뉴욕의 서쪽」으로 정해둔다.

『열여덟, 아가씨를 내게 줘』를 쓰게 된 동기는 무척 단순하다. 내가 완전히 잊어버리기 전에, 내가 맨 처음 경험한 폭력과 욕망의 감각을 기록하고 싶었다.

17~18세의 사내아이는 군용 크로스백을 비스듬히 걸쳐 맨 채 다녔고 가방 안에는 식칼 한 자루가 들어 있었다. 허리는 아직 꼿꼿했고 한가운데 빗장처럼 페니스가 곧추 서 있었다. 마찬가지로 날카로운 도구이지만 남자와 여자의 몸에 찔러 넣었을 때 두 가지 무기는 서로 다른 붉은 빛을 띤다.

그 시절에는 온갖 꽃이 흐드러지고 꾀꼬리가 떼를 지어 어지러이 날았다. 호르몬 분비가 워낙 왕성할 때라 무엇이든 반듯하게 각이 잡히는 법이 없었다. 하늘로 올라가든 땅으로 내려가든, 날개 돋쳐 나는 새나 네 발로 기는 짐승에 가까웠다. 그러나 이와 같은 생명의 충동은 곧이어 이른바 사회가 던진 커다란 벽돌에 찍히고 말았다. 두 눈을 둥그렇게 부릅뜨고 나름의 재주를 펼쳐 보이려다 순식간에 무너지고 만 것이다. 사회 경험이라는 것이 생긴 뒤, 나는 난징으로 놀러갔다가 우연히 주원장이 모초우 호수의 정자에 쓴 대련을 보았다. "세상은 장기판과 같으니 오직 천고의 위업을 얻으려 다툴 뿐이네, 고운 인정 물과 같으니 여섯 왕조의 봄을 지나 어느 때나 멈출까 世事如棋, 一著爭來千古業. 柔情似水, 幾時流盡六朝春." 그때 다섯 줄기의 벼락이 머릿속을 뒤흔들었다. 좆같이. 나는 또 저 크고 작은 니미럴 놈들에게 속은 것이다. 주원장이 쓴 대련의 글을 직접 옮기면 이런 내용이 될 것이다. "너울 짓는 물을 잔잔히 가라앉히고 조심해서 운명대로 머리를 묻고 살아가라. 착실하게 싸우면서 여자를 꼬시란 말이다. 주원장은 유명한 건달이었다. 그는 무리를 모아 일을 도모했고 여인을 꾀어 아내로 삼았으며 형제를 잔혹하게 살해하고 종교를 이용해 출세했다. 하는 일마다 성공했고 인생 경력이 풍부한 사람이었으니, 그의 말에는 틀림없이 일리가 있을 것이다.

그 시절 베이징은 강물처럼 너울졌다. 가장 자주 보이는 글자는 '철거'라는 말이었다. 담벼락의 글자는 대부분 노동자들이 손으로 쓴 것이었다. 하얀 페인트로 반듯반듯하게 쓰인 글자 주위에는 동그라미가 그려져 있거나 가위표가 쳐져 있었다. '철거'는 '파괴'와는 다르다. '철거'는 '파괴'보다 다소 복잡하다. 단순하게 단도직입적으로 행할 수 없으며 세심한 고려가 필요한 것이다. 원래는 당시 발생했던 일이나 감정을 반영하는 제목을 붙일 생각이었다. 그러나 출판사에서는 제목이 너무 평범하다며 싫어했고, 게다가 동시대의 예술가들이 이미 쓸 만큼 써버린 제목들이기도 했다. 눈길을 끌지도 못하고 독창성도 없기에 그만두었다.

그 시절에 나는 추이젠崔健의 노래를 불렀고 그의 차림새와 행동거지를 주시하면서 걸핏하면 우리 패거리가 모시는 형님인양 굴었다. 그가 부르는 한 마디 노래 가사를 떠올리며, 기회가 주어지면 언제든 힘을 보여줄 생각이었다. "해보자, 처음으로 뭔가를. 열여덟 네게 한 아가씨가 왔을 때처럼." 나는 고쳐봐야겠다고, 더 나은 제목을 붙여보자고 생각했다.

1. 주상

　나는 이 아파트로 이사 오기 전부터 늙은 건달 쿵젠궈가 주상의 엄마에 대해 이야기하는 것을 들었다. 늙은 건달 쿵젠궈는 주상의 엄마야말로 '진짜 여자'라고 말했다. 주상과 처음 마주쳤을 때 나는 결심했다. 수단방법을 가리지 않고 그녀와 일생을 보내야겠다고.

　열여덟 살 소년에게는 시간관념이 없다. 일생은 종종 영원이라는 뜻이었다.

2. 단단해지면 돼

그것이 바로 패기고, 이상이며, 상남자라는 거야.

"넌 지금 아직 어리니까 모르겠지. 하지만 이건 중요한 일이야. 아주 중요하지. 생각해봐. 네가 내 나이가 되면 아무도 없었는지 스스로 물어 보게 된단 말이야. 어려서부터 다 클 때까지, 일생동안 그런 아가씨가 있었는지? 그런 얼굴, 그런 몸매, 그런 느낌, 너를 단단하게 만들고, 발딱 일어서게 만들고, 해버리고 싶게 만드는 그런 아가씨 말이다. 그러고 나서는 설사 네 꼬마가 누군가에게 갈가리 찢겨서 바싹 마른 육포가 되더라도, 그대로 어디 구치소에 처박히거나 수형 번호를 달고 옥살이를 하게 되더라도. 그 전에는 틀림없이 단단해지고 발딱 일어서고 해버리고 싶어지는 그런 아가씨. 그런 아가씨라야 네 '진짜 여자'가 되는 거다. 이 거리에 천 명이 있어도 오직 한 사람만이 스스로에게 그런 질문을 할 수가 있지. 천 명이 이런 질문을 하더라도 오직 한 사람만이 긍정적인 대답을 할 수가 있어. 천 명이 긍정적인 대답을 하더라도 오직 단 한 사람만이 결국 그 일을 해낼 수가 있는 거야. 결국 그 일을 해내는 오직 한 사람만이 갑작스럽게 니미럴, 정말이지 온 힘이 사라지는 것을 느끼는 거야. 정말이지 쪼그라든 개좆이 되는 기분이지. 그래도 넌 찾으려고 노력해야 한다. 가서 해 버리는 거야. 그것이 바로 패기고, 이상이며, 상남자라는 거야."

그것은 어느 여름날 오후였다. 늙은 건달 쿵젠귀와 나는 커다란 회화나무에 기댄 채 이런 이야기를 하고 있었다. 울다가 멈추곤 하는 매미 소리는 시간이 꾸물대며 기어가고 있다는 사실을 알려주었다. 때때로 시원한 바람이 한 줄기씩 불기는 했지만 햇볕은 여전히 매섭게 내리쬐었다. 헐벗은 대지 위로 뭉텅뭉텅 쏟아지는 빛 때문에 바싹 마른 먼지들이 이리저리 물보라처럼 튀었다. '목 맨 귀신'이라 불리는 초록색 벌레들이 회화나무 잎사귀에서 뽑아낸 가느다란 실에 매달린 채 허공에 이리저리 흔들리고 있었다. 막 잠에서 깨어난 쿵젠귀는 웃통을 벗은 채였다. 그의 몸은 아직 건장한 편이었지만 아랫배는 흘러넘치는 중이어서 배꼽만 움푹 패여 있었다. 얼굴에 빗겨 그은 칼자국 하나가 유난히 눈에 띄어 창백하고도 자상하게 보였다. 폴리에스테르 군복 바지에 질끈 동여맨 허리띠 위에 일렬로 뚫린 4개의 버클은 닳을 대로 닳아서 나이테처럼 늘어나는 쿵젠귀의 뱃살을 기록하는 듯 보였다. 가장 안쪽의 버클은 몇 년 전 여름에, 그 다음 버클은 몇 년 전 겨울에, 다음은 지난해 겨울에 닳아버렸고, 지금은 가장 바깥쪽에 와 있었다. 쿵젠귀는 언제나 왼쪽으로 기댄 채 낮잠을 잤기 때문에 왼쪽 몸에는 대나무 자리에 눌린 자국이 선명했고, 피부에는 얇은 대나무살 두 조각까지 붙어 있었다. 봉두난발의 늙은 건달 쿵젠귀는 여기까지 말한 뒤 다첸먼 한 개비에 불을 붙이고는 이맛살을 찌푸리며 담배를 빨아들였다.

나의 아버지는 어린 시절 사숙私塾에 다닐 때 오리알을 인공 부화시키듯 억지로 『삼자경三字經』『백가성百家姓』『천가시千家詩』와 사서오경을 모조리 암기했다고 한다. 한 문장도 이해하지 못한 채로. 어른이 되어 다시 떠올려보니, 소가 엊그제 점심으로 먹은 풀들을 되새김질하듯이 조금씩 이해되는 곳이 있더란다. 마침내 깨달은 바가 있어서 지금 일하는 직장에서는 보고를 할 때마다 언제나 "천 년 역사의 부침을 헤아리니, 뉘와 함께 역사의 흐름을 논할까浮沈千古事, 誰與問東流" 같은 구절을 한두 개씩 끼워 넣곤 했다. 덕분에 25세 이하와 50세 이상의 여성 동지들은 아버지가 재능 있고 고풍스럽다고 여기고 그 세대 여성 동지들은 모두 아버지를 상남자라고 여겼다.

늙은 건달 쿵젠궈가 들려준 말을 나는 한 마디도 알아듣지 못했다. 나도 막 낮잠에서 깨어났기 때문에 머릿속은 온통 저녁 먹기 전까지 뭘로 시간을 때우나 하는 생각뿐이었다.

나는 쿵젠궈가 보기 드물게 심오한 견해를 가졌다고 여겼다. 말을 하는 것만 봐도 그렇다. 질문을 하는 방식, 대조나 비유를 하는 방식, 끝말잇기를 하는 능력 등이 모두 국어 선생님 같다. 마치 아닌데도 그럴 듯하게 사실인 듯 미덥게 들린다. 마음이 근질근질한 것은 틀림없이 해야만 하는 일이 있어서다. 나 역시 경험이 있다. 예를 들어 갑자기 오줌이 터질 듯해 까치발로 변소를 찾아 온 거리를 헤맸던 것, 다섯 살 때 옷장 위에 숨겨진 사치마薩其馬[찹쌀 반죽을 튀겨서 엿에 버무린 간식]가 미치도록 먹고 싶었던 것, 열다섯 살 생일에 흰 바탕에 푸른 갈고리 모양이 그려진 나이키 하이탑 농구화를 갈망하던 것처럼.

이제 와 생각해보니 새삼 두렵다. 만약 쿵젠궈가 사숙 선생처럼 날 붙잡고 오리알을 인공 부화시키듯 억지로 가르치지 않았다면, 나는 줄곧 터질 듯 다급해서 변소를 찾아 헤매고 사치마와 나이키 하이탑 농구화를 미치도록 갈망했던 것처럼, '진짜 여자'를 찾아 헤매느라 일생을 소모했을지 모를 일이다.

3. 여자 건달을 잡아라

그녀들은 발목에까지 황금 발찌를 달고 딸랑거리며 꼬리를
쳤다.

늙은 건달 쿵젠궈는 이미 꽤 늙었다. 나보다 스물, 서른은 더 많은
나이였다. 전통극 연기자들과 마찬가지로 건달들도 네댓 살 무렵에
평생이 결정된다. 벽돌에 맞아서 바보가 되든 꼬챙이에 찔려서 피를
질질 흘리며 쓰러지든, 꽤 이름을 날리던 늙은 건달들이 한 세대 아
래 새파란 건달들 손에 사라지고 말 운명인 것도 전통극 연기자들과
매한가지였다. 그래서 나이로 치든 이 바닥의 항렬로 논하든 간에 나
와 늙은 건달 쿵젠궈는 적어도 대여섯 세대는 족히 차이가 났다.

나는 그때 열일고여덟 무렵이었다. 부모가 동쪽으로 가라 하면 반
드시 서쪽으로 가버리는 그런 나이였다.

이 아파트로 이사 오기 전에 우리 엄마는 위층이고 아래층이고
할 것 없이 대부분 반듯하고 단정한 분들이라고 거듭 강조했다. 얼마
든지 안심하고 아양을 떨며 할아버지, 할머니, 삼촌, 이모라고 불러도
되고, 절대 손해 볼 일이 없으니 사탕을 주시면 달라 하고 돈을 주셔
도 받으라고 말이다. 그 집 아이들이 트집을 잡는다면 나도 나름의

판단 기준이 있었다. 만약 우세를 점할 수 있다면 한 대 갈겨주면 된다. 얼굴이 아니라 배꼽 아래쪽을 잘 노려서 죽지 않을 만큼만 패 주는 것이다. 그러나 내가 반드시 피해 다녀야만 하는 두 부류의 사람들이 있었다.

그중 한 부류는 처車씨 성을 가진 조선족 쌍둥이 자매였는데, 아련히 곱게 그린 눈썹 아래 두 눈이 봄날 복사꽃처럼 반짝이곤 했다. 둘은 얼굴이 무척 닮았고 어깨까지 늘어뜨린 머리 길이도 꼭 같았지만 몸매는 차이가 있었다. 한 명은 몸집이 작은데도 오밀조밀 들어가고 나올 데가 분명했고, 다른 한 명은 몸매가 아주 탄탄한데다 가슴이 하염없이 빵빵했다. 그래서 작은 쪽은 얼처二車, 큰 쪽은 다처大車라 불렸다. 이제 막 개혁개방이 시작된 무렵이었는데, 얼처와 다처는 우리와 다른 족속인 양 유달리 기이한 차림새를 하고 다녔다. 우리 엄마는 예리한 눈썰미로 그 모습을 보고 "발목에까지 황금 발찌를 달고 딸랑거리며 꼬리를 친다"고 분석했다.

다처와 얼처는 언제나 같이 들어오고 같이 나갔다. 그녀들이 차를 몰고 건물 주차장으로 들어올 때마다 나는 들고 있던 교재와 숙제 공책을 내려놓고 베란다로 달려가 납작 엎드린 채 그들의 기이한 차림새를 주시했다. 이번에는 그녀들이 어떤 사람들을 끌어들이는지, 그녀들의 또렷한 가르마와, 가르마 양편으로 흘러내린 윤기 흐르는 검은 머리카락을 주시했다. 그때는 아직 헤드앤숄더 샴푸가 없었고, 아직 징쑹샤오취勁松小區에 농경지가 남아 있었고, 여름이면 논두렁에서 청개구리도 잡을 수 있었으며, 무장 경찰들과 군인들은 주변에서 돼지를 키우고 양을 쳤다. 그때 나는 머리를 감을 때 덩타燈塔표 비누를 썼는데, 비누칠을 하면 머리털이 돼지털로 만든 커다란 붓이 되어버린 느낌이었다. 그러나 나는 똑똑히 기억한다. 다처와 얼처의 머리카락에는 비듬 한 점 보이지 않았다. 그 치렁치렁한 머리카락은 마치 비료를 충분히 먹고 자란 농작물처럼 반질반질 윤기가 돌았을 뿐만 아니라 싱싱한 푸른빛을 띠고 있었다. 그 눈부시게 반짝이는 머리카락에 눈길이 닿으면 잠시도 붙어 있지 못하고 미끄러져 땅바닥으로 떨어져버릴 듯싶었다. 내 눈길은 그녀들의 머리카락을 따라 그대로 미끄러져 눈처럼 하얀 가슴 언저리를 번개처럼 스치고 지났다. 나도 모르게 노랫가락이 흘러나왔다. "조그만 흰 토끼 희기도 희구나. 커다란 두 귀 쫑긋 세우네."

당시 우리 아버지는 직장 내에서도 무척 바쁜 사람이었다. 모두의 이익을 대표해 나가서 돈을 버느라 일 년 내내 집 밖에 있었다. 우리 누나는 머리의 열을 식히려고 머리카락을 밀어버릴 만큼 착실한 학생이었다. 비할 바 없이 열심이었지만 그래도 일등은 하지 못했고 같은 반 남학생들 마음속에서 최고의 짐승이 될 수도 없었다(공부 잘하는 여학생은 모두 짐승이다). 그래서 고개도 들지 않고 더더욱 열심히 노력했다. 우리 엄마는 직장에서 나눠준 작업용 목면장갑을 끼고 퇴근했다. 그런 뒤에 장갑 실을 다 풀어서 나와 누나에게 하얀 목면 옷을 떠주었다. 바람은 한 올도 막아주지 못하면서 탄성이라고는 1도 없는 옷이었다. 모름지기 속옷을 뜨개질할 거라면 아침마다 서는 내 물건의 크기를 고려해야 하거늘 우리 엄마는 생각이 나보다 짧아서 도무지 이 점을 고려하지 못했다. 엄마는 풀어놓은 실로 뜨개질을 할 때면 실마리가 풀리기 시작한 장갑을 뒤집어놓은 의자 다리 위에 꽂고 맞은편에 앉았다. 엄마는 너무 심심한 나머지 언제나 수다 떨 상대를 찾곤 했다. 그 시절 텔레비전은 9인치 흑백텔레비전이었는데 별로 보고 싶어 하지 않았던 것 같다. 엄마는 걸핏하면 텔레비전 MC들은 지능이 너무 낮다거나 머릿속에 똥이 가득하다고 욕하곤 했다. 누나는 언제나 열심히 공부 중이었기 때문에 엄마는 나를 불러 수다를 떨곤 했다. 내게는 넉살좋게 수다를 받아주는 시답잖은 재능이 있었다. 엄마는 나중에 나한테 시집올 여자가 복을 받은 거라고 했다. 나를 부르면 수다를 떨 수 있어서 머리 나빠지는 바보상자를 볼 필요도 없고 전기도 아낄 수 있으니 평생 골치 아플 일이 없을 거라고 말이다.

엄마가 말했다. 마음 가라앉히고 공부를 해. 걸핏하면 향기에 취해 베란다로 달려가지 말고. 내가 말했다. 높이 나는 새가 멀리 보는 거예요. 시력 보호 훈련을 하는 거라니까. 높이 올라가서 멀리 보고 휴식을 취하는 거지. 차를 타고 내리는 사람이 누군지, 아빠가 그 사이에 교묘하게 변장하고 숨어든 건 아닌지, 확실히 망을 본 뒤 엄마한테 보고하려고 한 거라고. 엄마가 말했다. 차타고 다니는 사람은 다 좋은 사람이 아니야. 나는 말했다. 차타고 다니는 사람들은 다 거리에서 제법 알아주는 대단한 사람인 것 같던데. 아빠도 그런 '급'이 될 수 있을지 모르잖아? 엄마가 말했다. 그 사람들이랑 아는 척도 하지 마. 내가 말했다. 그 사람들이 날 아는 척할 리 없어요. 그들은 특수임무를 맡은 여자 스파이고 난 겨우 훙샤오빙紅小兵[초등학교 2학년에서 6학년 학생들로 구성된 소년병]이니까. 홍군 대장이나 홍군 지부서기나 주임급은 되어야지. 허리춤에 기밀문서라도 숨기고 있지 않는한 그 사람들이 내 몸을 수색할 리 없다고요. 난 급이 아직 한참 떨어져요. 엄마가 말했다. 그 사람들이 네 허리춤에 기밀문서가 있다고 없는 말이라도 지어낸다면? 굳이 널 아는 척하면 어쩔 거야? 내가 말했다. 그럼, '이모, 난 아직 어려요' 하고 소리칠 거예요. 엄마가 말했다. 그래도 계속 널 상대하려고 하면? 내가 말했다. 그럼 이렇게 소리치죠. '여자 건달을 잡아라! 으악!'

아직도 장갑 세 켤레가 남아 있었다. 엄마의 목면 실은 아무리 풀어도 다 풀리지 않았고 그 실로 옷을 짜는 일도 끝나지 않았다. 끊임없이 이어졌다. 난 아직 어린아이였다. 그래서 대기 중에 언제나 감기 바이러스가 잠복하고 있는 것처럼, 거리에는 언제나 나쁜 사람들이 있다고 생각했다. 설사 아주 엄청나게 나쁜 사람은 없다 하더라도 좋은 사람들 중에도 상대적으로 나쁜 사람은 있는 법이다. 그래서 색안경을 끼고 보면 결국 그들은 특별히 나쁜 사람이 되고 말았다.

나는 감기 바이러스를 기다리듯 이 나쁜 사람들을 기다렸다. 심한 감기에 걸리면 나는 학교에 가지 않고 엄마도 출근을 하지 않는다. 게다가 엄마는 내게 쏸나이[중국식 요거트]를 사줄 거다. 도자기 병에 담긴 쏸나이는 위쪽에 흰 종이가 덮여 있고 병목 부분은 빨간 고무줄로 밀봉되어 있었다. 플라스틱 빨대가 종이를 뚫고 안으로 들어갈 때는 '푹' 하고 소리가 났다. 병원에서는 소독약 냄새가 났다. 늙은 여의사 샘은 늙어서 온 얼굴이 주름투성이였고 깔끔한데다 비쩍 말라서 마녀 할멈처럼 보였다. 젊은 간호사는 작고 흰 모자를 머리 위에 비스듬히 얹어서 함치르르하게 윤기 나는 머리카락을 감추고 있었다. 그들은 보통 마스크로 얼굴의 5분의 4를 가리고 있었고 한 번도 내 눈을 똑바로 바라보지 않았다. 그들이 주시하는 것은 오직 내 엉덩이뿐이었다. 알코올이 내 엉덩이 위에서 스르르 증발할 때 나는 한 줄기 서늘한 감각을 느꼈다. "조그만 흰 토끼 희기도 희구나. 커다란 두 귀 쫑긋 세우네." 나는 주사바늘이 곧 내 엉덩이를 찌르리라는 사실을 알았다. 마음속으로 말했다. 얼른 쑤셔보라고 니미럴. 네년들이 어떻게 쑤시는지 두고 보겠어.

그러나 여자 스파이들은 영원히 담배를 입에 문 채 눈 깜빡할 사이 다른 사람이 되어 총천연색 영화 속을 누비고 다닐 뿐이었다. 다처와 얼처는 처음부터 끝까지 내게 소리칠 기회라고는 주지 않았다.
'여자 건달을 잡아라!'

4. 10만 가지 왜

　　공원 한켠에는 연못이 하나 있었다. 연못가에는 수양버들 한 그루가 있었고, 연못 속에는 금붕어 한 마리가 있었다. 나는 연못 바닥에서 노니는 물고기처럼 물살을 따라 헤엄쳤다. 너는 연못가의 수양버들이 수면을 간질여 물결을 일으키듯 내게 장난을 걸었다.

　내가 가까이해서는 안 되는 또 다른 인물은 바로 쿵젠궈였다. 나는 엄마에게 이유를 물었다. 엄마는 말했다. 건달 쿵젠궈는 두 눈이 도둑처럼 번들거려. 절대 좋은 사람으로는 보이지 않아. 게다가 청소년들을 나쁜 길로 이끄는 타고난 재주를 지녔지. 내가 말했다. 외모로 사람을 판단하다니, 너무 주먹구구식이에요. 제 눈도 도둑 눈깔처럼 번들거릴 때가 있다고요. 엄마가 말했다. 쿵젠궈는 생산적인 일을 하지 않아. 노동자도, 농민도 아니고, 상인도, 학생도, 군인도 아니야. 어디에도 속하지 않는다고. 내가 말했다. 공자, 형가, 어현기魚玄機[당나라 말기의 여류시인], 소소소蘇小小[남북조 시기 제나라의 유명한 기생], 진원원陳圓圓[명말청초의 기생], 역사 속 제 우상들도 모두 그 중 어디에 속한다고 할 수 없어요. 하지만 그들은 대세에 굴복하지 않고 자기만의 이야기를 만들어냈죠. 사람들의 정신세계를 풍성하고 다채롭게 만들어줬다고요. 엄마가 말했다. 쿵젠궈는 직장이 없고 사회관계가 복잡한 사람이란 말이다. 내가 말했다. 엄마도 사회관계는 복잡하잖아요. 부식 매점에서 고기 파는 사람이랑 친해서 엄마가 가면 살코기만 썰어주고 어떨 땐 고기 배급표도 안 받고 주잖아요. 엄마는 공장에서 아이스바 만드는 분과도 알고 지내잖아요. 그분이 주는 아이스바는 냉동고에서 첫 번째로 얼린 거라 색도 진하고 향기도 강해요. 딱 보고 한 번만 핥아도 바로 산사열매 맛이라는 걸 알 수 있을 정도죠. 한 입만 베어 물어도 입 안이 얼얼할 정도로 향기가 진한 걸요. 엄마는 또 우체국에서 우표 파는 분과도 잘 아시잖아요. 새 우표가 나올 때 줄을 안 서고도 살 수 있고, 웨탄의 우표 시장에서 비싼 값에 팔 수 있는 것도 그 덕분이고요. 엄마가 말했다. 니미럴. 네가 내 엄마냐, 아니면 내가 네 엄마냐? 넌 내 말대로 해. 난 네가 쿵젠궈랑 어울리는 걸 허락하지 않을 거다. 내 말대로 안 하면 스웨터를 뜰 때 목둘레 치수를 1인치 줄일 테니 그런 줄 알아. 안 되는 건 안 되는 거야. 이러쿵저러쿵 토 달지 마.

그 시절 내 생활은 전체적으로 단순하고 건조했다. 날이 밝기 무섭게 엄마의 호통으로 잠에서 깨어 손에 잡히는 대로 시저우[곡식 낟알이 떠다니는 멀건 죽] 몇 모금을 들이키거나 만터우를 몇 입 꾸역꾸역 밀어 넣으며 나의 아침은 시작되었다. 2, 3분 정도 여유 있을 때는 만터우 안에 즈마장[중국식 참깨스프레드]이나 백설탕을 발라 먹은 뒤 자전거를 타고 학교로 달려갔다. 길에서는 언제나 같은 반이나 같은 학년 여학생들을 만날 수 있었다. 여학생들이 입은 폴리에스테르나 시폰 재질 윗도리는 비스듬히 내리쬐는 아침햇살에 반투명하게 아른거려서 브래지어를 했는지 안 했는지, 심지어는 등쪽을 고정하고 있는 게 단추인지 고리인지까지도 쉽게 알 수 있었다. 지금 생각해보면 이 반투명한 아른거림은 책상 서랍 속에 숨겨둔 무삭제 야동보다 백배는 더 야한 것이었다.

여학생이 못생겼을 때는 페달을 힘껏 밟아서 앞으로 치고나가면서 내 멋진 뒷모습과 새로 산 캔버스화의 적갈색 고무창을 감상하게 해준다. 만약 생긴 게 멀쩡하고 날씨까지 좋다면 수다라도 몇 마디 나누며 천천히 지나칠 수 있다. 아침햇살 아래서는 여학생들의 머리카락 빛깔까지도 다른 때와 같지 않았다.

전쟁이 일어나거나 지진이 발생하지 않는 한 낮에는 수업을 들어야 했다. 수학 선생은 자기가 머저리라고 모든 학생을 머저리 취급했다. 그는 학생들에게 음수 개념을 설명하기 위해 교실 시멘트 바닥을 이리저리 걸어 다녔다. "내가 세 발짝을 앞으로 나섰다가 뒤로 네 발짝 물러났다면 전부 몇 걸음을 앞으로 나간 거냐?" 그 시절에는 문학이 절대적인 우위를 점하고 있었고, 모든 학생은 다음과 같은 세 부류로 나눌 수 있었다. 문학소년, 문학소녀, 그리고 열정이 없는 녀석들. 모든 어문학 계열 선생들은 문학과 예술을 열렬히 사랑한 나머지 남몰래 소설을 쓰거나 산문이나 시를 써서 신문과 잡지에 발표하려 노력했다. 그들은 그런 방식으로 신체와 외모의 선천적인 결함을 어떻게든 상쇄하려 했고, 언젠가 모든 사람의 시선을 한 몸에 받으며 세상에 널리 이름을 떨칠 수 있으리라 믿어 마지않았다. 국어 선생은 검은 테에 알이 작은 안경을 걸친 나이든 여성으로, 속을 잘 드러내지 않으며 늘 대쪽같이 의지가 강한 표정이지만 사실은 남몰래 로맨스 소설을 쓰고 있었다. 또 걸핏하면 『베이징만보北京晚報』의 독자 문예란에 몇 줄의 몽롱시朦朧詩[개혁개방 이후 등장한 현대 중국 시파. 주로 청년 작가들이었던 몽롱시파는 실험적인 시작법을 시도해 모호하고 난해한 표현으로 개인의 자유와 현실에 대한 저항을 표출하고자 했다]를 써내곤 했다. 예를 들어 이런 것이다. "너에겐 너의 구리 가지와 무쇠 줄기가 있어, 한날의 칼과 같고 양날의 칼과 같고 갈라진 창과 같아라. 나에겐 나의 커다란 한 떨기 붉은 꽃송이가 있어, 무거운 한숨과도 같고 용감한 영웅의 횃불과도 같아라." 그녀가 항상 높은 점수를 주는 몇 몇 학생은 두 가지 수사법에 정통했다. 바로 대구법과 의인법이었다. 우리 어문학 선생은 대구법을 사용해 서술하면 글의 기세가 강해진다고 했고, 의인법을 사용해 감정을 풀어내면 서정적인 분위기가 형성된다고 했다. 나는 국어 선생이 문장 표현으로 나를 제어하기는 어려울 거라고 느꼈다. 나는 어려서부터 문장은 고무찰흙과 같은 것이라고 생각했고 늘 그것을 주물럭대는 데 흥미를 느껴왔던 것이다. 어렸을 때 나는 마오 주석의 열렬한 추종자였기에 "200년 인생, 3만 리 강산"과 같은 그의 시들을 외웠다. 그리고 백거이가 아홉 살에 시의 운율을 알았다는 사실도 그리 대단하게 여기지 않았다. 나아가 마오 주석이 격찬한 이백을 사랑하여, "하늘 위에는 백옥의 도성, 열두 누각 다섯 성"도 외웠는데, 시를 되뇔 때마다 역시 마오 주석이 좋아하는 데는 그럴 만한 이유가 있는 것 같다고 여겼다. 내 창작열이 가장 뜨겁게 불타올랐을 때는 의인화 기법을 사용해 최대한 구체적으로 묘사한 「유원지에서의 감상」이라는 글을 썼다. "공원 한 구석에는 연못이 하나 있었다. 연못가에는 수양버들 한 그루가 서 있었고 연못 속에는 금붕어 한 마리가 있었다. 나는 연못 바닥의 물고기처럼 물결을 따라 위로 솟구쳤고, 너는 연못가의 버들가지처럼 내게 수작을 걸었다." 알이 작은 검은 테 안경을 낀 국어 선생은 그 자리에서 나를 벽돌로 쳐서 죽일 듯 사납게 굴었다. 그리고 빨간 펜으로 나의 작문을 평가했다. "격조가 떨어지고 마음이 사특하니, 불량한 기질이 농후하다. 교과서 외 불량 서적들을 절대 읽지 못하도록 압수하기를 부모님께 건의하는 바다. 『베이징만보』를 정기구독하고 특히 독자 문예란을 열심히 읽혀서 깨우침을 얻고 재능을 발휘하며 삿된 길로 빠지지 않도록 지도하기를 바란다."

점심은 한 달에 8위안 5자오를 내고 먹는 급식이었다. 고기반찬
한 가지와 야채 반찬 두 가지, 밥 한 공기(150그램)가 나왔다. 저녁에
는 집으로 돌아가서 밥을 먹었고 밥을 먹은 뒤에는 숙제를 해야 했
다. 주말에는 늦잠을 잘 수 있었고 누나의 정기권을 빌려서 버스를
타고 이리저리 쏘다닐 수도 있었다. 누나는 우락부락한 편이었고 나
는 곱상한 편이어서 정기권 위에 수염을 몇 가닥 더해 남자인지 여
자인지 모르게 만들고 검표원 앞에서 휘릭 흔들면 알아보지 못했다.
아버지가 집에 계실 때면 나를 신화서점에 끌고 갔다. 아버지는 내가
될성부른 놈이라고 여기셨던 것이다. 아버지의 취미는 칼 갈기로, 갈
수 있는 칼이란 칼은 다 갈았다. 심지어 강철 잣대, 철근, 쇠파이프까
지. 여기에 구멍 두 개를 뚫고 나무 손잡이를 더해 때로는 무늬를 넣
어 조각하거나 『천가시千家詩』의 한 구절을 적어 넣기도 했다. 아버지
는 나를 될성부른 놈이라고 여기셨기에 마찬가지로 잘 벼린 칼처럼
갈아서 나무 손잡이를 달겠다고 생각하신 것이다.

나는 책이라면 한 권도 사고 싶지 않았다. 그 시절 소설이나 산문
을 쓰는 삼촌과 이모들은 모두 만성 다행증을 앓고 있었다. 그들의
눈에는 어두운 밤이 존재하지 않는 것 같았고 하늘은 언제나 푸르
른 쪽빛이었다. 그들의 문학 속에서 아가씨들은 언제나 건강하고 씩
씩했으며 우뚝 솟은 탑을 보면 옌안을 떠올리지 남성의 성기를 떠올
리지 않았다. 위대한 조국은 마치 수백 톤이나 되는 비아그라를 먹
은 것처럼, 빳빳하게 고개를 든 채 잠시도 수그러들 줄 몰랐다. 과학
책은 대부분 『십만 가지 왜』와 같은 노선을 취했다. 그 책들은 우리
에게 원주율 소수점 뒤 200번째 자리가 어떻게 되는지를 알려주거
나, 기억력을 높여줄 수 있는 동음어를 이용한 언어유희나 연상하기

를 소개하고 있었다. 무슨 "세 봉우리 절 하나 술 한 병, 두 가지 즐거움과 괴로움에 잠 못 이루는 나"['나'를 가리키는 말과 숫자 '5'의 발음이 같다] "三頂一寺一壺酒, 爾樂苦熬吾"[3.14159265의 발음으로 만든 문장] 같은 글이 적혀 있는 것이다. 하지만 다 외웠다고 하면 급우들도 뻔히 알 만한 일이므로 격조가 떨어지고 마음이 암담해질 뿐이다. 『머리 쓰는 할아버지』[어린이 과학도서]는 머저리 같은 우리 수학 선생을 닮아서 머리만 크고 쓸 만한 뇌 근육은 발달하지 않은 것처럼 보였다. 나는 이리저리 뒤채며 생각했지만 여전히 알 수 없었다. 나는 왜 베란다에 엎드려 다쳐와 얼처의 반질반질한 검은 머리카락과 비듬 한 점 없이 깔끔한 흰 두피를 보고 싶어 할까? 왜 그 모습을 보면서 그들의 냄새가 어떨지 상상하게 되는 걸까? 왜 그런 다음에는 "조그만 흰 토끼 희기도 희구나. 커다란 두 귀 쫑긋 세우네"라는 가사가 떠오르는 걸까?

5. 늙은 건달 쿵젠궈

우리의 화제는 끝도 경계도 없었다. 권법, 내공, 냉병기의 제조, 화약의 배합, 맞는 법, 내장이 피 떡이 되도록 내상을 입히면서도 밖으로는 전혀 드러나지 않도록 하는 법, 단 한 번의 전투로 주먹계에 이름을 날리는 법……

늙은 건달 쿵젠궈는 바싹 말라붙은 내 삶의 한 줄기 빛이었다.

쿵젠궈는 제대로 된 어떤 직업도 갖지 않은 채 늘 거리를 어슬렁대며 돌아다닐 뿐이었다. 그러나 때로는 갑작스럽게 자취를 감추었다가 몇 달 지나 바람과 함께 나타나곤 했다. 그럴 때 그의 얼굴에는 칼자국이 몇 개 더해졌고 손목에는 금장 시계 몇 개가 둘려 있었다. 쿵젠궈 역시 푸른색 무명 겉옷 안에 녹색 군복을 입었으며 고무창 달린 단화를 신었으나, 그는 소매를 걷어 올리고 후크를 채우지 않았으며 단화 뒤축은 언제나 접혀 있었다. 몸을 도사리지 않을 때는 눈에 흉포한 빛이 번득였는데, 그가 보통 사람과는 다르다는 반증이었다. 몇 년 뒤, 나는 패션쇼를 보러 갔다가 남자 모델들이 보란 듯이 런웨이로 걸어 나오는 모습을 보았다. 모델들은 저마다 누굴 잡아 죽이기로 결심이라도 한 것처럼 두 눈을 부라리며 기세등등한 표정을 지었다. 문득 쿵젠궈가 떠올라 나도 모르게 웃음이 터져 나왔다. 마치 중성화 수술을 하고 변비에 걸린 고양이가 호랑이의 사나운 시선을 흉내 내는 것처럼 보였던 것이다.

쿵젠궈는 자기 형과 형수와 함께 살았다. 그의 형은 철저히 분수를 지키는 사람으로 성실하고 말수가 적은 편이었다. 언제나 주머니가 네 개 달린 군청색 작업복 차림이었고 손 전체가 기름에 절어 있었다. 형수는 무시무시한 사람으로 작은 것이라도 두루뭉술하게 넘어가는 법이 없었다. 형은 해가 뜨면 일하러 나갔다가 해가 지면 집으로 돌아와 쉬었으며, 아우인 쿵젠궈에게 침대 하나 내준 것을 제외하고는 매사 아내의 말을 따랐다. 형수는 성실한 사람이 원칙을 주장하기 시작하면 어떠한 권위나 무력에도 굴복하지 않는다는 것을 잘 알았지만 그래도 어쨌거나 단칸방에서 세 사람이 함께 살 수는 없는 노릇이었다. 게다가 쿵젠궈의 평판은 어떤가? 밖에서 꼬마 녀석들은 제멋대로 노래를 지어 퍼뜨리는 중이었다. "맛있기로는 만두만 한 게 없고, 재미 보기로는 형수만 한 게 없지." 다행히 일층에 살고 있었기 때문에 형수는 벌금을 부과하겠다는 거리위원회의 호언장담에도 불구하고 형을 채근해 건물 밖에 무허가로 벽돌방 한 칸을 지어 쿵젠궈가 자도록 했다. 작은 방에는 작은 창문이 있을 뿐 여름에는 비를 맞고 겨울에는 바람을 맞았다. 방 안으로 전선 하나를 끌어들여 25와트짜리 전구를 달았는데 형수가 두꺼비집을 내리지 않으면 불이 꺼지지 않았다.

반경 수십 리에는 나처럼 덜 자란 아이들뿐이었다. 우리는 산에 있는 동굴을 본 적도 없고, 어딘가 숨어 사는 은사를 만난 적도 없다. 무당이나 주술사, 신출귀몰한 도적도 만날 일이 없었으며, 소림사 승려나 장제스가 보낸 스파이도 본 적이 없었다. 그래서 괴력난신怪力亂神에 대한 경외와 흠모의 마음은 늙은 건달 쿵젠궈가 전하는 옛날이야기에 쏠릴 수밖에 없었다. 우리의 화제는 끝도 경계도 없었다.

권법, 내공, 냉병기 제조, 화약 배합, 맞는 법, 내장이 피떡이 되도록 내상을 입히면서도 밖으로는 전혀 드러나지 않게 하는 법, 단 한 번의 전투로 주먹계에 이름을 날리는 법, 누가 누굴 또 찔렀으며, 누가 또 어떤 몰골로 마누라를 팼는지, 누가 누구의 마음을 훔쳤다는 등의 이야기들. 날씨가 추울 때 우리는 쿵젠궈의 작은 방에 웅크리고 앉았다. 사방에는 온통 가슴 크고 허벅지 굵은 서양 여자 달력이 신문지 위로 덕지덕지 붙어 있었다. 난로 안에는 연탄이 들었고 맨 위의 움푹 팬 곳에는 고구마 몇 개가 놓여 있었으며 난로 위 주전자에서는 뜨거운 물이 끓었다. 날이 좀 풀리면 냄새나는 사내아이들이 좁은 방에 끼어 앉았으니 쉰내가 나기 일쑤였다. 그래서 건물들 사이 회화나무 아래로 자리를 옮겼지만, 그보다는 방공호로 갈 때가 더 많았다.

나는 진심으로 마오 주석과 이 나라를 세운 건국 영웅들에게 감사하고, 또한 그들이 전쟁의 세월에 대해 품고 있는 아쉬움과 그리움에 대해 감사하고, 또한 "굴을 깊이 파고 식량을 널리 쌓아두자"라는 호소에 감사했다. 덕분에 우리가 방공호를 가질 수 있었으니. 전쟁은 여전히 이 세상 어딘가에서 가쁜 숨을 몰아쉬고 있었다. 밀물과 썰물처럼 어디에나 만연했으며, 박쥐처럼 이리 붙었다 저리 붙었고, 달팽이처럼 슬금슬금 다가오곤 했다. 위험은 아직도 존재했고, 폭력도 여전히 존재했다. 우리는 어느 누구보다 방공호에 익숙했다. 땅 위 세상은 소설과 산문을 쓰는 삼촌과 이모들에게 속한 것이었다. 그곳에는 어두운 밤이 존재하지 않으며 하늘은 늘 푸르른 쪽빛이었다. 아가씨들은 언제나 건강하고 씩씩했으며 우뚝 솟은 탑을 보면 옌안을 떠올리지 남성의 성기를 떠올리지 않았다. 위대한 조국은 마치 수백 톤이나 되는 비아그라를 먹은 것처럼, 빳빳하게 고개를 든 채 잠시도 수그러들 줄 몰랐다. (하지만) 지하 세계는 늙은 건달 쿵젠궈와 우리의 것이었다. 어두운 밤이 존재했고, 쪽빛 하늘은 보이지 않았으며, 건강하고 씩씩한 아가씨들도 없었다. 시간은 되직하게 쑨 풀처럼 **빽빽했다.**

우리는 우리 세력 범위 안에 있는 크고 작은 방공호 입구를 자세히 파악해두었다. 순경이나 거리의 아줌마들이 무섭지 않았다. 무기도 없이 맨손으로 다니는 순경들은 소리만 질러도 놀라는 부류였다. 파출소 벽에는 표어들이 난무했다. "경찰차를 빼앗는 일은 위법이며, 민병 구타는 감옥행이다." "사제 총기 제조와 탄약 소유를 금한다." 순경들은 날이 캄캄해지면 집 밖에 나가지도 못했고, 기껏해야 양꼬치와 체까오切糕[신장위구르 지역의 전통 간식. 말린 과일과 견과류가 잔뜩 들어간 강정과 같은 주전부리.]를 파는 가짜 신장인의 좌판 앞에서 실랑이하는 게 전부였다. 진짜 신장인은 푸퉁화普通話[중국 표준어]를 잘 구사하지 못하며 무면허 삼륜차를 몰고 다니는데, 차에는 쇠로 만든 양꼬치 굽는 앵글이 있거나 말린 살구, 견과류, 매끄럽고 색이 좋은 체까오가 잔뜩 쌓여있다. 아무도 이들을 건드리지 못한다. 이 신장 사람들은 몸에 적어도 두어 자루의 칼을 지니고 있으며, 허리에는 초승달처럼 굽은 칼이 꽂혀있고 장화 안에도 작은 단도를 숨기고 있다. 푸퉁화를 잘 못하니까 마음이 급해지면 말 대신 칼로 대신하는데 대화는 그 편이 훨씬 잘 통했다. 왼쪽 팔뚝에 붉은 완장을 끼고 핀으로 고정시킨 거리의 아줌마들은 파출소 순경들이 상상도 할 수 없는 일거리들을 생각해냈다. 그중 가장 거들먹거리는 사람은 후 아줌마였다. 그녀는 젖가슴이 무릎까지 늘어졌는데 한 번도 브래지어를 착용한 모습을 본 적이 없다. 국가 규정에 따라 국가 건설에 공헌한 국영 기업의 여성 근로자는 50세가 되면 퇴직했다. 그녀들은 60세가 되면 브래지어를 착용하지 않아도 되었고, 65세가 되면 팬티를 입지 않아도 상관없었으며, 70세가 되면 사람을 때려도 범법 행위로 인정되지 않았다. 후 아줌마는 올해 63세로 날마다 70세까지 살게 해달라고 간절히 기도하는 사람이었다. 후 아줌마는 전족을 한 여자였지만 타고난 신공으로 웬만한 문짝은 발로 걷어차기만 해도 활짝 열렸다. 퇀제후團結湖[베이징 차오양구에 있는 호수] 지역 신문엔 벌건 대낮에 남의 집 대문을 부수고 들어간 후 아줌마의 활약상이 보도된 적도 있었다. 많을 때는 한 달에 다섯 쌍이나 바람피우는 남녀를 침대 위에서 현행범으로 적발했던 것이다. 그 결과 당시 이 지역에서 유명한 '참새 사냥꾼 대왕'과 함께 나란히 단상에 올라 표창을 받았다. 한번은 해가 져서 어둑해졌을 때 우리의 담배 연기를 발견한 후 아줌마가 거의 방공호에 발을 들여놓을 뻔했다. 다행히도 몰래 담배를 피우던 일행 중에는 류징웨이가 있었고, 큰일이 벌어지면 도리어 침착해지는 그는 후터우虎頭 브랜드의 커다란 손전등을 들고 방공호 입구로 뛰어나가서 후 아줌마를 맞았다. 혓바닥을 길게 빼물고 침을 뚝뚝 흘리면서 손전등을 제 머리 위에서 비추었다. 혓바닥은 시뻘겋고 뚝뚝 떨어지는 침은 은빛으로 반짝였기 때문에 후 아줌마는 그 자리에서 얼어붙어버렸다.

우리가 두려워하는 대상은 부모님 같은 어른들이었다. 우리가 나쁜 짓이라도 배울까 우려하는 그들은 정의감에 불타고 있었다. 방공호 입구는 대부분 언제나 주철 덮개로 덮여 있었고, 우리는 이 주철 덮개 가운데에 벽돌을 올려놓고 탁구대로 사용하는 것처럼 굴었다. 그래서 어른들도 별로 주의를 기울이지 않았다. 방공호로 들어가는 작은 구멍들은 숨길 방법이 없었다. 그저 주변에 돌멩이들을 어지럽게 흩어놓은 뒤 한 자쯤 되는 함정을 몇 개 파놓고 그 안에 오줌이

며 똥을 쓸어 넣은 담거나 날카로운 댓살을 꽂고 커다란 쥐덫을 놓
아두었다. 냄새나고 더럽고 위험하기까지 하니 보통 사람들은 웬만
해서는 접근하지 못했다.

6. 암컷 두꺼비의 허리

　　류징웨이는 가볍지만 긴 한숨을 내쉬며 천천히 말했다. 그가
처음으로 인생은 아름답다고 느끼고 자신이 상남자라고 생각
한 건 우리가 방공호를 조사하던 그 시절, 그가 최신 장비들로
온몸을 무장했던 그 시절이었다고.

　　막 방공호를 점령했을 때 우리는 사방을 면밀히 조사했다. 탁구를
치던 방공호 입구를 우리는 '대흑동大黑洞'이라 불렀다. 그곳은 높은
건물 모퉁이에 있고 주위에는 두 그루의 커다란 회화나무가 있어서
낮에도 빛이 거의 들지 않는데다 밤이면 칠흑처럼 어두웠다. 우리가
온 힘을 다해 주철 덮개를 옮기면 시멘트 계단이 드러났다. 계단 아
래로는 시커먼 동굴이 뚫려 있었고 우리의 조사는 바로 그 대흑동
에서 시작되었다. 류징웨이는 한 손으로는 손전등을 비추고 다른 손
에는 플라스틱 나침반을 든 채 앞장섰다. 그의 어깨에는 선박용 돛
으로 쓰이는 닳지 않고 방수도 되는 천으로 만든 지질 탐사용 배낭
이 비스듬히 걸쳐져 있다. 배낭 옆 고리에는 한쪽 끝이 뾰족하고 다
른 한쪽은 평평한 지질 탐사용 망치가 걸려 있었고 가방 안에는 예
비용 손전등 전지가 들어 있었다. 류징웨이의 큰형은 지질학을 공부
한 사람이었다. 류징웨이의 행장은 모두 큰형이 동생을 위해 직접 챙
겨준 것이었다. 10여 년 뒤, 류징웨이는 무슨 일만 있으면 베이징의

아메리칸 클럽으로 나를 불러내 애프터눈 티를 사준다며 시답잖은 수다를 시시콜콜 늘어놓곤 했다. 그는 시가 상자에서 건조하게 잘 보존된 다양한 굵기와 길이의 코히바 시가를 꺼내 보여주었다. 그가 코히바를 코 밑에 대고 문지르자 한 번도 손질한 적 없는 그의 코털이 그 덕분에 자연스럽게 코히바의 몸통을 가만가만 쓸어내렸다. 코히바와 그의 코털 사이를 떠돌던 류징웨이의 시선이 창밖으로 훌쩍 날아갔다. 창밖은 뿌연 공기로 뒤덮여 앞이 잘 보이지 않았다. 류징웨이는 가볍지만 긴 한숨을 내쉬며 천천히 말했다. 그가 처음으로 인생은 아름답다고 느끼고 자신이 상남자라고 생각한 건 우리가 방공호를 조사하던 그 시절, 그가 최신 장비들로 온몸을 무장했던 그 시절이었다고.

　그때 우리는 대흑동을 주요 거점으로 삼고 동서남북 네 방향을 각각 1000보씩 탐사하기로 했다. 먼저 한 방향을 선택해 휘어진 길이 나오면 그 길로 들어서면서 나침반을 보고 처음 결정한 방향으로 걸어갔다. 북쪽으로 1000보를 가면 식품점이 나오는데 식품점에는 작은 봉지에 든 쏸짜오몐酸棗麵[약재인 멧대추의 씨를 빼고 남은 대추과육을 쪄서 말린 것]이 있었는데 한 봉지에 4편이었고 과이웨이더우怪味豆[누에콩을 튀긴 뒤 양념으로 버무린 간식]는 5편이었다. 만약 방공호를 통해 식품점까지 바로 갈 수 있다면 매일 밤 쏸짜오몐, 과이웨이더우를 맘껏 먹을 수 있을 터였다. 서쪽으로 1000보를 가면 우리 학교였다. 방공호를 통해 운동장까지 곧장 갈 수 있다면 땡땡이를 치기에 더할 나위 없었다. 남쪽으로 1000보를 가면 톈제후 공원이었는데 오래 탐색하기는 힘들었다. 자칫 문을 잘못 열었다가 호수의 물이 쏟아질까 두려웠기 때문이다. 동쪽으로 1000보를 가면 작은 공장이 있고, 거기서 더 가면 농촌 지역이었다. 그쪽 아이들은 너나 할 것 없이 낫을 들고 다녔으며 생활형편이 어려웠기 때문에 현재의 삶을 소중히 여기는 마음이 없이 싸울 때는 죽기 살기로 덤볐다. 그때 우리는 생각했다. 이 사방 1000보의 지하 세계가 우리 것이라면 우리는 충분히 당당한 상남자로 살 수 있다고. 류징웨이의 손전등이 밝아졌다 어두워질 때마다 우리는 울퉁불퉁한 바닥을 디디며 한 걸음씩 나아갔다. 방공호 안은 매우 건조했고 바닥에는 먼지가 두텁게 깔려있어 발을 디딜 때마다 버석버석 소리가 났고 흙먼지가 우리의 발을 뒤덮었다. 나는 눈이 좋은 편이어서 어두워지거나 손전등이 엉뚱한 곳을 비출 때도 10여 걸음까지는 볼 수 있었다. 그래서 대열 끝에서 걸음 수를 기록하는 일을 맡았다. 쿵젠궈는 내 곁에서 얼굴 가죽으로만 웃고 속근육은 웃지 않은 채 말없이 따라 걸었다. 다만 장궈둥이라는 녀석이 류징웨이의 손전등에 만족하지 못하고 성냥불을 켰을 때만 덮치듯 달려들어 단숨에 불을 끄고 사납게 으르렁대며 말했다. "죽고 싶냐? 여기서 폭발하면 다 죽어. 그냥 여기 파묻히는 거라고." 그 뒤로 얼마 지나지 않아 도시 서쪽의 소식이 전해졌다. 다섯 명의 애송이들이 방공호에서 담배를 피우다가 안에 숨겨둔 폭약에 불이 옮겨 붙는 바람에 네 명이 죽었고 나머지 한 명은 다리 하나를 날려먹은 뒤 필사적으로 기어 나와 간신히 목숨을 건졌다는 이야기였다. 그 뒤로 도시 서쪽의 모든 방공호 입구는 철판으로 막혀 출입이 금지됐다. 훗날, 아주 오랜 시간이 지나서 나는 아주 우연히 깨닫게 되었다. 쿵젠궈는 우리보다 훨씬 먼저 이 방공호들에 대해 알고 있었으며 무척이나 익숙했던 것이다. 지금 생각해보면 그가 얼굴 가죽으로만 웃고 속근육은 웃지 않은 이유도 짐짓 길라잡이 노릇을 하고 있었기 때문이었다. 이 방공호들에서 일어난 사건과 숨겨진 비밀들은 그때 내가 했던 그 모든 상상보다 훨씬 엄청난 것이었다.

대흑동의 탐사 결과는 기대했던 것과는 달랐다. 식품점으로 통하는 길에서는 500걸음도 못 가서 담벼락과 맞닥뜨렸다. 틀림없이 식품점 점원이 쏸짜오멘과 과이웨이더우를 지키기 위해 입구를 봉쇄했을 것이다. 오히려 서쪽으로는 학교까지 그대로 이어졌다. 가는 도중에 꽤 커다란 방들이 몇 칸 있었는데, 안에는 낡아빠진 탁자며 의자 따위가 산더미처럼 쌓여 있었고, 한쪽 벽에는 칠판까지 걸려 있었다. 나의 아름다운 상상은 산산조각 났다. 원래 전쟁이라는 것은 여름방학과 같은 것이라고 생각했다. 아니, 그것은 여름방학보다 더 아름다운 것이며, 방학 숙제가 없는 여름방학 같으리라 믿었다. 그러나 눈앞에 나타난 공간은 분명 전시에 만들어진 교실이었다. 젠장, 그렇다는 것은 우리는 전쟁 중에도 수업을 받고 고등학교 입학시험 준비를 해야 한다는 의미였다. 산 서쪽의 방공호들은 규모가 훨씬 크다고 들었다. 산 하나를 거의 다 파 들어간 것이나 마찬가지라서 산 위에는 나무가 자라지 못한다고도 했다. 전쟁 시기의 대학은 틀림없이 그곳에 있었을 것이다. 남쪽으로는 아예 길이 없었고, 동쪽으로는 그 작은 공장으로 이어져 방공호 입구가 공장 폐기물 더미와 맞닿아 있었다. 이것이야말로 우리가 발견한 가장 가치 있는 물건들이었다. 그 후 아주 오랫동안, 우리는 찔끔찔끔 녹슨 구리나 철 따위를 가져다 고물상에 팔고 담뱃값이나 식당 외상값을 갚는 데 썼다. 우리는 지하 동굴을 걸으면서 일말의 죄책감도 느끼지 않았다. 우리는 폐기물을 사용한 것뿐이다. 국가가 쓰지 않으니 우리가 쓸밖에. 나중에 그 공장은 미국인에게 팔렸다고 들었다. 우리에게는 더 타당한 명분이 생긴 것이다. 자본가의 배를 불리느니 사회주의 국가 소년들의 자연스러운 생리를 만족시키는 편이 훨씬 낫지 않은가. 장궈둥이 어디선가 손수레를 구해왔고 우리는 밤마다 방공호 안의 모든 구리와 철을 밖으로 날랐다.

방공호 안에서도 특별한 발견은 없었다. 양놈들이 먹다 남긴 시레이션 깡통이나 상자들, 너덜너덜한 잡지 몇 권이 전부였다. '대흑동'에서 꽤 가까운 어느 모퉁이에서 류징웨이는 바람 빠진 풍선 같기도 하고 손가락만 남은 고무장갑 같기도 한 노르스름한 고무 껍질을 밟았다. 그것이 내가 처음 본 콘돔이었다. 나는 곧 구역질이 나서 미칠 것 같았다. 가래를 뱉는 것은 그리 구역질나는 일이 아니지만, 이주일 동안 뱉은 가래를 한데 모아놓으면 역겹기 짝이 없는 것이다. 어쩌면 이것은 침대에서 일을 벌이던 바람둥이 남녀가 후 아줌마의 무시무시한 발길질을 피해 여기까지 도망쳐온 흔적일지도 모른다. 우리보다 한 살이 많아서 경험도 많은 편인 류징웨이는 오래전에 엉덩이를 드러낸 여자의 사진을 보았다고 주장하기도 했는데, 그런 그가 나름의 의문을 제기했다. "여긴, 빌어먹을 침대도 없고 이렇게나 더러운데 어떻게 그 짓을 하겠어?"

늙은 건달 쿵젠귀가 뒤에서 느릿한 말투로 대꾸했다. "살아 있는 것 중에 사람 말고는 얼굴을 맞대고 누워서 하지 않아." 나는 그때 뭐가 뭔지 몰라 그의 말을 알아듣지 못했다. 나중에 CCTV에서 방송하는 「동물의 왕국」을 보고 나서야 서서히 알게 되었다. 수컷 두꺼비는 뒤에서 암컷 두꺼비의 허리를 안고, 수컷 말은 뒤에서 암컷의 허리를 안고, 량차오웨이는 장귀룽의 허리를 안았다. 침대는 필요 없었다. 그저 암컷 두꺼비나 암말이 앞발을 짚을 곳만 있으면 그만인 것이다. 탐사를 시작하고 한참이 지난 뒤에 그 부근 어떤 부대 아래로 난 방공호에서 비축된 전투식량을 발견했다. 작은 언덕만큼 쌓여 있던 건빵은 돌보다 더 딱딱했다. 그 뒤로 부모에게 반항하여 가출한 십대들은 모두 여기로 모이곤 했다. 물병에 물만 담아오면 먹을 것과 마실 것과 잠잘 곳이 있었고 기차역이나 장거리 버스 정류장보다도 조용했다. 비바람이 불어도 무섭지 않았고, 대소변을 볼 때 남녀 화장실을 가릴 필요도 없으니, 마음의 불안도 걱정거리도 줄일 수 있었다.

7. 예수와 공자

요즘 세상에 다시금 늙은 건달이라 불리려면 「이소」와 『화간 집』을 줄줄 외지 않으면 안 되는 것인가?

그때는 햇빛처럼 찬란하지 않은 것들이 모두 소멸했다. 그래서 햇빛은 눈이 아리도록 밝고 맑게 빛났다. 늙은 건달 쿵젠귀는 햇빛처럼 찬란하지 않은 모든 것의 화신이었다. 쿵젠귀는 담배였고 금지된 약물이었으며, 알코올이자 퇴폐가수였고 나른한 음악이었으며, 서부영화이자 삼류영화였고, 저급한 소설이자 포르노 잡지였다. 그는 무당이자 이단이고 비밀결사이며, 고아한 격조이자 최신 유행의 패션이었고, 금지된 신문에서 전하는 진리였으며, 선생들이 우리에게 알려주지 않는 지혜였고, 꽁지깃을 활짝 펼친 공작새의 엉덩이였으며, 가려져 보이지 않는 달님 뒤편의 어두운 얼굴이었다. 우리는 쿵젠귀에게 지식을 배웠다. 덕분에 우리는 여자 화장실과 여자 목욕탕을 기어오를 때 사용하는 서로 다른 등산법을 이해하게 되었다. 노새의 양물로 담근 장은 훌륭한 것으로, 장에 절여진 양물을 얇게 저미면 가운데 동그란 구멍이 있어 뤼첸러우驢錢肉라고 불렀다. 우리는 쿵젠귀를 맹목적으로 숭배했다. 류징웨이, 장귀둥은 집에서 식량배급표를 훔처 가져왔고 나는 집에서 고기배급표를 훔쳐왔다. 당시에는 식량배급표나 고기배급표로 담배를 바꿀 수 있었기 때문이다. 우리는 쿵젠궈가 9푼에 한 갑인 진위 담배가 아니라 한 갑에 2자오 3펀짜리 다첸먼을 피울 수 있도록 열과 성을 다했다. 나중에 생각해보니 시절이 좋아서 운이 따랐더라면, 쿵젠궈가 의술이라도 펼쳐 사람을 구했더라면, 그는 위정자들의 눈엣가시가 되어 나무판에 못 박혔을지 모른다. 그렇게 수백 년이 흐른 뒤 또 다른 예수로 불렸을지 모를 일이다. 만약 쿵젠궈가 이런저런 이야기들을 류징웨이나 장궈둥 또는 나한테 받아쓰게 해서 출판하려 했다면, 그렇게 수백 년이 흐른 뒤 또 다른 공자가 되었을지 모를 일이다.

쿵젠궈는 나중에 내게 말했다. 자신은 이제 늙었다는 사실을 확실히 안다고. 하지만 그는 거의 100년 동안 이 지역 10리 안팎을 통틀어 자신이 가장 늙은 건달이라는 사실에 언제나 자부심을 가지고 있었다. 마치 주상의 엄마가 거의 100년 동안 이 지역 10리 안팎을 통틀어 가장 아름다운 여인이라고 그가 굳게 믿고 있었던 것처럼. 건달이란 마치 시를 쓰고 그림을 그리는 것과 같이, 일종의 취미생활이기도 하고 생활방식이기도 하다. 마음이 늙지 않는 한 건달은 언제나 건달일 수 있다. 설사 늙어서 여인들과의 수작질에 더 이상 흥미를 느끼지 않게 되더라도 여전히 다음 세대를 교육할 책임을 맡을 수 있는 것이다. 꽃이 흐드러지고 휘영청 달이 둥근 밤이면, 방공호의 늙은 건달 쿵젠궈 주위엔 이리저리 눈알을 굴려대며 코를 흘리는 웃자란 떠꺼머리 소년들이 언제나 득시글댔다. 쿵젠궈는 자신을 경멸하는 후 아줌마와 같은 사람들, 그와 같은 평범한 사람들을 더욱 경멸했다. 그가 말했다. 만약 시절이 좋아서 운이 맞으면, 지금 여기, 나를 에워싸고 있는 애송이들 가운데 유방이나 주원장 같은 걸출한 인물이 출현할 수도 있어.

쿵젠궈는 내가 그 한 무더기의 애송이 가운데서 눈알을 가장 빨리 굴리는 놈이라고 말했다. 내 눈동자는 흑백이 분명했고 검은 동자는 민첩하게 구르는 구슬 같았다. 나는 콧물이 입술 근처까지 흘러내리기 전에 제때 콧구멍으로 빨아들일 줄 알았다. 그런 동작은 아주 재빨랐고 낭비가 없었으며 늙은 건달 쿵젠궈를 기쁘게 했다. 나는 그의 모든 저급한 취미의 정교하고 치밀한 요점을 빠르게 깨달았기 때문이다. 다른 애송이들이 아직 사상 투쟁을 벌이고 있을 때, 나는 그의 음탕한 비전秘傳에 대한 은밀한 깨달음의 미소를 지었다. 쿵젠궈는 또한 내가 그의 골칫거리라고도 말했다. 내 기억력이 너무 좋아서, 그는 매번 온갖 지혜와 기억을 쥐어짜거나 새롭고 흥미로운 일들을 지어내야 했기 때문이다. 이 점은 쿵젠궈의 기억력과 창조력이 감퇴하고 내가 계속 성장함에 따라 갈수록 감당하기 어려운 일이 되었다. 쿵젠궈는 어느 날 그가 어쩔 수 없이 어떤 야한 이야기를 반복하기 시작했을 때 이리저리 굴러다니는 내 눈동자 속에서 차마 무시할 수 없는 경멸의 빛을 발견했다고 기억했다. 그날 이후 나는 다시는 방공호 교실로 돌아가지 않았다.

나는 늙은 건달 쿵젠궈가 칭찬하는 말을 완전히 믿지 않았다. 쿵젠궈는 언제나 후진 양성을 자신의 소임으로 여겼다. 그는 남몰래 류징웨이나 장궈둥에게도 자기 속내를 털어놓으며 역시나 수많은 떠꺼머리들 중에서 네가 가장 눈알을 빨리 굴리는 인재라고 칭찬하곤 했다. 나는 쿵젠궈와 이 문제를 놓고 토론한 적이 있다. 나는 류징웨이의 눈동자는 빛이 있고 아랫도리에는 힘이 넘치며 원기가 충만하니까 나중에 커서 대단한 사람이 될 거라고 했다. 종종 아주 작은 일에서 뼛속 깊이 스며있는 그의 탐욕이 드러나곤 했다. 그는 아이스바를 먹을 때 손잡이까지 입 안에 집어넣었다가 서서히 꺼내면서 입에 머금고 뾰족해질 때까지 빨아댔다. 한 입에 자기 지분을 확보하는 셈이다. 온통 침으로 범벅이 되고 나면 결국 아이스바는 아무도 달려들기 힘든 물건이 되고 말았다. 쿵젠궈는 류징웨이의 기세가 너무 비범하고 빼어난데다, 나아갈 줄만 알고 물러설 줄을 모르며, 흥미가 생기는 것도 빠르고 물리는 것도 빠르니, 자칫 잘못하면 큰 화를 부를 수 있다고 했다. 기껏해야 반쪽짜리 군벌이 될 뿐이라고 말이다. 나는 그 말을 듣고 혼란스러워졌다. 쿵젠궈는 나 역시 눈동자에 탐욕의 빛이 있지만 깊은 곳에 아주 무거운 우울이 깃들어 있다고 했다. 나는 더욱 혼란스러웠다. 그리 좋은 말이 아니라는 것을 알았기에 볼멘소리로 대꾸할 수밖에 없었다. "뭐라는 거야. 내가 평면기하학 시험에 어떻게 붙었는지 아직도 몰라요? 다시 허튼소리를 지껄이면 당장 후아줌마에게 달려가 아랫도리를 댕강 잘라놓으라고 이를 거예요."

15년이 지난 뒤, 류징웨이에 대한 쿵젠궈의 예언은 맞아떨어졌다. 류징웨이는 대기업의 이사장이 되었고 두 개의 상장 회사를 거느렸다. 그리고 한 무더기의 자회사와 손자회사까지 거느렸다. 하지만 류징웨이는 자기 소유의 오성급 호텔 펜트하우스에서 죽었다. 호텔 종업원이 방을 청소하러 들어왔다가 그가 온몸 전체에 반 치 정도의 칼자국이 난 채 비늘이 벗겨진 물고기처럼 거대한 욕조 안에 널브러진 것을 발견했다. 욕조 안은 온통 핏물이었고 핏물 위로는 장미꽃잎들이 두텁게 띄워져 있었다고 한다. 들리는 소문에 따르면 치정에 의한 살인이었다. 사랑이 원망으로 바뀌고 원망이 미움으로 바뀐 류징웨이의 애인이 욕조 안에서 그를 64회나 찌르고 핏물이 넘치는 욕조에 99송이의 장미 꽃잎을 흩뿌린 뒤 자신은 지는 꽃잎처럼 창문으로 뛰어내려 땅바닥에 곤두박질친 것이다. 178센티미터에 긴 머리카락을 가진 여자였다.

그것은 그즈음 내가 들은 가장 싱거운 농담이었다. 만약 욕조 안에 떠다닌 것이 싱싱한 꽃잎이 아니라 금화나 지폐였다면 아주 조금은 믿을 수 있었을 것이다. 늙은 건달 쿵젠궈가 그를 어떻게 가르쳤든, 여자와 장미에 대한 류징웨이의 인식은 여전히 서너 살 아이 수준에 머물러 있었고 그에 대한 요구는 아주 단순했다. 자신을 상남자로 느끼게 할 수 있는가. 그래서 그가 데리고 다니는 여성들은 모두 178의 큰 키에 긴 머리카락을 가졌고 큰 가슴과 잘록한 허리가 돋보이는 36-24-36의 몸매였다. 사람을 만날 때는 진한 화장을 하고 남자라면 보자마자 남모르게 몇 번은 다시 쳐다보게 되는 그런 타입. 어쨌거나 보자마자 한 번 안아보려면 엄청난 돈이 들 거라는 사실을 알 수 있는 그런 여자들이었다. 나는 류징웨이에게 물어본 적이 있다. 저렇게 키가 크면 침대에서 좋아? 난 허리가 낭창하고 팔다리를 잘 놀려서 가로세로로 다리 찢기도 되고 다리를 들어 올리면 얼굴을 걸어찰 수도 있는 애들이 좋은데. 류징웨이가 말했다. 나무토막 같아. 그러더니 내게 물었다. 솔직히 무슨 차이가 있어? 난 딸딸이보다 더 잘하는 여자는 없는 것 같더라. 깔끔하고 내가 원하는 대로, 좋잖아.

류징웨이 문상을 가서 술잔을 기울이는 동안 공안, 검찰, 법원의 인사들이 차례로 찾아왔다. 그의 아우들 한 무리도 찾아왔다. 아우들은 모두 잘빠진 양복을 입었는데, 고급스러웠고 스타일도 좋았으며 코털도 깔끔하게 손질되어 있었다. 상여 위에 올리는 대련에는 "미인이 박명이라는 말은 믿지 않는다. 영웅이 요절한다는 말은 누가 가르쳤던가不信美人終薄命, 誰教英雄定早夭"라고 쓰여 있었다. 나는 마음속으로 그렇게 생각했다. 시대가 변했다. 조직도 향수를 뿌리고 양복을 걸치고 멋지게 포장을 하는 세상이다. 요즘 세상에 다시금 늙은 건달이라 불리려면 「이소」와 『화간집』을 줄줄 외지 않으면 안 되는 것인가?

8. 여자 스파이

더없이 자연스러운 일이니, 놀랄 것도 이상할 것도 없어. 교양 없이 호들갑 떨지 마라.

늙은 건달 쿵젠궈에 대한 나의 개인적인 숭배의 감정은 중학교 3학년 생리위생 과목을 배웠을 때 절정에 이르렀다.

내 몸의 발육은 마치 순식간에 완성된 것 같았다. 적어도 신체적 발육에 대한 깨달음은 한순간에 이루어진 것이었다. 마치 이 순간의 깨달음으로 인해 봄날 버드나무가 모두 푸르게 변해버리고, 나뭇가지마다 풀또기 꽃이 붉게 만발하며, 아가씨들의 엉덩이도 갑자기 둥그러진 것만 같았다. 내 분노는 폭발했고, 빌어먹을 몽정이 시작되었다.

그날 밤 나와 류징웨이, 장둥궈는 차오양 극장으로 숨어들어 밑도 끝도 없이 스파이 영화 한 편을 보았다. 영화에선 여자 스파이가 밑도 끝도 없이 튀어나왔다. 굽슬굽슬한 파마머리는 머릿기름을 발라서 새로 깐 아스팔트처럼 번들거렸다. 여자 스파이는 위장근무를 위해 출근할 때는 허리를 꼭 동여맨 국민당의 카키색 군복을 입었다. 무도회장에 갈 때는 빨간 치파오를 입었으며 언제나 시선을 빼앗는 붉은 립스틱을 발랐다. 걸핏하면 작은 권총을 잽싸게 빼들고는 서두르지도 미적거리지도 않으며 말했다. "공산군은 이미 창장강을 건넜어." 영화를 볼 때 나는 그녀가 특수 요원으로서 임무를 충실히 완수했다고 느꼈고, 당 간부들이 왜 미인계 뒤에 숨었는지 충분히 알 수 있었다. 그날 밤에는 꿈에서 그녀를 보았다. 꿈에서 그녀는 권총을 들고 있지 않았다. 그러나 그녀는 여전히 서두르지도 미적거리지도 않는 말투로 말했다. "공산군은 이미 창장강을 건넜어." 한 번 또한 번. 뭔가 부족하지 않은가? 공산군이 창장강을 건너서 뭐가 어떻다는 말인가? 어서 도망가라고? 그녀가 잽싸게 꺼낸 것은 누르스름한 콘돔이었다. 그것은 여전히 바람 빠진 풍선 같기도 하고 손가락만 남은 고무장갑 같기도 했다. 그녀는 여전히 서두르지도 미적거리지도 않는 말투로 말했다. "텐진 루자오 2공장에서 생산된 거야." 갑자기 여자 스파이의 왼쪽, 오른쪽에 다처와 얼처가 나타났다. 그녀들은 목에 금목걸이를 걸고 머리카락을 풀어헤치고 있었다. 하얀 가르마가 검은 머리카락을 또렷하게 나누고 있었다. 가르마 양쪽으로 기름을 바른 듯 함치르르 윤기 나는 머리카락에서는 마음을 흔드는 기이한 향이 풍겨 나왔다. 다처가 서두르지도 미적거리지도 않는 말투로 말했다. "애야, 넌 추수이라는 이름이었지? 바이자쵱에 살고 있지? 네가 허리에 감추고 있는 것이 긴급문서지?"

"이모, 전 아직 어려요." 나는 서둘러 변명했다. 다처, 얼처의 조그만 흰 토끼는 희기도 희었다. 내 커다란 두 귀는 쫑긋 서고 말았다.

"류후란은 너만 한 나이에 작두로 사람을 죽였어."

"이모, 전 무서워요." 나는 우는 목소리로 말했다. 다처, 얼처가 내 허리께로 손을 뻗어왔고 난 온몸에서 힘이 빠져나가 손가락 하나 까딱할 수 없었다. 그녀들의 손은 기름처럼 윤이 나고 물처럼 매끄럽게 내 아랫도리를 위아래로 비벼댔다. 손가락은 부드러웠지만 손톱은 딱딱했다. 한 치 손톱이 한 톤의 무게로 다가왔다. 그녀들은 당황하거나 서두르지 않고, 마치 눈 먼 장님이 점자로 된 긴급문서를 읽듯 찬찬히 훑어나갔다. "우리는 주상의 엄마가 보내서 왔어." 그녀들은 끊임없이 손을 놀리며 그렇게 말했다.

"여자 건달을 잡아라! 으악!" 나는 크게 소리를 내질렀다. 아랫도리는 내 의지와 상관없이 꿈틀댔다. 잠에서 깨어보니 온몸이 얼음처럼 차가웠다. 나는 문득 깨달았다. 니미럴! 십여 년 만에 나는 또 이부자리에 지도를 그린 것이다.

그 뒤로 이런 일은 몇 번이고 다시 일어났다. 모두 꿈에서 생긴 일이었다. 꿈에 나타나는 모든 여자 스파이, 요정, 마녀는 모두 주상의 엄마가 보낸 자들이었다. 그들은 모두 내 허리춤에 있는 긴급문서를 보겠다고 했고, 뭐라고 말하든 놓아주지 않으며 옷을 벗기고 몸을 더듬었다. 이 일은 내게 말할 수 없는 두려움을 주었다. 엄마가 알까봐 두려운 게 아니었다. 어쨌거나 진짜로 오줌을 싼 건 아니어서 젖어도 크게 눈에 띄지는 않았다. 내게는 나만의 방이 있었고 또 엄마 몰래 아버지가 준 용돈으로 속옷 몇 벌쯤은 충분히 살 수 있었으므로 일을 치르고 나면 바로 씻고 속옷을 갈아입었다. 그러면 부모님도 알아차리지 못했다. 내 두려움은 이 일이 도무지 말이 안 된다는 데 있었다. 말이 안 되는 일에서 더욱 말이 안 되는 점은 주로 두 가지로 정리될 수 있다.

첫째, 아무런 이유도 없다는 점이었다. 물을 많이 마시면 오줌을 싸는 법이고, 운동장을 미친 듯 몇 바퀴 돌고 나면 땀이 나는 법이고, 칼에 찔리기라도 해야 피가 나는 법이다. 그러나 몽정이라니, 이 일은 도대체 왜 일어나는 것인가? 만약 아무런 이유도 없는 거라면,

아무것도 없는데 생기는 일이라면, 더 더욱 무서울 수밖에 없다. 아래층 노인들은 꿈에 일어나는 일은 모두 요괴, 마귀가 장난을 치면서 사람의 양기를 뺏는 일이라고 했다. 사람에게서 진짜 양기가 사라지면 눈동자조차 굴릴 수 없게 된다고 한다. 콧물이 입가에 닿을락말락해도 제때 빨아들일 수 없는 것이다.

둘째, 도저히 통제 불능이라는 점이었다. 오줌이 마려우면 꾹 참고 화장실로 달려갈 수 있고, 땀을 흘리고 싶지 않으면 몸이 아픈 척양호실로 내빼 운동장을 달리지 않으면 되고, 암컷 새매가 허공에서 몸을 뒤집듯이 칼끝을 피해 달아나면 피를 흘릴 일도 없는 것이다. 그러나 이 일은 아무래도 통제가 되지 않았다. 밤의 어둠이 찾아오면 다처와 얼처라는 두 여자 건달과 국민당 여자 스파이는 아무 힘도 들이지 않고 내 이불 안으로 파고들었다. 그녀들은 긴급문서를 조사하겠다고 말하기 무섭게 내 가랑이 사이로 손을 뻗었다. 역시 경험많은 어른들의 충고를 듣는 게 옳다. 나는 다처와 얼처를 피해 다녀야 하는 것이다. 그러나 꿈속에서 그녀들은 절대적인 힘을 발휘해 어디로도 숨을 수 없었다.

중학교 3학년 생리위생 수업에서 생식기 구조에 대해 설명할 때, 수업을 맡았던 선생은 지역구에서 파견된 후씨였다. 얼굴을 보자마자 후 아줌마의 친척이라는 사실을 알 수 있을 만큼 젖가슴이 무릎까지 늘어져 있었다. 남학생과 여학생은 수업을 따로 들었다. 여학생들은 전 학년이 대강당에 모였고 남학생들은 전 학년이 운동장에 모였다. 나는 학교를 다니며 처음으로 여학생과 남학생이 한편이라고 느꼈다. 우리는 분리 심문을 받는 공범들이었고 서로의 말이 맞지 않으면 어느 쪽도 심문을 통과할 수 없었다. 나는 학교가 우리 남학생들의 몽정 문제를 해결해주려고 한다는 사실을 은연중 느꼈다.

그러나 여학생들에게는 대체 무엇을 알려주고 해결해주려는 것인지 알 수 없었다. 나는 한편으로는 후 아줌마의 친척인 그 선생이 다처와 얼처가 꿈에서 내게 한 일들을 알게 될까 긴장했고, 다른 한편으로는 그녀가 앞으로 다처와 얼처에 대응할 수 있는 좋은 방법을 가르쳐줄까 기대했다. 그러나 실제로 특강이 시작되었을 때, 후 아줌마의 친척은 우리보다 더 부끄러운 듯 고개를 반쯤 숙이고 우리를 똑바로 바라보지 못했다. 작은 얼굴을 붉게 물들인 그녀가 하는 말은 거의 하나도 제대로 들리지 않았다. 그저 꿈에 오줌을 쌌는데 그 결과가 오줌과는 다른 것이라 해도 두려워하지 마라, 그것은 정상적인 반응이라고 말했을 뿐이다. 그러나 그녀는 이런 현상은 자본주의적이고 구사회적이며 봉건적이기 때문에 계속 반복되도록 내버려둬서는 안 된다고도 했다. 지속 시간이 길어지고 빈도가 높아지면 자본주의와 구사회, 봉건주의의 해독이 더욱 심해질 뿐 아니라, 너무 심해져서 어느 정도에 도달하면 주사를 맞고 약을 먹고 쏸나이를 마셔도 소용이 없게 된다는 것이다. 해결 방법에는 여러 가지가 있다. 그러나 어떤 것이 특별히 효과가 있다고는 말할 수 없다. 예를 들어 잠들기 30분 전부터는 텔레비전을 보지 말고 딱지본이나 도색 잡지도 보지 말아야 한다. 또 잠들기 전에 우유 한 잔을 마시거나(집 안의 사정이 여의치 않다면 국수 한 그릇을 들이키는 것도 좋다), 1000미터 달리기를 한 뒤 찬물로 목욕을 한다 등 말도 안 되는 허튼소리를 늘어놓았다. 후 아줌마의 친척은 마지막으로 이렇게 말했다. 이 모든 방법이 통하지 않는다면 담임을 찾아가 상담해라. 담임이 부모님께 알리고 교장과 지역구, 시 교육위원회에 알려서 해결 방법을 찾을 것이다. 다른 사람들에게는 절대 알리지 않을 테니 안심해라.

나의 공포는 더 무시무시해졌다. 나는 잠들기 전에 무엇을 어찌해야 할지 알 수 없었다. 다처와 얼처가 차를 몰고 건물 안으로 들어올 때 나는 더 이상 노트를 내려놓고 베란다로 달려가지 않았다. 둥그런 물체를 보면 젖가슴이 떠올랐다. 기다란 물체를 보면 내 성기가 떠올랐다. 다처와 얼처가 내 긴급문서를 조사하고 나면 언제나 나는 침대 위에 드러누운 채 천장을 바라보았다. 그러면 그 긴급문서가 흠뻑 젖어서 조각조각 부서져 반짝이는 사금파리처럼 내 심장을 파고들어 온몸의 피를 서늘하게 만드는 기분이었다. 거의 죽기 일보 직전까지 온 것 같은 느낌이 들곤 했다. 정액은 오줌보다 진했고 심지어 피보다 진했다. 너무 많이 흘리거나 통제가 되지 않는다는 것은 결코 좋은 일이 아니었다.

나는 잠들기 두려웠기 때문에 해결 방법에 골몰했다. 비교적 쉬운 방법은 다처와 얼처를 해치우는 것이었다. 그러나 이 방법은 너무 위험했다. 그녀들을 해치우기도 힘들뿐더러, 설사 해치운다 하더라도 경찰이나 후 아줌마에게 발각되지 않을 도리가 없는 것이다. 그들에게 발각되지 않는다 해도, 주상의 엄마가 다른 여자 건달들을 보내지 않으리라는 보장이 없다. 게다가 영화 속의 여자 스파이는 여전히 존재했다. 그녀는 아무래도 해치우기 힘들다.

나는 잠이 오지 않아 옷을 걸치고 밖으로 나갔다. 달빛은 침침했고 달 모양은 완전히 휘어져 가느다란 반쪽 고리처럼 보였다. 자세히 살펴보아야만 구름에 가려진 어둑한 원형의 실체를 가늠할 수 있었다. 도둑고양이 한 마리가 눈동자를 번득이며 나를 노려보더니 어둠 속으로 사라졌다. 건물들 사이의 회화나무는 달빛 아래 어두컴컴해서 어쩌면 사람을 부르는 것 같고 어쩌면 귀신을 부르는 것 같았다. 나는 방공호로 가서 담배 한 개비를 찾아 피울 생각이었다. 언뜻 고개를 돌리니 쿵젠궈의 작은 방에 불이 켜져 있는 것이 눈에 들어왔다. 나는 곧 그리로 걸어갔다.

작은 방은 늙은 건달 쿵젠궈의 형수가 있는 방과 이어져 있어서 밖에서는 곧바로 들어갈 수가 없었다. 작은 방에는 창 하나가 바깥쪽으로 나 있었고, 그 창을 통해 안쪽의 밝은 빛이 새어나왔다. 나는 창문 아래로 걸어갔다. 원래는 쿵젠궈의 이름을 외치며 그를 불러낸 뒤 함께 대흑동으로 가서 담배를 피울 생각이었지만, 뭔가 방 안에서 미세한 움직임이 있는 듯해서 소리칠 수가 없었다. 쿵젠궈의 사생활에 대해서는 갖가지 소문이 떠돌았다. 장궈둥은 쿵젠궈가 백설공주처럼 한 번에 일고여덟 명과 함께 잠자리를 해도 수그러들지 않는다고 했다. 그는 또 일반적인 정의에 따르면, 건달은 우선 여성과 관계를 맺어야 하며, 그러지 않으면 건달이라 불릴 수 없다고 했다. 제아무리 싸움을 잘하는 사내라도 여성과 관계를 맺지 못하는 한 건달이라 불릴 수 없으며 기껏해야 양아치에 불과한 것이다. 장궈둥은 어렸을 때부터 근시여서 안경을 쓰고 다닌데다가 엄숙한 표정과 근엄한 태도로 논리정연하게 설명했기 때문에 상당히 설득력이 있었다. 그러나 장궈둥도 늙은 건달 쿵젠궈의 여자가 누구인지는 알지 못했다.

호기심이 발동한 나는 여기저기서 벽돌 몇 개를 멋대로 모아다가 그의 방 창문 아래 쌓아올렸다. 그런 뒤 벽돌 더미 위에 올라서서 흙먼지로 더러운 창틀에 손을 얹은 채 서서히 허리를 폈다.

방 안에는 쿵젠궈 혼자였다. 그는 침대에 모로 누운 채 붉은 글자로 '모범청년병'이라고 쓰인 흰 런닝조끼를 걸쳤으며 아랫도리를 완전히 벗고 하찮은 긴급문서를 드러내놓고 있었다. 한 손에는 알록달록한 잡지를 들고 다른 한 손에는 자신의 긴급문서를 그러쥐고 있었다. 한편으로는 잡지에 시선을 붙박고 한편으로는 끊임없이 손을 움직였다. 손놀림이 빨라짐에 따라 그는 숨이 넘어갈 듯 '아-아-아' 하는 신음소리를 냈고 곧이어 그의 곧추 선 긴급문서가 한바탕 부르르 떨었다.

내가 막 몸을 돌려 달아나려고 할 때 방 안에서 쿵젠궈의 목소리가 들려왔다. "추수이, 거기 꼼짝 말고 서 있어. 내가 나갈 때까지."

쿵젠궈는 건들대면서 걸어 나왔다. 손에는 여전히 그 알록달록한 잡지를 들고 있었다. 내가 흘깃 훔쳐봤더니 거기에는 통통하게 살진 엉덩이를 거의 다 드러낸 국민당 여자 스파이가 있었다. 쿵젠궈는 잡지를 내 손에 밀어 넣으며 말했다. "오줌통이 가득 차면 새는 것처럼, 정액도 가득 차면 넘치는 법이지. 오줌통이 가득 차면 화장실로 달려가고, 정액이 가득 차면 자위를 하는 거야. 더없이 자연스러운 일이니까 놀랄 것도 이상할 것도 없어. 교양 없이 호들갑 떨지 마라."

나는 더 이상 꿈에 다쳐, 얼처를 보지 않았다. 주상의 엄마도 다른 여자 건달들을 보내서 내 이부자리를 파고들지 않았다. 어두운 밤은 존재하지 않았고, 하늘은 언제나 푸르른 쪽빛이었다.

9. 이자성과 초선

주상의 엄마는 팔뚝이 가장 굵고 가슴팍 근육이 가장 두툼하고 눈빛이 가장 매서운 녀석의 품 안으로 뛰어들었다. 그녀의 목소리는 평온하면서도 결연했다. "날 데려가요." 그 뒤로 주상 엄마의 꽃다운 이름은 만방에 널리 떨쳐졌다.

늙은 건달 쿵젠궈는 주상의 엄마야말로 '진짜 여자'라고 말했다. 그는 그녀를 위해 끓는 물과 타는 불 속이라도 뛰어들 수 있기를 바랐다.

이 말을 할 때 그의 시선은 먼 곳의 하늘을 향하고 있었다. 나는 벌써 주상의 엄마와 주상을 본 적이 있었기 때문에 쿵젠궈가 없는 말을 지어낸 거라고는 생각되지 않았다. 나는 늙은 건달 쿵젠궈에게 다첸먼 한 개비에 불을 붙여주며 화제를 바꾸었다. 우리는 어젯밤 수이주이쯔에서 벌어진 패싸움에 대해 이야기를 나누었다.

나는 늙은 건달 쿵젠궈에게서 주상의 엄마에 대한 갖가지 이야기들을 얻어들었다. 주워들은 이야기들은 참과 거짓이 절반씩 섞여 있고 앞뒤가 맞지 않기도 했다.

내가 받은 인상에 따르면 모든 어른들이 묘사하는 자신의 소년시절은 언제나 변화무쌍했다. 쿵젠궈도 예외가 아니었다. 그들의 소년시절 고향에는 시시때때로 삭풍이 불었고, 노을은 핏빛으로 타올랐으며, 황사는 자욱이 하늘을 뒤덮었고, 백골은 사방에 널브러져 있었으며, 먹을 것과 마실 것은 늘 부족했다. 지주나 향신鄕紳 등은 언청이로 태어나거나 후천적으로 애꾸가 된 사람들이었다. 그들은 해적처럼 검은 두건을 뒤집어쓴 채 남자들을 속이고 여자들을 겁탈하며 악행이란 악행은 다 저질렀다. 그러나 때로는 온갖 꽃이 흐드러지고 숲이 우거지며 꾀꼬리 떼가 어지럽게 날아 맴돌고 푸른 물결이 집들을 끼고 도는 아름다운 풍경이 펼쳐지기도 했다. 계단마다 푸른 이끼가 깔려 있고 생선과 고기와 달콤한 먹을거리가 넘쳐났다는 이야기를 들은 적도 있다. 지주나 향신은 이웃집 오빠처럼 보살펴주다가도 짝사랑하는 아가씨가 다른 마을로 시집이라도 갈라치면 하염없이 눈물을 주룩주룩 흘렸다. 어느 경우든 어른들의 캐릭터는 모두 일관성이 있었고 영구불변했다. 그 시절 그들은 아직 어렸고 하나같이 가슴에 큰 뜻을 품고 있었다. 고상한 취향을 지닌 채 하나같이 향학열을 불태웠으며 방정한 품행에 좋은 습관을 갖추고 있었다. 그들은 잠들기 30분 전에는 절대 텔레비전을 보지 않았고, 손으로 베껴쓴 필사본 불량소설이나 도색 잡지도 보지 않았으며, 우유 한 잔을 마셨고(집 안의 사정이 여의치 않다면 국수 한 그릇을 들이키기도 했다), 1000미터 달리기를 한 뒤 찬물로 목욕을 했다. 그들은 담배를 훔쳐 피지 않았고, 꿈에 여자 스파이나 이웃집 과부를 만나는 일도 없었으며, 몽정도 자위도 하지 않았다. 그들의 정액과 난자는 그들의 뱃속에서 썩어 문드러졌던 것이다. 그들이 지금 어떤 모습이든 간에 그들의 모든 과거는 현재의 우리에게 귀감이 되고 모범이 된다. 그래서 그들이 자신의 과거에 대해 이야기할 때면 아무래도 긴가민가 의심하지 않을 수 없다.

늙은 건달 쿵젠궈는 주상의 엄마가 산시성의 미즈米脂에서 태어났다고 했다. 산시성의 미즈는 영웅 이자성이 태어난 곳이며, 천하의 영웅을 두 허벅지 사이에서 농락한 초선이 태어난 곳이기도 하다. 나는 그곳에 가보지 못했다. 그러나 주상의 엄마가 정말 거기서 태어났다면 어떤 젠장맞을 땅에서 그렇게 젠장맞을 아가씨가 나고 자랐는지 한 번은 꼭 가서 봐야 할 것 같다.

쿵젠궈는 그곳에 가본 적이 있다고 했다. 그곳은 온종일 자욱한 황사로 하늘이 가려지는 곳이어서 일단 바깥출입을 했다가 돌아오면 손을 씻고 콧구멍까지 씻어야 한다고 했다. 그래서 그곳 사람들은 남녀를 막론하고 코털이 길게 삐져나와도 내버려둔다고도 했다. 그러지 않으면 현재의 베이징과 다르지 않을 정도로 황사가 폐까지 파고들어 폐부종을 일으킨다는 것이다. 땅은 사람을 말려 죽일 만큼 척박해서 기후가 좋지 않을 때는 어떤 작물도 자라지 않는다. 큰 도둑이나 뛰어난 미녀만 나고 자랐을 뿐이다. 그곳은 워낙 물이 부족해서 우물 하나를 얻기 위해 십여 명의 목숨이 날아가기 일쑤였다. 그러나 그곳에서 나고 자란 아가씨들은 안팎으로 물기가 그득했다. 물기를 머금은 피부는 양의 기름이나 매끄러운 옥처럼 윤기가 흐르며 부드러웠고 슬그머니 어루만지기라도 하면 손가락에 감기는 보들보들함 때문에 좀처럼 놓을 수 없었다. 사내들은 아가씨들이 세상 모든 물기를 빨아들인 것은 아닌지 남몰래 불평을 했다. 나아가 마실 물도 없는 땅에 그녀들이 오래 머무르면 자기 몸에 남은 한 방울 수분마저 빨아들이는 것이 아닐까 두려워하기도 했다. 사내들은 별수 없이 제각기 외부로 나가서 마실 물을 구했고, 상대가 물을 주지 않을 것에 대비해 언제나 제 몸에 칼을 지녔다.

주상의 엄마가 태어나기 석 달 전부터 마을에는 비가 한 방울도 내리지 않았다. 땅 위나 나뭇가지, 사람의 입술에서도 쩍쩍 갈라져

튼 자리가 보였다. 태어날 무렵에는 엄청난 노력 끝에 겨우 아기를 받을 한 대야의 물을 끓일 수 있었다. 태어난 아이는 울음을 터뜨리지 않았지만 사람들은 심장이 찢기는 것처럼 커다란 우레 소리를 들었다. 그러더니 사흘 밤낮으로 엄청난 폭우가 쏟아졌다.

주상의 엄마가 네 살이었을 때 아버지가 세상을 떠났고 열네 살에는 어머니가 세상을 떠났다. 어머니는 눈을 감기 전에 그녀에게 이렇게 말했다. "난 네가 굶어 죽지 않으리라는 걸 알아. 그저 양심에 부끄럽지 않을 정도로만 네 얼굴을 이용해서 살아가거라." 또 어머니는 그녀의 육촌 오라비가 베이징에서 일을 하고 있으니 찾아가보라고 했다. 그때 주상의 엄마는 너무 어렸던 탓에 첫 번째 말을 제대로 알아듣지 못했다. 두 번째 말에는 시간과 장소와 인물이 분명하게 등장했으므로 그나마 알아들을 수가 있었다. 그녀는 되는대로 옷가지를 꾸린 뒤 이웃의 건장한 소년에게 며칠이면 돌아올 테니 집을 부탁한다는 말을 남기고는 문도 잠그지 않은 채 떠나버렸다. 훗날 그 건장한 소년은 주상의 엄마 대신 이십 년 동안이나 그녀의 집을 지켰다. 그는 서른다섯 살이 되어서야 꽹과리와 나발이 울리는 가운데 이웃 마을의 어여쁜 여자에게 장가를 들어서 간신히 동정을 면했다고 한다.

주상의 먼 친척 오라비에게는 굶어 죽은 늑대가 환생한 것 같은 아들이 다섯이나 있었다. 그 애들은 하루 세 끼를 먹기 위해 제 아버지의 어떠한 구타와 욕설도 기꺼이 참아냈다. 육촌 오라비에게는 대걸레 같은 마누라도 있었다. 그녀는 자신에게도 싱그러운 모란이나 작약과 같은 시절이 있었으며, 어쨌거나 그것은 아름답고 눈부시며 햇살같이 건강한 시절이었다고 떠들곤 했다. 모두 못된 늑대 새끼 같은 아들놈들 때문에 지금의 꼬락서니가 되어버렸다는 말이었다.

그럴 때면 그녀의 육촌 오라비는 갑작스레 툭 튀어나와 그녀의 말이 사실임을 증명하곤 했다. 그 시절 그녀가 어여뻤던 덕분에 그 뒤를 졸졸 따라 다니며 자신도 똥을 쌀 수밖에 없었다는 것이다. 육촌 오라비의 마누라는 변비가 심했다. 매일같이 후퉁[베이징의 좁은 골목] 안쪽에 깊숙이 위치한 공중변소에 앉아 같이 똥을 싸는 아줌마들과 한 시간씩 수다를 떨곤 했다. 그것이 그녀의 하루 일과 중 가장 즐거운 한때였다. 후퉁의 공중변소는 남녀 칸이 나뉘어 있어 서로 얼굴을 볼 수는 없었지만 소리까지 막아주지는 않았다. 육촌 오라비는 변소에 갈 때마다 자기 마누라의 상쾌하고 명랑한 웃음소리를 들을 수 있었다.

주상의 엄마가 그 집에 도착한 첫날 육촌 오라비는 주러우둔펀탸오[돼지고기 육수에 당면을 넣고 끓인 요리]를 만들어주었다. 식탁에 앉은 다섯 아들이 자신을 보는 눈동자에서 그녀는 그들이 자기까지 돼지고기나 당면과 함께 끓여 버리고 싶어 하는 것 같다고 느꼈다. 그러면 고기를 한 입이라도 더 먹을 수 있고 먹는 입까지 하나 줄어들 테니까. 그 뒤로 그녀는 밥을 먹을 때마다 언제나 이러한 눈빛에 깨물리는 느낌을 받았다. 밥을 먹지 않을 때는 자신을 주시하는 육촌 오라비 마누라의 눈빛에서 대걸레로 문질러지는 느낌을 받았다. 때때로 육촌 오라비가 주상에게 몇 마디 말이라도 건넬라치면, 그녀는 채소를 씻다 갑자기 수도꼭지를 크게 틀어서 귀청 찢어질 것 같은 소음을 일으켰다. 그리고 나서는 얼마든지 해보라는 듯 대놓고 의연하게 육촌 오라비가 퍼붓는 욕설을 다 받아냈다.

주상 엄마의 조카들은 그녀와 비슷한 또래였다. 그들은 사물을 오직 두 가지로 분류했다. 먹을 수 있는 것과 없는 것. 먹을 수 있는 것은 바로 먹어치웠다. 그들은 미나리, 가지, 감자, 생선, 고기 비계도 날

것으로 먹었다. 그들은 훔친 자전거의 타이어를 조각조각 자른 뒤 돼지 피 색깔의 아교가 될 때까지 끓여서 기다란 대나무 끝에 처덕처덕 발랐다. 여기에 들어붙은 매미는 머리, 다리, 날개와 배가 분리되었다. 겨우 남은 살점 조각들은 석쇠 위에서 구워지고 간장이나 소금 따위 양념에 버무려진 다음 입속으로 들어가 우적우적 씹힌 뒤 뱃속으로 떨어졌다. 주상의 엄마는 육촌 오라비의 집에서 한 번도 매미 소리를 들은 적이 없었다. 먹을 수 없는 것이라면 곧바로 잡아 죽였다. 그들은 푼돈이 생기면 백화점에 가서 설탕 입힌 콩알 다섯 개를 사서 한 사람에 한 알씩 입안에 넣고 살살 녹여 먹었다. 설탕이 녹아 사라지면 마지막 남은 침을 한 모금 개미굴 앞에 뱉었다. 그런 뒤 쓰레기통에서 주워 온 반쪽짜리 돋보기안경으로 자신들의 침 구덩이에 접근하는 모든 개미를 햇빛에 쬐여 죽였다.

주상의 엄마는 먹을 수도 없고 죽일 수도 없는 대상이었다. 조카들은 아직 어렸고 입가의 수염도 여물지 않았기 때문에 주상의 엄마의 얼굴과 몸매를 봐도 아버지처럼 그들의 작은 고추가 저도 모르게 부풀어 오르는 일은 없었다. 그래서 그들은 그녀를 괴롭혔다. 그들은 감히 그녀의 몸에 상처를 입히지는 못했다. 그들의 아버지가 안다면 그들에게 퍼부어질 구타와 욕설은 배가 될 것이기 때문이다. 그들은 그녀의 고자질을 두려워하지 않았다. 그녀는 단 한 번도 고자질한 적이 없었기 때문이다. 그래서 그들은 상상력을 쥐어짜 내며 남들이 알아보지 못하게 겉으로는 드러나지 않을 상황에서 차마 말할 수 없는 고통을 주상의 엄마에게 안겨주었다.

어느 날 주상의 엄마는 문득 자신에게 남은 것은 오직 한 가지 선택뿐임을 깨달았다. 도망치거나 죽거나. 그녀는 조카들에게 괴롭힘을 당해 죽거나 육촌 오라비의 마누라에게 독살당할 위험에 놓여 있었던 것이다. 마침내 어느 오후, 늦은 봄날의 하늘에 해가 걸려 있을 때, 솜과 찢어진 천을 둘둘 감은 몽둥이를 휘두르며 신난 도깨비들처럼 쫓아오는 조카들을 뒤에 두고, 주상의 엄마는 대문을 박차고 나와 달리기 시작했다.

후통 입구에는 웃자란 사내아이 몇몇이 자전거 핸들에 엎드리거나 안장에 앉은 채 노닥거리고 있었다. 그들은 동東 40조 거리에서 지난밤 벌어진 혈전에 대해 열변을 토하는 중이었다. 이 구역의 유명한 깡패 라이쯔가 두 명의 이름 모를 신입이 휘두른 막대 수류탄에 머리가 깨져서 뇌수를 쏟았다는 이야기였다. 또 그들은 조금 전에 큰길을 지나가던 여자의 엉덩이와 젖가슴이 너무 커서 음란하다면서 '봉건주의와 수정자본주의 타파'를 이유로 그녀와 전투를 벌여야 한다고 떠벌리기도 했다. 주상의 엄마는 그들 가운데서 팔뚝이 가장 굵고 쭉 뻗은 콧날을 지녔으며 눈두덩이 깊은 녀석을 눈여겨보았다. 녀석의 눈동자에는 이따금씩 수리나 새매 같은 맹금류의 매서운 눈빛이 서렸다. 날씨는 그리 덥지 않았지만 그들은 새것이든 낡은 것이든 군복 상의 하나만 대충 걸친 차림새였다. 소맷부리를 팔뚝까지 걷어붙이고 단추는 아래쪽 한두 개만 채우고 있어서 바람이 불면 옷자락이 후들거려 더러운 배꼽과 이제 차오르며 근육이 갈라지는 가슴팍을 드러냈다.

주상의 엄마는 후통 입구까지 달려갔다. 담벼락에는 거대한 붉은 태양과 톈안먼이 그려져 있었고 또 얼룩덜룩한 분필로 "리밍은 바보 상남자, 엄마는 닳아빠진 신발짝" 따위의 낙서가 쓰여 있었다. 그녀는 햇빛이 참 눈부시다고 생각했다. 피었다 지는 풀또기 꽃과 막 피어나는 무궁화가 뒤섞여 알 수 없는 기묘한 향기를 뿜어내고 있었다. 하늘에서는 하염없이 느긋한 구름 두세 송이가 느릿느릿 갖가지 모양을 그려냈다. 후통 입구에는 얇은 솜저고리를 걸친 노인 두어 명이 접이식 간이의자에 앉아 쏟아지는 햇빛을 받으며 구름이 느릿느릿 변화하는 모습을 바라보고 있었다.

　주상의 엄마는 팔뚝이 가장 굵고 가슴팍 근육이 가장 두툼하고 눈빛이 가장 매서운 녀석의 품 안으로 뛰어들었다. 그녀의 목소리는 평온하면서도 결연했다. "날 데려가요." 그 뒤로 주상 엄마의 꽃다운 이름은 만방에 널리 떨쳐졌다.

10. 보온병과 맥주

담배가 없으면 그는 이야기를 하지 않았다. 맥주를 마셔도 흥이 오르지 않으면 이야기를 하지 않았다.

나는 갈수록 눈에 띄게 두툼해지는 쿵젠궈의 뱃살을 바라보면서 팔뚝이 가장 굵고 가슴팍 근육이 가장 두툼하고 눈빛이 가장 매서운 그 남자가 쿵젠궈였느냐고 물었다. 그가 말했다. 묻지 말고 그냥 들어, 뭘 자꾸 캐묻는 거야. 그의 명성과 행실로 보아 아직도 주상의 엄마와는 모종의 관계가 있는 것처럼 보였던 것이다. 사실 나는 팔뚝이 가장 굵고 가슴팍 근육이 가장 두툼하고 눈빛이 가장 매서운 그 사내의 이야기를 더 듣고 싶었다. 주상의 엄마는 그저 그 사내의 품에 떨어진 한 떨기 싱그러운 꽃송이였을 뿐이다. 나는 거목의 이야기를 더 듣고 싶었고 그와 같은 사내대장부가 되고 싶었다. 늙은 건달 쿵젠궈의 얼굴에는 주름과 칼자국이 있었는데, 그것은 마치 아주 오래 입은 가죽 재킷처럼 보였다. 그의 눈동자는 반짝이는 빛 때문에 마치 수정구슬처럼 보였기에, 나는 그 안에서 나의 미래를 보고 싶었다. 나는 사내대장부가 될 수 있을까? 사내대장부가 되면 정말 주상의 엄마 같은 여자가 내 품 안으로 뛰어들까? 그럴 수 있다면, 나는 어느 해 어느 달 어느 날에 어느 후통 입구에서 기다려야 할까? 그녀가 내 품 안으로 뛰어들면 나는 어떤 자세로 그녀를 안아야 하나? 고개를 숙이면 그녀의 머리가 내려다보일 테고, 그 향기를 맡으며 손길 닿는 대로 머릿결을 만지면 내 아랫도리는 곧바로 쫑긋 서버릴 텐데, 그런 다음에는 뭘 어떻게 해야 하지? 그러나 쿵젠궈는 그런 이야기를 절대 해주지 않았다.

쿵젠궈는 말을 잘하는 이야기꾼이 아니었다. 주상 엄마의 이야기도 처음부터 끝까지 한 번에 들려준 게 아니다. 그는 수없이 여러 번 그 이야기를 꺼냈고 말할 때마다 아주 조금씩만 들려주었으며 그나마 많은 부분이 모순되거나 아귀가 맞지 않았다. 그는 주변에 아이들이 많으면 이야기를 하지 않았다(특히 류징웨이가 있을 때는 절대로 말하는 법이 없었다). 담배가 없으면 그는 이야기를 하지 않았다. 맥주를 마셔도 흥이 오르지 않으면 이야기를 하지 않았다.

그때는 병이나 캔에 든 맥주를 거의 찾아볼 수 없었다. 백주를 살 때나 마찬가지로 우리는 보온병을 들고 우체국 맞은편에 있는 '웨이민爲民'이라는 국영 식당에 가서 술을 받았다.

그 국영 식당에서는 매일 오후 3시에 단 한 번 맥주를 팔았다. 맥주는 순식간에 다 팔려버렸고 주말에는 아무도 출근을 안 했기에 맥주 배급도 없었다. 어떻게 조작하고 있는지 안을 볼 수는 없었지만 우리는 그들이 매일 맥주공장에서 큰 맥주 통을 가져다가 다 떨어질 때까지만 파는 게 아닐까 생각했다. 지금 생각해보면 그때 그 맥주는 정말이지 형편없었다. 거품은 전혀 없고 향도 별로 없는 게 누군가 내갈긴 오줌만도 못했다. 장궈둥은 나면서부터 신장이 안 좋은 편이어서 오줌을 눌 때면 맥주보다 더 많은 거품이 생겼다. 빛깔도 더 노랗고 냄새도 진했다. 그래도 맥주는 맥주였다. 맥주는 물보다 더 거품이 많았고 물보다 더 노란빛이었으며 물보다 더 술맛이 났다. 그걸 마시면 마치 큰 대접으로 벌컥벌컥 술을 마시고 한 입 가득 고기를 우적우적 씹어먹는 『수호전』의 영웅호걸이 된 것 같았다. 먹고 마시며 배를 채운 그들은 공평하게 황금을 나눴고 산 밑에서 보쌈해온 젖가슴이 몽실한 처자들도 골고루 나누었다. 나는 『수호전』의 그 술이 우리가 국영 식당에서 받아온 맥주와 별반 차이 없을 거라고 생각했다. 그들은 그 술을 열여덟 사발이나 마시고도 전혀 비틀거리지 않았던 것이다. 선풍퇴旋風腿를 날리거나 손이랑의 엉덩이를 만지는 것도 그리 대단한 일이 아니었다.

공급에 제한이 있었기 때문에 술을 파는 까무잡잡한 뚱보는 자기가 마치 술의 신이라도 되는 양 굴었다. 사방 십 리 안에 사는 모두의 즐거움이 그 손에 달렸으므로 이를 데 없이 의기양양이었다. 매일 오후 3시에 그는 낮잠을 자고 일어나 수도꼭지를 비틀어 얼굴로 물을 맞으며 술을 사러 창구로 밀려든 사람들의 왁자지껄한 소리를 들었다. 그는 언제나 십 분쯤 더 늑장을 부리고 나서야 마지못한 듯 거드름을 피우며 창구를 막아뒀던 삼중 합판을 치우고 벌써부터 술을 사러 와 한참동안 줄 서 있던 사람들을 상대했다. 나는 그 줄의 맨 앞에 서 있었다. 삼중 합판이 사라지자 눈앞에 까무잡잡한 뚱보의 비할 바 없이 거대한 돼지 머리가 떠올랐다. 나는 이리저리 뻗은 매화 가지처럼 얽힌 그의 콧구멍 속의 굵은 코털을 볼 수 있었고, 그의 콧구멍에서 뿜어져 나오는 숙취로 찌든 알코올 냄새도 맡을 수 있었다. 이 빌어먹을 놈은 틀림없이 낮잠을 자기 전에 맥주를 훔쳐 마셨을 것이다! 뚱보는 나와 내 뒤로 나란히 선 류징웨이, 장궈둥 그리고 우리 셋의 양손에 들린 특대 사이즈의 보온병을 흘깃 보고는 소리쳤다. "또 니들이냐. 술값!" 나는 그의 코털이 들썩들썩 흔들리는 것을 보았다. 그중 하나는 아주아주 길게 휜 채로 콧구멍 밖으로 나왔고 위에는 둥글고 딱딱한 코딱지가 들러붙어 있었다.

들기로는 뚱보가 포병대 출신이라 군체권軍體拳을 연마해서 삼류 깡패들은 그의 근처에 얼씬도 못 한다지만 나는 믿지 않았다. 여름날 뚱보가 더위를 피해 작은 나무 의자에 앉아 바람을 쐬고 있는데 그의 마누라가 뛰어나오더니 쓸모없는 놈이라며 욕설을 퍼부어대는 걸 본 적이 있다. 그는 화를 내기는커녕 눈을 내리깔고 고개를 숙인 채 온몸의 살을 늘어뜨리고는 부들부채만 흔들어댔다. 그때 우리는 뚱보가 왜 쓸모없는 인간인지 알지 못했다. 그러나 월요일부터 토요일까지 3시만 되면 거들먹거리는 뚱보를 볼 때마다 그 쪼그라든 모습을 떠올리면 속에서 피어오르는 웃음을 주체할 수 없었다.

뚱보의 마누라는 뚱보가 원래 포병대 취사반 반장이었으며 몰래 먹기만 하고 일을 제대로 하지 않았다고 말했다. 나는 뚱보의 옛 직업보다 더 비참한 건 없다고 생각했다. 초록 모자를 쓰고 새까만 솥을 맨 채 다른 사람이 대포를 쏘는 것만 지켜봐야 하다니 말이다[초록 모자를 썼다는 것은 아내가 바람을 피웠다는 뜻의 중국식 표현이다].

11. 거세당한 사마천

마지막에 그녀를 아내로 맞은 것은 얼굴 하얀 샌님이었다. 검은 테 안경에 보일락 말락 하는 구레나룻이 있으며, 가난하지만 그림 그리는 재능이 있어 직장의 홍보와 대자보를 책임지는 사람이었다. 그는 무대에 올라 자신이 직접 쓴 산둥콰이수를 공연하기도 했는데, 우아한 표정에 낭창한 허리, 붉게 물든 얼굴이 제법 아리땁게 보였다.

주상의 엄마의 꽃다운 이름은 후퉁 주변의 둥단, 난샤오제, 차오와이다제까지 떨쳐졌다.

베이징이 얼환, 싼환 등 순환도로로 에워싸이면서 도시 외곽에서는 대규모 토목공사가 벌어졌다. 먼 교외 지역의 현 단위에서도 퇴비장 근처에 2, 3층짜리 신사회주의 농민 주택들이 지어지기 시작했고, 이 주택들은 경치를 즐기기 위해 놀러오는 외국인들의 별장으로 팔려나갔다. 베이징시내에는 얼환로 안쪽에만 몇몇 단층 건물들이 남아 있었다. 허우하이 쪽에 위치한 명사들이 모여 사는 지역은 대부분 완전한 형태의 사합원이 보존되어 있었는데, 그 저택들은 들어갈 때 차례로 세 개의 문이 열리는 구조였다. 지붕 아래에는 물고기가 사는 커다란 수조와 살진 개, 석류나무와 포도나무 덩굴, 가슴골이 깊고 젖내가 진하게 나는 통통한 하녀들이 살았다. 명사들은 시원한 그늘 아래 새로 돋아난 나뭇잎들을 헤아리며 그 사이로 비쳐드는 햇빛을 만끽했다. 더욱이 인딩차오銀錠橋에서는 산이 바라다보였고, 고기 굽는 계절에는 이과두주를 마실 수도 있었다. 스차하이 什刹海의 연꽃 향기와 달빛은 속물적이지 않고 품위 있는 아가씨들마 저 꼼짝 못 하게 만들었다. 둥단과 차오네이 쪽은 대부분 혼잡한 대 잡원大雜院인데 간혹 명사들의 옛집도 있었다. 그러나 유명한 명사든 들풀처럼 이름 없는 민중이든, 주머니에 돈이 없어 겨우 부뚜막에서 얹혀 자고 산닭을 잡아 구워 먹을 시절에는 그 삶이 별 다를 바 없 었을 것이다.

대잡원 안에는 사람 하나 간신히 지날 수 있는 통로를 남겨둔 채 각기 다른 용도의 수많은 울타리가 기기묘묘한 형태로 세워지곤 했 다. 그래서 그 길은 마치 늘어진 덩굴들과 들짐승들의 눈으로 가득 찬 숲의 오솔길처럼 느껴졌다. 기본적으로 이와 같은 형태를 유지하 면서 성장하고 변화했기에 모든 건물은 꽤 오래된 것이지만 나름의 생명력을 지니고 있었다. 아침에 일어나 찹쌀로 빚은 술처럼 누런 오 줌이 담긴 요강을 들고 이 통로를 오가다 마주칠 때면 서로 양보했 다. "먼저 가세요. 아니, 먼저 쓰세요." 그런 뒤에는 길거리 작은 식당 에서 징둥러우빙[북쪽 지역에서 자주 먹는 고기 밀전병. 허베이 징둥 지역 에서 유래했다고 한다]이나 루주휘사오[돼지머리와 내장 등을 끓여 만든 베이징 요리] 따위를 먹었다. 십여 년 이후의 둥즈먼 안쪽 먹자거리나 싼리툰 술집 거리는 모두 이런 메커니즘에 의해 민간에서 유기적으 로 형성된 곳이다. 그래서 이 구역에서 자라난 건달들도 단순명쾌함 을 추구했다. 뇌수가 땀처럼 이마와 뺨을 타고 흐르는 동안에도 비정 한 미소를 지을 수 있는 것이다. 여자 깡패들도 얄은꾀나 짜증을 부 리거나 화난 척하는 따위의 잔재주를 부리지 않았고, 거리에서 욕을 내뱉을 때는 귀신도 울고 신선도 까무러칠 만큼 독하고 신랄하기 짝 이 없었다. 그녀들이 내뱉는 '니기미럴 씨팔'은 한 마디 한 마디 발음이 정확하고 찰졌다. 어려서부터 내공을 정심하게 수련한 명문정파 출신임을 단번에 알 수 있었던 것이다.

보온병에 가득 채워 온 맥주를 뱃속에 털어 넣은 쿵젠궈의 입에서는 연꽃들이 연달아 꽃망울을 터뜨렸다. 그는 과거에 차오양먼 안팎에는 구룡일봉九龍一鳳이 존재했는데 주상의 엄마가 바로 그 하나뿐인 봉황이었다고 했다. 이십 년 전 이 동네 십 리 사방에서 벌어진 싸움의 절반은 주상의 엄마 때문에 벌어진 것이었다. 아가씨와 젊은 주부들은 그녀를 둘러싼 사건 사고를 안주 삼았고, 술집의 거친 사나이들은 그녀의 얼굴을 떠올리며 뱃속에 술을 부었다. 위대한 건달들의 입에 그녀의 이름이 오르내릴 때는 언제나 경건하고 신실한 맹세가 따라붙었고, 똘마니들은 그녀의 몸매를 떠올리며 제 아랫도리를 쥐고 더러운 이불 속으로 파고들었다.

마지막에 그녀를 아내로 맞은 것은 얼굴 하얀 샌님이었다. 검은 테 안경에 보일락 말락 하는 구레나룻이 있으며, 가난하지만 그림 그리는 재능이 있어 직장의 홍보와 대자보를 책임지는 사람이었다. 그는 무대에 올라 자신이 직접 쓴 산둥콰이수山東快書[산둥 지역에서 기원한 민간 설창 문예의 일종]를 공연하기도 했는데, 우아한 표정에 낭창한 허리, 붉게 물든 얼굴이 제법 아리땁게 보였다. 예로부터 이런 사내들이 언제나 여인의 사랑을 독차지했다. 그래서 나는 한 무제가 사마천을 거세한 일에 대해 전적으로 동의한다.

햇빛이 눈부시게 빛나던 어느 날, 주상의 엄마가 거리로 나섰다. 귓가에 흘러내린 머리카락을 왼손으로 쓸어 넘길 때 그녀의 까만 머리카락은 햇빛을 받아 금빛으로 빛났다. 가슴 위로 드리운 머리카락은 가늘면서 합치르르한 것이 마치 비단으로 짠 발처럼 드리웠다. 아래쪽 카키색 군복과 군복 아래 숨겨진 도도록한 앞가슴이 그 사이로 슬쩍슬쩍 비쳤다. 그녀의 오른손 손가락 사이에는 중화 담배 한 개비가 끼워져 있었다. 쿵젠궈가 불을 붙여주려는 찰나에 장차 주상의 아버지가 될 남자가 번개처럼 그를 밀쳐내고 주상 엄마의 입에 물린 담배를 쳐냈다. 그때 쿵젠궈는 주상 아버지의 갈비뼈 세 대를 부러뜨렸다. 하지만 주상의 아버지는 주상의 엄마에게 담배에 손대지 말라고 끈질기게 부탁했다. 그리고 나서야 마음을 놓은 듯 정신을 잃었다. 주상의 아버지는 병실에서 렌어우둔주파이[연근이 들어간 돼지갈비탕. 연근은 끊기 어려운 남녀 사이의 정을 환기한다]를 여러 번 먹었다. 그는 무료함을 달래려고 창밖에 떠가는 구름이 변하는 모습을 지켜보며 『성경』의 구절을 떠올렸다. 하와는 아담의 갈비뼈로 만들어진 존재였다. 여자는 남자의 뼈 중의 뼈, 살 중의 살이라. 그는 자기가 삼켜서 뱃속에 넣은 갈비가 수퇘지인지 암퇘지인지 알 순 없어도, 부러진 자기 갈비뼈와 렌어우둔주파이를 만들어온 주상의 엄마 사이에는 어떤 연결고리가 있을지 모른다고 생각했다. 마치 소년 시절 「무제無題」라는 시를 쓸 때 이상은이 느낀 혼란스러운 감정들이 천 년 만 리 시공간을 건너뛰어 한 청년의 영혼을 황홀하게 하고 아랫도리를 화살처럼 세워버린 것만 같았다. 햇빛이 내리쬐는 동안 주상의 엄마는 침대 맡에 비스듬히 앉아 있었다. 맑은 눈동자는 담담하게 흔들렸고 머리카락은 반들반들 윤기가 흘러넘쳤다. 마치 주상의 아버지가 읽어본 여인의 아름다움을 논한 모든 문학을 한데 모은 것 같았다. 그의 성기는 태양보다 더 뜨겁게 달아올라 환자복 바지를 태우고 침대 시트마저 불살라버릴 지경이 되었다. 그다음 자연스러운 수순이 이어졌다. 적어도 두 당사자는 그렇게 생각했다. 주상은 그렇게 병원 침대에서 한 방에 잉태되었다.

위대한 건달들은 역시 위대한 건달다운 패기와 기백이 있었다. 그들은 누이동생을 시집보내듯 주상의 엄마를 시집보내면서 한마음 한뜻으로 대동단결했고 사나이다운 관용을 베풀었다. 결혼피로연은 그들의 체면만큼이나 화려했다. 검은 리무진 여덟 대가 붉은 깃발을 꽂고 신부를 맞이하러 나섰다. 차량번호가 연속된 8대의 리무진이 차례로 거리를 달렸으며, 두 개의 큰 가마솥에 고기를 삶고 열 개의 회전식 테이블을 놓자 삼 리 밖까지 음식 냄새가 퍼졌다. 유이상덴友誼商店[외국인 전용 국영 상점]에서는 특별히 칭다오 맥주를 도매가로 내줬고, 지역 파출소에서는 이 혼인을 계기로 피와 칼이 난무하는 사태가 사라지기를 바라는 뜻에서 원앙이 그려진 비단 이부자리를 공동구매해 경찰차에 실어 보내주었다. 이제 그들은 후 아줌마와 같은 사람들을 지휘해서 혼외정사를 벌이거나 도박을 하거나 신장 사람으로 위장해 사기를 치거나 면허 없이 달걀을 파는 촌놈들을 잡아들이기만 하면 되는 것이다. 그들은 술과 음식을 먹으며 이 혼례의 즐거운 분위기를 만끽했으며 신랑 신부를 축하했다. 인근 사람들은 이 혼사가 역사적인 전환점이 되어 앞으로 다시는 거리에서 사람이 잔인하게 죽었다는 이야기가 들리지 않을 것이라 여겼다.

쿵젠궈는 그때 자신도 검은 양복을 입고 결혼식에 참석했다고 말했다. 양복은 아는 사람에게 부탁해 홍콩에서 공수해온 것으로 백퍼센트 순모의 유명 브랜드 제품이었다. 양복 소매에는 단추가 세 개나 달렸고 상표에서는 중국 글자를 찾아볼 수 없었다. 결혼식 이후로 그 양복은 전혀 쓸 일이 없었기 때문에 아무렇게나 구겨서 작은 방 침대 아래 던져 넣었다고 했다. 지금쯤은 흙먼지 때문에 원래 무엇이었는지조차 알 수 없을 것이다.

12. 『무경총요武經總要』

그때 장궈둥의 꿈은 맥주와 아이스크림, 폭약을 직접 만들
수 있는 과학자가 되는 것이었다.

나는 운동장 단상 위에 서서 류징웨이와 장궈둥을 향해 내 꿈은
채화도적采花盜賊[무협소설에서 여성의 정조를 훔치는 인물 유형]이 되는
것이라고 선포했다. 나는 스스로 위대하다고 느꼈다. 눈앞의 세상을
마치 중세 교황청의 지배 아래 있는 무지몽매한 유럽처럼 생각했던
것이다.

류징웨이와 장궈둥의 영혼은 그러한 나의 위대함을 이해할 수 있
을 만큼 충분히 무르익지 않았지만, '채화'라는 말이 여자를 건드리
는 일이라는 것 정도는 알았다. 그러나 거리에서 마주치는 여자아이
들은 먹을 수도 마실 수도 없었을 뿐 아니라 건드리기도 쉽지 않았
다. 대부분의 여자아이는 매서운 입과 악독한 마음을 지녔기 때문
이다. 여자를 안고 자는 문제에 대해, 그들은 그게 도대체 무슨 소용
인지 알지 못했다. 안고 자는 건 이불로 충분하지 않아? 늘 자양강장
제를 복용하는 늙다리들한테 주워들은 말로 성행위가 원기와 정신
을 손상시킨다는 사실만 알았을 뿐이다. 늙은 건달 쿵젠궈에게는 옛

날 그림이 한 장 있었다. 청나라 초기 그림이라고 들었는데, 두 개의 이빨을 가진 호랑이 한 마리가 그려져 있고, 머리를 풀어헤친 반라의 미녀가 젖가슴과 허벅다리를 드러낸 채 호랑이 위에 올라타고 있었다. 화가는 세밀화 위에 다음과 같은 화제시畵題詩를 적었다. "밝은 곳에서 남의 머리가 떨어지는 줄 알지 못하면, 어둠 속에서 그대 골수가 메마르리라明里不見人頭落, 暗中叫你骨髓枯." 류징웨이와 장궈둥은 먼 훗날 내가 정력이 다해 죽지는 않더라도 서서히 철딱서니 없는 멍청이가 되고 말 거라는 사실을 기정사실화했다.

나는 여기에 어떤 음모가 있을 거라고 말했다. 원래 나, 장궈둥, 류징웨이와 취얼, 주상은 구조적으로 어떤 차이도 없었다. 그러나 자라면서 점차 다른 점들이 나타나기 시작했고 화장실이나 목욕탕에 갈 때도 따로 들어가게 되었다. 그러지 않으면 후 아줌마나 파출소 경찰들이 개입하기 때문이다. 우리와 주상의 차이는 우리와 개나 고양이의 차이보다 훨씬 컸다. 개나 고양이는 우리와 같이 남자 화장실에 갈 수 있지만 주상은 그럴 수 없기 때문이다. 이 음모에는 또 다른 차원의 문제가 있었다. 원래 우리는 주상과 같은 애들에게 어떤 흥미도 없었다. 그런데 자랄수록 관심이 생겨났고 그녀들과 같이 있다고 생각하게 되었다. 왜 모란이 활짝 피어나면 우리는 예쁘다고 생각하는 걸까? 왜 주상의 얼굴이 붉어질 때면 우리는 사랑스럽다고 느낄까? 왜 같은 아름다움인데 모란꽃은 나를 부풀어 오르게 하지 않고 주상의 모습은 나를 부풀어 오르게 할까? 왜 같은 여자애인데 주상만이 유독 나를 참을 수 없을 정도로 부풀어 오르게 할까? 주상은 알까? 안다는 게 무슨 소용인가? 그 애는 내 편이 아니라 음모의 일부분일 뿐인데 말이다.

류징웨이가 말했다. 좆나 이 새끼 너 진짜 병이다. 주상만 보면 커지는 건 너만 그런 거야. 난 누굴 봐도 커지더라. 큰 나무만 봐도 그래. 그저께 바이자촹 중학교 놈들과 싸울 때 네가 벽돌에 머리를 맞아 어떻게 된 게 분명해. 장궈둥은 말했다. 좆나 이 새끼 너 진짜 병이다. 자꾸 '우리, 우리' 하지 마. 내가 들었는데, 시 위원회에서는 너 같은 놈들은 모두 정신병원으로 보낸다고 하더라. 류징웨이는 또 말했다. 차라리 잘된 일이야. 어쨌거나 너는 정신병이 있는 거니까. 아무런 책임을 질 필요가 없거든. 앞으로 싸울 때 놈들에게 마지막 일격을 날려서 쓰러뜨리는 임무는 너에게 부여하지.

내 눈동자가 주상의 윤기 흐르는 머리카락을 쓰다듬으면 갑작스레 몸이 부풀기 시작했다. 정신은 황홀해져 넋이 나갈 것 같았고 아랫도리는 마치 강철로 만든 화살처럼 단단해졌다. 쾅 하는 소리와 함께 터져나갈 것만 같았다. 나는 말했다. 꺼져버려, 니미럴. 나한텐 마찬가지로 머리카락이 반질반질한 다처와 얼처가 있어. 여자 스파이도 있고, 알록달록한 잡지도 있고, 홀딱 벗고 흔들리는 엉덩이도 있다고. 나는 자위도 했고, 1000미터 달리기도 했고, 찬물로 목욕도 했다. 하지만 무슨 소용이란 말인가? 자위를 하고 십 분이 지나면, 내 상상은 또 함치르르 윤기 나는 주상의 머리카락을 따라 흘러내렸다. 몸은 또다시 부풀어 오르고 정신은 황홀해져 넋이 나갈 것 같고 아랫도리는 강철 화살처럼 단단해졌다. 내게는 해야 할 숙제가 있었다. 입체기하학 문제 열 개와 작문 하나. 국어 선생은 자신에게 깊은 인상을 남긴 사람에 대해 쓰되, 선생님이나 부모님 그리고 얼굴도 모르는 베트남 참전 상이군인 영웅에 대해서는 쓰지 말라고 했다.

"누군가 우리 몸에 특정 시간이 되면 작동하는 시한폭탄을 심은 거야. 어떤 여자를 보면 폭발하게 설정한 거지. 우리는 그게 언제 작동하고 누구를 만나면 폭발하는지 알아내야 목숨을 보존할 수 있다고." 내가 말했다. 그러자 장귀둥과 류징웨이는 입을 모아 말했다. 좆 나 이 새끼 너 진짜 병이다.

그때 장귀둥의 꿈은 맥주와 아이스크림, 폭약을 직접 만들 수 있 는 과학자가 되는 것이었다. 맥주를 만들 수 있다면 '웨이민 식당'에 가서 줄을 서거나 빳빳하게 처든 뚱보의 돼지머리와 들썩들썩 흔들 리는 코털을 볼 필요가 없다. 폭약을 만들 수 있다면 우리는 결코 이 길 수 없는 놈이 우리를 얕보고 괴롭힐 때 그놈 집 담장 아래 폭약 을 설치하거나 침대를 폭파해 놈의 물건을 날려버릴 수가 있다. 장귀 둥은 자기 할아버지가 예전에 마적단이었기 때문에 폭약을 제조하 는 비법을 알고 있다고 허풍을 떨었다. 모든 재료는 일반적인 화공약 품 상점에서 살 수 있는 것이라고 말이다. 문화대혁명 기간에 그의 할아버지가 생명의 위험을 무릅쓰고 속옷 안에 그 비법을 숨겨서 지 켰다는 것이다. 우리는 장귀둥이 하는 말이라면 절반만 접수했다. 그 는 외부의 건달들이 자기 아버지를 참모총장이라고 부른다고 했는 데, 사실 그의 아버지는 우리 아버지나 류징웨이의 아버지와 마찬가 지로 평범한 직장인으로 총무처 생산 3반의 우두머리였다. 우리가 장귀둥을 몰아세우자 궁지에 몰린 그는 눈가를 붉히고 입가를 부르 르 떨며 패선지로 포장한 책 한 권을 품에서 꺼냈다. 첫 페이지에는 『무경총요武經總要』라는 네 글자가 적혔는데, 놀랍게도 진한 분뇨의 누 린내와 지린내마저 풍겨나왔다. 장귀둥이 말했다. 이걸 봐. 여기에 세 가지 화약의 배합법이 적혀 있어. 주원료는 같은데 부재료를 다르게 섞으면 서로 다른 효과가 나는 거야. 예를 들어 쉽게 불을 붙이고 폭 발시킬 수 있는 것, 독물과 연기를 함께 피우는 것 등이지. "진저우 유황 14냥, 와황 7냥, 염초 2근 반, 마여 1냥, 건칠 1냥, 비황 1냥, 정분 1냥, 죽여 1냥, 황단 1냥, 황랍 1/2냥, 청유 1푼, 오동유 1/2냥, 송진

14냥, 농유 1푼."

그때 류징웨이의 꿈은 쿵푸로 일대종사가 되는 것이었다. 내가권 사부로는 장삼풍을 추종하고 외가권 사부로는 달마대사를 추종했다. 그는 톱질이 나무를 끊어내고 물방울이 댓돌을 뚫듯이 사람은 꿈을 향해 차근차근 단계를 거쳐 끝까지 나아가야 뜻을 이룰 수 있는 법이라고 했다. 예를 들어 경공을 연마하려면 한 자 깊이 구덩이로 뛰어내리기로 시작해 한 치씩 늘려 나가면 석 달 안에 지붕 위로 날아올라 담벼락을 뛰어다닐 수 있게 된다는 것이다. 나는 매우 합리적이라고 생각했다. 그래서 경공을 연마한 그가 어째서 지붕 위로 날아오르거나 담벼락을 뛰어다니지 못하는지 알 수가 없었다. 그는 그저 우리 반 대표로 높이뛰기 경기에 참가했고 배면뛰기로 1미터 80센티미터를 기록해 까마귀 똥처럼 노란색 상장을 받았을 뿐이다. 그는 스트레칭을 몇 달 동안 열심히 하더니 앞, 뒤, 옆으로 다리 찢기가 가능하다고 했다. 장궈둥은 대수롭게 여기지 않으며 말했다. "유연성이 좋으면 뭐 하냐. 그래도 네가 네 거시기를 입 안에 넣고 빨 수는 없잖아. 아무 소용도 없는 거지." 류징웨이는 완라이성이 편찬한 『무술회종武術匯宗』을 고물상에서 주워 왔는데, 종이가 너덜너덜한 중화민국 초기의 책이었다. 무림 비급을 얻었다고 생각한 류징웨이는 비급을 연마해 철사장鐵砂掌을 터득하면 한 방에 맥주 파는 뚱보의 불알을 아작 내 주겠다고 말했다. 어떤 날은 서산 대각사의 어느 고승이 자신의 무공 연마 장면을 보려고 지하철을 타고 도시 동쪽까지 찾아왔다고 했다. 자신은 고승을 볼 수 없었지만 고승은 자신에게 무공을 연성할 수 있는 근골이 있는지 맑은 거울을 들여다보듯 아주 자세히 살폈다는 것이다. 류징웨이는 자신이 무술의 일대종사가 될 수 있는 무림 기재의 자질을 타고났다고 굳게 믿었다. 그날 밤 우리는 늙은 건달 쿵젠궈의 작은 방에서 카드놀이를 하면서 류징웨이가 무공을 연마하는 기합 소리를 들었다. 우리 집 건물 뒤편에는 시멘트로 만든 탁구대와 쇠파이프를 용접해 만든 평행봉이 있었다. 류징웨이는 틀림없이 시멘트 탁구대와 쇠파이프 평행봉을 상대로 자신의 철사장을 시험하고 있을 터였다. 그의 기합 소리는 갈수록 처참한 소리로 변하더니 마지막에는 울면서 쿵젠궈의 방으로 뛰어들었다. 그의 두 손은 간장을 바른 것처럼 검푸르죽죽했고 오른손은 힘없이 늘어져 있었다. 오른쪽 손목이 구십 도로 완전히 꺾여 있어서 나는 손목뼈가 부러진 게 아닐까 생각했다. 류징웨이가 울면서 말했다. "난 철사장의 비방대로 약물을 바르고 연마하고 있다고요. 그러면 당연히 금강불괴의 손이 되어야 하는데 어째서 이렇게 된 거죠? 사부님이 틀림없이 실망하실 거예요." 류징웨이를 차오양 병원으로 데려가는 길에 그는 내게 몸에 지니고 있던 비급 속의 철사장 비방을 보여주었다. "천오 1전, 초오 1전, 남성 1전, 사상 1전, 반하 1전, 백부 1전, 화초 1냥, 낭독 1냥, 투골초 1냥, 여로 1냥, 용골 1냥, 해아 1냥, 지골피 1냥, 자화 1냥, 지정 1냥, 청염 4냥, 유황 1냥, 유기노 2냥, 중간 크기 사발로 식초 다섯 그릇, 물 다섯 그릇을 넣고서 일곱 그릇 분량으로 졸이면 된다고 했는데."

나는 속으로 생각했다. 누굴 보고 미쳤다는 거냐? 미친 건 네놈들이라고.

13. 손짓하는 붉은 옷소매

누나는 외모가 평범했지만 갈수록 처녀다워졌다. 건드리면 톡 하고 쉽게 터질 것 같은 마음이 되어 침실로 늑대를 끌어들 이는 사고를 칠 수 있는 때가 된 것이다.

우리 가족은 등단, 난샤오제, 차오와이다제 등 몇 개의 후통 시절을 거쳐 이 건물 같은 동에 두 채의 집을 분배받고 이사 왔다. 부모님과 누나는 2층에 있는 방 두 개에 거실 하나짜리 집에 살았고 나는 4층 원룸에서 따로 생활하게 되었다. 엄마와 아버지는 원래 나한테 원룸 하나를 따로 내주는 일을 마뜩잖게 여겼지만 나는 일일이 근거를 대며 내가 이미 다 컸다는 사실을 강력히 주장했다. 좋든 싫든 상황이 이렇게 되었으니 달리 어찌할 도리가 없었다. 내가 양보한들 이 원룸을 누나에게 내주는 건 더 위험한 행위였다. 누나의 외모는 평범했지만 갈수록 처녀다워졌다. 건드리면 톡 하고 터질 것 같은 마음이 되어 침실로 늑대를 끌어들이는 사고를 칠 수 있는 때가 된 것이다. 그러나 어느 날 문득 난데없이 배라도 불러온다면 온 가족에게 평생 지울 수 없는 오점이 생기는 것이다. 나는 나중에 설사 양아치 깡패가 되더라도 남의 것을 훔치고 사람을 죽이고 남의 배를 부르게 만든다 한들 기껏해야 한바탕 욕이나 들어먹으면 그만이다. 엄마는 집 안에 보관해둔 섬광탄 두 상자와 자신이 치고받고 싸우는 것도 두려워하지 않는 사람이라는 사실을 떠올렸다. 또 내가 상상 속에서 다쳐와 얼처에 대응하기에 충분한 기지와 결단력을 갖추고 있다는 사실에 생각이 미치자 결국 나서서 내 청을 들어주기로 했다.

나는 베란다에 서서 남쪽의 낮은 건물을 바라보았다. 남북이 탁 트여 햇빛에 눈이 부셨기 때문에 곁눈질을 해서야 옆 동 5층의 주상 네 집을 볼 수 있었다. 화창한 날에는 그녀의 집 베란다에 널린 빨래도 볼 수 있었는데, 어떤 것이 주상의 속옷이고 어떤 것이 주상 엄마의 속옷인지 구별할 수 없었다. 크기도 거의 비슷하고 원단도 순면인데다 모두 하얀 바탕에 분홍색 꽃무늬가 있었기 때문이다. 바람이 불면 똑같이 바람에 나부꼈다. 나는 파란색 술집 깃발을 상상하고 펼쳐 든 어떤 책에서 본 요염한 사詞 한 구절을 떠올렸다. "말을 타고 다리 난간에 기대니, 누각 위 손짓하는 붉은 옷소매 가득하네騎馬倚斜橋, 滿樓紅袖招." 나는 언젠가 다시 둥쓰에 있는 중국 서점에 가서 옛날 책들을 뒤져봐야겠다고 생각했다. 그 책들 속에 옛날의 기루에 대한 언급이 있는지 없는지, 그때 기루는 과연 바람에 나부끼는 푸른 깃발을 내걸었는지 확인하고 싶었다.

14. Thank you, 오줌싸개

나는 이해하게 되었다. 여자 스파이, 여자 건달, 여자 깡패,
여자 요괴나 정령 따위는 모두 우리의 조력자였던 것이다.

수업 시간에 나는 주상과 같은 책상에 앉았다. 나는 교과서 보는
건 별로 좋아하지 않았다. 대신 창밖의 버드나무 이파리가 초록빛이
었다가 노랗게 되고 노란빛이었다가 초록으로 변하는 모습을 바라보
는 걸 좋아했고, 주상의 윤기 나는 머리카락과 얼굴 피부에 비치는
파르스름한 혈관을 바라보는 걸 좋아했다. 나는 종종 생각했다. 주상
은 무엇으로 만들어졌을까? 그녀의 혈관 속에도 붉은 피가 흐를까?
어떤 피와 살을 어떤 방식으로 조합해서 어떻게 내 콧구멍과 눈동
자에 통과시키면 나로 하여금 이토록 강력한 감각을 일으킬 수 있는
가? 수수께끼는 수도 없이 많았고 또 너무도 강렬한 호기심을 불러
일으켰다. 내가 생물과 의학을 공부하기로 한 주된 이유는 이 수수
께끼들을 풀어내기 위해서였다. 그러나 결과적으로 현대 의학은 감
기조차 예방할 수 없다는 사실을 깨달았을 뿐이다.
　주상과 같은 책상에 앉게 된 것은 하늘에서 뚝 떨어진 우연이 아
니었다. 먼 교외 현에서 등교하는 쌍바오장이라는 촌놈 양아치에게

오리지널 영문판 『플레이보이』한 권과 홍콩판 『용호표龍虎豹』한 권을 주고 얻어낸 귀한 자리였다. 쌍바오장은 '싸바오냐오(오줌싸개撒泡尿)'라는 별명이 있었는데, 그 별명은 새로 부임한 영어 선생이 지어 준 것이다.

코가 작고 구불구불한 앞머리를 늘어뜨린 영어 선생은 몸매가 좋았다. 유난히 새카맣고 긴 머리카락을 지닌 그녀가 몸을 돌려 칠판에 글을 쓸 때면 머리카락이 튀어나온 엉덩이 위에서 달랑거렸다. 장궈둥은 영어 선생의 머리카락이 자라는 속도를 계산해보더니 앞으로 열하루가 지나면 머리카락 끝이 엉덩이에 닿을 거라고 예언했다. 류징웨이는 근거가 빈약하다면서 진차오 브랜드 담배 한 갑으로 장궈둥과 내기를 걸었다. 장궈둥의 계산에는 아무 문제가 없었을지도 모른다. 하지만 그는 내기에서 지고 말았다. 영어 선생의 머리카락 끝이 막 엉덩이에 닿기 이틀 전쯤 완전히 짧은 커트를 하고 나타난 것이다. "베이징의 황사가 너무 심해서 머리카락을 더 길렀다가는 빗자루가 될 것 같아요. 청소부들 빗자루 대신 내 머리카락이 바닥을 쓸고 다닐 뻔했다니까요." 그녀가 말했다. 영어 선생은 남쪽 사람인데, 영어 발음이 정확하다는 점을 매우 자랑스럽게 여겼다. 그러다 보니 중국어로 말할 때도 영어 느낌이 났다. 언젠가 그녀는 쌍바오장이 질문에 적극적으로 대답하지 않자 그를 일으켜 세운 뒤 물었다. "My father joined the Long March, 이 문장은 어떻게 번역할까요?"

쌍바오장은 놀랍게도 절반이나 답을 맞췄다. "우리 아버지는 Long March에 참가했다."

영어 선생은 달콤한 미소를 띠며 말했다. "아주 잘했어요. 기본적으로 맞는 답이에요. 정확한 답은 이런 거죠. 우리 아버지는 대장정에 참여하셨다. 땡큐, 쌍바오장." 그러나 우리 귀에 그 '쌍바오장'은 확실히 '싸파오냐오'로 들렸다. 그 뒤로 우리는 더 이상 '고맙다'라고 말하지 않고 하나같이 '땡큐, 오줌싸개'라고 했다. 수업 시간이 끝나고 쉬는 시간이 되면 쌍바오장은 빗자루를 들고 복도를 뛰어다녔지만 모든 아이들을 다 패줄 수는 없는 일이었다.

내가 다니던 중학교는 차오양구에서 유일한 시 중점학교였다. 구 최고의 입시명문 학원가로, 당연히 어깨에 힘을 주고 다닐 만했다. 우리가 졸업한 뒤로 이 학교에서는 4년 연속 베이징대 수석 입학생을 배출했으며, 그 명성은 차오양구를 넘어 베이징시 전체에서도 알아주는 경지에 이르렀다. 차오양구는 입시명문 학원가로 한층 높은 주가를 올렸다. 내 생각에 이러한 성과는 우리가 쌓아준 것이다. 우리의 지속적인 따분함이 그 교정과 교실에 나름의 기풍으로 축적되었기에 극단적으로 풍수가 좋아진 것이다. 성공의 결실은 지연될 때도 있는 법이어서 우리의 머리 위로 곧장 떨어지지 않고 우리가 떠나간 뒤 뜬금없이 후배들의 머리 위에 떨어져 그들을 어쩔 줄 모르게 만들었을 뿐이다. 나는 교장이 매스컴 앞에서 어떻게 네 해 동안 연이어 이런 대단한 성과를 거둘 수 있었는지 주절대는 모습을 지켜보았다. 그는 수줍어하면서도 공자의 학설로 시작해서 유학의 부흥에 이르기까지, 또한 당 중앙과 교육위원회를 거쳐 자신의 노력에 이르기까지 십여 분 동안이나 주절거렸다. 그러나 귀담아들을 내용은 하나도 없었다.

고등학교로 올라갈 때 내 성적은 상당히 좋은 편이었고 아버지의 인맥도 여전히 공고했기 때문에 학교에서 나를 쫓아내겠다는 선생들의 생각은 부질없는 백일몽에 그치고 말았다.

고교 입시를 앞두고 나는 사흘 동안 대변을 보지 않았고 석 달 동안 주차장을 내려다보지 않았다. 다처와 얼처가 차를 몰고 아파트로 들어오는 시간에 베란다로 달려 나가 그녀들의 또렷한 가르마와 검은 머리카락 사이의 뚜렷한 경계선, 그 가르마 양쪽으로 미끄러질 듯 윤기 나는 머리카락을 더 이상 바라보지 않은 것이다. 그러나 1000미터쯤 떨어져 있어도 여전히 나는 다처와 얼처가 주차하는 소리와 그녀들의 귀걸이와 목걸이가 딸랑거리는 소리를 들을 수 있었다. 그 둘의 몸에서 풍기는 서로 다른 향수 냄새와 그보다 더 몸과 마음을 어지럽히는 그 머리카락에서 풍기는 향기를 맡을 수 있었다. 내 아랫도리는 나의 설득 따위는 아랑곳하지 않았다. 그저 손가락을 튕기기만 해도 푸르른 하늘을 향해 고개를 반짝 쳐들었다. 들개가 어떤 움직임을 포착했을 때처럼 두 귀를 쫑긋 세웠다. 나는 숨을 가다듬고 정신을 집중하여 진언을 외웠다. "옴 마니 파드메 훔, 매일매일 학업이 향상되기를." 나는 도무지 알 수가 없었다. 매일 열심히 공부했는데 아침에 일어나면 어째서 아랫도리만 향상되어 있는지.

류징웨이는 서산 대각사의 그 고승도 젊었을 때는 아랫도리가 말을 듣지 않고 제멋대로 사고를 쳐서 이름을 날렸다고 했다. 한번은 떠돌아다니는 어느 땡중이 이 골칫거리 중놈을 보더니 무림 기재의 자질을 타고 나긴 했으나 앞날에는 한계가 있다고 말했다는 것이다. 말하자면 꽃을 탐하다 실수해서 감옥에 가거나 치정 사건에 휘말려 중요한 물건이 떼어지는 상해를 당할 수 있다는 뜻이었다. 그는 이 운명을 피하는 유일한 방법은 자신과 함께 떠돌이 중으로 살아가는 것이라고 했다. 류징웨이는 어느 날 고승이 자기 부모를 찾아와 똑같이 권할지도 모른다고 말했다. 나는 말했다. 꺼져, 내가 니 할애비다. 빌어먹을 니 팔대 할아버지까지 말아먹을 줄 알아.

나는 이 문제를 반드시 해결해야 한다고 생각했다.

나는 창문의 커튼을 닫았다. 커튼에는 붉은 모란과 푸른 공작 그림이 그려져 있었고, 커튼 밖에는 버드나무와 주상이 사는 5층의 집이 있었다. 날이 좋으면 그녀의 집 베란다에 빨래가 널려 있는 것을 볼 수 있었다. 나는 문을 잠근 뒤 문고리를 걸었다. 엄마는 열쇠를 갖고 있기 때문에 좀 더 조심할 필요가 있다. 엄마와 누나는 다른 방에 있었다. 누나는 역사책을 외우는 중이었고, 엄마는 자신의 사업 계획서를 쓰는 데 몰두하는 중이었다.

나는 어려서부터 엄마에게 물건을 끌어모으는 이상한 능력이 있음을 감지했다. 이 세상에는 생각을 할 줄 아는 사람이 있고, 변비에 걸리는 사람이 있으며, 수집 능력을 지닌 사람이 있는 법이다. 엄마는 변화를 갈망했다. 갈망이 있으면 사건도 일어나기 마련이다. 그녀는 아침저녁으로 일을 만들었고, 크고 작은 일들을 통제하는 데 흥미를 느꼈다. 그녀에게는 넘치는 에너지만큼이나 불만이 가득했고, 불만의 소리를 내뱉으면서도 모든 일들을 사리에 맞게 척척 해치웠다. 그녀는 매일 아침 내게 즈마장과 백설탕을 바른 만터우를 주었고, 이틀에 한 번은 집 안팎을 청소했다. 사흘에 한 번은 아파트 건물을 순시하면서 건물 앞과 뒤 그리고 복도를 샅샅이 훑었다. 어느 곳을 마음대로 점유하고 세력을 떨칠 수 있는지, 이웃에 쉬쉬하는 어떤 일이 벌어졌는지, 거리의 사무실에 무슨 문제가 있는지 알아보곤 했다. 나흘에 한 번은 모든 중요한 인맥들을 돌아보고 거주 지역의 구별 계획이나 쌘환 순환도로의 변경 문제, 하수 처리 문제, 아시안 게임 신청 및 당정 요원의 변경 상황 등을 체크했다. 닷새에 한 번은 내가 목욕을 하도록 소리를 질렀으며 머리카락과 손톱, 귀지를 점검하고 다듬게 했다. 엿새에 한 번은 동네 사람들의 갈등을 중재하고 나섰다. 사람들에게 비가 오면 빨래를 걷어야 하는 법이라고 일깨우면서 "한 발 물러서면 바다처럼 드넓은 하늘이 보이고, 한 번 참으면 잔뜩 낀 먹구름도 흩어지기 마련이에요. 일흔 나이의 노인네들은 아이들이나 마찬가지예요. 새끼 고양이나 강아지처럼 새색시를 좋아하고 좋아지면 가릴 것 없이 핑곗거리를 만들어 옷을 벗어던지기도 하죠. 그건 모두 정상적인 범주의 일이에요. 이런 문제에 대해 어느 정도 이해하고 대처하자면, 먼저 새색시에게 손을 대려는 노인네 손을 잘라버리고, 다음에는 그 주체 못하는 물건을 잘라야 하는 거겠죠" 등의 말을 했다. 이레에 한 번은 집 안의 가구들을 재배치했다. 옷장을 동쪽에서 서쪽으로 옮기고 글씨 쓰는 책상을 남쪽에서 북쪽으로 옮겼다. 엄마는 모든 것을 꿰뚫어 보았다. 모든 것 가운데 가장 약한 고리를 찾아낸 다음 행동에 돌입하고, 다시 주시하다가 통찰력을 발휘하여 뭔가를 찾아내는 식이다. 엄마는 언제나 나라와 민족을 걱정하면서 모든 계획을 실천에 옮겼다. 이와 같은 능력을 가진 사람이니 약간의 미모와 자태만 더해졌다면 '진회팔염秦淮八艶'[명말청초 강남 지역에서 명성을 떨쳤던 여덟 명의 미녀]이라 불렸던 진원원[명말청초의 명기로 명 왕조를 멸망시킨 경국지색으로 불린다]이나 유여시[명말청초의 명기로 '진회팔염' 중 한 사람이다]처럼 세상을 떠들썩하게 하는 미인으로 이름을 떨쳤으리라! 고대에 태어났거나 전란 시기에 태어났다면 정숙한 성녀 아니면 성스러운 무녀가 되었을지도 모른다. 엄마의 미모와 자태는 평범한 편이었고 사회주의 국가의 찬란한 빛 아래 성장했기 때문에 사업 계획서나 쓸밖에 다른 도리가 없었다. 엄마의 사업 계획서는 문체가 간결하고 요지가 명확했으며 난삽하거나 어수선한 데가 전혀 없었다. 비즈니스 모델에서는 싸게 사서 비싸게 파는 방법에 대해 썼고, 재무 분석에서는 얼마를 투자하면 얼마 후에 얼마를 회수할 수 있을지를 썼다. 장궈둥의 엄마는 우리 엄마랑 은이버섯과 폭죽 따위를 파는 동업자였다. 두 사람이 노력한 결과, 원래 북쪽 지역에서는 금보다 비싸다는 은이버섯이 전통적으로 쓰이는 검은 목이버섯보다 저렴해졌고, 베이징시에서는 2년 동안 폭죽놀이를 금하지 않았다. 장궈둥이 침대 아래 숨겨 놓았던 섬광탄이 어느 날 우르릉 쾅쾅 소리를 내며 폭발하기 전까지는. 장궈둥은 화약으로 침대를 날려버리겠다는 그의 오랜 꿈을 실현했던 것이다. 녀석은 거의 마흔일곱 대의 불화살에 자기 몸을 묶은 뒤 달나라 승천을 시도했다던 만호萬戶[명나라 초기의 인물로 불화살에 자신을 묶어 날아보려고 시도했다고 한다]의 계승자가 될 뻔했다.

정신없이 바쁜 시기였기에 국민당 여자 스파이가 내 이부자리를 파고드는 일도 한층 줄어들었다. 언젠가 나타난 적이 있기는 하다. 그녀의 굽슬굽슬한 파마머리는 여전히 머릿기름을 발라서 새로 깐 아스팔트처럼 번들거렸다. 그러나 손에는 더 이상 작은 권총이나 콘돔 같은 이상한 물건이 들려 있지 않고 대신 삼각자가 쥐어져 있었다. 그녀는 서두르지도 미적거리지도 않으며 말했다. 나는 앞으로 세 걸음, 뒤로 네 걸음, 결과적으로 마이너스 한 걸음만큼 전진한 거야. 그 말을 한 번 또 한 번 반복했다. 내가 말했다. 질리지도 않아? 그녀는 대사를 바꿔서 여전히 서두르지도 미적거리지도 않는 말투로 말했다. 삼각형의 꼭짓점에서 수직선을 긋고 이 수직선을 보조선으로 삼는 거야. 나는 잔머리를 굴려 이렇게 물었다. 스파이 이모, 고교 입시의 작문 주제가 뭘까요? 여자 스파이는 계속해서 서두르지도 미적거리지도 않는 말투였다. '유원지에서의 감상.' 나는 소리쳤다. 꺼져, 내가 니 할애비다. 그리고 꿈에서 깼다. 고교 입시의 작문 주제는 놀랍게도 '봄나들이'였다. 나는 이렇게 썼다. "공원 한 구석에 연못이 하나 있었다. 연못가에는 수양버들 한 그루가 서 있었고 연못 속에는 금붕어 한 마리가 있었다. 나는 연못 바닥의 물고기처럼 물결을 따

라 위로 솟구쳤고, 선생과 학교는 연못가의 버들가지처럼 나를 이끌
며 나를 위해 바람을 가리고 비를 막아주었다." 내 작문은 만점이었
다. 나는 그 만점짜리 작문 덕분에 간신히 커트라인을 넘었다. 나는
차오양구의 유일한 시 중점 중학교 고등부에 입학해 나를 학교 밖으
로 내쫓고 깔끔하게 처리하려던 고등부 7, 8명 선생의 음모를 완전히
박살냈다.

　나는 이해하게 되었다. 여자 스파이, 여자 건달, 여자 깡패, 여자 요
괴나 정령 따위는 모두 우리의 조력자였던 것이다. 내가 그때 위대한
문인이 되기로 결심하게 됐다면 그것은 틀림없이 두 암컷 여우가 안
겨준 영감 때문이었을 것이다. 나는 나중에 달러 외환 선물거래를 하
게 되었다. 뉴욕과 런던의 변동 상황을 지켜보기 위해 밤낮이 바뀐
생활을 하면서 다시 또 호텔 방 침대에서 암컷 여우를 키웠다. 여우
의 코는 뾰족하고 젖꼭지는 점을 찍어놓은 것처럼 작았고 허리는 잘
록하고 엉덩이는 빵빵하고 단단했다. 가장 좋은 것은 그녀의 혀 놀림
이었다. 그녀의 혀에는 고양이나 호랑이처럼 역방향의 까칠까칠한 돌
기가 있었다. 그녀는 타고나기를 인체의 모든 중요한 혈도와 경락의
흐름을 알고 있는 듯했다. 그녀의 혀는 화살과 같이 혈도를 알고 정
확하게 파고들었으며 내 물건을 일으키려고 하면 일으킬 수 있었고
꼼짝도 못 하게 하려면 꼼짝도 못 하게 할 수 있었다. 나는 외환 시
장의 흐름을 잘 알 수 없을 때면 새벽 다섯 시에도 그녀에게 삽입하
고 잠을 깨우며 물었다. "다 사들일까, 아니면 다 팔아버릴까?" 작은
여우는 게슴츠레한 눈으로 새된 소리를 질렀다. "다 사들여, 빌어먹
을!" 그러면 나는 사들였다. "다 팔아버려, 빌어먹을!" 그러면 나는 다
팔아버렸다. 여우는 어쨌거나 여우였다. 열에 아홉은 그 말대로 됐다.
이 또한 훗날의 이야기다.

15. 종아리가 눈부시다

우리 집 정원에는 대추나무 한 그루가 있는데, 다른 한 그루
도 대추나무야.

고교 입시를 치른 뒤 중학교 때 함께 어울렸던 친구들 중 여러 명
이 더 이상 시 중점 학교에 진학하지 못했다. 그러나 류징웨이와 장
귀둥은 놀랍게도 살아남았다. 류징웨이의 아버지는 그때 이미 무슨
사장님이 되어 있었다. 나는 십 년이 지난 뒤에야 무슨 이사장, 회
장, CEO, 총지배인 등 직책의 차이를 알 수 있었다. 장귀둥은 작문
을 제외한 다른 모든 과목에서 나보다 높은 점수를 받는 기염을 토
했다. 그로서는 절실했다. 시험을 죽 쑤는 날엔 바로 그 옆의 구린내
나는 바이후창 고등학교에 진학할 수밖에 없는데, 그렇게 되면 녀석
은 완전히 죽은 목숨이기 때문이다. 우리와 바이후창 중학교는 몇 번
이나 목숨을 건 패싸움을 벌였다. 장귀둥의 주먹은 정확하지 않았지
만 타격력이 강한 편으로, 옆 학교의 땅딸막한 뚱보를 곤죽으로 만
들어놓기도 했다. 또 장귀둥의 체격은 키가 185센티미터쯤이고 깃발
꽂힌 장대같이 말랐기 때문에 모두들 우리 편 대장으로 생각하고 살
생부 첫 줄에 녀석의 이름을 적어놓았다. 저쪽에서는 일찍부터 장귀

둥에게 혼자 나다닐 생각 말고 어두워지면 문밖에 나오지도 말고 창문도 꼭 닫고 자라는 말을 흘렸다. 류징웨이는 히죽히죽 웃으며 말했다. 장궈둥, 옆 학교에 가면 넌 봉황 꼬리에서 닭 머리가 되는 거야. 선생들도 널 심복으로 삼을 거라고. 넌 품성 좋고 성적 좋고 체력 좋은 '삼호三好' 학생이 되는 거야. 정기적으로 표창장이나 상장도 받을 거고, 여학생들은 짝사랑하겠지. 글짓기 할 때 너를 떠올리면서 입술을 핥을 테고. 장궈둥이 말했다. 내가 니 할애비다. 내가 널 사부로 모시고 대각사의 스님도 사부로 모시지. 명절에는 너한테 양말 두 켤레를 선물하고 대각사 스님한테는 비구니 둘을 선물하겠어. 우리 집 정원에는 대추나무 한 그루가 있는데, 다른 한 그루도 대추나무야. 내가 대각사 스님한테 선물하려는 비구니 하나는 가슴이 큰데, 다른 한 스님도 가슴이 크지. 나는 철사장을 배우고 약물도 끓일 거야. 철사장을 마스터하면 혼자서 열 명도 상대할 수 있으니까 두려워할 놈이 없겠지. 내가 혹시 누구 대신 죽는다면 여자 강시가 되어 네 이부자리 속으로 기어들어갈 테다. 그래서 네 입술에 키스하고 네 아랫도리 정기를 다 빨아들여서 말라죽게 만들겠어. 내가 니 할애비라고."

아버지는 몇 번이고 나를 데리고 자금성을 구경하러 갔다. 특히 동궁의 보물관을 자세히 돌아보았다. 아버지는 늘 뭔가를 찾듯이 구석구석 살펴보았는데, 예를 들어 관음상의 젖가슴이라든지, 우 임금이 치수하는 모습을 새긴 옥 조각의 밑바닥 등 보통 사람들은 상상도 못 하는 곳을 살폈다. 마치 해가 떨어진 뒤 보물을 훔칠 생각으로 몸 숨길 곳을 찾는 것처럼 보였다. 아버지는 말했다. "정말 훌륭한 작품이야. 과학이 발달한 오늘날에도 과거의 장인들이 만들어낸 작품들을 만들지 못하지. 예를 들어 저 비취로 만든 배추 위에 올라간 여치 조각의 정교한 빛깔을 봐라. 비취로 만든 여치가 비가 올 때는 배춧잎 아래로 들어가는 것처럼 보이고 날이 맑을 때는 배춧잎 위로 올라오는 것처럼 보이지. 정말이지 잘 만들었어." 나는 고교 입시를 앞두고 열심히 공부한 장궈둥을 떠올렸다. 그는 공부하지 않으면 죽는 길밖에 없다는 것을 알았다. 황제가 장인들의 목뒤에 칼을 들이댔던 것처럼 제대로 만들지 않으면 죽이겠다고 위협하면 지금도 그처럼 멋진 작품이 탄생할 수 있을 것이다.

고등학교에서는 반 배정이 다시 이루어졌다. 중학교에서 바로 올라온 학생들은 거의 변동이 없었지만 시험을 치르고 고등학교에 입학한 학생들은 무작위로 배정되었다. 마치 전투로 인해 결원이 생기면 인근 촌락에서 장정들을 모집해 보충하는 것과 같았다. 나와 류징웨이, 장궈둥은 지난 천 년 동안 이곳에서 일어난 일들에 훤히 아는 장로들처럼 일찌감치 교실 뒷자리를 차지했다. 익숙한 공간을 자기 영역인 양 느끼면서 우리는 새로 들어온 애들을 한 명 한 명 감상하고 품평했다. 나는 자연스럽게 예쁜 여자애가 있는지 찾았고 류징웨이는 옆 학교로 달려가 패싸움을 벌이기 전에 민첩하고 덩치 좋은 놈들을 추려서 훈련시키겠다며 벼르고 있었다. 그중 한 녀석은 운동선수로 활동한 경력이 있는 놈으로 체격이 꽤 크고 민활한 눈동자를 지니고 있었다. 운동선수 생활을 할 당시 그의 가장 큰 약점은 식탐이었다. 초등학교 5학년 때 그는 높이뛰기 훈련을 받았는데 배면뛰기로 1.9미터라는 최고 기록을 세웠다. 그러다 살이 쪄서 단거리 선수로 전향했는데, 가장 빨리 뛰었을 때는 12초 안쪽이었다. 그 뒤로 살이 더 쪄서 지금은 철인 7종 선수로 뛰고 있었다. 류징웨이가 말했다. 좋아. 계속 먹도록 해. 더 살이 찌면 우리와 함께 싸우러 다닐 수밖에 없을 테니까. 장궈둥은 주먹이 쓸 만한 남학생만 눈여겨본 게 아니라 예쁘장한 여학생도 탐색했다. 장궈둥이 말했다. 주상 말고도 춰얼이라는 별명을 가진 여자애가 있는데, 이번에 시험을 치고 우리 학교에 왔거든. 우리 반이 될지 모르겠네.

장귀둥은 나와 같은 아파트에 살지 않았지만 일이 있거나 없거나 나를 찾아왔다. 말로는 공부하러 왔다지만 방에 들어오자마자 베란다로 달려가서 주상의 집에 내걸린 빨래를 노려보면서 그중에 어느 것이 주상의 속옷일까 짐작하곤 했다. 나는 말했다. 나한테 『무경총요』라는 책이 있어. 그 안에 폭약을 만드는 세 가지 방법이 있단 말이야. 장귀둥은 씩 웃기만 할 뿐 내 쪽으로 고개를 돌리진 않았다. 가끔 주상이 베란다로 나와서 비스듬히 위쪽을 바라볼 때 치맛자락이 펄럭였기 때문이다. 장귀둥은 소리도 내지 않고 바보처럼 웃었다. 시커먼 노새 똥 덩어리 같은 상판 위로 새하얀 치아가 번득였다.

저녁밥으로 국수를 끓여 먹을 때 장귀둥은 이렇게 말했다. "종아리가 눈부시다." 그러고는 내게 말했다. "좆나 이 새끼 너, 넌 정말 선견지명이 있어." 또 말했다. "우리 아예 방을 바꾸자. 안 그러면 나 매일 공부하러 여기 올 거야."

이 깡패 같은 녀석은 결국 과학자가 되지 못했다. 비록 칭화대학에 합격해서 운 좋게도 이공계 학부에 들어갔고, 컴퓨터를 배워 어셈블리 언어로 8086 마이크로프로세스를 쓸 수 있게 되었고, 금속 공정을 실습할 때는 선반을 이용해서 다면체 주형을 돌려 금속 나체 미인을 만들어내기도 했지만, 3학년 때 퇴학을 당하고 영화감독이 된 뒤로는 컴퓨터를 사용하지 않게 되었다. 대신 매일 핸드폰을 붙잡고 20~30개의 문자 메시지를 날렸다. 그의 장발은 온통 비듬투성이였는데 기름이 번들번들한 머리칼을 꽁지머리로 질끈 묶은 채 늘 미간을 찌푸리고는 인생을 고민한답시며 사람의 얼굴은 똑바로 바라보는 일이 없었다. 나중에는 소 뒷걸음치다 쥐 잡은 격으로 디지털비디오 영화를 하나 찍은 게 유럽의 무슨 영화제에서 상을 받았고, 왜인지도 모르게 얼떨결에 유명세를 타자 그는 사람들이 자기를 알아볼까봐 거리에 나설 때 꼭 선글라스를 썼다. 연예 지라시 신문들에는 그의 인터뷰가 곧잘 실렸는데 '청춘은 잔혹한 것이다'라는 문구가 가장 자주 보였다. 그가 캐스팅하는 여배우에게 두 가지 특징이 있다는 점은 분명했다. 종아리가 가늘고 허리가 잘록하다는 것.

16. 계집애 입술이 정말 빨갛다!

그야말로 전설 속의 미녀인걸!

　그때 취얼의 명성은 주상보다 눈부셨다.

　우리가 어릴 때는 엔터테인먼트 산업이 별로 발전하지 않았다. 스타급 여배우들은 기본적으로 아줌마 같은 차림새였고 헤어스타일도 귀밑까지 바싹 붙여 자른 단발이었다. 어쩌다 어린 소녀가 영화에 등장하면 우리는 바보처럼 실실대며 좋아했다. 여자 스파이는 가뜩이나 희소한 자원이었다. 늙은 건달 쿵젠궈의 말에 따르면, 영화를 다 찍고 나서도 세 가지(가슴, 허리, 엉덩이) 둘레를 재고, 체중을 달고, 번호를 붙였다. 살지고 마른 정도에 준해 전국적으로 통일된 계획에 따라 보급을 위해 이동되었던 것이다. 그때는 무엇이든 배급표가 있어야 구할 수 있었다. 포목 배급표, 기름 배급표, 밀가루 배급표…… 가장 값나가는 것은 여자 스파이 배급표와 금병매 배급표였다. 여자 스파이 배급표와 금병매 배급표는 같은 가치를 지니고 있었다. 여자 스파이 배급표 한 장이면 여자 스파이 한 명을 데려 와 하루를 쓸 수 있었다. 금병매 배급표 한 장이면 무삭제판 『금병매』를 평생 볼 수 있었다. 여자 스파이 배급표나 금병매 배급표를 가지고 있으면 밀가루 1000근 배급표와 맞바꿀 수 있었다.

그러나 우리에게도 스타는 있었다. 늙은 건달 쿵젠귀의 명성은 수천 년 동안 사람들이 잘 몰랐던 일들을 알았기에 얻어진 것이었고, 주상의 명성은 노래를 잘 불렀기 때문에 얻어진 것이었다.

언젠가 차오양구 중고등학생 성악 경연대회가 개최되자 거리에서 조금이라도 얼굴이 알려진 날라리란 날라리는 다 몰려들어 인산인해를 이루었다. 나와 류징웨이, 장궈둥은 맷집이라면 자신이 있어서 쥐어 터져 팔다리가 마비되는 것도 두려워 않고 맨 앞자리까지 비집고 파고들었는데 입은 셔츠에서는 알지 못하는 사이 단추가 몇 개나 떨어져 나갔다. 주상은 기타를 치면서 노래를 했다. 제 몸집보다 두 배는 커 보이는 홍몐 브랜드의 고동색 기타를 맸는데 어깨끈이 그녀의 하얀 목에 걸쳐져 있었다. 주상의 목덜미는 정말이지 하얬다. 풀어헤친 긴 생머리는 가지런히 흘러내려 반쪽 얼굴과 한쪽 눈을 가리고 있었다. 가려지지 않은 다른 눈은 비스듬히 무대 바닥에 붙박인 채 사람들을 향하지 않았다. 하얀 원피스가 마치 하얀 밀가루 부대처럼 그녀의 목에서부터 발등까지 덮여 있어 도무지 가슴인지 허리인지 엉덩이인지 보이지 않았다. 노래는 두 파트로 나뉘어 먼저 중국어로 앞 단락을 부르고 다음 단락을 영어로 불렀다. 나는 중국어 가사도 영어 가사도 제대로 알아듣지 못했는데, 노래 제목은 아마도 「필링스」라는 것 같았다. 영어로 노래를 부를 때 그녀의 눈에서는 눈물이 흘러내려 기타 위로 뚝뚝 떨어졌다. 그러나 노래하는 음성은 전혀 흔들리지 않아서 무대 밑에 있던 크고 작은 날라리 녀석들의 혼을 쏙 빼놓았다. "그야말로 전설 속의 미녀인걸!" 장궈둥은 녀석 특유의 호기심을 드러내며 옹알댔다. 녀석의 입은 떡 벌어져 있고 입술은 붉게 물들어 있었으며 입술 사이로 끊임없이 침이 흘러나왔다. 내가 팔꿈치로 장궈둥의 아래턱을 쳐올리는 바람에 하마터면 녀석은 제 혀를 깨물고 나자빠질 뻔했다. 내게는 그런 주상의 모습이 가식적으로 보였다. 너무 예쁜 척을 하잖아. 나는 목을 늘여 뺀 채 그녀가 인사를 할 때라도 스커트 아래 양말을 신지 않은 다리의 맨살이 보이지 않을까 기대했다. 나는 맨살을 보는 것을 좋아했고 특히 여러 겹의 천에 감싸인 맨살이 좋았다. 승복할 줄 모르는 또 다른 날라리 류징웨이는 남다른 주장을 펼쳤다. 니들은 다 바보냐? 바보는 어쩔 수가 없지. 류징웨이는 싼리툰 제2중학교에 다니는 러시아 춤을 추는 여학생을 마음에 들어 했다. 그녀는 피부가 뽀얗고 포동포동한데다 키가 무척 컸으며 눈동자도 반쯤 푸르스름한 것이 노란빛을 띠지 않았다. 들기로는 그녀 엄마의 할머니가 러시아인이고 수십 년 전 하얼빈에서 스트립 댄스를 췄다고 한다. 젖꼭지도 입술도 붉어서 별명이 훙차이탕紅菜湯[토마토와 비트를 넣어 만든 러시아식 수프]이었단다. 류징웨이가 말했다. 춤출 때 보면 그 애 몸에 있는 모든 살들이 움직이는 것 같아. 그 애 젖꼭지는 틀림없이 자기 할머니 젖꼭지를 닮았을 거야. 토끼처럼 팔짝팔짝 뛰는 것 좀 봐. 정말 배꼽 안에 눈동자라도 있어서 이리저리 구르는 것 같다고. 10여 년이 지난 어느 겨울날, 류징웨이는 나를 데리고 르탄 부근의 '치싱다오'라는 바를 찾았다. 바 입구에는 커다란 글자로 다음과 같은 글이 적혀 있었다. "성매매, 마약 흡입 및 매매는 위법입니다." 우리는 안에서 러시아 춤을 추던 싼리툰 제2중학교의 그녀를 보았다. 그녀는 가죽으로 테두리를 두른 원피스를 입고 있었는데, 큰 가슴과 하얀 얼굴을 내세워 러시아 출신인 척하면서 한 번 하는 데 800위안이라는 거금을 받아 챙겼다. 류징웨이는 바에서 나올 때 제법 흥분해서 외쳤다. "완전히 사기는 아니야. 정말 러시아 핏줄이니까. 게다가 몽골 혈통과 체코, 슬라브 혈통도 있으니, 이 나라는 정말 번성할 거야. 당 제국의 영광이 재현되고 있는 거라고. 당 제국의 영광 말이야." 그날 밤 그는 그 말을 백 번쯤 반복했다. 그러고는 그때 그가 동원할 수 있는 자금을 모두 동원해 B 주식을 사는 데 털어넣더니 엄청난 부자가 되었다. 이 또한 훗날의 이야기다.

취얼의 명성은 그녀가 예뻤기 때문에 얻어진 것이었다. 그야말로 누가 봐도 예쁜 얼굴이었으니까.

나는 취얼을 잘 알고 있었다. 우리가 같은 유치원에 다녔기 때문이다. 첫날 그녀는 내 옆자리에 앉아서 두 손을 가지런히 무릎 위에 올린 채 얌전히 선생님을 바라보고 있었다. 그때 나는 그녀와 함께 집에 가려고 유치원 문 앞에서 기다렸다. 몇 년이 지났는지, 아주 나중에, 내가 여자 건달과 센 언니에게 버림을 받았을 때, 취얼은 이따금 내가 그녀를 안을 수 있게 해주었다. 그렇게 한두 번 자는 일이 반복되자 취얼은 거의 나의 아내나 마찬가지가 되었다(하마터면 그렇게 될 뻔했다). 취얼의 명성 때문에 장궈둥은 나와 류징웨이를 굳이 노동자 체육관으로 끌고 갔다. 취얼네 학교에서 몇 회던가 농민운동회를 개최하면서 매스게임을 준비했던 것이다. 우리는 아무도 없는 체육관에 앉아 무대 위를 주시했다. 류징웨이는 그때까지 한 번도 취얼을 본 적이 없었다. 분위기도 멋도 모르는 이 촌놈 날라리는 수백 명의 소녀들 가운데 양 갈래로 머리를 땋아 내린 취얼을 보자마자 내게 물었다. "저기 보리 이삭처럼 노란 큰 깃발을 들고 있는 애가 취얼이야? 계집애 입술이 정말 빨갛다!" 그녀를 안 지 25년이 지난 지금도 취얼이 세수를 하고 나서 나를 바라보며 웃을 때면 나는 여전히 그 하얀 잇속과 붉은 입술이 만드는 단순명료한 예쁨에 경이로

움을 느낀다. 하느님의 조화에 지속적인 감탄을 금치 못하는 것이다.

나는 취얼의 집에 가본 적이 있었는데 아버지, 엄마, 남동생이 모두 집에 있었다. 그녀의 부모님은 모두 중학교 교사로, 아버지는 체육을 가르쳤는데 『수호전』에 등장하는 이규같이 생겼고, 어머니는 화학을 가르쳤는데 이규의 누나같이 생겼다. 언젠가 학교 친구들이랑 베이징 교외에 있는 진산에 놀러간 그녀의 남동생이 하루 종일 실종된 적이 있었는데, 숲속에서 발견되었을 때는 게슴츠레한 눈으로 바보처럼 웃고 있었다고 한다. 친구들은 모두 그에게 멧돼지 정령이 씌운 거라 했고, 그때부터 그는 '돼지머리 요괴'라는 별명으로 불렸다. 어쨌거나 취얼이 정말 그녀 부모님이 낳은 자식이고 그 남동생의 친누나가 맞다면, 그야말로 세상에 돌연변이 유전자가 있다는 사실을 증명하는 사례가 될 것이다.

결국 취얼은 나와 다른 반이 되었고, 주상은 같은 반이 되었다. 자리를 정할 때 주상은 촌 건달 쌍바오장의 옆에 앉게 되었다.

17. 『용호표』

이것은 일종의 능력 훈련이야. 이 상상력은 네가 작문하는
데도 꽤나 도움이 될 거라고. 이런 상상력이 있다면 너는 작문
할 때마다 같은 구절을 쓸 필요가 없어. '우리 아버지는 마을의
당 간부였다. 그가 맨 처음 맡았던 일은 여성 주임이었다.'

나는 주상 옆에 앉고 싶었다. 나는 반드시 주상 옆에 앉아야만 했
다. 주상의 풀어헤친 긴 생머리는 향긋한 냄새를 풍겼고 윤기가 났
다. 또 가지런히 흘러내려 반쪽 얼굴과 한쪽 눈을 가리고 있었다. 주
상의 엄마는 일찍이 유명한 인물이었다. 늙은 건달 쿵젠궈가 언제나
말했던 것처럼 그가 보기에는 세상에 둘도 없는 '진짜 여자'였다.

나는 오리지널 영문판 『플레이보이』 한 권과 홍콩판 『용호표』 한
권을 주고 쌍바오장에게서 주상 옆자리에 앉을 권리를 얻어냈다.

『플레이보이』는 전에 쿵젠궈가 내게 준 것이었고 『용호표』는 류징
웨이가 아버지 침대 밑에서 훔쳐 온 것이었다. 원래는 쌍바오장이라
는 촌놈 양아치에게 이 두 권의 책을 주고 싶지 않았다. 사실 그 『플
레이보이』 잡지는 볼 만큼 봐서 내용을 전부 꿰고 있었다. 그 잡지에
서 메인으로 다룬 것은 새카만 곱슬머리에 세숫대야를 엎어놓은 것
같이 커다란 젖가슴과 부러질 듯 가는 허리를 지닌 브라질 미녀였다.
나는 엎어놓은 세숫대야 젖가슴을 볼 때마다 마음속에서 다시금 음

모론이 떠올랐다. 여기에는 반드시 어떤 음모가 있어. 열 근쯤 되는 비곗살과 마찬가지인데, 정육점에서 떼버리는 비곗덩어리는 아무도 원하는 사람이 없는데 거기 젖꼭지 하나만 붙으면 왜 너나없이 뜨거운 피가 끓어오르는 걸까? 왜일까? 눈을 감고 어떤 자세를 떠올리려 할 때면 더 이상 잡지의 도움을 받을 필요가 없었다. 이미 그 자세를 취한 브라질 미녀가 내 머릿속에 있었기 때문이다. 나는 그녀의 가슴을 조금 작게 상상하는 경향이 있었는데, 허리가 너무 얇아서 가슴의 무게를 못 견디고 부러질까 걱정이 됐던 것이다. 나는 머릿속에서 이미지를 마음대로 편집할 수도 있었다. 브라질 미녀의 특정 부위를 다처와 얼처, 여자 스파이나 주상 엄마의 어떤 부분과 교체하거나 이어붙이고 완전히 재조합했다. 가장 어울리지 않는 건 주상의 엄마와 브라질 미녀의 거대한 젖가슴으로, 그것은 마치 공작새 꽁지에 돼지고기를 붙여놓은 것만 같았다. 그러나 이 잡지는 기념물로서 의미가 있었고, 인쇄가 아주 정교한데다 영어가 쓰인 오리지널 판본이었다. 고교 입시를 치를 때, 우리는 '홍분'이라는 단어의 철자를 써야 했는데, 나는 눈을 감고도 써내려갈 수 있었다. 『용호표』야말로 정말이지 쌍바오장에게 주고 싶지 않은 것이었다. 브라질 미녀와 비교하건대, 나는 아시아 아가씨들이 더 좋았다. 검고도 긴 생머리에 젖가슴 크기도 적당해서 공기 펌프질을 한 것 같거나 커다란 오랑우탄처럼 보이지는 않았기 때문이다. 그 『용호표』 잡지의 메인은 포동포동한 홍콩 여성으로, 홍콩 사람다운 실사구시의 태도를 절실하게 반영해 심장을 두근거리게 만들었다. 그 홍콩 여성은 스스로를 '네눈박이 강아지'라고 불렀는데, 안경을 쓴 얼굴에 손에는 홍콩 달러를 잔뜩 쥐고 있었다. 그녀는 은행에서 출납 업무를 담당하고 있으며, 인생 최고의 꿈은 매일 그녀의 손을 거쳐나간 돈이 자신의 것이 되는 것이라고 했다.

어느 날 저녁, 나는 촌놈 양아치 쌍바오장과 운동장 서남쪽 구석에서 만나기로 약속했다. 그곳에는 커다란 백양나무가 있어서 바람이 불어오면 우수수 하는 소리가 났다. 잎의 윗면은 매끄러운 표면의 초록빛이고 아랫면은 자잘한 솜털이 덮인 연둣빛이었다. 나는 책가방에서 두터운 속옷 광고 책을 꺼냈다. 『런민일보』로 싸여 있어 언뜻 보면 양장본 문제집처럼 보였다. 그 속옷 책은 의류 수입과 수출 일을 하는 아버지의 것이었다.

쌍바오장은 한 장 한 장 자세히 들여다보더니 손가락으로 수를 헤아리며 말했다. "전부 다섯 명의 여자가 있고 계속 옷을 갈아입고 있어. 재미가 없다고. 난 안 바꿀 거야."

"왜? 이 책에는 두 자 크기의 부록도 있어. 미국 미녀야! 너 미국에 가본 적 있어? 가슴이 얼마나 큰데! 너네 태양궁의 땅 할머니보다 클 거다! 위에는 달력도 있어! 올해 거야. 올해가 아직 다 가지 않았으니까 서너 달은 더 쓸 수 있는 거지. 미녀들도 보고 날짜도 확인할 수 있는 거야. 얼마나 좋냐!"

"안 바꾼다고. 안에 있는 건 모두 속옷이잖아. 난 뭔가 걸치고 있는 건 보고 싶지 않아. 내가 보고 싶은 건 아무것도 걸치지 않은 거라고."

나는 아무것도 없던 쌍바오장의 두 다리 사이에서 갑자기 뭔가 생겨나는 것을 보았다. 작은 것에서 큰 것으로, 마치 그 사이에 숨어 살던 작은 돼지 한 마리가 코를 불쑥 내민 것 같았다. 내가 사람의 영혼은 볼 수 없었지만 바짓가랑이 위로 뚜렷한 그의 물건은 볼 수 있었다. 나는 쌍바오장에게 속옷 광고 내부를 보여주지 말았어야 했다고 후회했다.

"이 정도면 걸친 게 별로 없는 거잖아. 가서 『사해辭海』나 『신화자전』을 찾아봐. 인체 해부도에서도 여자들은 모두 조끼를 입고 있어! 배꼽조차 찾아보기 어려울걸!"

"안 바꿔. 분명히 아무것도 입고 있지 않은 걸 갖고 있다고 했잖아."

"상상력을 좀 발휘해봐. 책을 덮고 생각하는 거야. 아무 옷도, 속옷조차 걸치지 않았다고 말이야."

"난 너와는 달라. 너 같은 반혁명 음란 사상가가 아니라고."

"이건 일종의 능력 훈련이야. 이 상상력은 네가 작문하는 데도 꽤나 도움이 될 거라고. 이런 상상력이 있다면 너는 작문할 때마다 같은 구절을 쓸 필요가 없어. '우리 아버지는 마을의 당 간부였다. 그가 맨 처음 맡았던 일은 여성 주임이었다.'"

"너처럼 나쁜 사람이나 글짓기를 잘하지. 나는 수학이나 물리학 화학 공부에 전념할 거라고. 옷을 안 입은 게 아니라면 나는 바꾸지 않을 거야."

날이 완전히 어두워지기 전에 쌍바오장은 결국 내게서 『플레이보이』 한 권과 『용호표』 한 권을 얻어냈다.

류징웨이가 말했다. "먼저 그놈한테 양보하고 나중에 손 좀 봐줘. 『용호표』라면 우리 아버지한테서 다시 훔칠 수도 있어. 아버지가 어디 숨기든 난 찾을 수 있으니까. 몇 권을 잃어버려도, 아무리 가슴이 쓰려도, 아버지는 한 마디도 못 할 거야."

장궈둥이 말했다. "쌍바오장이 학생주임한테 말하면 어쩌려고?"

내가 말했다. "말하긴 뭘 말해? 몰래 야한 소설을 훔쳐봤다고 말해? 게다가 내가 줬다는 걸 뭘로 증명할 건데?"

장궈둥이 말했다. "네 지문이 잡지 사방에 찍혔을 텐데, 도망갈 수 있을 것 같아? 지금은 DNA 검사로 몇 년 전 배출한 정액의 주인까지 다 찾아낸다고. 일단 증거를 얻어서 검사하면 추수이 넌 꼼짝도 할 수 없어. 쌍바오장도 도망갈 수 없을 테고. 게다가 류징웨이 아버지, 늙은 건달 쿵젠궈 그리고 너 류징웨이도 절대 도망칠 수 없다고. 그때 되면 공개재판을 열어서 단상 위에 줄줄이 세워질 테고 반혁명 음란 사상가로 손가락질 받으면서 범죄사건 문서에도 이름이 올라갈 거야."

"그 전에 발설한 놈은 어떻게 되는지 내가 본때를 보여주지. 쌍바오장이 감히 고자질을 한다면 그놈 주둥이를 꿰매버리겠어. 첫 번째는 명주실로 봉하고, 두 번째는 무명실로 봉하고, 세 번째는 스테이플러로 박아줄 거야."

18. 떠벌이와 상남자

이것은 다만 만 리를 가는 대장정의 첫걸음에 불과하다.

나는 촌놈 양아치 쌍바오장을 대신해 자리를 바꿔달라는 신청서의 초안을 썼다. 이것은 그가 마지막으로 제시한 무리한 요구였다. 그는 말했다. "고교 입시에서 네가 작문 만점을 받았다는 걸 모두가 알고 있지. 넌 상상력이 있으니까 잘 떠벌일 수 있을 거야. 대신 너는 이 두 권의 잡지를 언제든 무료로 보게 해줄게."

나는 다음과 같이 신청서를 작성했다.

경애하는 선생님께

가을이 깊어가는 시월, 바람이 소슬하게 불어옵니다. 우리나라는 끊임없이 부강해지고 있으며 우리들은 끊임없이 학업에 열중하고 있습니다. 현대화의 네 가지 목표는 우리 세대에서 완성되겠지요. 저는 선천적으로 좋지 않은 자질을 타고난 데다 후천적으로 조심하지 못한 탓에 눈은 근시가 되었고 청력도 저하되었습니다. 추수이 학우는 선천적으로 뛰어난 자질을 타고났으며 후천적으로 신중해서 시력은 줄곧 1.5를 유지하고 있습니다. 옆반 학생들이 수업시간에 나누는 귓속말까지 들을 수 있고, 옆반 수업 시간에 남녀 학생들이 취하는 작은 제스처까지 알아볼 수 있을 정도죠. 나라를 위해, 학업을 위해, 현대화의 네 가지 목표를 위해, 저는 추수이 학우와 자리를 바꿔 앉기를 희망합니다. 추수이 학우와 이 문제를 논의했고, 그는 학우의 학업에 대한 열망에 대한 배려심으로 제 요청을 수락하였으며, 저와 마찬가지로 선생님의 비준을 희망하고 있습니다.

우리의 혁명 사업은 마치 마오 주석께서 "전국적 승리를 쟁취하는 데 이것은 단지 만 리를 가는 대장정의 첫걸음에 불과하다"라고 말씀하신 것과 같습니다. 현재까지 우리나라는 경제적으로 빈궁하며 산업과 물질의 기초가 백지와 같은 '일궁이백—窮二白'의 상태를 아직 벗어나지 못했습니다. 우리나라가 공업, 농업, 과학, 문화의 현대화를 이룩한 사회주의 강국이 되려면 아직도 장기적으로 많은 노력이 필요합니다. 우리가 사는 세계에는 아직도 제국주의가 존재하고 또한 수많은 나라의 노동자 인민 대중, 특히 어머니와 아이들이 적지 않은 침탈과 억압을 받고 있습니다. 더욱이 우리는 끊임없이 사회를 변화시키고 자연을 변화시키며 우주를 정복해야만 합니다. 저는 앞으로 몇 배의 열정과 노력을 바쳐 공부하고 일할 것이며, 조국이 이룩해야 하는 네 가지 현대화 목표를 실현하기 위해 열심히 분발할 것을 다짐하는 바입니다.

신청인 학생 쌍바오장

1987년 10월 11일

담임선생은 쌍바오장의 신청서를 받아들였고, 또한 학우들 앞에서 나의 열정과 성심을 칭찬했다.

촌놈 양아치 쌍바오장은 정교하게 인쇄된 부드러운 가슴과 허벅지를 탐독했다. 그는 말수도 적고 잘 웃지도 않으며 몸을 가리는 옷차림을 고집하는 주상을 위해 이처럼 편리한 자극을 포기하는 나를 이해할 수 없다고 생각했다. 그는 두 권의 잡지에 실린 각양각색의 요녀들과 꿈에서 온갖 운우지정을 나눈 뒤 한 가지 사업 아이디어를 떠올렸고, 이를 행동으로 옮겨 사업을 개시했다. 그는 기숙사에서 저학년의 남학생들에게 잡지 두 권을 빌려주고 15분에 한 번, 한 번에 1위안씩 받았으며, 5분을 초과할 때마다 5자오를 추가했다. 열람 가능한 장소는 바로 쌍바오장의 침대 위였다. 쌍바오장의 침대 위에는 언제나 더럽기 짝이 없는 모기장이 걸려 있는데, 원래 공기는 통하고 모기는 통하지 않는 망사였지만 지금은 아무것도 통하지 않아서 모기장 밖에서는 아무것도 보이지 않았다. 쌍바오장의 불법 수입은 처음으로 두 학년 아래의 동생 쌍바오궈를 넘어섰다. 쌍바오궈는 남의 숙제를 대신 해주고 5자오를 받았던 것이다. 쌍바오장은 자신이 동생보다 훨씬 덜 힘들게, 훨씬 더 똑똑하게 크게 될 그릇이라고 여겼다. 10여 년 뒤, 베이징시 확장 건설 과정에서 태양궁 향의 땅값이 미친 듯이 오르자 쌍바오장은 새로운 세대의 토호이자 상당한 영향력을 발휘하는 부동산 재벌로 부상하게 되었다. 이 또한 훗날의 이야기다.

19. 취얼

열 몇 살이나 되는 다 큰 아가씨가 달랑 헐렁한 조끼 한 장
만 걸치고 슬리퍼를 질질 끌면서 부들풀 부채나 흔들며 놀러
나가다니, 그게 무슨 꼴이야! 남부끄럽잖아.

주상의 머리카락은 향기로웠고 반지르르 윤기가 흘렀으며 가지런
히 길게 늘어져 얼굴 반쪽과 한쪽 눈을 거의 가렸다. 주상의 엄마는
일찍이 명성을 떨쳤으며 늙은 건달 쿵젠궈는 언제나 그런 그녀에 대
해 말하곤 했다. 이와 같은 일들은 미학이나 사학과 연관되는 문제였
다. 촌놈 양아치 쌍바오장은 요강을 엎어버릴 정도로 자랐지만 이와
같은 일에 대해서는 도무지 이해하지 못했다. 나 또한 요강을 엎어버
릴 정도로 자랐고 우리 아파트에는 쿵젠궈와 다처, 얼처가 살고 있었
기 때문에 나는 이와 같은 일들을 이해할 수 있었다.

나는 스스로를 가늠할 수 있었고 넉살좋게 수다를 받아주는 시
답잖은 재능이 있었으며 가슴에는 우뚝 솟은 푸른 산조차 가릴 수
없는 상남자다운 포부를 품고 있었다. 나는 주상이 입을 열어 말하
게 할 수 있었고 환히 웃도록 할 수도 있었다.

취얼은 말했다. 어떤 이는 날 때부터 천징룬[중국의 수학천재] 같은
사람이고 어떤 이는 날 때부터 타고난 수다쟁이로 사람들을 즐겁게

한다고. 그리고 취얼은 말했다. "추수이, 난 네가 그 재능으로 앞으로 뭘 하게 될지 도통 모르겠어." 그때는 아직 병아리가 벼슬 달린 수탉으로 변하기 전이었고 오리의 개념은 아예 형성되지도 않았었으니까. 『전국책』의 시대는 이미 지나갔고 카운슬링 사업은 아직 존재하지 않았다. 모든 문학잡지는 햇빛과 희망을 노래했고 몇몇 몽롱시는 그래도 문혁의 반성에 진심으로 저항했다. 취얼과 나는 이미 더 이상 알 수 없을 만큼 속속들이 아는 사이였고 그녀는 나의 장래 때문에 항상 걱정이 많았다. 취얼은 말했다. 넌 짙은 눈썹에 큰 눈을 가진 잘생기고 멋진 남자는 결코 아니지만 그런대로 봐줄 만하고 보면 볼수록 매력이 있어. 취얼은 말했다. 네 다리털은 너무 굵고 길어. 대부분 남자는 여든 살까지 길러도 이런 모양이 될 수 없을 거야. 나는 말했다. 넌 도대체 여든 살 먹은 남자의 다리를 얼마나 많이 봤기에 그렇게 결론을 짓는 거냐? 취얼은 말했다. 내가 빌어먹을 니 할애비다. 내가 말했다. 남자가 여든 살이 되면 원래 있던 다리털도 다 없어진다고. 그러니까 넌 열여덟 살짜리 남자에 집중해서 데이터를 수집하고 분석하는 게 좋을 거야. 그래야 설득력이 있지. 취얼이 말했다. 빌어먹을, 내가 빌어먹을 니 할애비다.

취얼은 말했다. 넌 웃으면 안 돼. 해롭다구. 햇빛처럼 눈부시거든. 그렇게 웃으면 여자애들 마음이 따스해진단 말이야. 여자 마음을 아프게 하지 않을 남자, 이런 남자애와 함께라면 절대 심심하지 않을 거라 생각하게 된다고. 나는 취얼이 자라면 큰돈을 벌거라고 하는 말을 들은 적이 있다.

"큰돈을 벌면 뭘 할 거야? 예쁜 옷들을 잔뜩 살 건가?"

"그래. 너한테 예쁜 옷들을 잔뜩 사주지. 최고 브랜드로, 원단이 가장 좋은 걸로."

"뭘 하려고?"

"그런 다음 널 데리고 여기저기 쏘다닐 거야. 스커트도 하나 고르고, 길에서 사이다도 한 병씩 마시고. 아니면 내 친구들을 만나거나 함께 밥을 먹거나. 한 가지 나한테 약속해줘."

"뭘?"

"먼저 약속해줘. 어쨌거나 날 아내로 맞으라고 하거나 네 거시기를 떼어버리라고 요구하지는 않을 거니까."

"네가 우기지 않아도 때가 되면 나한테 시집오라고 할 거야. 넌 내가 본 여자 중에서 가장 예쁜 여자니까. 너 아니면 누굴 아내로 맞겠어?"

"약속이나 해."

"알았어."

"앞으로 누가 네 아내가 되든지 내가 사주는 물건은 반드시 받아야 해. 그리고 꼭 써야 하고."

"왜 너는 아닌 건데? 너한테 내 인생의 꿈을 말해주지 않았던가? 난 당연히 꿈이 있는 사람이야. 내 꿈은 가장 예쁜 아가씨를 아내로 맞고, 세상에서 가장 재미없는 글을 쓰고, 조국에 충성을 바쳐 네 가지 현대화를 실현하는 거라고. 넌 내가 본 가장 예쁜 아가씬데 널 아내로 맞지 않을 이유가 없잖아?"

"내 말 끊지 마. 난 그래도 몇 년은 더 살고 싶다고. 난 내가 괜찮게 생겼다는 걸 알아. 하지만 머리가 특별히 좋은 편은 아니라서 그렇게 잔머리를 굴리거나 생각을 많이 하진 않아. 머리가 좋다 해도 너와 엮이고 싶진 않다고. 나는 너를 너무 잘 알지. 네 거시기가 요 몇 년 사이에 어떻게 무르익었는지, 언제 작았다가 언제 커지는지에 대해서도 난 훤히 안다고. 네가 얼마나 더러운 물에서 더럽게 놀았는지 아주 잘 알 거든. 게다가 넌 벌써 부정한 방법으로 그 여자애 옆 자리에 앉았잖아?"

"나도 빌어먹을 니 할애비다. 밋밋하던 네 가슴이 어떻게 변했는 지, 요 몇 년 동안 작은 가슴이 어떻게 커졌는지 나도 훤히 알지. 게 다가 브래지어를 해야 한다고 난 충고도 해줬어. 열 몇 살이나 되는 다 큰 아가씨가 달랑 헐렁한 조끼 한 장만 걸친 채 슬리퍼를 질질 끌 면서 부들풀 부채나 흔들며 놀러 나가다니, 그게 무슨 꼴이야! 남부 끄럽잖아. 너는 후 아줌마가 아니라고."

"쓸데없는 소리 작작해. 난 진지하게 묻는 거라고. 넌 벌써 부정한 방법으로 그 여자애 옆자리에 앉았잖아? 그 아가씨가 그렇게 좋아 죽겠디?"

"난 정말 친구의 공부를 돕기 위해 그런 거야. 쌍바오장이 원래 내 자리에 앉았잖아. 첫 줄 첫 번째 자리 말이야. 시력이 안 좋은 그 녀 석이 뒷자리에 앉아서 게슴츠레한 눈으로 바라보면 젊은 여선생님이 소름이 돋을 텐데, 난 그런 일이 생기지 않게 해준 거라고."

"사람을 속이려면 입에 침이나 바르시지."

"네가 어떻게 아는데?"

"우리가 사는 동네가 워낙 크다 보니, 이 동네 악당도 뻔하지. 몇 바퀴만 돌면 다 아는 사람이라고. 사람들은 눈이 밝아. 너는 모르는 사람이라 생각한 여자가 어쩌면 예전에 함께 갔던 아가씨일 수도 있 다고."

"자기가 올바르면 남들이 삐딱하게 봐도 상관없는 거야. 내가 자리 를 바꾼 건 좀 더 나은 집중력으로 수업을 듣기 위한 거라고. 창밖으 로 지나가는 예쁜 아가씨를 보지 않아도 되잖아? 물론 내 건강을 고 려한 차원이기도 해. 너도 잘 알겠지만, 난 사흘 동안 예쁜 여자애를 못 보면 치통이 생긴다고."

"문지르면 문지를수록 까매지는 법이지. 상대하기도 귀찮다. 내 부탁을 들어줄 거야, 말 거야? 약속 지킬 거지?"

"지킬게."

그 뒤로 아주 오랫동안 나는 꿈에서 계속 취얼을 보았다. 그러나 사진의 도움 없이는 여전히 그녀의 모습을 또렷이 떠올릴 수가 없다. 나는 한동안 우리 사이가 왜 좋은 결과로 이어지지 못했는지 생각했다. 그리고 서로를 너무 잘 알아서가 아니라 때가 맞지 않았기 때문이라는 결론을 내렸다. 취얼이 똑 떨어지는 옷차림으로 나타나 나를 위해 자리를 빛내줄 때마다, 같은 검정 스커트에 같은 하이힐을 신고 있어도, 나는 취얼의 아름다움에 경탄을 금치 못했다. 그녀를 본 남자들은 언제나 무심한 척 손을 흔들고 난 뒤, 고개를 숙이고 머릿속에 떠오르는 그녀의 모습을 침묵 속에 되새기곤 했다. 눈썹의 곡선이 어떠한지, 코와 눈의 균형이 어떠한지, 흐트러짐 없이 틀어 올린 머리카락은 어떠한지. 아무래도 또렷하게 떠오르지 않으면 사람들의 주의를 끌지 않는 방식으로 흘낏 취얼을 몇 번쯤 되돌아보곤 했다. 몇 가지 다른 각도와 몇 가지 다른 배경의 모습을 확보해서 집에 돌아간 뒤에도 다시 기억할 수 있도록, 그 이미지의 픽셀이 너무 많이 부족하지 않도록 하는 것이다. 부족함이 없을 만큼 이미지 자료를 확보해서 애태우지 않아도 될 정도가 되어야 비로소 불안에 떨지 않고 미친 듯이 퍼마시기 시작하는 것이다.

나는 이런 것이야말로 눈부신 빛을 사방으로 흩뿌리는 전설 속의 아름다움이라고 생각한다.

20. 빨간 실크 팬티

이틀이 지나자 옆집의 왕씨네 둘째 아저씨가 죽었어. 이야기 끝.

수학 선생은 유달리 머리가 컸다. 하지만 그 안에 수학과 관련된 것들은 그리 많이 들어 있지 않은 듯싶었다. 나는 머리 큰 사람들과는 그다지 인연이 좋지 않다. 이는 매우 많은 사실로 증명되는데, 머리 큰 남자는 대부분 업무적으로 나를 수렁에 빠뜨렸고 머리 큰 여자들은 대부분 생활 속에서 나를 뒤흔들었다. 나는 자라서 의학을 전공했고 전문 분야는 종양이었다. 의대에서 알게 된 어느 괴짜가 끊임없이 내게 주장한 이론에 따르면, 인류는 실제 수요에 비해 너무 큰 대뇌를 지니고 있다. 인류의 생활은 중세에 어느 정도 안정적이고 편안한 수준에 이르렀다. 이후 모든 진보나 소외 현상은 대뇌가 지나치게 커서 발생한 폐해일 뿐이라는 것이다. 실제로 사람들은 BMW를 타든 SUV를 타든 운전의 큰 차이를 느끼지 못한다. 비대해진 대뇌는 절대적 이단일 뿐 아니라 본질적으로 일종의 종양이다. 이 이론의 진위 여부를 증명할 어떤 과학적 방법도 찾지 못했지만 내 마음속 미인들은 언제나 그렇듯 머리가 작았고 목은 가늘었으며 긴 생머리였다.

교실 뒤쪽에 앉아 있었는데도 나는 아직 뱃속에서 소화가 덜 된 것 같은 희미한 마늘 냄새를 맡을 수 있었다. 수학 선생의 아침은 분명 기름에 지지고 식초와 마늘에 버무린 튀김만두로 어젯밤에 먹다 남긴 것이 분명했다. 수학 선생의 앞니에 직사각형 모양의 기다란 부추 조각이 떡하니 붙어 있는 걸 보니 부추가 잔뜩 들어간 만두였나 보다. 그의 머리가 크다는 건 필연적으로 입도 크고 식도도 크고 위장도 크다는 뜻이었다. 당연히 뿜어내는 냄새도 크다. 나는 앞자리에 앉은 쌍바오장이 가엾게 생각되었다.

쌍바오장은 농부들처럼 연필을 귓바퀴에 꽂은 채 이맛살을 찌푸리며 타원방정식에 대해 심각한 사유를 진행하고 있는 것처럼 보였다. 연필 한쪽 끝은 너무 깨물어댄 탓에 검은 칠이 얼룩덜룩 벗겨져 연필심이 드러날 지경이었다. 쌍바오장의 코는 비틀린 딸기처럼 기형적으로 생겼다. 누르스름하면서도 붉은빛이 도는데다 까만 점이 수도 없이 박혀 있어 영락없이 바싹 마른 딸기였다. 나는 쌍바오장이 수업을 듣거나 문제를 풀기 위해 고민하는 모습을 보는 게 너무 힘들었다. 마치 숨넘어가시는 외삼촌을 지켜봐야 하는 괴로움과도 같았다.

하지만 주상은 향기로웠다. 담담하지만 분명한 향기. 쌍바오장은 요강을 엎어버릴 만큼 자랐지만 이와 같은 일에 대해서는 결코 이해하지 못했다.

"수업 듣기 싫어?" 나는 주상에게 물었다.

"들어도 잘 모르겠어. 난 선생님이 뭐라는지 못 알아듣겠어. 2, 3분 정도 설명을 듣다보면 생각이 다른 데로 튀어버리는걸. 선생님 본인도 자기가 무슨 말을 하는지 잘 모르는 거 같아."

"어차피 못 알아듣는 이야기라면, 내가 정말 알아듣기 힘든 이야기를 들려줄까? 들어볼래?"

"좋아."

"그냥 옛날이야기야." 나는 늙은 건달 쿵젠궈가 들려준 야한 이야기 가운데 하나를 골라 어떻게 하면 정교하면서도 음탕하지 않게 전달할 수 있을까 궁리했다. 마치 바둑에서 포석을 까는 것처럼, 처음에는 대충 별거 아닌 것처럼 이야기하다가 은유와 상징을 써서 미언대의를 전해야 한다. 사실 이야기는 결국 성기를 드러내는 걸로 끝나겠지만 그래도 처음에는 그런 눈치를 채지 못하도록, 마치 하늘과 땅에 절을 올리는 행위로 결혼식을 시작하듯이 삼가야 한다.

"응."

나는 손을 뻗어 장귀둥의 뒤통수를 두드리며 말했다. "뭘 돌아봐. 수업이나 잘 들어. 한눈팔지 말고, 훔쳐듣지 말고."

나는 주상을 돌아보면서 이야기를 시작했다. "옛날에 어떤 작은 마을이 있었어. 이 작은 마을에는 예의바른 사람이 살았는데 어느 날 새 신부를 맞았지. 새 신부는 무척 예뻤고 그들은 알콩달콩 행복했어. 얼마 안 가 아내가 통통한 아들을 낳자 모두들 더없이 기뻐했지. 그런데 하루하루 날이 지나면서 사람들은 아이가 말을 하지 못한다는 사실 발견했어. 의원은 말했지. 아이는 절대로 벙어리가 아니라고. 그런데 온갖 수단을 동원해도 아이의 입을 열게 할 수 없었어. 하루가 지나고 또 하루가 지나 시간이 흐르면서 사람들은 이 사실을 익숙하게 받아들이게 되었지. 다행히 아이는 건강하고 총명했기 때문에 서서히 사람들은 다시 행복해졌어."

"그런데?"

"그런데 어느 날 갑자기 아이가 입을 열고 이렇게 말을 했어. '외할머니.' 발음은 또렷했고 목소리도 또랑또랑했어. 이틀 뒤, 외할머니가 돌아가셨지. 석 달이 지나자 아이는 또 입을 열어 누군가를 불렀어. '엄마.' 이번에도 발음은 또렷했고 목소리도 또랑또랑했어. 이틀 뒤, 엄마도 세상을 떠났지. 또 석 달이 지난 뒤, 아이는 세 번째로 누군가를 불렀어. '아빠.' 또렷한 발음에 또랑또랑한 목소리로. 자기가 죽을 날을 받았다고 생각한 그의 아버지는 술집으로 가서 가장 비싼 술을 시키고 가장 좋은 족발조림 안주를 두 개 주문해서 배불리 먹고 마셨지. 그러고는 남몰래 숨겨두었던 빨간 실크 팬티를 입고 침대에 드러누워 죽음을 기다렸지."

"그래서?"

"이틀이 지나자 옆집의 왕씨네 둘째 아저씨가 죽었어. 이야기 끝."

"틀렸어. 죽은 건 이웃의 추수이겠지." 주상이 말했다. 그녀는 고개를 수그리고 웃다가 뺨을 책상에 갖다 댔다.

"그 아이 아버지는 어째서 빨간 실크 팬티 같은 걸 갖고 있었던 거야?" 주상은 잠시 머뭇거리다가 물었다.

21. 내가 돼지 잡는 백정같이 생겼다고 무시하지 마요

나는 그가 건달이니까 여자를 잘 알 것이고, 그래서 시도 이
해할 수 있을 거라 생각했다.

　　나는 평범하고 좀 우락부락하게 생겼지만, 내 마음은 정밀하고 세
심한 편이다. 나는 늙은 건달 쿵젠궈에게 말했다. 내가 돼지 잡는 백
정같이 생겼다고 무시하지 마요. 사실 난 시를 쓰는 사람이라고요.
　　중고등학교 시절 국어 시간에 검은 테 안경잡이 국어 선생은 대
구법과 의인법을 어떻게 쓰는지 가르쳤고 대구법과 의인법을 쓸 줄
알면 곧 시인이며 시를 잘 쓸 수 있다고 말했다. 가끔씩 나는 누나
가 구독하는 『소년문예』와 『아동시대』를 읽었다. 한번은 『소년문예』
에서 시 공모전을 개최했는데, 응모 대상은 반드시 중고등학생이며
한 명당 20편을 투고할 수 있었다. 한 달 후 1, 2, 3등 세 명을 선발
해 상을 준다고 했다. 그 잡지는 전국적으로 발간되었기 때문에 여기
서 수상한다면 전국적으로 인정받는 어린 시인이 되는 셈이었다. 그
러니 특기로 인정되어 고교 입시에서 가산점도 받을 수 있었다. 창던
지기나 원반던지기 실력만큼 쓰임새가 있는 것이다. 나는 밤새 30편
의 시를 썼고 다음 날 그 가운데 20편을 골라 녹색 원고지에 베껴

적은 뒤 우편으로 부쳤다. 나는 이백이나 두보도 전해지는 시는 겨우 20편 안팎이라는 사실을 떠올렸다. 내가 쓴 20편의 시는 앞으로 1800년 동안 전해질지 모른다.

시를 쓰던 그날 밤, 나는 『시경』을 속독했다. 제사 등에 관한 작품이나 알 수 없는 글자들은 건너뛴 채 '시의 방법으로는 부賦·비比·흥興이 있다'거나 '정나라 노래는 음란하다' 따위의 말들을 이해하게 되었다. 시를 쓰는 최고의 비결은 마음속의 가장 큰 불안과 간질간질한 기분을 간략히 에둘러 표현하면서 반복적으로 이를 읊어대는 것이다. 나는 내 일생의 모든 시를 그날 밤에 다 썼다. 그 뒤로는 한 구절의 시도 쓰지 않았다. 마치 16세에서 18세 사이에 여자에 대한 모든 세심하고 아름다운 상상을 소진해버린 것처럼. 그 후로 내 눈에 비친 모든 여자들은 그저 아름다운 꽃이었을 뿐이다. 류징웨이는 말했다. 좆나 이 새끼 너 완전히 여자한테 미친 바보야. 장궈둥은 말했다. 좆나 이 새끼 너 품위를 좀 지켜라. 바구니 속 채소를 다 헤집어놓다니. 무른 배로도 목마름은 면하는 법이라고. 내가 말했다. 좆나 이 새끼 니들은 다 촌 버러지야.

사람은 서로 다른 때 서로 다른 사물에 대해 아주 다른 감정을 느끼게 된다. 예전에는 늘 몰려다니면서 패싸움을 하고 여자를 꼬드겼다. 하루에도 세 번씩 싸움을 벌이고 한 달에 네 명의 여자애한테 수작을 거는 동시에 양다리를 걸치곤 했다. 월수금과 화목토로 구별해 데이트를 하고 일요일은 쉬었으며 사정할 때는 한 번에 3~5밀리리터를 쏟아냈다. 지금은 소설을 쓰는데 글이 잘 써질 때는 하루에 5000~6000자를 쓴다. 마누라가 하나인데도 1년 내내 생각만 하다가 한 번 할 때는 마찬가지로 3~5밀리미터를 쏟아낸다. 정말 모르겠다. 풍류남아 차오위[중국의 셰익스피어라고 불리는 현대 극작가]는 서른 살 이후의 삶을 어떻게 견뎌낸 것일까.

내가 쓴 20편의 시 가운데 첫 번째 시는 이런 내용이었다.

낙인

내가 달을 하늘에 찍어서
하늘은 내 것이 되었다
내가 발자국을 땅 위에 찍어서
땅은 내 것이 되었다
내가 입술을 네 이마에 찍어서
너는 내 것이 되었다

두 번째 시는 이런 내용이었다.

텅 빔

두 발이 없어도
나는 네게 다가갈 수 있다
두 손이 없어도
나는 너를 어루만질 수 있다
심장이 없어도
나는 너를 그리워할 수 있다
아랫도리가 없어도
나는 너를 불사를 수 있다

한 달 뒤 나는 공모전 결과를 통지받았다. 3등에도 못 들고 20편의 시는 반려되었다. 원고지 마지막에 한 줄의 비평이 적혀 있었다. "너무 음란한 글이다." 그 뒤로 × 표시가 몇 개나 그어져 있었다. 나는 그것을 칭찬으로 받아들였다. 그 한 줄 비평은 아직도 잘 보관되어 있다. 나는 그 종이를 노트 안에 잘 접어두고 소설을 쓸 때마다 시도 때도 없이 꺼내본다. 그것을 내 글이 추구하는 스타일로 삼아 종종 자기 격려용으로 사용하는 것이다.

나는 늙은 건달 쿵젠궈에게 내 시를 보여주었다. 나는 그가 건달이니까 여자를 잘 알 것이고, 그래서 시도 이해할 수 있을 거라 생각했다. 쿵젠궈는 내 시에 대해 별다른 평론을 하지 않았다. 그러나 시속의 '너'가 누구인지 세 번이나 물었다. 세 번째 물었을 때 '너'란 조국이며 이상과 포부이자 베이징대학이고 이중 가죽을 덧댄 나이키 하이탑 농구화라고 말했다.

22. 혈관

주상은 그녀의 어머니와 같이 남달리 빼어난 인물은 아니었다. 코는 남다르게 높지 않았고, 눈은 남다르게 크지 않았다. 이목구비 가운데 어느 하나도 남다르게 빼어난 곳은 없었다. 그러나 합쳐놓고 보면 어쨌거나 보기 좋았다. 보면 볼수록 예뻤다.

주상의 피부는 하얬다. 옆에서 보면 목과 뺨의 파르스름한 혈관들이 비칠 정도였다. 혈관 속에는 내 심장을 요동치게 하는 흐름이 존재했는데 한참을 바라보노라면 내 심장 박동이 그 흐름에 발맞춰 귀가 먹먹할 정도로 큰 소리를 냈다. 그럴 때면 조용한 교실 속 모두가 나를 쳐다보고 있고 모두가 내가 무엇을 보는지 아는 것만 같았다.

한 아파트에 살고 있었기 때문에 나는 주상의 엄마랑 마주칠 때가 있었다. 그녀는 늙은 건달 쿵젠귀가 들려준 모든 전설이 실제로 일어났던 일이라고 믿게 해주었다.

외국 문학가들은 여성을 발정난 수소도 진정시킬 수 있는 존재라고 표현하면서 극찬하곤 한다. 나는 그 의견에 완전히 반대한다. 주상의 엄마는 16~60세에 이르는 모든 남자의 육욕을 자극했다. 이런 여성은 중국에서 매우 보기 드물다. 주상의 엄마는 분명 나이가 들었고 그 눈가에는 거미줄 같은 세월의 흔적이 뚜렷이 남았다. 그러나 지는 저녁놀 같은 이 여인의 일거수일투족에서 그 옛날 세상을 떠들썩하게 한 미모의 여운을 찾아볼 수 있었다. 이는 늙은 건달 쿵젠꿔가 10년 뒤 손을 씻고 카센터를 운영하게 된 이후로 카키색 군복을 피로 물들이며 쇠파이프 하나로 여덟 명을 상대하던 지난날의 풍채를 잃었음에도, 자기 조카가 양아치들에게 얻어터져 만신창이가 되었다는 말을 들었을 때 스패너를 내려놓으며 눈을 부릅뜨던 그의 모습에 내 가슴 속에 가을날 낙엽을 사정없이 떨구는 스산한 서리 바람이 인 것과 마찬가지다.

주상은 그녀의 어머니와 같이 남달리 빼어난 인물은 아니었다. 코는 남다르게 높지 않았고, 눈은 남다르게 크지 않았다. 이목구비 가운데 어느 하나도 남다르게 빼어난 곳은 없었다. 그러나 합쳐놓고 보면 어쨌거나 보기 좋았다. 보면 볼수록 예뻤다. 주상은 마치 어머니에게서 아름다움의 형식을 물려받지 못하고 오직 아름다움의 감각만을 물려받은 것 같았다. 그녀는 『이상한 나라의 앨리스』에 등장하는 고양이처럼 웃는 얼굴을 보이지 않으면서도 허공에 미소를 퍼지게 하는 기묘한 능력을 지니고 있었다.

학교를 마치고 집으로 돌아가는 길에는 간혹 퇴근하는 주상의 부모님과 마주치기도 했다. 그녀의 아버지는 콧잔등에 얇은 검은 테안경을 걸치고 있었다. 말수가 적고 입이 무거운 편이었지만 행동거지를 보면 친절하고 상냥한 사람이라는 사실을 알 수 있었다. 그녀의 어머니도 말수는 적은 편이었지만 나는 언제나 서늘한 기운을 느끼곤 했다. 그러면 나는 자연스럽게 주상의 좋은 점을 떠올렸다. 그들은 때때로 길에서 동료들을 만났다. 주상의 아버지는 늘 몇 마디 인사말을 건네며 직장 안의 크고 작은 일들에 대해 의견을 나누었고 주상의 엄마는 그들이 이야기를 나누는 동안 그저 고개를 끄덕일 뿐이었다. 자신의 옷매무새를 가다듬으며 한두 가닥 실오라기를 떼어내기도 했다. 아파트 복도에서 주상 부모님이 나누는 대화를 듣기도 했는데, 화제는 대부분 식습관 조절이나 날씨 및 계절의 변화에 대한 대책 등이었다. 예전에 나는 거리에서 매일 내 앞을 바람처럼 스쳐 지나는 천사 같은 아가씨들이 집으로 돌아가면 누구와 함께 잠을 자는지 궁금해 미칠 것만 같았다. 그런데 주상의 부모님을 관찰하면서 이 문제에 대한 답을 얻었다. 바로 주상의 아버지와 같은 사람들과 함께하는 것이다. 이런 사람들은 등받이 없는 간이의자와 용상조차 구별할 줄 모른다. 최고의 여성을 상으로 받았는데도 이를 깨닫지 못하는 유형으로, 하늘을 우러러 한 점 부끄러움 없이 오로지 외길을 걷는다. 그러지 않으면 언제 아내를 빼앗길지 모른다는 걱정에 20년쯤 수명이 단축되고 말 것이다.

내가 지금 알고 싶은 것은 부엌에서 20년 동안 주부의 기술을 닦는 데 몰두해 온 주상의 엄마가 옛날의 위대한 건달들을 다시 만나면 어떤 느낌일까 하는 것이다. 그 위대한 건달들은 아마도 지금쯤 모두 이사장이나 회장님이 되어 있을 터다. 외출할 때는 보디가드들을 거느리고 적어도 가방을 드는 사람은 따로 있겠지. 앞뒤로 경호하는 차들을 줄 세우며 고급 리무진을 타고 퍼레이드를 펼칠 것이다. 주상의 엄마도 생각해본 적은 있지 않을까? 남자라면 큰돈을 벌진 못해도 최소한 이런 풍모는 있어줘야 한다고. 그녀가 그런 생각을 했다면 주상의 아버지에게 말한 적이 있을까? 주상의 아버지는 뭐라 대답했을까?

결국 주상의 엄마가 맨 처음 안겼던 그 매서운 눈빛의 남자애가 지금은 손꼽히는 갑부가 되었다는 말을 쿵젠궈로부터 들을 수 있었다. 그의 회사는 국제결혼 브로커를 비롯해 방탄복과 무기 판매까지 종목을 가리지 않았다. 의류를 만드는 원단을 취급하기도 했기 때문

에 의류 수출을 하는 우리 아버지와도 친분이 있다면 있는 사이였
다. 나는 그 남자를 딱 한 번 보았다. 연어와 랍스터, 달콤한 와인이
차려진 어떤 뷔페식 만찬 자리였다. 그곳에 온 사람들은 다들 예복
을 입었고 잔을 들고 이리저리 돌아다니면서 아는 사람을 만나면 반
가워하고 기뻐했으며 모르는 사람을 보아도 부드러운 미소를 지었다.
나는 5층에 사는 이웃 형에게 빌려 입은 불편한 양복차림으로 아버
지를 따라 공짜 밥을 먹으러 갔다. 나는 그 위대한 건달을 보았다. 앞
머리를 뒤로 넘긴 올백 머리, 커다란 가죽 구두, 커다란 금 목걸이, 반
질반질 포마드를 바른, 머리가 큰 사람이었다. 그를 둘러싼 사람들은
모두 그를 보면서 막힘없이 여유만만하게 뭔가를 말하는 그에게 귀
를 기울였다. 세 명의 경호원은 실내에서도 검은 선글라스를 쓰고 있
었는데, 세 사람이 오른쪽과 왼쪽, 그리고 뒤에 서서 전방을 주시하
면서도, 위대한 건달의 빛나는 풍모는 가리지 않는 센스를 갖추고 있
었다. 아버지가 그에게 다가가서 말을 걸었을 때 그의 무시무시한 시
선이 나를 훑고 지나갔다. 그는 아버지에게 내가 꽤 똘똘해 보여 마
음에 든다면서, 세상이 이렇게 좋은데 나와서 일하지 않고 공부만
한다니 정말 안타깝다고 했다. 내가 말했다. 아저씨, 전 아직 어려서
요. 왜 보디가드를 여자들로 바꾸지 않으세요? 윤기 나는 머리카락
이 어깨까지 내려오는 그런 여자들요.

"사람들이 그러는데, 너네 엄마는 옛날에 정말 유명했대." 나는 주
상에게 넌지시 물었다.

"아빠는 그런 말 안 하셔. 엄마도 마찬가지고. 가끔 아빠랑 같이
걸어갈 때 아빠는 손가락으로 누군가를 가리키면서 이런 말을 하지.
'봐라, 얼굴에 살이 뒤룩뒤룩 붙은 저 녀석이 하마터면 네 아비가 될
뻔했단다.' '봐라, 저기 오른손에 손가락 세 개 없는 사람이 하마터면

네 아비가 될 뻔했단다.'"

"원래 아버지들은 농담이 지나쳐."

"난 이렇게 대답하지. '난 저런 사람이 아빠가 되는 건 싫을 것 같아요.'"

23. 떨어지는 꽃은 말이 없고, 사람은 국화처럼 담담하네

풍경이 아름다울 때, 아름다운 사람이 웃고 있을 때, 왼손을 아름다운 사람의 오른다리 위에 올려놓고 묻는다. 당신의 허락 없이 이렇게 손댄다면 건달일까?

나는 정말이지 수학 선생이 하는 말을 알아들을 수가 없다.

교실 안에서는 난로가 뜨겁게 타올랐고 교실 안에 있는 48개의 작은 얼굴도 발갛게 달아올랐다. 내가 두 눈을 부릅뜨고 수학 선생을 바라본다면 몇 분 뒤에 볼 수 있는 것은 거대하고 가지런한 치아와 그 안에서 데굴데굴 굴러다니는 음절들뿐일 것이다. 그 음절들은 마치 하나하나 반짝이는 뼛조각처럼 바닥으로 떨어졌고 떨어지면서 아주 또렷하지만 아무런 의미도 없는 소리를 냈다. 그래서 나는 아예 교과서와 참고서와 문제집 따위를 책상 위에 높다란 담장처럼 층층이 쌓아놓고 수학 선생의 웅장하고도 결백한 이빨을 가려버렸다. 그러고는 『소산집小山集』[북송 문인 안기도의 문집]을 펴놓은 채 맥락 없이 뒤적이며 읽었다. 수학, 물리, 화학이라면 매 학기 알아서 교과서를 다 읽고 연습 문제 한 권을 풀고 있었다. 그런 뒤에 시험을 보면서 문제가 얼마나 어려운지, 내 점수가 커트라인과 얼마나 차이가 나는지, 선생의 기분과 나의 어리석음을 가늠하는 것으로 그만이었다. 남은 수업 시간에는 이런저런 잡다한 책들을 뒤적이며 오만 잡다한 생각에 빠져들 뿐이었다.

나는 진지한 자세로 죽어라 공부하는 짐승들에 대해 탄복해 마지 않았다. 선생들은 언제나 그들 존재의 우월함을 강조하면서 우리 같은 깡패들은 앞으로 비참해질 거라고 암시하곤 했다. 우리 반의 가장 유명한 짐승은 통통하지만 예쁘장한 팡옌이었는데, 그녀의 두 뺨은 언제나 복사꽃 분홍빛이었다. 그녀는 언제나 열과 성의를 다해 수업을 들었고 선생에게 거듭 간청하여 맨 앞줄로 옮겨 앉았으며 항상 등대처럼 가만히 앉아 있었다. 화장실에 다녀오는 것을 제외하면 팡옌은 정말이지 꼼짝도 하지 않았다. 나는 장궈둥에게 물었다. 팡옌은 뭘 먹어? 장궈둥이 말했다. 쟤는 즈리탕智力糖을 먹어. 즈리탕이란 흰 설탕 덩어리로 만든 과자였다. 아라비아 숫자와 더하기, 빼기, 곱하기, 나누기 등 기호 모양이었는데, 팡옌은 먼저 숫자 1을 먹고 더하기 기호를 먹고 다음으로는 숫자 4를 먹고 마지막으로 5를 먹었다. 이렇게 하는데도 팡옌은 점점 살이 붙었고 주변 사람들은 점점 말라갔다. 가장 비참한 사람은 쌍바오장이었다. 그는 나와 자리를 바꿨기 때문에 팡옌의 영향권 내에 위치했고 석 달 뒤에는 결국 맹장을 떼어내는 처지가 되었다. 4교시가 끝날 무렵 배고픔을 참을 수 없을 지경이 되면 나와 장궈둥은 팡옌을 쳐다보았다. 그녀가 뭔가에 골몰하고 있거나 화를 낼 때면 몇 줄 뒤에 앉은 우리 자리까지 돼지고기 삶는 냄새가 풍겼다. 한번은 장궈둥이 팡옌에 대해 미묘한 연정을 품은 적이 있었다. 팡옌이 화장실을 가느라 자리를 비운 지극히 짧은 순간, 장궈둥은 한달음에 앞쪽으로 달려가더니 그녀의 의자에 엉덩이를 붙이고 눈을 감은 채 온몸을 좌우로 흔들어댔다. 제자리로 돌아온 장궈둥은 이렇게 말했다. "완전 따뜻해."

잡다한 책들을 보는 동안 나는 갖가지 환상에 빠지곤 했다. 그러나 훤한 대낮이라 기본적으로 성적 판타지에 빠져들지는 않았다. 때때로, 나는 늙은 건달 쿵젠궈가 갑자기 젊어져서 다시 한 번 자기 형제들을 이끌고 바이후창 중학교의 '호랑이 이빨' 클럽과 패싸움을 벌이는 모습을 상상했다. 장소는 창밖으로 내다보이는 학교 정문 앞 거리였다. 맞은편에는 중국청년신문 인쇄소와 이른바 '닭장'이라 불리는 기계공정 관리대학이 있었다. 나는 창문 맨 앞자리에 앉았기 때문에, 선생이 이쪽을 등지고 있을 때면 언제든 기지개를 켜는 척하며 싸움판을 볼 수 있었다. 패싸움에서 사용하는 연장은 역시 냉병기였다. 냉병기가 인체의 가치를 직접적으로 보여줄 수 있기 때문이다. 벽돌이라든지 쇠파이프, 대못 박힌 각목 따위의 무기가 최고다. 나는 쿵젠궈가 고함을 지르는 소리를 듣는다. 나는 그가 지르는 소리를 좋아한다. 다른 의미는 없다. 다만 '내가 반드시 널 박살내고 말 테다'라는 뜻이다. 나는 목청이 좋은 편이 아니어서 소리가 그저 목구멍으로 튀어나오는 정도다. 늙은 건달 쿵젠궈의 고함은 항문에서부터 대장과 소장을 거쳐 갈비뼈 사이를 뚫고 올라와 목구멍으로 터져 나오는 소리였다. 두어 번쯤 듣고 나니 언제 어디서나 그 소리를 떠올릴 수 있게 되었다. 이런 고함을 많이 질러낸다면 결국에는 이렇게 묘사할 수 있지 않을까? "간과 쓸개가 도막도막 잘라지고, 대장과 소장이 진동으로 끊어지고, 오줌과 똥이 밖으로 밀려나왔다." 때때로, 나이 많은 누나들이 줄지어 나를 마중하러 오는 상상을 하기도 했다. 얼마나 나이가 많은지는 나도 잘 모른다. 그때 나는 여자를 볼 때 스물 몇 살과 서른 몇 살, 또는 마흔 몇 살을 잘 구분하지 못했다. 외모는 물론 예뻐야 한다. 그러나 다처나 얼처 같지는 않고, 또 여자 스파이와 같지도 않으며, 주상과도 달라야 한다. 검은 머리카락에 매끄

럽고 긴 생머리여야 한다. 풀어헤치면 앞가슴까지 흘러내려 젖가슴
이 덮이는데 젖꼭지 아래까지 내려가선 안 된다. 머리를 흔들어 뒤로
넘기면 머리카락이 견갑골 사이 척추에 가지런히 모인다. 하지만 내
가 가장 좋아하는 머리 모양은 이렇게 긴 머리카락을 틀어 올리는
것이다. 틀어 올린 머리는 진녹색의 중화 HB 연필 아니면 청나라 초
기의 백옥 비녀로 흐트러짐 없이 고정시킨다. 몸매로 말하자면 반드
시 가슴이 클 필요는 없지만 다리는 길어야 한다. 차를 몰 수 있어서
어디든 가고 싶은 대로 나를 데려갈 수 있는 게 좋다. 그녀가 왜 나
를 찾아왔으며 어디로 데려가려 하는지는 모른다. 그저 나는 미인이
운전하는 차를 타는 게 좋다. 그녀 곁에 앉아 거리낌 없이 말하면서
창밖을 스치는 풍경과 미인들을 바라본다. 풍경이 아름다울 때, 아
름다운 사람이 웃고 있을 때, 왼손을 아름다운 사람의 오른다리 위
에 올려놓고 묻는다. 당신의 허락 없이 이렇게 손댄다면 건달일까?
당신이 운전하지 않을 때 이런 일이 일어난다면 당신은 틀림없이 나
의 따귀를 갈겼겠지? 미인은 운전에 집중하느라 평소와 달리 미모에
그리 신경 쓰지 않는다. 그래서 그녀는 더 아름답다.

때때로, 나는 주상을 상상했다. 눈을 감으면 주상이 내 곁에 있고
나는 그녀의 향기를 맡고 있다. 그것은 그녀가 사용하는 비누, 얼굴
에 바르는 오일, 옷에 남아 있는 세제, 밖으로 드러난 머리카락과 팔
그리고 옷 안에 감춰진 그녀의 몸에서 피어오르는 모든 것을 합친
종합적인 냄새였다. 나는 그녀가 종이를 갖고 노는 소리를 듣기도 한
다. 그녀는 언제나 뭔가를 만지작거리며 노는데, 예를 들어 그리 크
지 않은 종이를 이리저리 접곤 한다. 한참 후 그녀는 영화표나 차표
따위를 자기에게 건네지 말라고 경고한다. 20분 안에 그 종이는 완
전히 알아볼 수 없을 만큼 접히고 접혀서 전혀 다른 물건이 될 거라

고 말이다. 나는 이 공기 속에 주상이 내뿜은 숨결이 섞여 있다는 것을 안다. 나는 숨을 한 모금 깊이 빨아들이고 천천히 씹었다.

교실 안의 공기는 무척 후끈했고 물기 가득한 열기가 유리창에 어렴풋이 물안개 한 겹을 씌웠다. 주먹을 쥐고 물안개 낀 유리창 위에 도장을 찍듯 누르자 작은 발자국이 생겼다. 주변은 여전히 물안개로 에워싸여 있었지만 발자국 남긴 곳은 투명해서 창밖의 겨울을 볼 수 있었다. 발자국을 찍고 또 찍고 나니 아슴아슴한 물안개 속에서 먼 곳으로 통하는 삐뚤삐뚤하고 투명한 길이 열렸다. 파란색 뾰족 모자를 쓴 작은 요정이 그 삐뚤삐뚤 이어진 발자국 길을 따라 창밖의 겨울로 걸어 들어갔다.

창밖의 겨울에는 나무들이 줄지어 서 있었다. 잎사귀를 모두 떨어낸 얇은 가지들은 이리저리 뻗어나가 층을 이루고 있었다. 작은 요정은 이것이 겨울의 꽃이라는 사실을 알았다. 때때로 흐드러진 꽃가지 사이로 얇은 구름 몇 송이가 흘렀다. 그것은 하늘의 강이었다. 인내심을 가지고 기다리면 작은 요정은 그 강 위에서 떠내려 오는 커다란 꽃잎들을 볼 수 있을 것이다. 각각의 분홍색 꽃잎들 위에서 곱게 단장한 꼬마 아가씨들이 꾸벅꾸벅 졸고 있었다.

나는 두 개의 세계가 존재한다는 사실을 강렬하게 느꼈다. 엉덩이 아래 딱딱한 의자가 똬리를 틀고 있는 이 세계가 아닌 또 다른 세계가 존재하는 것이다. 자기 안의 시선을 따라 두 세계를 사이에 둔 창문의 아련한 물안개를 헤치고 들어가면 곧 정령들이 팔짝팔짝 뛰노는 판타지의 세계가 나타난다. 의자 아래의 이 세계는 너무 작았다. 자기 방 안에 숨어서 등불 하나만 켜놓고 책을 보면서 그 길을 따라가면, 천 년의 시간이 만들어낸 얕고 얕은 강을 건너가면, 건달이 당당한 직업이었던 영웅들의 시대, 기녀라는 직업이 진보한 문화와 생산력을 대표하던 미녀들의 시대였다. 의자 아래 이 세계는 너무 좁았다.

내 감각 속에서, 주상은 두 세계에 모두 등장하는 유일한 소녀였다. 창문의 물안개 속을 걸어 들어가면 가장 커다란 분홍 꽃잎 위에서 가장 깊이 잠들어 있는 꼬마 아가씨가 바로 주상이었다. 천 년의 시간이 만들어낸 얕은 흐름을 건너뛰어 주상은 곧 사공도司空圖의 『이십사시품二十四詩品』에 등장하는 한 구절 "떨어지는 꽃은 말이 없고, 사람은 국화처럼 담담하네"의 한 장면이 된다.

나중에 심리학을 공부하게 되었을 때 나는 어린 시절의 더할 나위 없이 아름다웠던 상상들이 모두 마음에서 생겨난 것임을 알게 되었다. 돼지가 달리는 것을 보지 않고 돼지고기를 먹지 않았는데도 봉황에 대한 상상은 결국 암돼지의 몸으로 이어진다.

나중에 나는 옥을 가지고 놀게 되었다. 고대의 옥들은 자꾸 비벼 주어야 한다. 전문 용어로는 '감는다盤'고 한다. 종종 오래된 옥들은 '감기'가 어렵다. 2, 3년은 있는 힘을 다해 감아야 겨우 원래의 빛을 되찾게 된다. 특히 무쇠나 구리나 주검 등과 함께 수천 년 묻혀 있던 옥들은 더 그렇다. 나는 이런 오래된 옥들을 구하게 되면 바로 주상에게 전화를 건다. 그녀의 손은 여전히 쉬지 않고 움직이며 가지고 놀 물건을 필요로 했기 때문이다. 그녀의 재능은 빛을 발했다. 여섯 달이 채 되기도 전에, 홍산 유적에서 막 출토되어 작년에 베이징의 옥기玉器 공장에 옮겨진 견본품은 위에서 아래까지 유리처럼 반짝반짝 빛을 발하게 되었다. 만약 주상이 다음 생에 남자로 태어난다면 틀림없이 반혁명적 자위범이 될 것이다.

수업이 끝나는 벨이 울렸다. 수학 선생의 앞니에 붙어 있던 부추 조각은 더 이상 보이지 않았다. 대신 쌍바오장의 이마에 부추 조각이 붙어 있는 것을 볼 수 있었다. 크기도 같고 모양도 같았다. 밝은 햇빛 아래 반질반질 푸른색 윤기를 내고 있는 부추 조각은 출토되어 잘 '감은' 옥기처럼 반짝반짝 빛을 발했다.

24. 종묘사직은 영원하다

매표원 아줌마와 우리 엄마는 내가 만나본 가장 위대한 언어의 고수들이다. 그녀들은 『사기』와 『세설신어』, 당시, 송사와 마찬가지로 나와 문학적 사제 관계를 형성한다.

나는 잠에서 깨면 이렇게 큰소리로 이렇게 외쳤다. "큰 꿈에서 누가 먼저 깨었나. 평생을 나 홀로 알았네." 이 타유시打油詩[내용이 통속적이고 간단하게 운율만 맞춘 시구]를 지었던 시절의 제갈량을 생각해보면, 난양의 워룽강이라는 곳에서 밭을 갈고 책을 읽으며 지내다가, 돈이 좀 생기면 기녀를 부르고 돈이 없으면 자위나 하면서 때를 만나지 못한 제 신세를 한탄했을 것이다.

그 시대에는 오랫동안 공부할 필요가 없었고, 특히 수학은 공부할 필요도 없었다. 그저 어떤 문파에 속하고 두꺼운 낯가죽으로 상남자처럼 굴 수 있으며 『사기』『한서』『후한서』『삼국지』『전국책』 정도만 숙독하면 그만이었다. 사람들 앞에서 "천하는 합한 지 오래면 반드시 나뉘고 나뉜 지 오래면 반드시 합쳐진다. 개혁개방 이후 사회는 끊임없이 발전했고 기회와 도전은 공존한다" 따위의 아래턱 빼서 위턱 고이는 허튼소리로 몇 년 만 버티면 책사가 된다. 여기에 더해 두꺼운 팔을 지니고 목청이 커서 시끄럽게 싸울 수 있고, 제 손가락을 과감히 잘라낼 수 있다면 죽음을 불사하는 자로 불릴 수도 있다. 또 사회에 대해 불만을 품은 대중이 존재한다면? 이런 토양에서는 결국 무위도식으로 몇 그릇씩 공밥을 얻어먹으며 사는 과대망상증 환자가 출현하기 마련이다. 이런 자들은 자신이 용이나 태양이나 하늘의 아들이라고 말하고 팔을 휘두르며 소리를 질러댄다. 한바탕 혁명이 일어나는 것이다. 혁명이 성공하면 세력을 얻는다. 말할 것도 없이 다처와 얼처, 여자 스파이, 취얼이 한 트럭이다. 주상 정도의 미인이라면 전국적으로 적지 않을 테니, 적어도 열 명이나 여덟 명쯤은 구할 수 있겠지. 보통 때는 옆에 두고 지내며 시기를 엿보다가 전쟁이 일어났을 때 내보내면 동탁 하나와 여포 하나쯤은 해치울 수 있을 것이다. 따라서 경험치도 3000점은 올릴 수 있다. 그녀들을 구하지 못한다면 최고 수준의 과학자들을 찾아 데려온다. 어려서부터 『10만 가지 왜』를 즐겨 읽었을 사람들을 한껏 불러 모아 축산 시장에서 돼지고기를 사고 화공약품 상점에서 시험관을 사다주면 몇 명의 주상쯤은 만들어낼 수 있을지 모른다. 제대로 만들지 못하면 목을 베어버리겠지. 장궈둥은 연구에 관한 일을 주관할 것이고 류징웨이는 목을 베는 등 사상 분야 주관할 것이다. 미녀를 만들어내기 전이라면 화가 몇 명을 잡아다가 내가 묘사한 대로 그리게 해서 살아 있는 듯 닮은 그림을 몇 장 얻어내면 된다. 나는 벌써 모집 구호도 정해놓았다. "제갈공명이 천하를 논한다면, 관운장은 큰 칼을 휘두를 것이다." 류징웨이와 장궈둥은 틀림없이 이 동맹에 가담할 것이고, 늙은 건달 쿵젠궈도 틀림없이 가담할 것이다. 이것이 바로 문자의 힘이다.

아침 첫 수업은 수학이었고, 내용은 기하 분석이었다. 수학 선생은 고리눈을 뜨고 바라보지 않으면 아예 칠판 위의 보조선이 되지 않는 게 이상할 정도였다. 나는 너무 지루하고 심심했다.

바깥에서는 때때로 자동차가 부릉대며 지나갔고 꾀꼬리 울음소리가 맴돌다가 멀어져 갔다. 햇빛이 창문 안으로 손을 뻗어 이불을 덮고 있는 내 얼굴을 세심하고 끈기 있게 어루만졌다. 바람은 없었고 회화나무와 측백나무가 새장을 들고 다니며 소일하는 퇴직한 할아버지들과 함께 있었다. 그들은 바보같이 허허대는 표정을 지으며 꼼짝도 하지 않은 채 햇빛의 어루만짐을 받고 있었다. 겨울에는 이처럼 좋은 햇빛을 거부할 수 없다. 마치 주상이 어느 날 문득 두 팔을 벌리고 그윽하게 "안아줘"라고 한다면 거부할 수 없는 것처럼. 나는 표준적인 호색한처럼 그녀에게 달려들 게 틀림없다. 나는 그 장면을 위해 수백 번도 더 넘게 연습했다.

나는 땡땡이를 결심했다.

등교할 때 나는 평소처럼 책가방을 꾸린 뒤 2층에 있는 부모님 방으로 가서 더우장과 즈마장과 백설탕을 넣은 만터우를 몇 입 욱여넣었다.

"저 학교 가요."

"좀 더 먹고 가렴." 엄마가 말했다.

"수학 시간에 지각해요."

엄마는 아버지에게 내가 남긴 더우장, 그리고 즈마장과 백설탕을 넣은 만터우를 다 먹어치워야 한다고 할 것이다. 엄마의 이런 습관은 먹을 것과 입을 것이 부족했던 1960~1970년대에 굳어진 것이다. 당시 음식들은 모두 영양이 부족했기 때문에 양으로 보충할 수밖에 없었고 먹을 수 있을 때 가능한 많이 먹어야만 했다. 엄마는 21세기가 된 지금도 식생활의 구조적 변화를 무시하고 주변의 가족들에게 최대한으로 음식을 욱여넣었다. 아버지는 장기적으로 그녀에게 붙잡힌 유일한 인물이었다. 가엾게도 깡마른 이 노인네는 얼마 지나지 않아 고지혈과 당뇨병에 걸렸고 오줌으로 개미떼가 들끓도록 할 수 있게 되었다. 예전에 후퉁에 살 때 아버지가 변소에 가기만 하면 온 골목의 개미들이 뒤따르는 걸 볼 수 있었다. 개미떼가 새카맣게 아버지 뒤를 따르는 모습은 그야말로 엄청난 장관이었다.

나는 책가방을 매고 목적도 없이 중팡 가를 따라 서쪽으로 걸었고 발끝에 걸리는 모든 돌멩이와 아이스바 포장지를 걷어차 멀리 날렸다.

사탕 공장의 퀴퀴한 냄새는 여전히 강렬했다. 그 냄새는 말로 표현하기 힘든, 참을 수 없이 달큰한 악취였다. 처음 맡을 때는 그나마 달콤하게 느껴지지만 곧이어 구역질날 정도로 역겨워진다. 마치 고궁 안 곳곳에 '건륭乾隆'이라는 글자가 여기저기 널려 있는 것처럼. 굳이 비교하자면, 나는 차라리 관리가 안 된 화장실 냄새가 더 좋았다. 그 냄새는 맹렬한 기세로 덮쳐오지만 진실하고 관용적이다. 마치 만물을 탄생시키고 성장시키는 대지와도 같다. 나는 이부자리 속에 움츠리고 있는 아가씨에게 이렇게 말한다. 좀 전에 방귀를 뀌었어. 온갖 향료의 허위를 벗어버린 거지. 곡식들이 성장하고 있는 대지에 다다른 것처럼 진실하게 느껴지지. 아가씨가 말했다. 앞으로 이 정도 수위의 방귀라면 성가시더라도 화장실에 가주겠어? 난 지금 성욕이 완전히 사라져버렸다고. 설마 당신 방귀는 동정을 잃지 않으려는 방어무기인 거야?

나는 어려서부터 온갖 반투명 물질들을 좋아했다. 연근 죽, 쌀이나 밀가루 풀, 아이스바, 얼린 과일, 옥그릇, 문자, 피부가 하얀 아가씨들의 손이나 얼굴, 그리고 가오량이[수수로 만든 산둥 특산의 젤리]. 그러나 사탕 공장에서 풍기는 악취를 맡은 뒤로는 더 이상 가오량이를 먹지 않게 되었다. 사탕 공장 곁에는 중국 서커스단이 사용하는 허름하기 짝이 없는 건물이 있었는데 서커스 공연자들이 건물 밖 운동장으로 나와 연습을 하는 모습은 한 번도 본 적이 없다. 아마 공연자들도 사탕 공장에서 나는 악취를 두려워한 것 같다. 수업 시간에 우리는 서커스 공연자들의 연습이라는 것은 모름지기 모험으로 가득 찬 사건이어야 한다는 의견을 나눴다. 때때로, 공연자 한두 명이 서커스단 건물에서 떨어져 내린다. 창문이 깨지고 비참한 비명소리가 들리고 바닥에는 피가 낭자하고 한편에서는 울부짖고, 우리는 학교 건물로 뛰어 내려가느라 난리법석이다. 그런 뒤 구급차 사이렌 소리가 들려오는 것이다. 그러나 고등학교 3학년이 되도록 이런 사건은 한 번도 발생하지 않았다. 서커스단 북쪽에 있는 것은 의체공장이었다. 팔뚝이며 다리, 플라스틱으로 만든 것, 실리콘으로 만든 것 들이 있었다. 류징웨이는 밤에 담장을 넘어 의체공장 창고로 들어가서 팔뚝과 허벅다리 몇 개를 훔치자고 우리를 부추겼다. "유비무환이잖아." 류징웨이가 말했다. "강호를 떠돌면서 칼 맞지 말란 법 있냐. 오늘은 너고 내일은 나야. 쿵젠궈처럼 무사히 살아남아 수명을 다하는 협객이 얼마나 되겠어. 이런 팔뚝과 허벅다리가 길한 물건은 아니지만, 너나 내가 언제 쓰게 될지 모르는 거야." 이 말을 할 때 류징웨이는 무척 엄숙한 표정에 문자까지 동원해 훈계와 침묵으로 감화시키는 정통적인 사상교육 효과를 노렸다. 나와 장궈둥은 서로를 쳐다보면서 앞다퉈 말했다. "네가 쓰도록 해. 네가 다 써도 돼." 나중에 방으로 돌아와 보니 내가 집어온 것은 두 개의 여자 다리였다. 커다란 남자 팔뚝인 줄 알았는데 흐린 불빛 탓에 사방이 침침해서 잘못 집어온 모양이다. 류징웨이는 제법 인심을 쓰면서 말했다. "추수이, 넌 말랐으니 가져가서 쓰도록 해." 내가 말했다. "장궈둥도 말랐으니까 걔더러 쓰라고 해. 안 그럼 나중에 네 팔뚝을 교체해야 할 때 이 여자 다리를 써보든지. 싸움이 벌어졌을 때 너보다 깡마른 호색한은 왼 주먹이 날아온다고 생각하겠지만 사실은 음탕한 두 다리를 쓰는 거지. 체격이 건장한 호색한이라면 두 다리 사이에 여자의 구멍이 있다고 생각하겠지만 그 사이에 있는 건 너의 최강 마빡이겠지. 100만 명 중에 겨우 한두 명 정도만 네 상대가 될 거야. 서산 대법사도 널 이기지는 못할걸. 만에 하나 네가 이길 수 없는 상대가 나타나더라도 너는 급할 게 하나도 없어. 네 발로 달리면 되니까. 그러면 너는 켄타우로스 같은 반인반마가 되는 거야. 그렇게 달리면 당연히 행운이 따를 거고, 네가 질주하면 베이징 지프차도 널 쫓아가지 못할 거야.”

서커스단 남쪽으로는 싼리툰의 자동차 부품 거리였다. 베이징 거리에서 도난당한 차들은 모두 그곳에서 부품이 교체되어 팔려나갔다. 우리는 이 거리의 나쁜 형님들에 대해 잘 알고 있었다. 류징웨이의 꿈은 살을 찌우고 주식으로 돈을 벌어 이곳에 자동차 수리점을 차리는 것이었다. 류징웨이는 자동차를 정말 좋아했다. 트럭만큼 덩치가 큰 미군이 ‘해머’라 부르는 지프차를 특히 좋아했다. 나와 장궈둥은 작은 고추를 가진 남자가 그런 종류의 차를 좋아한다는 데 의견 일치를 봤다. 고추가 작지 않은 남자도 이런 차를 몰게 되면 역시 고추가 작아진다. 퇴화하는 것이다. 류징웨이는 나중에 안휘 지역에 자리를 잡았고 민영 기업가로 자동차 제조업의 선구자가 되었다. “이 사업은 정말 돈 벌기 쉽다니까. 바퀴 네 개에 강철을 두르고 굴러가게만 하면 누구든 사려고 든다고.” 류징웨이는 흥분해서 내게 전화로 말했다. 그로부터 일주일인가 이주일 뒤에 그는 자기 소유의 오성급 호텔에서 죽었다. 장미꽃잎이 가득 흩뿌려진 욕조 안에서. 쿵젠궈의 자동차 수리 가게도 싼리툰 북쪽 길과 남쪽 길이 만나는 곳에 있었다. 당시는 생맥주 컵 모양의 거대한 간판대가 생겨나기 전이었다. 장사에 전혀 흥미가 없었던 그는 내가 놀러 갔을 때 이렇게 물었다.

"네가 보기에 '자동차 수리修車'라는 이 글씨, 어떤 거 같냐? 입 삐죽 거리지 말고. 명인의 글씨란 말이다. 행서로 쓴 거고. 치궁啓功[중국 고 전문헌학자이자 서예가]이나 수퉁舒同[현대 중국 서예가로 '수체'의 창시자] 처럼 유명하지는 않지만 재주가 상당히 고명하단 말이야. 내가 여기 서 일을 기다리고 있으면 말이지, 딱 '자동차'라는 글자를 가리게 되 거든. 옆에 있는 사람들은 이 '수리'와 '자동차'라는 글자 사이에 있는 나를 보게 되는 거지. 하루는 말이야, 어떤 스님이 길을 가다가 어떻 게 수양하느냐고 물으시더라고. 아마도 내가 정신을 수양한다고 생 각한 모양이야. 또 언젠가는 중국어를 좀 배운 외국인 두 명이 다가 오더니 자기들이랑 행위예술을 하지 않겠냐고 하더라. 나는 아무것 도 바꿀 필요가 없다는 거야. 그리고 이 '자동차 수리'라는 글자도. 그저 이 얼굴과 작업복 차림을 톈안먼으로 장소만 옮기면 된다고. 자 기들은 옷을 완전히 벗고서 한 명은 자동차 앞바퀴가 되고 다른 한 명은 뒷바퀴가 될 거래. 나는 드라이버를 들고 자기네를 고치면 된 다는 거야." 쿵젠귀가 장사에 마음을 붙였다면, 그는 일찌감치 우리 더러 궁런 체육관 북문에서부터 차오양 공원 남문까지 도로 양쪽에 압정을 뿌리라고 했을 것이다.

쿵젠귀는 반짝반짝 빛나는 타이어 공기 주입기를 가지고 있었다. 주입기 손잡이 양쪽 끝에는 전한 시대의 유물인 고옥 보검의 손잡이 가 박혀 있었는데, 푸르고도 흰 바탕에 홍갈색의 심이 박힌 옥이라 서 고색창연해 보였다. 그는 평소에는 이 물건을 아무도 빌려가지 못 하게 감춰두었다가 어리고 예쁜 아가씨가 타이어에 바람을 넣으러 오면 주입기를 꺼내 직접 바람을 넣게 했다. 그리고 자기는 다첸먼 담 배 한 개비에 불을 붙인 채 어린 아가씨가 햇빛 속에서나 산들대는 바람 속에서나 흩날리는 가랑비 속에서나 젖가슴을 출렁대고 엉덩이를 씰룩이는 모습을 지켜보는 것이었다. 그러고 나선 다시 주입기를 감추었다. 쿵젠궈는 아가씨가 어떻게 바람을 넣는지 보면 그 인품이나 가정환경의 좋고 나쁨까지도 알아낼 수 있다고 했다. 나는 앞으로 여자 친구가 생기면 반드시 그에게 데려와서 타이어에 공기를 넣게 하겠다고 했고 쿵젠궈는 공짜로 여자 친구 검증을 해 준다며 호언장담했다. 나중에 취얼을 속여서 데려갔더니 늙은 건달 쿵젠궈는 타이어 주입기를 챙기는 것도 잊은 채 햇빛 속에서든 산들바람 속에서든 흩날리는 가랑비 속에서든 완벽한 신의 창조물이라고 감탄을 금치 못했다. 고옥 보검 손잡이가 달린 타이어 공기 주입기는 내내 흙바닥에 버려진 채 뒹굴어 다녔다. 시력이 좋은 주상은 30미터 앞에서 그의 차 수리 가판대를 보더니 "늙은 건달이네"라며 툴툴거렸고 나를 데리고 다른 가게로 가서 바람을 넣었다.

차오양 병원 입구에 있는 과일 가판대는 늘 장사가 잘된다. 사람들은 병이 나면 평소 먹지 못하던 과일들을 사 먹기 때문이다. 가게를 보고 있던 불알친구 몇 놈이 나를 보더니 멀리서 손을 흔들어 인사했다. "좆만아, 너 또 선생한테 쫓겨났냐?"

"선생님이 너 가게 잘 보는지 감시하라고 보내신 거다. 너 빨리 와서 보충 수업하라고. 중학교 1학년부터 고등학교 3학년 수업까지 다 해주신대. 그러고 나면 너도 고등학교 입학시험을 볼 수 있을 거야." 가판대 트럭 위에는 바나나, 오렌지, 사과 그리고 껍질 두꺼운 겨울 수박이 놓여 있었다. 모든 과일에는 마치 파나마에서 수입된 것인 양 외국어가 인쇄된 타원형 승인 마크가 붙어 있었다. 나는 트럭에서 최상품 바나나 두 개를 뜯어낸 뒤 껍질을 벗겨서 입에 넣었다.

"이렇게 뜯어버리면 나머지를 어떻게 팔라는 거야?"

"저기 저렇게 선량한 대중들이 많이 있잖아? 저 사람들한테 이건 가장 신선한 바나나라고 말하면 되지. 너희 가족이 파나마에 있는 집 뒷마당에서 막 따온 거라고 해. 못 믿겠으면 뜯은 자국이 아직 마르지도 않았다고 하고."

"그러면 길거리에서 바나나를 그렇게 먹지나 마. 한 입에 넣고 빨아먹고 있잖아. 어린 아가씨들이 보면 얼마나 민망하겠어. 한가하면 저녁에 마작이나 한판 하러 와. 마지막 남은 팬티까지 벗겨서 네 놈의 바나나를 뜯어낼 테니."

시간은 겨우 오전 8시가 조금 지나 있었다. 유리창으로 들여다보니 리캉 오리구이 가게는 텅 비어 있었다. 점원들은 털 뽑힌 오리가 가득 담긴 광주리를 작은 트럭에서 내리느라 여념이 없었다. 거리 북쪽에 있는 궁런 체육관 롤러스케이트장은 고즈넉하고 삭막했다. 바람 한 점 없는 겨울 거리에는 삶은 옥수수 껍질과 아이스바 봉지 따위가 드러누워 있었다. 어린 불량소녀들이 왁자지껄 몰려다니던 휴일이나 명절의 소란한 풍경은 전혀 남아 있지 않았다. 취얼은 롤러스케이트를 제법 잘 탔다. 앞으로 타기뿐만 아니라 뒤로 타기나 옆으로 타기 같은 기술을 구사했고 뛰어가다가 턴을 돌면서 티 브레이크를 잡고 미소를 지을 줄도 알았다. 그녀는 몸에 붙는 재킷에 청바지를 입어 다리가 길어 보였고 머리를 질끈 동여맨 포니테일은 뒤통수에서 찰랑댔으며 이마는 훤히 드러났다. 취얼은 내게 롤러스케이트를 꼭 가르쳐주겠다고 했지만 나는 거절하면서 나보다 더한 몸치는 없을 거라고 했다. 취얼은 몸치를 가르치는 게 더 보람 있다고 했다. 운동신경이 뛰어난 사람은 가르쳐봤자 재미가 없다나. 나는 미끄러져 넘어질까 봐, 넘어져서 아플까 봐 무섭다고 했다. 취얼이 말했다. 넌 내 손을 잡으면 돼. 아픈 데가 있으면 내가 문질러줄게. 나는 누나가 배구 연습을 할 때 쓰던 무릎 보호대와 팔꿈치 보호대를 빌리고, 머리 보호구 대신 아버지의 양털 모자를 쓰고 귀마개를 내려서 턱 밑으로 끈을 꽉 묶었다. 완전무장을 한 나는 롤러스케이트장 한가운데 바보처럼 서 있었다. 발에는 바퀴 달린 롤러스케이트화를 신고 있었다. 롤러스케이트화는 내가 항상 신고 다니는 플랫 슈즈와는 전혀 달랐다. 롤러스케이트화 아래는 내가 속해 있는 땅이 아니었다. 취얼은 오른손으로 내 오른손을 잡고 왼손으로 내 허리를 짚더니 다리와 발을 어떻게 움직여야 하는지 가르쳐주었다. 휘파람을 불어대며 부러워하는 어린 건달 녀석들의 눈은 마치 금붕어들처럼 툭 불거져 나왔고 입가에 질질 흐른 침은 얼어붙어 마치 깎다 만 수염처럼 삐죽거렸다. 몇 년 뒤, 취얼은 영화대학에 입학했다. 성적은 보통이었고 운동선수가 될 만한 체력은 없었으며 스튜어디스가 되기에는 인맥이 탄탄치 않았기에 배우가 되기로 결심한 것이다. 배우가 되기 위한 시험에서는 목소리와 음색, 체형과 체격, 대사, 연기 등을 테스트한다. 첫 시험은 비교적 수월한 단체 연기로 20여 명이 기차역이라는 주제에 맞춰 각자 머리를 쓸어 올리며 멋진 포즈를 취해 보이는 것이었다. 취얼은 수천 명 가운데 유일하게 쌩얼로 세상에 나설 수 있는 인물로 나머지 20여 명은 그녀의 경쟁상대가 되지 않았다. 아무리 멍청한 시험관이라도 누가 차단茶蛋[찻잎과 간장을 넣고 중국식 삶은 달걀]을 파는 사람이고 누가 껑인지, 아니면 누가 진짜 배우로서의 자질을 타고 났는지 정도는 알 수 있었다. 두 번째 시험에서는 각각 10분씩 인물 하나와 동물 하나를 연기하도록 했다. 취얼은 말했다. 난 그래도 나 자신을 연기하는 게 가장 익숙하잖아. 취얼이 연기한 인물은 '미인'이었다. 구체적으로 말하자면, 최고참인 시험관에게 다가가 차를 한 잔 따라 달라고 한 뒤 10분 동안 천천히 차를 마셨다. 그다음 취얼이 연기한 동물은 '여자에 미친 늑대', 즉 색마色魔였다. 그녀는 가장 익숙한 장궈등의 일거수일투족을 모방한 연기를 보여주었고 전공 입학시험에서 만점을 받았다.

한참이 지나서, 취얼이 영화대학을 졸업하고 난 뒤에는 텔레비전 만 켜면 그녀의 얼굴을 볼 수 있었다. 취얼은 나에게 궁런 체육관에 서 만나자고 했다. 비가 오는 날이었다. 택시에서 내리자 롤러스케이 트장 입구에서 우산을 받쳐 들고 있는 취얼이 보였다.

취얼이 말했다. "나 떠나려고."

내가 물었다. "어디로 갈 건데?"

취얼이 말했다. "아프리카."

내가 물었다. "뭐 찍으러 가는 거야?"

취얼이 말했다. "시집가는 거야."

내가 물었다. "내가 리캉 오리구이 사줄게. 바로 옆이니까. 아프리 카에는 없는 거야."

취얼이 말했다. "안아줘."

나는 두 손으로 취얼을 안았다. 그녀는 무척 작았고 스펀지처럼 부드러웠다. 나는 두 팔에 힘을 주었다. 취얼의 몸을 조그맣게 한 덩 어리로 뭉쳐 바지주머니 안에 넣을 수 있을 것만 같았다. 그녀의 머 리가 내 코 아래 있었다. 가로등 불빛 아래서, 그녀의 머리카락에 맺 힌 빗방울이 반짝반짝 빛났다. 감기에 걸려서 코 점막이 잔뜩 충혈 된 상태였는데도 가르마 양쪽으로 갈라진 그녀의 윤기 흐르는 머리 카락에서 피어나는 향기를 맡을 수 있었다.

취얼이 말했다. "내가 롤러스케이트 가르쳐준 거 기억해?"

내가 말했다. "당연하지. 조각나고 찢겨지고 만신창이가 되었던 기 억이지."

취얼이 말했다. "너는 내가 널 어떻게 하길 원해? 난 못 잊겠어."

내가 말했다. "나도 아프리카에 데려가. 오리구이도 나도 없이 네가 아프리카에서 어떻게 살겠니?"

롤러스케이트장에서 남쪽으로 걸어가자 동악묘東岳廟의 벽돌로 쌓아올린 패루 북쪽으로 황제의 영원한 통치를 바라며 쓴 '영연제조永延帝祚'라는 편액이 보였고, 남쪽으로 동악 태산에 제사 드리는 마음을 담은 '질사대종秩祀岱宗'이라는 편액이 보였다. 차를 보고 있던 노인이 그 글은 중국 역사상 가장 유명한 간신 중 한 명인 엄숭이 쓴 것이라 했다. 패루를 지나 다시 남쪽으로 걸어가자 르탄의 제1대사관 구역이었다. 거리는 텅 비어 있었고 가로수에는 나뭇잎 한 장 남아 있지 않았다. 몇몇 흑인 아이들이 자전거를 타고 있었다. 유명 브랜드도 아니고 벨도 울리지 않는 자전거에 테크닉도 형편없었지만 이리저리 내달리면서 오만하게 굴었다. 그 가운데 몇몇은 꽤 낯이 익었다. 학교를 땡땡이치면 늘 여기로 오기 때문에 이미 몇 번 마주쳤던 것이다. 그들의 자전거에는 흙받이도 스탠드도 없었다. 싸움판이 벌어질 때마다 자전거를 풀밭 위에 내팽개치고 치고받고 하는 것 같았다. 그들은 모두 곱슬머리였고 뻗은 팔을 보니 한쪽은 칠흑처럼 검고 다른 한쪽은 시뻘갰다. 그들은 틀림없이 오랑우탄의 말을 알아들을 것이다. 그들과 오랑우탄의 거리는 나와 그들 사이보다 훨씬 가까울 것 같았다. 나는 그들에게 베이징 거리에서 토박이들이 쓰는 욕설을 잔뜩 가르쳐주었다. 가르쳐줄 때는 제법 능숙하게 구사하더니 나중에는 까맣게 잊었다. 그래서 나는 『시경』의 방식을 빌려서 암기용 노래를 지어냈다.

니미럴, 지미럴,
니네 엄마 눈 삐었다,

니네 엄마 빨간 팬티다.

그들은 이 노래를 몇 번 흥얼대더니 욕설을 까먹지 않게 되었고, 나를 만날 때마다 안부를 묻고는 낭랑하고 또렷하게 육두문자들을 줄줄 읊었다. 그들은 눈처럼 새하얀 이빨을 드러내며 나를 바라보며 미소 지었고, 나 역시 그들이 쓰는 욕설 몇 마디를 배우고 익혔다. 북아프리카의 아디스아바바 일대에서 유행하는 욕이라는데, 문제는 내가 이 욕들을 언제 써먹을 수 있을지 모르겠다는 것이다.

야바오로를 걷다가 나는 44번 버스를 탔다. 사람이 거의 없었지만 나는 맨 뒷자리로 가서 털썩 앉았다. 나는 뒷자리를 좋아했다. 길이 울퉁불퉁할 때는 크게 덜컹거려서 말을 타는 기분이 들기 때문이다. 매표원 아줌마가 사나운 눈초리로 나를 노려보았다. 나는 땡땡이를 치고 지칠 만큼 쏘다녔고 44번 버스는 얼환로를 한 바퀴 돌기 때문에 이 매표원 아줌마와 자주 마주쳤다. 아줌마의 엉덩이는 크고 무거웠고 사자코에 표범 같은 눈을 가졌으며 축 늘어진 볼살 위에는 주름살이 있었다. 그 선들은 예리한 칼로 그은 듯 단 한 줄도 모호하지 않고 또렷해서 마치 한팔도漢八刀의 기법으로 조각된 매미[사람이 죽으면 옥으로 조각한 매미를 망자의 입에 넣어 명복을 비는 중국의 전통적인 장례의식으로, 한나라 때는 한팔도라는 강하고 예리한 칼로 옥 매미를 조각했다] 같았다. 길게 늘어뜨린 머리는 검은 머리가 많고 흰 머리는 많지 않았으며, 고무줄로 아무렇게나 묶어서 머리카락이 철수세미처럼 옆으로 뻗쳐 있었다. 나를 바라보는 눈에 언제나 검은자위보다 흰자위가 많은 것으로 보아 그녀는 분명 우리 동네 아줌마들과 마찬가지로 나쁜 짓하는 사람을 철천지원수같이 대하는 사람일 것이다. 이런 시간에 정기권 한 장으로 버스를 타고 시내를 돌아다니는 사람은 일없는 건달이거나 땡땡이친 학생이라는 사실을 그녀는 잘 알고 있었다. 길이 울퉁불퉁할 때 차가 튀면 나도 튀었다. 동시에 아줌마의 늘어진 볼살도 흔들리고 입가도 약간 떨렸다. 그녀는 입을 꾹 다문 채 거센 흥분의 파도가 몰아치는 심장을 진정시키며 싸움이 전개될 시기를 기다리고 있을 것이다. 그녀의 속으로 말한다. 와라, 와라, 와라. 텔레비전도 책도 볼 수 없고, 스웨터를 짤 수도, 자위를 할 수도 없다. 얼환로의 풍경은 그동안 질릴 만큼 보았다. 매표원의 유일한 즐거움은 거리를 오가는 사람들을 욕하는 것뿐이었다.

매표원 아줌마와 우리 엄마는 내가 만나본 가장 위대한 언어의 고수들이다. 그녀들은 『사기』와 『세설신어』, 당시, 송사와 더불어 나와 문학적 사제 관계를 형성한다.

사실 내가 흑인 형제들에게 가르쳐준 욕설은 모두 이 아줌마에게서 수집한 것이었다. 나는 어느 동북 남자가 귀까지 벌게질 만큼 얼굴을 붉힌 채 쏟아지는 그녀의 욕설 세례를 받으며 한 마디도 맞받아치지 못하는 모습을 목격하기도 했다.

"표가 있으면 표를 꺼내보라고. 표가 있다고 나한테 구차하게 변명하지 말고, 몇 정거장 전에 내가 당신한테 표를 팔았다고 했잖아. 내가 하루에 표를 몇 장 파는지 알아? 일 년에 몇 장을 파는지 알아? 내가 왜 당신 목소리랑 얼굴이랑 생김새를 기억해야 하냐고. 표가 있으면 꺼내보시지. 당신한테 표가 있으면 나한테 표를 보여주면 되잖아? 당신 거시기가 얼마나 큰지 꺼내 보여줘야 알 거 아냐?" 키가 1미터 10센티미터가 안 되는 애들은 공짜로 버스를 탈 수 있는 것처럼, 성기가 작으면 표 없이도 버스를 탈 수 있는 것일까? 난 모르겠다. 크기를 잰다면 여자 스파이를 영접하기 전의 크기를 말하는 건가? 아니면 자위가 끝난 뒤의 크기를 말하는 건가? 난 모르겠다.

길에 차가 많지 않아서 버스는 신나게 얼환로를 달렸다. 콧속으로 들어오는 공기는 서늘하고 카랑카랑해서 머릿속 깊이 잠들어 있던 것까지 쿡쿡 찔러 깨웠다. 나는 시험이 끝나면 다 까먹게 되는 것들을 머릿속에 욱여넣는 데 신물이 났다. 주상의 이미지는 한 장 한 장 소중히 간직해야 하는 만큼, 선생이 바라는 대로 이런 생각을 하는 나를 부끄러워하는 마음에 대해서도 거부감을 느꼈다. 지금 이 시대에도 여전히 시험 성적의 좋고 나쁨으로 학생을 평가하는 방식은 고기만두 1톤을 얼마나 빨리 먹어치우느냐로 영웅을 선발하는 것처럼 황당한 일이다. 학자가 되기로 결심했다면 닥치는 대로 책을 읽어야 하고 만인의 연인이 되기로 마음먹은 소년이라면 어떤 아가씨 앞에서도 미소를 지을 줄 알아야 한다. 아이슬란드의 수도가 레이캬비크인가 아닌가? '안사의 난'은 조세 정책의 실패로 일어난 것인가? 아니면 양귀비의 젖가슴이 너무 커서 일어난 것인가? 대체 이런 게 우리와 무슨 관련이 있단 말인가?

버스는 해를 마주하면서 달리고 있었다. 사람들은 햇볕에 포근히 감싸인 채 비몽사몽이었다. 어린 시절의 놀이 방법이 옅은 쪽빛 종이에 적혀 있었다. 겨울의 공기는 바삭하고 서늘했다. 버스가 말아 올린 흙먼지는 달리는 차 주위를 떠돌고 울퉁불퉁한 길을 달리는 버스는 파도를 타는 함선처럼 오르내리면서 비현실적인 감각을 불러일으켰다. 서西얼환로에 이르자 버스에 타는 사람들이 많아졌다. 언젠가 여름에 학교를 빼먹고 땡땡이를 치던 일이 떠올랐다. 날씨는 더웠고 사람들은 최대한 옷을 적게 걸치고 있었다. 뒤에서는 한 쌍의 거대한 젖가슴이 허리께를 짓누르고 있고 앞에는 골이 깊은 살진 엉덩이가 시야를 가로막고 있었는데, 느닷없이 나의 아랫도리가 단단해지기 시작했다. 차는 끊임없이 이리저리 흔들렸고 사람들의 몸은 앞뒤로 쏠리며 비벼댔다. 버스가 설 때까지 이를 악물고 버티는데 뒤에 있던 커다란 젖가슴이 나를 향해 웃었다. 그 눈썹과 눈동자가 왠지 다처 같았다. 눈앞에 있던 살진 엉덩이의 깊은 골도 나를 향해 웃었다. 그 눈썹과 눈동자는 여자 스파이 같았다. 나는 가까스로 몸을 가누며 내리는 문까지 걸어갔다. 발이 땅에 닿는 순간, 나는 비로소 악전고투 끝에 만신창이가 되어 살아남은 것처럼 온몸이 부들부들 떨렸다. 꼬리뼈에서부터 정수리까지 안간힘을 쓰느라 대뇌는 완전히 통제력을 상실한 듯했고 아랫도리는 온통 얼음처럼 차디찼다. 지금 공기는 바삭하고 서늘하다. 이런 날씨에 어떤 사건들은 매우 중대한 전환기를 맞는다. 좋은 사람과 나쁜 사람, 정의로움과 사악함은 한데 뒤섞여 흐리멍덩해지며, 갖가지 관계들이 한데 얽히고설켜서 단일한 사건이 아닌 거대한 음모가 되어버린다. 이 음모 전체에서 소녀가 일으키는 작용은 지극히 중요하고도 미묘하다. 주상의 의미는 더욱 은밀하고도 애매모호했다. 주상은 어느 순간 시공의 연속성마저도 변화시켜 이 버스를 한순간에 호박 마차로 변하게 하고 맑은 청동 방울 소리를 울리며 달리게 만들 수 있을 것만 같았다. 얼환로의 건물들은 마치 나무 블록처럼 순식간에 무너지고 폐허 사이에는 배꼽 높이까지 자란 무성한 잡초들이 흔들렸다. 나는 앞으로 나와 주상 사이에 생겨날 어떤 일이 내게 새로운 답안을 쓰게 하고 완성하게 할 것을 예감했다. 나는 이 사건의 성질과 그 모든 세부사항들에 대해 이루 말할 수 없는 두려움을 느꼈다.

"야바오로에 도착했습니다. 거기, 한가하게 시내 한 바퀴 돈 학생! 이제 부모님도 퇴근해서 오실 시간이니까 그만 내려서 집에 가지?" 매표원 아줌마가 잡아먹을 듯한 눈초리로 나를 쏘아보고 있었다.

25. 십팔모十八模

여자애들은 그냥 여자애들일 뿐이야. 뭐 그리 대단하다고. 너처럼 힘도 세지 않고, 너처럼 많이 먹지도 못 해. 주나라 유왕이 여자 때문에 제후들을 바람맞힌 게 아니고, 여포도 여자 때문에 동탁을 죽여 없앤 게 아니라고. 번영하던 도시 트로이가 여자 때문에 불에 타서 사라진 것도 아니야. 여자들의 코가 높든 낮든 세계 역사가 그로 인해 변화하는 건 전혀 아니란 말이다.

2교시를 마치는 종이 울렸다. 수업과 수업 사이 10분간의 체조 시간이다.

크고 작은 남녀 학생들이 각자의 교실에서 나와 운동장에 모였다. 이 체조 시간은 여학생들에겐 새로운 옷을 자랑할 수 있고 남학생들에겐 새로 산 신발을 자랑할 수 있는 기회였다.

갑자기 하룻밤 사이에 모든 남학생이 유명 브랜드 운동화를 갈망하게 된 것 같았다. 나이키, 아디다스, 푸마…… 유명 브랜드 운동화 한 켤레는 수많은 상남자와 여자애들의 시선을 사로잡았다. 이후 진화의 과정 중에서 남학생들은 청년, 중년, 노년으로 나아가며 유명 브랜드 운동화 한 켤레를 유명 브랜드의 노트북이나 컴퓨터, 명품 산악자전거, 178센티미터의 키에 긴 머리카락을 가진 요염한 여자 친구와 BMW Z3, 아니면 교외의 호화 주택, 160센티미터의 키에 가슴 크고 매끄러운 피부를 가진 머리 빈 18세 소녀, 명나라 때의 자단목 화안畫案이나 용이 새겨진 반 미터 길이의 홍산 고리옥 등의 골동품으로 바꾸어 나간다. 그러나 계급은 다를지언정 남자의 생물학적인 욕구, 즉 타오르는 갈망과 괴로움, 환희와 무력감은 여전히 어쩔 수 없는 것으로 남는다.

류징웨이는 머리 회전이 꽤 빠른 편이지만 더없이 단순한 인간이었다. 그의 짧은 인생은 모두 상남자가 되기 위한 몸부림이었다. 그는 각각의 계급마다 다른 유형의 상남자 스타일을 추구했다. 그가 추구해온 모든 상남자 스타일을 모아놓으면 류징웨이의 짧은 일생이 파노라마처럼 펼쳐질 것이다.

처음에 나이키 운동화는 외국에서 직접 사온 것이 아니면 오직 왕푸징 리성 체육용품점에서만 살 수 있었다. 류징웨이는 빠르게 계산에 들어갔다. 10년 동안 덜 먹고 덜 쓰고 과이웨이더우도 먹지 않고 담배도 안 피워서 100위안을 모으면 정품 나이키 운동화를 살 수가 있다는 결론을 얻었다. 그는 수입을 늘리기 위해 아버지가 침대 밑에 감춰둔 법률 문학잡지와 포르노 화보집을 내다팔았다. 류징웨이의 아버지는 그들 세대를 대표하는 걸출한 인물로서 가난하고 어려운 집안 출신이었는데 당에 의해 해방되었다. 머리가 좋은 사람이었기에 칭화대 전기공학과에 입학했고 입단과 입당을 거쳐 단숨에 당의 핵심 간부가 되었다. 마흔이 되기 전까지 그가 손댄 유일한 아가씨는 류징웨이의 어머니였다. 류징웨이의 어머니가 절대 교성을 내지르는 법이 없었기 때문에 류징웨이의 아버지는 교성이라는 것이 세상에 존재하지 않는다고 여겼다. 그가 유일하게 암송할 줄 아는 옛 시가는 마오쩌둥의 작품이었다. 유일하기에 그에게는 가장 위대한 작품이었다. 마흔이 넘어 정부 특별보조금을 받으면서 생활이 넉넉해지자 정신적으로 공허해지기 시작했다. 그때 오만가지 반동 음란 사상이 금서禁書라는 형식으로 출현하기 시작했는데, 류징웨이의 아버지는 각 유파의 음란 반동사상을 이해하기 위해 금서를 침대 아래 잔뜩 사들이게 되었다. 류징웨이는 이 책들을 훔쳐보았고 또 몰래 가져와 우리에게도 보여주었다. 그중에서도 『딱따구리』라는 잡지에 대한 인상은 특히 강렬했다. 홍콩의 자본주의에 대해 묘사하고 있는 이 잡지에서는 나이트클럽 같은 밤 문화를 볼 수 있었는데, 어떤 아가씨는 남자 곁에서 양주를 마시며 덩리쥔과 같은 불건전한 가수의 노래를 부르고 있었다. 또 누드 나이트클럽이라는 곳에서는 아가씨들이 추위에 아랑곳하지 않고 윗옷을 다 벗고 젖가슴을 드러낸다고 했다. 나와 류징웨이와 장귀둥은 방공호 안에서 이 누드 나이트클럽에 대한 모든 세부사항을 상상하면서 토론에 토론을 거듭했다. 실내 온도는 어떻게 유지하는지, 경찰의 습격에는 어떻게 대비하는지, 화장과 몸차림은 어떻게 하는지, 양주는 어떻게 들여오는지, 과이웨이더우와 같은 안주들은 어떻게 제공하는지 등에 대해 전반적으로 논했다. 훗날 류징웨이는 이때의 모든 상상과 견해를 몸소 실천에 옮겼으며, 우리의 토론 결과를 수익 모델로 삼아 이런저런 이득을 취하고 보스에게 좋은 평가를 받았다. 류징웨이는 중국 내 1선 도시를 피해 2선 도시에 몇 개나 되는 야간업소를 열었고 그 규모는 하늘과 땅을 이을 만큼 엄청났다. 그의 사업은 중국의 도시화를 촉진하는 데 적잖이 공을 세웠을 뿐 아니라 나날이 많은 돈을 벌어들이는 데도 톡톡히 한몫했다. 나와 장둥귀는 초기에 아이디어를 제공한 대가로 평생 이용권을 얻었다. 동반하는 친구들도 40퍼센트 할인받을 수 있었기 때문에 우리 둘의 얼굴이 곧 할인 쿠폰인 셈이었다. 그러나 류징웨이는 2년 뒤 곧 세상을 떠났다. 나와 장귀둥은 사람의 일생이 이토록 짧을 줄 미처 예상치 못했다. 우리의 얼굴은 순식간에 무가치해졌다. 이 또한 훗날의 이야기다.

류징웨이는 아빠의 침대 밑에서 훔쳐온 금서를 전부 지질조사 가방 안에 감춰두었다가 우리를 끌어들여 우체국 신문간행물 판매처 앞에 좌판을 벌였다. 류징웨이는 사람들을 불러 모으며 돈을 받았고 장궈둥은 잡지를 뒤적이는 척 길을 막아 바람잡이 역할을 했다. 누군가 돈을 꺼낼까 말까 망설이는 모습을 보이면 "살 겁니까, 말 겁니까? 안 살 거면 내가 사고요"라고 구매자를 압박하는 것이 그의 주된 임무였다. 내 임무는 좌판을 지키는 것이었다. 책을 훔쳐가려 하거나 멋대로 뒤적이면서 들여다보기만 하고 사지 않는 이들의 엉덩이를 걷어차는 일이었다. 류징웨이는 이렇게 소리쳤다. "상하이에서 열일곱 여학생이 강간되고 살해되었는데, 부검을 하려고 보니 젖가슴이 없었답니다. 서른 살의 베이징 청년이 성관계를 거절당하자 여자 친구를 죽이고 거리에 내다버렸어요. 충칭에서는 예순 살 노부인이 누드 사진전을 열었다고 합니다." 우체국 신문간행물 판매처 앞에서는 장사가 되지 않았다. 두 시간 뒤 안에서 두 여자애가 나왔다. 잔뜩 화난 표정을 지었던 것으로 보아 원래는 우리를 쫓아내려 했던 모양이다. 그러나 우리의 사나운 눈빛과 바닥에 깔린 금서 그리고 지질조사 가방에 꽂혀 있는 지질조사용 망치를 보더니 아무 말 없이 호색한에 관한 묘사가 담긴 잡지 두 권을 사 가지고 떠났다. 다음 날 류징웨이는 나와 장궈둥을 데리고 차오양먼 밖 다리에 있는 식당으로 가서 1근에 5위안인 삼선만두를 사주었다. 자신은 만두를 거의 먹지도 않았다. 그는 두 손으로 흰 바탕에 푸른 로고가 새겨진 새로 산 나이키 운동화를 안고 있었는데 농구화를 신발 끈으로 묶어 목에 걸었기 때문에 신발 한 짝은 왼쪽 얼굴 옆에, 다른 한 짝은 오른쪽 얼굴 옆에 대롱대롱 매달린 채였다. 농구화는 그의 얼굴보다 더 크고 하앴다. 류징웨이는 한참 동안 천장에 시선을 고정한 채 말이 없더니 문득 입을 열었다. "상남자지, 상남자야."

　나중에 류징웨이의 호르몬 발육은 요염한 여자 친구가 있어야 상남자라고 느끼게 되는 수준에 이르렀다. "난 너처럼 말솜씨가 좋지도 못하고 장궈둥처럼 반반하게 생기지도 않았어. 난 어떻게 하지?" 내가 말했다. "어쨌거나 방법이 있을 거야." 장궈둥이 말했다. "다시 태어나야지." 류징웨이가 말했다. "장궈둥, 입 닥쳐. 내가 살아있는 한 너보다는 더 멋진 상남자가 될 거니까. 네가 아무리 반반해도 그저 반반하게 쌓여있는 개똥 더미에 불과하단 말이다. 난 추수이와 얘기를 좀 해야겠어. 추수이, 너한텐 특별히 인정할 만한 점이 있어. 자제력이 뛰어나다는 거야. 넌 혼자 있을 때 책을 봐야 하면 책을 보고 글쓰기를 해야 하면 습작을 하지. 나도 뭔가 한 가지 방향으로 힘을 쓰고 싶거든. 난 무공 연마에 온 힘을 다하고 싶다고." 그는 아가씨들이 만져보고 싶을 만큼 지방 없이 쩍쩍 갈라진 근육질 몸을 만들고 싶어 했다. 그는 겨울에도 몸에 딱 붙는 반팔 쫄티만 입고 다녀서 마치 껍질 벗겨진 두꺼비 같았다. 근육을 키우려고 밥은 안 먹고 최단 시간에 25개의 날달걀을 삼키기도 했다. 그래서 그는 '닭'이라는 말을 꺼려했다. '닭'이라는 말을 들으면 그가 삼켜낸 모든 '닭의 알'이 목구멍으로 밀려 올라와 토할 것만 같았기 때문이다. 그의 부하가 여자를 '닭'이라고 말하는 걸 들으면 그는 욕설을 퍼부으면서 "아가씨라고 불러야 한다"고 했다. 장궈둥이 류징웨이에게 물었다. 그렇게 훈련하면 거시기도 커지는 거야? 류징웨이가 말했다. 아니, 오히려 졸아들지. 모든 피가 근육 쪽으로 쏠리거든. 장궈둥이 말했다. 그럼 난 수련 따위는 안 하련다. 내가 말했다. 서로 다른 근육을 단련하더라도 그 원리는 한 가지야. 반복적으로 충혈시키는 거라고. 넌 포르노 잡지를 좀 많이 봐야겠다. 너무 많이는 싸지 말고. 장궈둥이 말했다. 자위는 해도 되냐? 류징웨이는 나를 돌아보았고 우리는 동시에 대답했다. 되지. 근데 좆나 너 이 새끼 안 싸고 버틸 수 있겠냐? 나중에 류징웨이는 여자를 꾀려고 커다란 벤츠를 샀다. 차 번호는 '5555'로 틀림없는 상남자의 상징이었다. 중앙 드라마대학과 베이징 영화대학 정문 앞을 달리는 그 어떤 차보다 더 긴 궁둥이를 자랑했다. 그는 차를 사자마자 우리 학교로 몰고 와서 나를 찾았고 장궈둥이 지난에서 드라마를 찍고 있으니 데리러 가자고 했다. 산둥 쪽은 길이 좋거든. 자동차 강도를 만나거나 과속으로 경찰에게 잡힐 염려가 없으니 다섯 시간이면 도착할 거야. 한동안 나는 류징웨이 차의 향수 냄새로 그가 한 여자와 사귄 기간이 어느 정도인지, 동시에 몇 명의 여자와 사귀고 있는지 판단하기도 했다. 류징웨이에게는 키 178센티미터에 긴 머리카락이라는 조건 외에 다른 조건이 있었다. 8대 예술대학을 졸업했거나 다니고 있어야 하며, 가장 좋은 것은 지식인 집안인 것이고, 류징웨이 자신보다 욕을 더 잘하면 안 된다 등이었다. 왜 꼭 긴 머리카락이어야 하느냐고 장궈둥이 물었다. 류징웨이는 섹스할 때 여자 얼굴 보는 것보다는 뒤에서 머리카락 매만지는 걸 좋아한다고 했다. 말을 타듯이 말이다. 우리가 술을 마시다가 취하면 류징웨이가 곯아떨어진 사람들을 일일이 집에 데려다주곤 했다. 그는 도대체 취하는 법이 없었다. 어느 날 술자리에 있을 때 어떤 무용극 여배우가 15분마다 그에게 전화를 걸어왔고, 류징웨이는 그때마다 30분 후에 데리러 가겠다고 말했다. 그러고 나서도 마시다가 취한 사람들을 일일이 집까지 데려다주는 것이었다. 무용극 여배우는 결국 마지막 통화에서 이렇게 말했다. "이미 새벽 두 시니까 안 와도 돼. 다른 사람이 데리러 올 거니까." 류징웨이가 말했다. "알았어." 전화를 끊고 나서는 이렇게 말했다. "니미럴." 그 아가씨는 류징웨이가 뭘 원하는지 몰랐던 것이다.

다시 얼마가 지났을까. 류징웨이의 벤츠에서 더 이상 여자 향수 냄새가 나지 않았다. 류징웨이는 신이 나서 내게 말했다. "너 요즘 가장 잘나가는 상남자가 누군지 아냐? 하버드 MBA 석사를 고용하는 사람이야. 난 아가씨들을 다 보내버리고 올해 막 하버드대를 졸업한 MBA 석사 셋을 고용했지. 한 명은 런민은행 출신이고, 한 명은 월스트리트 출신이고, 나머지 한 명은 중화그룹 출신이야. 한 명당 1년에 10만 달러면 먹고 사는 문제는 완전히 해결되거든. 아가씨들을 먹여 살리는 것보다 돈도 훨씬 덜 드는 데다 훨씬 더 멋진 상남자 같잖아? 내 MBA들은 다 영어를 굉장히 잘해. 눈알 커다란 금붕어들이 물거품을 막 토해내는 것 같다니까. 나는 전혀 알아들을 수 없지만 말이야. 게다가 컴퓨터도 다룰 줄 알아. 엑셀로 탁탁 두드리니까 내가 3년 동안 얼마나 벌어들였는지 다 나오더라고. 또 탁탁 두드리니까 나라는 사람의 가치가 어느 어느 정도인지 파악되더라고. 난 평생 스스로 어느 정도 가치를 지니고 있는지 전혀 알지 못했는데 말이야. 이런 게 진짜 상남자 아니겠어?"

내가 아직 그를 데리고 한하이파이마이 박람회에 가서 훙산에서 출토된 용무늬 훙산 고리옥을 구경시켜주지도 못했는데 류징웨이는 그만 욕조 안에서 죽고 말았다. 그래서 그 인생 최후의 상남자다움은 세 명의 하버드 출신 MBA로 막을 내렸다.

우리 중고등학교 운동장은 동쪽을 향하고 있어서 늘 떠오르는 해를 맞이했다. 또 운동장에는 커다란 백양나무 여남은 그루가 서 있었다. 단상 위에서는 남학생 한 명과 여학생 한 명이 체조 시범을 보이며 엄숙한 표정과 자로 잰 듯 반듯반듯한 동작으로 학생들이 음악 방송에 따라 체조를 하도록 이끌었다. 체조 시범은 매우 엄격한 조건이 요구되는 임무였다. 동작이 정확하지 않으면 안 되고, 외모가 단정하지 않으면 안 되고, 사상이 불순해도 안 된다. 우리 중고등학교의 체조 시범 학생 중에서 가수와 배우, 연예계의 대스타가 몇 명 탄생하기도 했다. 장궈둥은 언제나 이렇게 말하곤 했다. 누구누구누구와 누구누구누구의 엉덩이는 내가 어릴 때부터 성장하는 모습을 매일 봐왔는데, 지금 잘나가는 게 뭐 대수겠어. 취얼은 아프리카에서 편지를 보냈다. 그녀는 자신이 중국에서 대스타로 성장할 수 없었던 건 나나 류징웨이, 장궈둥 등과 어울렸기 때문이라고 했다. 그래서 학생주임도 그녀의 사상이 불순하다고 여겨 체조 시범 학생으로 선정하지 않았고, 그래서 자신의 신체 훈련 기초가 약했던 거라고. 그래서 영화감독들은 그녀를 봤을 때 침대로 데려갈 생각 외에는 창작열을 불태우지 않았으며, 그래서 이름을 날릴 입지가 없어졌고, 그래서 중국 재벌에게 시집가서 팔자를 고칠 기회도 주어지지 않았다고 말이다. 한마디로 말해서 그녀의 일생은 내가 망친 것이었다. 나는 그녀에게 중국 재벌 한 뭉치를 빚진 셈이다. 이 또한 훗날의 이야기다.

여학생은 키가 작은 편이기 때문에 일반적으로 남학생 앞쪽에 배치되곤 했다. 이는 우리 스스로를 매우 관대하다고 느끼게 만들어주었다.

이 무렵 사내아이들은 폭풍 성장을 한다. 폭풍 성장하는 것들은 대개 조잡하기 마련으로, 이 무렵의 사내아이들은 도대체 눈뜨고 봐줄 수가 없다. 코흘리개의 콧물이 채 마르기도 전에 입가에 연하지도 뻣세지도 않은 수염이 듬성듬성 자라기 시작한다. 마치 경칩 날 한바탕 우레가 울리고 온갖 벌레들이 사람을 괴롭히러 등장하는 것처럼, 어느 날 그 몸이 무슨 우레에 경기를 일으키기라도 한 것처럼 울긋불긋한 여드름이 솟구쳐 나온다. 붉은 놈, 흰 놈, 누런 놈, 보랏빛까지 어른거리며 눈을 어지럽힌다. 비가 오고 난 뒤의 대나무 숲에서는 대나무 마디가 펴지는 소리까지 들을 수 있다. 이 무렵의 사내아이들은 때때로 아침에 잠자리에서 일어나서 문득 바지가 짧아진 것을 깨닫는다. 그래서 이 시기의 엄마들은 아들들의 자존심을 세워줄 만한 옷을 사주지 않는다. 결국 보기 흉한 인물에 보기 흉한 차림새가 기가 막히게 일관성을 얻게 되는 셈이다. 이와는 달리, 소녀들은 하루하루 윤이 나고 반짝이기 시작한다. 봄에 피어나는 꽃봉오리처럼 두 빰은 발그레해지고 가슴은 막 여문 복숭아처럼 부풀어오른다. 마음속에서는 뭔지 알 수 없는 비밀이 생겨나 그 몸을 감싸고 신비롭게 만든다. 그래서 이 무렵 엄마들은 남자의 흉악함과 위험함, 하찮음과 시시함을 소녀들에게 암시하며 스스로 몸을 정결히 지켜야 한다고 가르치는 한편, 얼굴의 품위를 지키고 적절하게 차림새를 꾸밈으로써 남자들을 꾀는 법에 대해 이론적으로 가르친다. 이 무렵의 소녀들은 한 명 한 명이 매력적인 존재다. 아무리 못생긴 소녀라 해도 사람의 마음을 움직이게 만드는 뭔가를 지니고 있다. 나와 류징웨이, 장궈둥은 뒤쪽에 서 있었고 정면으로는 10시 정각의 태양이 비추고 있었다. 백양나무들이 줄지어 서 있었고 여학생들은 10여 줄을 이루고 서 있었다. 음악이 연주되기 시작했고 햇살은 쏟아져 내렸으며 바람이 불었다. 여학생들은 팔을 들어 올리고 발을 걸어차는 동작을 했다. 아침 햇살 아래 그녀들의 머리카락은 붉은 갈색으로 빛나고 몸은 어렴풋이 투명해졌다. 살만 있는 부위는 좀 더 투명하고 뼈와 살이 겹친 부위는 어둑했다. 마치 강렬한 빛을 홍산의 고옥에 비추면 청황색 바탕이 가장 투명하게 비치고 다음으로 옥돌 중간에 피어난 흰 꽃 같은 무늬가 좀 더 진하게 아른거리며 다시 그 뒤에 분필 형태의 칼슘화된 부분이 보이고 다시 좀먹거나 멍든 부분이 어둑하게 보이는 것과 같다. 아주 먼 훗날, 나는 늙은 건달 쿵젠궈로부터 옥을 가지고 노는 법을 배웠다. 늙은 건달 쿵젠궈는 말했다. "아침에 잠에서 깨어난 뒤 아랫도리를 만져봤는데 하늘을 찌를 듯이 서있지 않다면 그건 네 양기가 부족해졌다는 뜻이야. 어떤 사람들은 서른, 어떤 사람들은 마흔에 오지. 그렇게 되면 너의 '진선미'에 대한 관심과 추구는 아가씨에서 옥으로 옮겨가게 될 거야. 처녀는 새로 다듬은 새 옥이니까 당연히 도둑놈들의 눈길을 끌겠지. 20대라면 청나라 초기 강희, 옹정, 건륭의 태평성대라고 할 수 있을 거야. 30대라면 송, 원, 명 시대인데 명나라는 좀 거칠어. 40대라면 상나라, 주나라 시대의 고옥이라 화장을 지운 얼굴처럼 열정의 기운은 없지만 그래도 아름다워. 옥은 마치 아가씨와 같아서 언제나 옆에 있으면서 아끼고 사랑해줘야 해. 적어도 하루 세 번은 만지고 비벼줘야 달고 다닐 만하고 남들에게 자랑할 만하고 또 이불 속으로 데리고 들어갈 만하거든. 옥은 아가씨보다 좋지. 쉽게 떠나지 않고 하룻밤에 세 번은 해야 한다고 보채지도 않고 깨끗하게 씻어서 아들한테 물려줄 수도 있어. 계산을 좀 해 봐. 천날만날 주상과 취얼만 생각하지 말고. 어제 내가 구완청古玩城[베이징 차오양구에 있는 골동품 시장]의 샤오추이네 가게에서 조각이 들어간 상나라 초기의 둥근 고리옥을 봤단 말이야. 청옥인데 10여 센티미터는 될 거야. 심지 색깔이 아주 예쁜 게 보기 드문 것이지. 도책에 사진도 실려 있어서 박물관에 팔아도 될 정도야. 몇만 위안을 준비했으니, 내일 가서 가져오자." 내가 말했다. "건달이면 건달처럼 굴어야죠. 첨단을 걷는 문화인이나 영웅 행세는 하지 말라구요." 학교 운동장을 떠올릴 때면, 그리고 햇살 아래 줄줄이 서서 옥처럼 투명한 빛을 발하던 여학생들의 몸을 떠올릴 때면, 나는 언제나 처음 옥을 가지고 놀았을 때 늙은 건달 쿵젠궈가 끊임없이 나를 욕하던 일이 생각난다. "기름진 손으로 옥을 문질러 대지 마. 옥은 오염되기 쉽다고. 오염되면 더 이상 깨끗해지지 않아. 진짜 옥을 길들이는 방법은 몸에 지녀 체온으로 덥혀주는 거야. 음란한 문학을 구상하는 네 모든 에너지를 여기에 쏟아부으란 말이다. 1, 2주는 따뜻한 물로 씻어주고 흰 베로 닦아줘야 해. 그렇게 기름진 손으로 조몰락대서 좋은 물건을 망가뜨리지 말란 말이다." 아무리 생각해도 잘 모르겠다. 쿵젠쥐는 왜 학창시절의 나에게는 옥을 다루는 것처럼 아가씨를 대해야 한다는 일반적인 이치를 가르쳐주지 않았던 걸까? 어쩌면 그때는 쿵젠쥐 자신도 알지 못했을지 모르겠다.

장궈둥은 여학생들에게 발산하는 매력이 부족했다.

장궈둥은 웃통을 벗은 채 청황색 팬티를 입고 이불 속에 앉아 있었다. 팬티 한가운데 색깔은 좀 더 진한 색이었다. 그의 갈비뼈는 일일이 세어볼 수 있을 정도로 두드러져 보였고 숨을 들이마셨다가 내쉴 때마다 뼈와 뼈 사이가 아코디언처럼 넓어졌다 좁아지곤 했다. 장궈둥은 기숙사의 다른 남학생들을 향해 선포했다. "여자애들은 그냥 여자애들일 뿐이야. 뭐 그리 대단하다고. 너처럼 힘도 세지 않고, 너처럼 많이 먹지도 못 해. 주나라 유왕이 여자 때문에 제후들을 바람 맞힌 게 아니고, 여포도 여자 때문에 동탁을 죽여 없앤 게 아니라고. 번영하던 도시 트로이가 여자 때문에 불에 타서 사라진 것도 아니야. 여자들의 코가 높거나 낮거나, 세계사가 그로 인해 변화하는 건 전혀 아니란 말이다."

우리는 모두 종이와 필기구를 가져와 장궈둥의 지휘 아래 상술한 바와 같은 통속적 내용으로 비장한 영웅의 노래 한 곡을 지었다.

우리가 원하는 건 음악이 아니라 외침이요,

우리가 원하는 건 이치가 아니라 돈이요,

우리가 원하는 건 선생이 아니라 건달이요,

우리가 원하는 건 여학생이 아니라 천사인 것을.

왜 열심히 공부할수록 소녀의 얼굴은 폭탄이 되는가?

왜 생각을 하면 할수록 알 수 없어지는가?

왜 수천 년의 시간이 다 지났는데 아직도

책을 다 불사르는 또 다른 진시황이 나타나지 않는가?

아가씨여,

왜 언제나 뻣뻣하게 고개를 들고 예쁜 얼굴을 망치나?

너를 적시려면 벼락부자라도 되어야 하는 건지.

마음의 평화를 위해 몇 번이고 묻고 싶구나!

너도 매일 똥오줌을 싸는지?

이 노래가 퍼져나가자 학생주임은 여기저기 다니며 수사에 나섰다. 기숙사의 복도에서는 몰래 숨어서 듣기도 하고, 화장실 담벼락에 적힌 낙서를 베끼기도 하고, 저학년생들을 어르고 달래기도 하면서, 마침내 전체 가사를 확인하게 되자 그는 매우 흥분했다. 마치 소년 시절 「오경조五更調」[민간에서 유행하던 곡조로 명청 시기에는 기루에서 자주 불려 남녀상열지사男女相悅之詞를 붙이기도 했다]를 처음 듣고 그 노랫말을 이해했을 때처럼, 「십팔모」[민간에서 유행하던 곡조로서 가사가 거의 머리부터 발끝까지 온몸의 각 부분을 어루만지는 내용을 담고 있다]의 그 숱한 '어루만짐'을 들을 때마다 새롭게 가슴이 떨렸던 것처럼. 그는 반드시 작사가 놈을 찾아서 엄한 벌로 다스리겠노라 다짐했지만 한동안 아무런 수확도 거두지 못했다.

나의 눈에 주상은 전혀 거만한 타입이 아니었다. 그녀는 언제나 이마를 숙이고 눈을 내리깐 채 잰걸음으로 좁은 복도를 지나쳐 자기 자리에 가서 얌전히 앉았다. 주상에게서는 여자애들 특유의 잘난 척보다 남자애들의 시시함과 어리석음을 엿보게 되는 경우가 많았다. 그다지 뻔뻔하지 못한 녀석들은 주상이 근처에 있으면 갑자기 화장실 토크에서 화제를 바꿔 중난하이나 런민대회당에 어울릴 만한 이야기를 나누기 시작했고 성조를 정확히 하여 엄숙하고 진중한 지식인의 면모를 보이려 애썼다. 상대적으로 낯짝이 두꺼운 녀석들은 기회가 생길 때마다 주상에게 책을 빌려달라고 하거나 빌린 책을 돌려주며 다른 책을 빌리는 식으로 이중 기회를 노리는 등 호시탐탐 말을 걸 구실을 찾았다. 그보다 더 교활한 놈들은 아예 주상의 자전거 자물쇠 구멍에 성냥개비 반 토막을 쑤셔 넣었다. 주상이 집으로 돌아갈 때 자전거 자물쇠 구멍에 열쇠를 넣고 돌리면 돌릴수록 꽉 막히게 해놓는 것이다. 놈들은 그 모습을 지켜보다 달려가 주상을 도와주면서 욕설을 내뱉고는 세상인심이 더러우니 나라 꼴이 말이 아니라고 남 탓을 해댄다. 자랄 때 전자 게임을 해본 사람이라면 단계적으로 위험한 관문을 통과해야 한다는 것을 알 것이다. 가장 먼저 부모님을 대하는 법을 깨우쳐야 하고, 형제자매와 사이좋게 지내려면 어떻게 해야 하는지를 터득해야 한다. 그다음에는 주상처럼 매력적인 여자가 눈앞에 등장했을 때 어떻게 수작을 부려야 하는지, 건달 같은 학생주임과 바보 같은 수학 선생에게는 어떻게 대응해야 하는지를 터득해야 한다. 그리고 마침내 모든 사람들에게 있는 상사와 마누라에 대응하는 법, 끊임없이 뭔가를 요구하는 아이들과 늙은 부모를 대하는 법을 터득해야 한다. 주상이라는 관문에 대해 우리 남학생들은 그 누구도 모범답안을 내놓지 못했다. 어떤 녀석은 어쨌거나 시도는 해 봤다고 핑곗거리를 찾았고, 어떤 녀석은 아예 포기한 뒤 잊어버렸고, 어떤 녀석은 주상을 닮은 예쁘장한 대상을 찾았다. 아무도 정확한 답을 아는 사람은 없었지만 어쨌거나 모두 관문을 통과한 셈이니, 아마도 이 게임의 프로그래머는 논리가 없거나 리얼리티가 부족한 사람일 것이다.

내가 장담하건대, 주상이 천 년 정도 일찍 태어났다면 여포는 초선이 아닌 그녀를 위해 정원이나 동탁을 얇디얇게 포 떴을 것이다. 그리고 나서는 그녀를 보쌈해 웃자란 연잎들 사이로 사라졌겠지.

책을 보다가 피곤할 때면 책장을 덮고 잘 알아채지 못할 만한 각도를 찾아 주상을 본다. 눈이 맑아지고 머리가 상쾌해지는 것이 느껴졌다. 마치 밤에 책을 읽다가 지칠 때면 고개를 들어 창문 가득한 별들을 바라보게 되는 것과 마찬가지다. 과거에는 컴퓨터나 핸드폰이 없었다. 나는 옛사람들이나 마찬가지로 자신의 몸을 보고, 하늘의 별을 보고, 짝꿍인 소녀를 보면서 이 단순함 속에 숨겨진 복잡한 디테일과 보편적인 규칙성을 발견했다.

처음 같은 반이 되었을 때 주상의 머리는 귀밑까지 닿는 단발이었는데 지금은 벌써 어깨를 스칠 정도로 자랐다. 그녀의 머리카락은 매우 검고 가늘고 부드러웠다. 자습을 할 때 가끔씩 장궈둥은 내 자리를 차지하고 앉곤 했다. 주상의 뒷자리에 앉은 나는 그녀의 머리카락 사이로 그녀의 책상에 놓인 물리 교과서에 그려진 바퀴와 지렛대를 볼 수 있었다. 마치 가랑비 내리는 봄날 빗줄기 사이로 후통 입구에서 망가진 우산을 받쳐 들고 종종걸음으로 바삐 걸어가는 아가씨와 비닐을 뒤집어 쓴 채 꿋꿋하게 차단과 담배를 파는 아저씨가 보이는 것처럼 말이다. 나는 주상의 머리카락이 부드럽고 반질반질한 식물이라고 고집스럽게 생각해본다. 시선은 물과 같고 생각도 물과 같다. 남몰래 가만가만 물을 주면 식물은 서서히 검고 가늘며 부드럽게 자라난다. 나는 이 식물의 가지가 자라나는 소리를 들을 수 있고, 가지마다 연하고 파릇한 순이 솟아나는 기운을 느낄 수 있다. 아주 먼 훗날, 충동을 이기지 못한 나는 몇 번쯤 기름진 손으로 주상의 머리카락을 쓰다듬은 적이 있다. 나는 손의 감각을 잘 기억하지 못하는 편이어서 주상의 머리카락에서 느껴지는 여러 복잡한 감각을 기억하기 위해서는 그녀의 머리카락을 수없이 어루만져야만 했다. 그녀의 머리카락은 시시때때로 내 손에 다른 감각을 전해준다. 밝은 낮이나 어둔 밤의 감각이 다르고, 바람 속에서나 빗속에서 다르고, 계절의 변화에 따라 다르고, 심리와 감정의 변화에 따라 다르다. 심지어 주상이 빨간 스커트에서 분홍 스커트로 바꿔 입기만 해도 다르기 때문에 나는 거듭 어루만지면서 배우고 기억해야 했다. 나는 차라리 장님이 되기를 바랐다. 빌어먹을 『신동방新東方』 단어 책만 해도 열 번이나 외우느라 책장마다 까맣게 손때가 묻어 반질반질해졌는데, 주상에 대해서는 도대체 얼마나 더 느끼고 공부를 해야 하는 것일까? 늙은 건달 쿵젠궈가 해준 아침마다 곤추서는 아랫도리에 대한 이야기는 분명 허튼소리였지만, 나의 두 손이 주상의 머리카락을 만지고 있는데도 나의 거시기가 서지 않는다면 그건 내가 늙었다는 의미일 것이다. 그러나 만일 내가 정성을 다해 마음을 다한다면, 그녀를 실제로 품에 안을 필요도 어루만질 필요도 없다. 우리가 서로 아득히 먼 하늘 아래 있다 할지라도 기억이 잔뜩 묻어있는 내 손은 허공을 향해 뻗어 공기를 더듬는 것만으로도 그녀를 품에 끌어안고 손가락 사이로 그녀의 머리카락을 쓸어내릴 수 있기 때문이다. 그러면 내 아랫도리는 바로 양기가 충만해져서 하늘을 향해 발딱 일어설 것이며 기력과 수명은 하염없이 길어질 것이다. 나는 숨을 한 모금 깊이 들이마셨다. 나는 나의 거시기를 붙잡은 채 그대로 드러누워 풍선처럼 하늘로 둥둥 떠오를 수도 있다.

시간이 흐른 어느 날, 나는 식탁 맞은편에 앉은 주상에게 물었다. "내가 얼마나 늙어야 이런 기억들을 잊을 수 있을까? 나는 의학을 배운 사람이지만, 두 손을 잃는다 해도 그 손의 기억은 여전히 남아 있을 거야."

주상이 말했다. "전에도 나한테 말한 적이 있어. 머리카락을 너무 짧게 자르지 말라고. 네가 보기에 지금 정도면 길이가 적당한 것 같아? 미장원에 갈 때마다 미용사들은 이렇게 말하지. 이처럼 머릿결이 좋은데 좀 자르거나 염색이라도 해보세요. 그럼 난 그렇게 대답하지. 추수이라는 사람이 동의하지 않는다고. 며칠 전에는 머리끝이 갈라져서 끝부분만 다듬었어." 어깨 위에 드리워진 그녀의 머리카락은 여전히 검고 가늘고 부드러웠다.

26. 동東싼환로 위의 버드나무

내가 주상 옆에 앉아 있는데 날씨가 좋아서 창문을 열면 바람이 그 애 머리카락을 불어서 내 얼굴을 쓰다듬어. 봄날, 동싼환로 위의 버드나무가 달리는 차 안의 나를 쓰다듬는 것처럼.

하루는 장귀둥이 터질 듯 부풀어 오른 군용 가방을 걸쳐 메고 아무도 없는 기숙사로 나를 끌고 갔다. 그는 도둑처럼 살그머니, 마치 도굴꾼이 무덤에서 훔쳐낸 금실로 꿴 옥玉 수의를 구완청 장물아비에게 내놓듯이 군용 가방을 열어젖히고 안에 있는 것들을 꺼내 내 앞에 펼쳐놓았다. 온통 살색으로 눈이 어지러운 물건들이었다.

"최신『펜트하우스』 4권이랑 특선『플레이보이』 1권이야. 너도 주상이랑 짝이 된 지 좀 됐고, 이런 잡지를 못 본 지도 꽤 됐지? 넌 낡은 잡지 두 권으로 쌍바오장과 자리를 바꿨으니, 내가 잡지 다섯 권으로 너랑 자리를 바꿔주면 넌 대박인 셈이지." 장귀둥이 말했다.

"이거 어디서 가져온 거냐?" 내가 물었다.

"그건 네가 알 바 아니고. 어쨌거나 쉽게 구한 건 아니라고. 생각할 것도 없어. 여기 이 사진을 좀 봐. 계집애 눈동자가 녹색에 음모 노출이야. 황금색이지. 이런 거 본 적 있어? 생각할 것도 없다니까. 어서나 대신 자리 교환 신청서나 써줘."

"내가 안 바꾼다면 잡지 안 보여줄 거냐?"

"아니, 그런 일은 없지. 당연히 보여주지. 지금은 바꾸는 거고. 자리를 안 바꿔준대도 보여주긴 할 거야. 넌 어쨌거나 볼 수 있어. 어떻게 해야 자리를 바꿔줄 건데?"

나는 기숙사 문을 걸어 잠근 뒤 베개 밑에 숨겨두었던 다첸먼 한 갑을 꺼내어 담배 한 개비에 불을 붙여 장궈둥에게 주었다. 나도 한 개비를 피워 물면서 침대 앞 탁자에 앉아 장궈둥에게 양해를 구했다.

"내가 주상 옆에 앉아 있는데 날씨가 좋아서 창문을 열면 바람이 그 애 머리카락을 불어서 내 얼굴을 쓰다듬어. 봄날, 둥싼환로의 버드나무가 달리는 차 안에 있는 나를 쓰다듬는 것처럼." 나는 장궈둥을 보면서 이어서 말했다. "뭔 말인지 알겠어?"

"알겠어." 장궈둥은 책가방을 주섬주섬 챙겼다. "잡지는 네가 먼저 봐. 빌려줄게. 주는 건 아니고. 난 교실로 돌아가서 자습한다. 팡옌이 봉황이 그려진 붉은 윗도리를 새로 사 입었다는데, 가서 봐야지."

훗날 장궈둥은 영상감독이 되었고 시나리오도 썼다. 그는 주로 텔레비전 드라마를 찍었는데 때로는 치정과 살인, 궁중비사, 명사의 스캔들 폭로를 다룬 영화를 찍기도 했다. 나는 한동안 홍콩의 천재적인 뚱보 감독 왕징을 숭배했다. 그래서 왕징을 뛰어넘을 만큼 많은 영화를 찍으라는 의미에서 장궈둥에게 '란펜왕爛片王'이라는 별명을 지어주었다. 나는 그가 이 별명을 맘에 들어 하길 바랐다. 그래서 기쁜 마음으로 자기 영화에 출연하는 어린 스타나 TV 드라마 배우를 내게 소개해줄 수도 있겠다고 생각했다.

둥베이에서 온 어떤 텔레비전 드라마 배우가 있었는데, 어딘가 다처와 닮은 데다 발에 발찌까지 차고 있었다. 나는 그녀가 특별히 마음에 들었다. 그녀는 연기에 대한 사명감이 넘쳐흐른 나머지 카메라 앞에만 서면 지나치게 오버했다. 눈과 눈썹에 힘을 준 탓에 거의 모범극 배우들의 연기처럼 보였고 어깨를 잔뜩 세운 모습은 럭비 선수를 떠올리게 했다. 내가 지어준 별명을 듣고 장궈둥은 실망한 표정으로 자기는 타고난 예술가라고 말했다. 바로 그 점 때문에 아내도 자기를 좋아하게 된 것이지 돈을 잘 벌 것이라 기대한 건 아니라고 했다. 지금 이것저것 마구잡이로 작품을 찍어대는 이유는 생활이 여의치 않기 때문이며 사회적 요구가 있기 때문일 뿐이니 '란쭨왕'이라 부르지 말아달라고, 계속 그런 별명으로 불리면 고정 캐릭터가 생겨서 이미지 개선이 어렵다고 했다.

장궈둥이 말했다. 나는 그때 네가 포르노 잡지들을 보면서 했던 말을 기억해. 둥쏸환로에 서 있는 수양버들이 주상과 비슷하다고 한 거 말이야. 그 이미지는 나한테 매우 중요해. 내가 언젠가 충분히 돈을 벌게 되면 반드시 그 이미지에 대한 글을 쓰고 급급한 돈벌이가 아닌 영화를 찍을 거야. 사실 장궈둥은 류징웨이에게 돈을 빌리고 싶어 했다. 그래서 시화먼 근처에 있는 매우 비싼 찻집에서 류징웨이랑 함께 차를 마시자며 나를 불러냈다. 그날은 이슬비가 부슬부슬 내리고 있었다. 장궈둥이 말했다. "강물 위에 아슴아슴 비 내리니 강가에 풀이 빽빽하게 자랐구나. 여섯 왕조는 꿈 같이 사라지고 새 우는 울음만 공허하네." 그는 류징웨이가 구궁古宮[자금성을 가리킴]을 바라보며 금전과 권력이 허무하다는 것을 느끼고, 또 차를 마셔서 오줌이 마려워질 무렵 출자를 승낙하게 되기를 바랐던 것이다. 다도 시범을 보이는 소녀는 흰 바탕에 푸른 꽃이 그려진 무명옷을 입었는데, 차를 우리고 따르는 방식이 복잡하면서도 정확했다. 류징웨이는 폭이 넓은 던힐 손가방을 차탁 위에 얹어놓고 아가씨에게 말했다. 간쑤 출신인가? 원래 마술을 했지? 그는 아가씨의 대답을 기다리지 않고 장 궈둥 쪽으로 고개를 돌리며 물었다. 그 영화 찍으면 돈 좀 벌까? 장 궈둥이 말했다. 못 벌어. 류징웨이가 물었다. 공익사업이야? 장궈둥이 말했다. 아니, 장궈둥과 추수이를 위한 거지. 류징웨이가 물었다. 여 자 주인공이 나랑 자는 거야? 장궈둥이 말했다. 생각 중인 여자 주 인공은 기품 있는 아가씨라 건달이랑은 안 잘 거다. 류징웨이가 물었 다. 내가 남자 주인공을 맡으면 안 돼? 장궈둥이 말했다. 안 되지. 남 자 주인공은 건달이 아니라 잘나가는 젊은 남자라고. 류징웨이는 장 궈둥이 시켜놓은 최고급 우룽차를 한입에 털어 넣고 말했다. 니미럴 장궈둥, 이렇게 오래 알고 지냈는데, 넌 나에 대한 평가가 왜 그렇게 낮은 거냐? 내가 바보냐? 그런 데 투자하게? 니미럴. 이후 장궈둥의 고전 드라마가 인기를 끌자 CCTV와 각 성의 위성 방송국에서도 전 파를 타게 됐다. 그때 나는 미국에 있었는데 차이나타운의 비디오 가 게에서도 그의 드라마를 빌려볼 수 있었다. 가게 주인에게 반응이 어 떠냐고 물었더니 흑인들이 가장 좋아한다고 했다. 드라마에 황제의 셋째 누이가 몸을 씻고 반라로 이부자리에 드는 장면 같은 게 있는 데 반복해서 본다는 것이다. 이렇게 작은 건 본 적이 없어 신기하다 는 말을 한다고도 했다. 장궈둥은 사진을 찍어 보내라고 했다. 그러 나 감독의 지위를 양보하지는 않았다. 그는 비디오가게 주인에게 한 손에 자기가 만든 드라마 비디오를 들고 다른 손은 엄지손가락을 치 켜세우라고 지시했으며 그의 양 옆에 10달러로 고용한 흑인 두 명이 음흉한 미소를 지으며 서 있도록 했다. 배경은 미국의 국기가 펄럭이 고 있는 맥도널드 가게 앞이었다. 나는 연달아 열 장이나 되는 사진 을 찍어서 장궈둥에게 보내면서 우리 엄마도 그 드라마를 무척 좋 아하신다는 말을 함께 전했다. 미국에서 엄마의 활동 반경은 주변

10여 리로 사회활동의 중심에 서지 못해 답답해하는 가운데 텔레비전 비디오를 빌려보는 것 외에는 소일거리가 없었다. 엄마는 언제나 장궈둥의 드라마를 보면서 소년 영웅이 황상의 셋째 누이를 아내로 맞을지, 아니면 뤼쓰냥을 아내로 맞을지 궁금해서 몸서리를 쳤다. 그러나 드라마가 끝나기 전에 결말을 미리 알고 싶지는 않다고도 했다. 장궈둥은 우리 어머니야말로 자신이 꿈에 그리던 시청자라고 말했다. 그는 나처럼 텔레비전 드라마를 보지 않는 인간은 같은 하늘을 이고 살 수 없는 철천지원수라고 했다. 장궈둥은 또 말했다. 베이징에 또 봄이 왔다. 둥싼환로 위 버드나무도 푸르러졌지. 그는 이제 눈먼 돈도 상당히 벌었기 때문에 류징웨이에게 돈을 빌릴 필요가 없다고 했다.

그날 저녁 장궈둥은 내게 전화를 걸어 평생 꿈꿔온 시나리오를 쓰겠다고 했다. 그러더니 내게 마음의 상처를 활짝 펼쳐서 옛사랑을 떠올려볼 생각은 없느냐고, 자신과 함께 시나리오를 완성해 영화 크레딧에 이름을 올리지 않겠냐고 물었다.

27. 마음 깊은 곳

사실 담배를 피운다는 건 그런 멋이 있지. 길 한쪽에 죽 늘어서서 피우고 있으면 지나가던 어린 깡패 녀석들은 그 모습에 기가 죽거든. 지나가는 어린 여자애들은 슬쩍 훔쳐보면서도 못 본 척 해.

장귀둥은 포르노 잡지를 내 앞에 잔뜩 펼쳐놓고 자리 바꾸기 교섭을 시도한 이후 시시때때로 찾아와 수다를 떨었다. 화제는 언제나 여자에 대한 것으로, 특히 주상에 관한 이야기였다. 내 기나긴 학문 추구의 과정에서 남학생들의 교류란 언제나 이와 같은 방식이었다. 대부분 여자와 관련된 내용이고 가끔 시험과 진로에 대한 이야기가 끼어드는 정도다. 시험의 범위를 조금 넓히면 여자도 시험 과목에 포함되었다. 우리는 그에 대한 문제를 충분히 이해하기 위해 오랫동안 토론을 벌이며 시험에 통과하기 위해 노력했다. 류징웨이는 이러한 토론에 한 번도 참여하지 않았다. 그는 내게 충분한 자질이 있는데 생각이 너무 많을 뿐이라고 했다. 류징웨이는 공부하기를 싫어했고 시험 보는 것도 싫어했다. 그는 자신의 모든 것이 모범 답안이기를 원했다. 류징웨이가 자주 취하는 태도는 이런 것이었다. "내가 그렇게 하겠다는데 어쩔 거야?" 내가 전혀 이해할 수 없다는 표정을 지으면 그는 예를 들어가며 설명했다. "만약 네가 어떤 여자애를 좋아한다면 그대로 해버리는 거야. 계집애가 마음에 들어 하지 않으면 죽이고 달아나면 돼. 그래도 좋아하는 마음이 남아 있으면 다음에 또 만나서 다시 해버리고 또 죽이고." 나는 그러한 이치는 너무 고명해서 단번에 깨우칠 도리가 없다고 대답했다. 나는 타고나기를 공부하지 않거나 시험을 보지 않고서는 깨닫지 못하는 한계가 있다고 말이다. 류징웨이는 너는 내가 죽을 때까지 공부를 할 거라고 예언했다. 류징웨이의 말은 적중했다. 그의 장례식에 참석했을 때 나는 난소암의 발생 메커니즘에 대한 박사논문의 초고를 쓰고 있었고 아직 심사를 받기 전이었다.

교정 가까이에 있는 사탕공장 구석은 어두컴컴했다. 사탕 달이는 악취가 사라지는 밤 8, 9시가 넘어가자 운동장을 사이에 두고 맞은편에 있는 백양나무가 달빛 아래 하얀 빛을 흩뿌렸다. 장궈둥은 나를 불러내더니 담배 한 개비를 꺼내 익숙하게 불을 붙였다.

"만날 공부만 하지 말고, 나와서 얘기 좀 해."

"무슨 얘기?"

"넌 우리 학교에서 어떤 여자애가 마음에 들어?"

"일일이 안아보지 않았으니 모르지."

"그렇게 노골적으로 말하라는 게 아니야. 눈에 보이는 인상으로 말해 봐."

"여자애들이 무슨 아라비아 숫자도 아니고 그렇게 쉽게 비교가 되나. 장미는 예쁘지만 탕국을 끓일 때는 유채만큼 맛있지는 않거든."

"그럼 주상에 대해 얘기해볼까?"

"걔가 뭐?" 나는 장궈둥의 입에서 뿜어져 나온 푸른 담배 연기가 하늘로 맴돌며 흩어지는 모습을 바라보았다. 연기를 따라 고개를 들자 별똥별이 하나둘 밤하늘을 미끄러져 알 수 없는 어둠 속으로 떨어지고 있었다. 마치 가지를 떠난 꽃잎이 연못으로 떨어져 내리듯이. 천 년 전 어느 누대에서 뛰어내린 녹주라는 기녀가 있었다. 천 년 후에는 자신이 어찌 될까 생각을 거듭하다 결국 어찌할 수 없는 마음에 죽음을 택한 거라면 마찬가지로 아름답고도 처연한 일이 아니겠는가?

"걔는 어때?"

"아주 좋지."

"좀 구체적으로."

"깨끗해."

이 구석진 곳은 장대하고 튼실한 백송 몇 그루에 둘러싸여 있어서 겨울에도 바람이 불지 않았고 별로 춥지도 않았다. 그동안 얼마나 많은 남녀가 여기서 서로를 끌어안았을까? 막 연습을 시작했을 때는 가르쳐주는 사람이 없어서 입술과 혀를 사용하는 법조차 몰랐을 것이다. 이빨과 이빨이 부딪쳐 '딱딱' 소리가 났을지도 모른다.

"그냥 깨끗하다고?"

"넌 깨끗하다는 게 그리 단순한 문제인 것 같아? 내가 보기에 장귀둥 너는 여자애들을 편안하게 해주는 것 같아. 그 '편안'하다는 게 단순한 것 같아?"

"맞아. 내가 그런 기질을 키우기 위해 얼마나 노력하는지 넌 모를 거다. 매주 열심히 샤워를 하고 매일 이를 닦지. 게다가 책도 읽어야 해. 많이 읽어야 하지. '뱃속에 채워 넣은 시들이 그의 분위기를 빛내준다'고 하니까. 게다가 생각도 많이 해야 하지. 그러지 않으면 경박해지는 법이거든. 절대 단순한 문제가 아니야. 쉽지 않다고. 하지만 주상의 깨끗함이라니, 그게 『플레이보이』 잡지 몇 권의 가치가 있다고? 솔직히 말해서 내가 잡지 몇 권으로 자리를 바꾸자고 한 건 호기심 때문이었어. 그 잡지도 쉽게 얻은 건 아니지만 네가 달라면 그 냥 줄 생각이었어. 하지만 말하자마자 후회했지. 네가 정말 그러겠다 고 할까 봐. 결국 그 잡지들은 담배 몇 개비와 바꿔버렸지만."

"가치가 있어. 나한테는 가치가 있어."

"쫓아다닐 마음은? 네 작은 방으로 데리고 가서 어떻게 생겼는지 볼 수도 있잖아? 나한테 알려주라. 네가 먼저 봐. 나는 먼저 국수를 끓여 먹을 테니까. 네가 먼저 보고, 내가 다시 보고."

"그 애를 쫓아다니는 놈들은 이미 쌔고 쌨어. 금상첨화든 설상가 상이든 난 싫다."

"그렇긴 해. 마치 이미 누군가 개한테 다리를 걸친 것 같은 기분이 지만, 나도 그런 음탕한 마음을 억누를 수가 없거든. 하지만 쫓아다 녀야 재미가 있지. 칼을 빼들고 사랑을 쟁취해야지. 영웅본색처럼 말 이야."

"쟁취해서 뭘 어쩌려고? 별로 재미도 없는 일이야…… 담배 남았 어?"

"또 피우려고? 끊는다며?"

"처음이거든."

"나쁜 짓을 계속 배워가는 건 굉장히 흥분되는 일이지. 안타깝게 도 좋은 담배는 아니야. 홍메이야. 첫 번째 담배는 좋은 것이어야 하 는데. 동정을 뗀 남자가 정치사상 교육을 받으면 다시 동정남이 되는 것처럼, 다시 동정남이 되려면 적어도 주상만큼 괜찮은 여자여야 하 지."

류징웨이와 장궈둥은 흡연에 관해서는 선각자로서의 면모를 보였 다. 늙은 건달 쿵젠궈는 두 사람을 가르쳤고, 두 사람은 나를 가르쳤 다. 나는 집에서 창문을 열어놓고 커튼을 내렸다.

"배우긴 뭘. 나도 피울 줄 알아." 내가 말했다.

"좆나 너 이 새끼 니가 뭘 해." 류징웨이는 말보로 한 갑을 깠다. 그 때는 무척 귀한 것이었다.

오른손 검지로 담뱃갑 아래를 툭 치자 한 개비가 톡 하고 튀어나 왔다.

"불을 붙이고 빨면 돼." 장궈둥은 대단한 경험자처럼 말했다. "두 손가락 사이에 끼우고. 앞쪽 너무 바짝 잡지 마. 너무 뒤쪽을 잡지도 말고. 담배 끝을 살짝 들고 불을 붙이는 거야. 말보로가 다첸먼보다 그런 점에서 좋지. 불을 붙이면 빨아들이지 않아도 안 꺼지거든. 담 뱃재도 네 거시기보다 더 길게 버틸 수 있고. 사실 담배를 피운다는 건 그런 멋이 있지. 길 한쪽에 죽 늘어서서 피우고 있으면 지나가던 어린 깡패 녀석들은 그 모습에 기가 죽거든. 지나가는 어린 여자애들 은 슬쩍 훔쳐보면서도 못 본 척 해. 추수이, 그렇게 사탕수수 씹듯이 깨물어대지 마. 한 모금 빨고 숨을 내뱉으라고. 좋은 담배 망치지 말 고. 폐까지 들이켰다가 상남자라고 생각하면서 천천히 코로 뿜어내 는 거야." 나는 이제 담배 피우는 건 할 줄 아니까 여자를 꼬드기는 방법을 알려달라고 했다.

"좆나 이 새끼 너 바보냐?" 장궈둥이 말했다.

"진짜야. 싸움이라면 나도 좀 알아. 넌 힘이 세니까 한 손으로 그 새끼들의 거시기를 틀어쥐고 다른 손으로 벽돌 한 장을 들고 말하면 돼. '좆나 이 새끼 항복할래, 안 할래?' 그 새끼가 항복하지 않겠다고 하면 벽돌로 머리를 깨버리는 거고, 항복한다고 하면 상남자가 되는 거지. 어쨌거나 그렇게 하면 그놈들을 해치울 수 있지. 그런 것들은 쿵젠궈가 다 알려준 거라고. 하지만 아가씨는 어떻게 꼬드기지? 다가 가서 말을 걸면 되나? 그런 다음에는? 으슥한 데로 데려가? 그러고 나서는? 옷을 벗게 해? 그러고 나서는? 그다음은?"

그때는 장궈둥도 알지 못하는 게 많았다. 얼마 후 그는 집에 비디오 플레이어가 있는 부잣집 도련님과 친해졌고, 류징웨이와 함께 그 집에 가서 베트남판 「금병매」를 보고 와서는 흥분한 어조로 내게 말했다. "거시기가 뜨겁게 막 부풀어 오르면 너도 옷을 다 벗는 거야. 그다음에는 뭘 어떻게 해야 할지 스스로 알게 될 거야. 담배 피우는 거랑 마찬가지야. 누가 가르쳐주지 않아도 알게 돼."

담배를 입에 물고 있는 지금, 머릿속이 얼얼해진다. 마치 어떤 감정이 가득 차올라 입을 통해 연기로 새어나와 흩어지는 것만 같다. 책 바깥에도 알아야 할 어떤 것들이 있는 법이다.

나는 장궈둥에게 시를 낭송할 테니 들어보겠느냐고 물었다. "사실 난 시를 쓰는 사람이거든." 내가 말했다.

"그럼 난 영화를 찍는 사람이다."

"돼지 잡는 백정으로 보지 말라구. 사실 난 시를 쓰는 사람이라니까."

"좋아. 야하지 않으면 돈을 내지 않을 거야. 목소리가 낭랑하지 않아도 안 낼 거고."

나는 벌떡 일어나 유치한 시 하나를 읊조렸다.

담배를 배우는 건 나쁜 짓을 배우려는 거야.

나쁜 짓을 배우는 건 어른이 되기 위해서지.

어른이 되면 아버지를 증오하게 되고,

그를 죽이게 되는 거야.

어른이 되면 엄마를 사랑하게 되고,

그녀를 버리게 되지.

어른이 되고 난 뒤에도 나는 시를 낭송했다. 하지만 그건 작은 얼 귀터우二鍋頭를 다섯 병쯤 비웠을 때다. 락타아제 결핍인 나는 쏸나이를 제외한 모든 유제품을 먹지 못하는 반면 술은 마실 줄 안다. 한 잔만 마셔도 얼굴이 벌겋게 되기는 하지만 100잔을 마셔도 취하지는 않는다. 그건 내가 여자 손을 만지면 얼굴이 붉어지지만 오글거리는 대사를 얼마든지 쏟아낼 수 있는 것과 같다. 어른이 된 뒤에 내 주머니에서 숱한 돈을 털어간 옥 가게 주인이 어느 날 신석기 시대의 옥 술잔 하나를 보내왔다. 가운데 부분이 닭 뼈처럼 하얀 빛깔인데 제대로 갈고 닦아서 부분적으로 투명한 빛이 감돌았다. 옥 가게 주인은 이렇게 말했다. 볼 것도 없다니까, 틀림없는 물건인데 아무도 원하지 않아. 떼돈 벌자고 하는 게 아니라고. 가짜는 만들 수도 없어. 나는 둥쓰에 있는 쿵이지 주점에서 신석기 옥 술잔에 얼궈터우를 따라 마셨다. 주상은 건너편에 앉아서 말했다. "난 차를 가져와서. 혼자라도 맘껏 마셔." 작은 얼궈터우를 다섯 병쯤 비우고 나자 내 속에 있는 작은 짐승이 깨어났고 눈 속에서 붉은 불꽃이 타오르기 시작했다. 나는 주상에게 물었다. "요즘 나 보고 싶지 않았어?" 말없이 라주다창臘猪大腸[중국식 훈제 곱창. 쓰촨과 후난 지역의 라주다창이 유명함]을 먹던 주상은 웃으면서 고개를 저었다. 나는 이어서 물었다. "지금 말하기 싫다는 거야, 아니면 요즘은 내가 보고 싶지 않다는 거야?" 나는 여섯 병째 얼궈터우를 마시면서 이어서 물었다. "요즘 나 보고 싶었어?" 주상은 종업원에게 라주다창 한 접시를 더 주문하더니 말했다. "보고 싶지 않았으면 널 보러 왔겠어?" 내 속의 작은 짐승이 기뻐 날뛰더니 내 두 다리를 일으켜 탁자 쪽으로 펄쩍 뛰어오르게 하고 내 입을 열어 시를 읊게 만들었다. "집 밖에는 두 그루 나무가 있어. 한 그루는 회화나무, 또 한 그루도 회화나무. 탁자 위에는 두 접시 요리가 있어. 한 접시는 라주다챵, 또 한 접시도 라주다챵. 눈 속에는 두 여자가 있어. 한 여자는 주상, 또 한 여자도 주상." 탁자 위의 나는 둥그런 안경을 쓰고 흰 셔츠를 입고 있었다. 내 눈은 완전히 시뻘겋게 변했고 배꼽을 드러냈지만 탁자 위의 접시를 쳐서 떨어뜨릴 정도는 아니었다.

어두컴컴한 학교 구석 모퉁이에서, 나는 장궈둥의 홍메이 담배 한 개비를 빨아들였다가 연기 한 모금을 내뱉고 객관식 문제의 보기를 읽어 내려가듯 졸시 한 구절을 읊었다.

"담배를 그렇게 피우는 건 완전히 낭비야." 장궈둥은 담배 한 모금을 깊숙이 들이켜 폐 안까지 넣었다가 서서히 코로 연기를 내뿜었다. 푸른 연기가 검은 어둠 속을 뱅글뱅글 맴돌다가 흩어졌다. "자기 자신을 너무 억누르지 마. 넌 연기를 하고 있는 거야."

"그래?"

"걔는 널 좋아해."

"왜?"

"넌 책을 좋아하고 자세히 읽으니까. 넌 때때로 정말 네가 좋아하는 책 같단 말이지. 넌 네 책에 푹 빠질 수 있으니, 다른 사람도 너한테 푹 빠질 수 있는 거지."

"둘 사이에 아무 일도 없는데 뭐가 되겠어." 나는 내 왼손을 흘깃 보았다. 마른 나뭇가지처럼 누렇게 뜨고 마른데다 손을 쭉 펴면 관절마다 주름이 자글자글한 게 마치 간장에 조린 닭발이나 오리발 같았다. 이런 손을 뻗어 주상의 어디에 두어야 그녀가 나에게 편히 안길 수 있을까?

아직도 농구장 쪽에서는 놀기 좋아하는 남학생들이 누르스름한 가로등 불빛 아래 공놀이에 빠져 있었다. 어렴풋이 먼 곳에서는 남녀 한 쌍이 산책 중이었는데, 마치 기하학 문제를 놓고 토론하는 것 같은 모습이었다.

"넌 남의 문제는 기가 막히게 알아내면서 자기 문제에는 늘 약하더라. 그런 문제는 말이야, 해보면 아는 거라고. 어떤 일들은 배울 필요가 없거든. 침대에 올라가면 당연히 하게 되는 거지. 게다가 네가 어린 여자애들이랑 안 놀아본 것도 아니잖아. 어린 여자애들이 너랑 놀아주지 않은 것도 아니고. 어째서 주상 앞에만 가면 그렇게 나무토막이 되는데? 우리 학교에는 나무 뒤에 숨어서 널 쳐다보는 여자애들이 동굴 속에 숨어서 당나라 승려를 노려보며 군침 흘리던 요괴들만큼 많을 걸."

"만약 걔가 안 좋아하면? 그러면 앞으로 어떻게 하지?"

"그냥 '아무 말도 못 들은 걸로 치자'고 해. 내가 너랑 몇 번 술을 마셔주고 나면 너 자신도 아무 일 없었던 것처럼 느끼게 될 거야."

나는 담배 한 모금을 빨고 나서 말했다. "난 흥미 없다."

나는 내 작은 방을 떠올렸다. 주말에 돌아가서 되는 대로 몇 숟갈 끼니를 때우고 문을 걸어 잠그면 나는 세상과 아무런 상관이 없어진다. 커튼을 내리면 커다란 붉은 모란 꽃송이가 모든 빛을 차단해준다. 별빛까지도. 스탠드를 켜면 노르스름한 빛이 작은 방을 가득 채운 책들을 따스하게 감싼다. 책은 바닥에서 천장까지 쌓여 있다. 엄마는 늘 책에 돈을 아끼지 말라고 했다. 뭐든 보고 싶으면 다 사라고. 책을 많이 읽은 아이들은 효성스럽다고. 책은 골동품과는 다르다. 명문세가가 아니더라도 돈을 조금 아끼면 가장 좋은 책들을 사들일 수 있다. 나는 누나와 함께 류리창에 있는 중국 서점의 가장 높은 서가 앞에 서서 누나한테 물었다. 엄마가 누나한테 돈을 넉넉

히 췄어? 우리 누나가 말했다. 충분해. 나는 판매원에게 가서 말했
다. 16권짜리 『루쉰전집』과 25권짜리 『전당시全唐詩』를 원해요. 루쉰
은 100년 동안, 당시唐詩는 2000년 동안 첫손가락에 꼽히지 않나요?
판매원은 스포츠머리를 한 남자였다. 그가 말했다. 네가 산다면 당연
히 네가 고른 그 두 가지가 가장 뛰어난 것이 되겠지. 책의 분량도 많
고 가격도 비싸단다. 『루쉰전집』은 60위안, 『전당시』는 58위안 5자
오야. 판매원이 내게 물었다. 돈은 충분히 가져왔니? 내가 말했다. 충
분해요. 판매원이 또 물었다. 가져갈 수는 있겠니? 나는 우람한 팔뚝
을 드러낸 반소매 차림의 누나를 가리키며 말했다. 우리 누나는 가
진 게 힘밖에 없어요. 나와 누나는 16권짜리 『루쉰전집』과 25권짜리
『전당시』를 벽돌색 캐리어에 담았다. 죽을 만큼 무거웠다. 우리는 허
핑먼에서 지하철을 타고 베이징역까지 갔고, 베이징역에서 버스를 갈
아타고 퇀제후까지 갔다. 우리는 캐리어 바퀴 하나를 날려먹고서야
그 책들을 집 안에 들여놓을 수 있었다. 누나가 말했다. 돌아가서 보
고서를 쓰도록 해. 읽다가 재미있는 내용을 발견하면 노트에 옮겨 적
어. 내가 나중에 작문할 때 인용할 수 있도록. 내가 말했다. 좋아. 마
음에 드는 구절을 발견하면 누나에게 미소를 지어줄게.

　나는 찻잔 몇 개를 내놓았고 두목, 이백, 로렌스, 헨리 밀러가 그
앞에 조용히 앉았다. 차를 따르자 천 년 전의 달빛과 꽃 그림자가 작
은 방 안에서 흔들렸다. 두목, 이백, 로렌스, 헨리 밀러가 맞은편에 앉
아 있었고 그들의 글과 나 사이에는 거리감이 없었다. 나는 그들의
문자에 담긴 큰 지혜와 소소한 생각들을 알아들을 수 있었다. 내게
그것은 전혀 어려운 일이 아니었다. 그들의 정신은 문자를 통해 천
년의 시공간을 순식간에 뛰어넘어 결코 그들이 알 리 없는 베이징시
차오양구의 어느 작은 방 안으로 뛰어들어 나의 넋을 사로잡고 나의

심장을 갈가리 찢어놓았고 나의 얼굴을 눈물범벅으로 만들었다. 이들의 글을 처음 읽었을 때 그 문자들이 내게 끼친 영향력보다 더 강력한 것은 없었다. 그들의 영혼은 마치 한 사발의 더우즈ᄑᆖ[중국식 콩국]처럼 분명한 온도와 맛을 지니고 있었다. 손을 뻗기만 하면 닿을 수 있는 거리에 그런 것이 있었다. 처음으로 그 글들을 읽었을 때 그것은 심지어 내 첫사랑보다 중요했고, 처음으로 내 꼬마를 붙잡고 밖으로 내뿔을지를 고민했을 때보다 더 간절했다. 몇 년이 지난 뒤 나는 의대에 진학했고, 포르말린에 절여져 가죽 공처럼 단단해진 사람의 머리가 놓인 해부대 앞에 서 있었다. 그런 것이 손을 뻗기만 하면 닿을 수 있는 거리에 있었다. 실험실을 관리하는 할아범이 말했다. 이 인체 표본은 해방 전에 남겨진 것들이지. 지금은 이런 걸 구하기가 쉽지 않아. 몇몇은 굶어 죽은 시체여서 표본이 아주 깨끗하지. 내가 처음 두목, 이백, 로렌스, 헨리 밀러를 읽었던 순간은 내가 처음으로 대뇌 표본을 해부했던 순간보다 더 중요했다. 나 또한 그들과 같은 초능력을 가질 수 있기를 갈망했고, 내가 죽고 나서 천 년 후에도 나의 영혼이 새카맣고 깡마른 이름 없는 소년을 사로잡아 그 심장을 갈가리 찢어놓고 눈물로 얼굴을 적실 수 있기를 바랐다. 베이징시 톈처공쓰 인쇄창에서 제작된 연녹색 줄이 쳐진 400자 원고지를 펼쳐놓고 나 스스로 제련해낸 나만의 문자를 만년필로 적어가노라면, 나는 연단로 속에서 발갛게 익은 불로장생의 단약丹藥처럼 주옥같은 글자들을 아름다운 장신구로 엮어가는 상상을 하게 된다. 그 글들은 영원히 늙지 않고 죽지 않을 것이다. 책상 앞에 앉은 나는 살이 적고 뼈만 앙상해서 마치 장작개비처럼 까맣고 깡마르다. 장작개비에 붙은 불은 연단로의 단약을 시뻘겋게 구워낼 것이다. 나의 글은 나 자신과는 거의 관련이 없다. 그것은 주상의 아름다움이 주상과는 관련이 없는 것과 마찬가지다. 나와 주상은 모두 매개자일 뿐이다. 마치 고대의 무녀들처럼 하늘이 매개자를 통해 어떤 소리를 전하는 것일 뿐이다. 나의 글, 주상의 아름다움, 무녀의 음성에는 그 나름의 의지가 있어서 오히려 우리의 행동과 사상을 결정짓는다. 연단로에서 만들어진 불로장생의 단약처럼 글이 구워지고 나면 나는 기진맥진한 채 어떤 경외감과 감격을 맞이한다. 나는 나의 몸보다 큰, 나 자신보다 어마어마한 어떤 힘을 느낀다. 혼신을 다해 배설하듯 글들을 쏟아내고 난 뒤의 나의 몸은 다 타버린 재가 되고 내 삶은 찌꺼기일 뿐이다.

나는 장귀동에게 말했다. "내 방은 너무 작아. 침대 위까지 책들이 쌓여 있어서 잠을 자기도 불편해. 다른 것들은 둘 데가 없다고." 두목, 이백, 로렌스, 헨리 밀러가 이미 거기 앉았는데, 주상이 앉을 데가 어디 있겠어?

"그럼, 내가 먼저 쫓아다닌다? 하지만 너랑 의논은 할게."

"좋아. 필요하다면 너 대신 내가 연애편지를 써줄게. 쪽지도 전해주고. 걔가 너한테 관심이 있다면 내 자리도 양보해주겠어."

28. 난 제4중학인 걸

"안전이 첫째, 남자는 그다음", 소녀들의 부모님은 그렇게 가르쳤다.

지금 돌이켜보면 나와 주상의 관계는 서로 좋아했던 짧은 순간과 하염없이 기나긴 애매한 시간으로 채워져 있다.

서로 좋아했던 짧은 순간, 나는 주상의 손을 잡고 베이징시내를 한도 끝도 없이 걸었다. 끝이 없을 듯 넓디넓은 베이징시는 마치 고대의 술잔처럼 가장자리가 높고 한복판이 낮은 형세로 가지를 뻗지 못하고 짓눌린 나무들에게 에워싸인 것만 같았다. 나와 주상은 이 술잔 안 여기저기를 걸어 다녔다. 모든 곳에 알 듯 말 듯 애매한 역사가 있었고, 우리는 그 진득진득한 시간 속을 돌아다녔다. 어린 시절의 나는 성욕을 발산할 기회가 충분하지 않았기 때문에 체력이 비할 바 없이 남아돌았다. 나와 류징웨이, 장궈둥은 주말마다 자전거를 타고 두 시간씩 위안밍위안圓明園을 돌곤 했다. 우리는 폐허를 좋아했다. 우리는 풀숲에서 돌멩이들과 함께 나뒹굴고 있는 남녀 대학생 커플들을 지나 작은 말 석상을 싣고 돌아왔다. 그 대학생들은 정말이지 썩어빠졌다. 그들의 전희는 베이징의 겨울밤처럼 한없이 길고 지루했다. 여학생들은 엄동설한의 추위에도 두려워하지 않고 자라는 작물 줄기 같았고 남학생들은 농부들처럼 손발이 굼떴다. 꽁꽁 얼어붙은 두 손이 그대로 여학생 등 뒤에 붙어 열리지 않는 후크와 씨름하느라 버둥대고 있었다. 그때 나와 주상은 톈안먼에서 둥단까지 걸어갔다가 다시 바이자좡까지 걸어갔다. 베이징의 여름은 낮이 무척 길었다. 어둠이 깔리기 시작했지만 아직 밝은 기운이 남아 있는 시간에, 우리는 43번 버스정류장에서 버스를 기다리면서 다음 차가 오면 헤어지기로 약속했다. 수많은 다음 차가 지나가고, 수많은 사람이 타고 내리고, 수많은 사람이 제 갈 곳을 향해 가버렸다. 남아 있는 수많은 다음 차를 기다리는 동안 나는 주상의 손을 잡았다. 그녀의 손은 향기로웠고 주상은 내 눈을 바라보면서 「필링스」라는 외국 노래를 들려주었다. 그녀의 머리카락은 노랫말처럼 여름날 뜨거운 바람 속에서 춤을 추었다. 그녀는 내 속눈썹이 무척 길다고 말했다. 훗날 그녀는 내게 그 뒤로는 그렇게 바보처럼 굴지 않게 되었다고 말했다, 자연 환경이 열악한 베이징이라는 도시에서 자란 여자가 어떻게 그렇게 로맨틱할 수 있었는지 모르겠다고 했다. 나는 끈적끈적하게 되살아나는 추억들을 수없이 말했다. 그러나 돌이켜보면 알아듣지 못하는 외국 노래 속에서 평생의 안녕을 산산조각 내버린 여자의 향긋한 손을 잡고 43번 버스를 영원히 기다리던 그 순간만큼 내게 달콤한 행복을 불러일으키는 것은 없다.

하염없이 길고 애매한 시간 속에서 나는 과거의 세월을 명확히 탐구하기 위해 주상이 과거 어느 시간 속에서 생각하고 느꼈을 것들을 여러 각도에서 이해하려 애썼다. 가장 직접적인 방식은 주상에게 물어보는 것이다. 내가 가장 많이 들었던 대답은 "나도 몰라"였다. 나는 심리학 또는 정신병리학적 방법을 수없이 동원했다. 예를 들어 예전에 함께 걷던 길을 다시 걷는다거나, 주상의 손을 잡는다거나, 퇴제후 공원의 허접하게 조성된 가짜 동산에서부터 야오자위안까지, 바이자청에서 칭녠출판사의 인쇄창까지, 중고등학교 운동장에서 다시 운동장의 버드나무 길까지. 버드나무 길은 여전히 한 줄로 나란히 서 있었고, 운동장의 단상은 녹이 슬긴 했지만 여전했다. 나는 주상의 손을 잡고 량마 강변에 서 있었다. 봄이었고 따뜻한 날이었으며 수양버들은 부드러웠다. 내가 주상에게 차를 끌고 오지 말라고 했기 때문에 함께 얼궈터우를 마실 수 있었다. 라주다창 안주가 나오자 주상은 끝도 없이 술을 마셨다. 술은 술인지라 주상의 두 뺨은 붉게 달아올랐지만 내가 들을 수 있는 대답은 여전히 "나도 몰라"였다.

　몇 병의 얼궈터우를 마신 뒤 주상이 말했다. 중고등학교 시절 수업에 집중하지 못할 때나 피곤할 때 저도 모르게 나를 돌아보곤 했는데, 그때마다 다른 아이들과는 다르게 느껴졌다고. 산 속 동굴에 숨어 지내는 도사들처럼 내 책상 위에는 교과서, 참고서, 문제집 따위가 잔뜩 쌓여져 선생의 시선이 차단되어 있었고, 내 손에는 그 밖의 온갖 책들이 들려 있었다고. 그 모습에서 그녀는 나를 진정한 독서가라고 생각했으며 어쩐지 자기 아버지랑 닮은 데가 있다고 느꼈다고 했다. 전통적인 의미에서 진정한 독서가는 요리사나 배우나 오입쟁이와 마찬가지로 어떤 대상에 반하면 완전히 미쳐버리는 바보 같은 구석이 있다. 책 속의 여인들은 한눈에 마음을 빼앗길 만큼 아름답고 책 속의 사내들은 은혜와 복수를 위해 목숨을 바치는 법이어서 책 밖의 상황이 어떻게 돌아가든 진정한 독서가는 상관하지 않는다. 그녀는 내 얼굴에서 마귀에 홀리거나 유령에 사로잡힌 듯한 표정을 보는 게 좋았다고 했다. 내가 말했다. "너의 아버지가 너의 어머니를 아내로 맞을 수 있었던 것처럼, 나도 그렇게 생겼다는 거야?" 주상이 말했다. "그때 내가 아직 어리고 뭘 몰라서 눈이 삐었던 거지. 사실 넌 너무 말라서 눈에 띄었고 불쌍해 보였을 뿐이야." 그때 나는 180센티미터의 키에 몸무게는 64킬로그램이었다. 가슴이 좀 얇았을 뿐 나머지는 세계 표준에 완벽하게 부합했다. 장궈둥은 한동안 가슴팍을 키우는 비결을 연구했다. 그는 자기가 개발한 방법은 근육만 키우고 살은 찌우지 않으니 공짜로 시험해보지 않겠느냐고 했다. 나는 주상에게 여자들은 복잡할 수도 있고 단순할 수도 있지만 그건 중요치 않다고 말했다. 복잡하면 책과 같아서 읽을 수 있고 단순하면 옥과 같아서 만질 수 있으니 말이다. 그러나 그때 주상은 단추를 풀지도 만지지도 못하게 했다. 그러니 내가 뭘 할 수 있었겠는가?

더 많은 얼궈터우를 마신 뒤 주상이 말했다. 원래는 일기를 썼었다고. 옅은 코발트색 일기장에 썼던 것은 꽤 피상적이고 통속적으로 로맨틱한 내용이었다고 했다. 일기장에는 이런 말들이 쓰여 있었다. 그녀는 교과서나 참고서가 아닌 다른 책을 열심히 읽고 있는 내 모습을 바라볼 수밖에 없었고 그럴 때마다 본질적으로 우리가 통한다고 생각했다. "서로 같은 외로움, 뼛속까지 사무치는 외로움. 이런 외로움은 아무리 큰소리 내어 웃어도, 아무리 유흥에 빠져 방탕하게 살아도 해소되지 않는 것이다. 무도회장의 천장에 나 있는 창 너머 별이 가득한 밤하늘을 바라보고 손에 든 하룻밤 묵은 차 한 모금을 마시고 나면 그 외로움은 내 마음속으로 가라앉는다. 그가 교과서나 참고서가 아닌 다른 책을 펼친 것처럼, 내가 언제나 외부의 시선을 피해 눈을 내리깔고 있는 것처럼, 세계는 더 이상 우리 자신과 아무런 상관도 없는 것이다. 이러한 외로움은 아주 소수의 사람만이 알고 있을 뿐이다." 나는 곧 있으면 내 생일이니 그 일기의 사본을 생일선물로 달라고 했다. 남편에게 들키면 난리가 날 테니 차라리 내가 원본을 보관하는 게 낫겠다고도 했다. 주상이 말했다. "아니, 일기장은 없어. 한 번 읽어보고 너무 따분해서 태워버렸는걸." 주상은 손을 가만두지 못하기도 했지만 불장난을 좋아하기도 했다. 호텔 방 성냥에 무의식적으로 불을 붙여서 방 안에 온통 유황냄새가 가득하게 만들기도 했다. 주상에게는 반혁명 자위범이 될 가능성뿐만 아니라 반혁명 방화범이 될 가능성도 잠재되어 있었다. 나중에 내 생일이 다가오자 주상은 백자白磁 여인상을 선물로 주었다. 여인상은 꽃이 달린 모자를 쓰고 흰 치마를 입었는데, 가슴이며 허리, 엉덩이가 드러나기는커녕 하얀 면주머니를 뒤집어쓴 듯 목부터 발까지 이어진 옷차림이었다. 치마허리 뒤쪽에는 나비 리본이 달려 있고 리본 끈이 치마 안쪽까지 길게 이어져 있었는데, 아래로 늘어진 한쪽 끝에는 하얀 플라스틱 구슬이 매달려 있었다. 사실 치마 안쪽은 아무것도 없이 텅비어 있었으며 백자 아가씨의 몸을 흔들면 플라스틱 구슬이 치마 안쪽에 부딪혀서 딸랑딸랑 소리를 내는 것이었다. 있는 힘껏 흔들면 그 소리는 마치 이런 목소리처럼 들렸다. "나도 몰라, 나도 몰라."

주상은 어려서부터 많은 이들의 사랑을 받았다고 했다. 할아버지와 할머니로부터 아버지와 어머니, 부모님의 친구들, 그리고 아버지가 집을 비우실 때면 언제나 찾아오는 손님들까지. 유치원에 가서는 보모들의 사랑도 한 몸에 받았다. 그녀는 그 누구보다 춤을 잘 추었고 동작도 가장 크고 분명했다. 외부의 귀빈이나 지도자가 방문할 때면 그녀는 그 누구보다 붉게 입술을 칠하고 맨 앞에 섰다. 그녀의 손에 들린 플라스틱 꽃송이는 그 누구보다 눈에 확 띄었다. 좀 더 자라자 아빠 친구 아들이나 엄마 친구 아들에게도 사랑받았다. 그녀는 어려서부터 어른이 될 때까지 그들을 오라버니라고 불렀다. 그녀가 수업을 마치고 돌아올 때면 오라버니들이 직장 입구에서 그녀를 기다리거나 학교 앞으로 데리러 오곤 했다. 몇몇은 그녀를 위해 숙제를 도와주었고 남는 시간에는 함께 돌아다니며 놀았다. 진흙 장난을 하거나 모래성을 쌓거나 고무찰흙 놀이를 하곤 했다. 오라버니들은 모두 사랑스러웠고 아는 것도 많았다. 이후 오라버니들은 면도를 하고 구두를 신었다. 그들의 구두가 반짝반짝 윤이 나기 시작하면서는 음식을 나르는 서버가 따로 있고 냅킨과 일회용 젓가락을 사용하는 작은 식당에 그녀를 데려갔다. 그들은 예의바르게 그녀가 음식을 주문하도록 양보했다. 차가운 요리와 따뜻한 요리, 맥주 몇 잔이 뱃속으로 들어가면 손에 빈 맥주병을 들고 말하곤 했다. "차오양면 안에서 우리가 모르는 놈이 어딨겠어. 감히 널 못살게 구는 양아치 놈이 있으면 우리가 병신으로 만들어줄게." 둥청에 무관을 열어 대성권大成拳을 지도하는 사범 하나는 자신들이 없을 때 그녀가 어린 건달들에게 해코지라도 당할까 싶어 그녀에게 '랴오인투이撩陰腿'[상대의 낭심을 냅다 차올리는 기술]라는 호신술을 가르쳐주기도 했다. 이 기술을 약하게 쓰면 건달 녀석의 아랫도리에 타격을 줄 수 있고 강하게 쓰면 후손을 보지 못하게 할 수도 있었다. 누군가는 기타를 메고 오기도 했다. 그녀는 훙몐 브랜드의 통기타 소리를 듣자 어떤 고민이나 무어라 표현하기 어려운 감정을 표현해주는 듯한 기분에 빠져들었다. 그때 연주하던 것은 대개 「사랑의 로망스」나 「푸른 옷소매」와 같은 곡들이었다. 선선한 날에는 몇몇이 모여 기타 연주를 감상하곤 했는데, 돈을 모아 구입한 진위 담배 4~6갑을 몽땅 다 피우고 나면 하룻밤이 후다닥 지나갔다. 오라버니들은 주상이 연주를 들으며 눈물로 온 얼굴을 적실 때 그 뺨에 수정구슬처럼 방울방울 아롱진 눈물을 보며 저도 모르게 깜짝 놀랐다. 이 어린 누이의 마음속에 삶에 대한 넘치는 욕망이 도사리고 있다는 것을 깨닫고 이번 생이 평범하지는 않겠다고 느꼈던 것이다. 이 어린 누이가 그들이 가질 수 없는 사람이라는 것을 알았는데도 왜 그들의 가슴은 그토록 요동쳤을까? 나중에 누군가는 기타를 내려놓은 뒤 아가씨를 안고 가만히 어루만지며 아가씨의 굴곡진 몸매와 피부와 근육과 뼈와 살에서 어떤 소리가 나는지 귀를 기울일 것이다. 그리고 이렇게 말할 것이다. "오늘 밤은 안 돼. 나갈 수 없어. 아내 곁에 있어야 하거든." 다시 나중에 오라버니들 가운데 가장 괜찮은 누군가는 그녀의 시선에서 뭔가 남다른 것을 발견하고, 그녀와 뭔가 아슴아슴하고 추상적인 일들을 꾀하려 시도하기도 했다. 그녀는 겁이 나기 시작했고 어른이 된 오라버니들이 더 이상 사랑스럽게 느껴지지 않았다.

주상에게도 친하게 지내는 여학생들이 있었다. 함께 자전거를 타고 귀가하고 함께 숙제하는 그런 친구들 말이다. 그녀들은 주상 곁에서 남학생들의 시선을 나눠받으며 그들이 얼마나 따분한지 수다 떨기를 좋아했다. 그러나 주상과 함께 다니다보니 여학생들의 자전거는 알 수 없는 이유로 고장나곤 했고 하루 이틀 안에 고칠 수도 없었다. 소녀들은 겁이 많은 편이다. 서서히 주상과 함께 귀가하는 친구들이 줄어들었고, 마침내 그녀 곁에는 아무도 남지 않게 되었다. "안전이 첫째, 남자는 그다음", 소녀들의 부모는 그렇게 가르쳤다.

주상이 혼자 자전거를 타고 집으로 돌아갈 때면 늘 사내아이들이 따라붙었다.

"혼자 가는 거야? 가는 길이 같으니까 함께 가자. 나랑 같이 다니는 거 어때? 이 길에는 나쁜 녀석들이 제법 많거든. 너희 학교가 시 중점 학교라는 건 아는데, 그 앞에 있는 학교는 날라리 학교로 유명한 바이후쫑 중학교라고. 또 다른 나쁜 학교 앞에는 여자애들을 때리는 양아치들이 득시글거리고, 그 앞에는 경찰들이 진을 치고 있지.

넌 집에 갈 때 어쩔 수 없이 그 길을 지나가야 하는데 얼굴이 예쁘
니까 얼마나 위험하겠냐. 안 그래? 난 무술을 좀 배워서 금나수도 쓸
줄 알고 싸움을 좀 해. 양아치 너덧 명은 충분히 상대할 수 있어. 내
이두박근을 좀 봐, 삼두박근도 얼마나 굵고 단단한지 보라고. 난 매
일 보디빌딩도 하거든. 매일 엄마가 달걀을 세 개씩 삶아주셔. 이렇
게 봐서는 모르겠지만 옷을 벗으면 내 근육을 제대로 볼 수 있지. 복
근이 좌우로 네 개씩 쫙쫙 갈라져서 여덟 개나 돼. 원래 복근 하나
도 적은 게 아니거든. 그렇다고 해서 내가 거친 사람이라는 뜻은 아
니고. 나 공부도 잘하고 꽤 섬세한 편이야. 세밀화도 그릴 줄 알고 산
수화, 인물화, 화조도, 사군자까지 그릴 수 있어. 특히 난을 잘 치는
편이지. 그림은 그 사람과 같다고 하잖아. 내 심성은 난초처럼 곱다
고 할 수 있지. 난을 치고 있으면 뭔가 마음이 깨끗해지는 기분이 들
어. 허풍이 아냐. 믿지 못하겠으면 주말에 우리 집으로 초대할게. 내
가 그린 난초 그림이 실내에 가득해서 열대우림 온실에 서 있는 기
분일 거야. 진짜 뻥치는 거 아냐. 몇 안 되는 나의 문제점 중 하나가
바로 뻥칠 줄 모르는 거라고. 너한테 나의 다른 비밀을 알려줄게. 그
건 바로 완벽한 아름다움을 추구한다는 거야. 그래서 내 난초는 조
금씩 느낌이 다르지. 몇 미터나 되는 큰 그림인데, 스스로 만족할 때
까지 찢고 다시 그린 것만 집에 붙여놨어. 나비가 날아와 그림에 붙
을 때도 있고 벌이나 잠자리가 날아들기도 한다니까. 내가 그런 완벽
주의자여서 너한테 호감을 느끼게 됐나 봐. 넌 너무 완벽하게 아름
답거든. 사람은 지역의 정기를 타고나는데, 네 고향은 베이징이 아닐
거 같아. 네 어머니 말고 아버지 말이야. 틀림없이 남쪽 지방 출신이
실 거야. 쑤저우 아니면 항저우겠지. 그래야 너처럼 이렇게 빼어난 여
자가 태어날 테니까. 나는 아빠가 쑤저우 출신이고 엄마가 항저우 출

신이거든. 그래서 내 재능이 이렇게 뛰어난 거래. 셔츠 속의 근육들도 내 뼛속 깊이 배어 있는 기운을 막을 순 없지. 너, 저기에 살지? 붉은 색으로 된 4동짜리 건물 5층. 오른쪽 그 집이지? 내가 어떻게 알았는지 궁금하지? 마음이 가면 다 알게 되는 법이야. '세상에 어려운 일이 없으니, 오직 사람의 마음을 두려워할 뿐이네'라는 말도 있잖아. 난 너한테 마음이 있어서 쫓아다닌 지 꽤 됐거든. 너는 바람 부는 곳에서도, 아니 꽃 옆에 있거나 흩날리는 눈 속 또는 달빛 아래 그 어디에 있어도 예쁘더라. 나는 막무가내로 들이대는 사람은 아니야. 오랫동안 널 관찰했고 내가 어떤 마음인지도 스스로 살펴보았어. 잠깐 마음이 흔들리거나 홀려서 정신이 나간 건 아닐까? 내 대답은 아니다였어. 나는 감성이 충만한 사람일 뿐 아니라 이성적이고 객관적이기도 해. 부모님은 방직 관련한 일을 하시는데, 우리 아빠는 방직업계에서는 꽤 알려진 인물이라 너희 아버지와도 잘 아는 사이일 거야. 아마 올해는 부부장으로 승진하실 거야. 그래도 나는 편하게 친해질 수 있는 사람이야. 광교 쪽에 가서 물어보면 알 수 있을 거야. 나한테는 부하들이 있는데 말이지, 날 좋은 사람이 아니라고 하는 녀석은……."

"……."

"우리 친구하자. 내 성은 류씨야. 한나라 고조 류방과 같은 성씨지. 그렇게 긴장하지 말고. 아무도 널 해치지 않는다고. 너처럼 생긴 여자는 누구라도 보호하고 싶어질 거야."

"……."

"난 건달이 아니야. 난 제4중학인 걸."

"……."

"제4중학을 못 들어봤다고? 그럴 리가? 너희 학교가 시 중점 학교이라 해도 제4중학에 비하면 번데기 앞에서 주름잡는 격인데. 베이징에 5성급 호텔들이 몇 개나 있지만 그건 중국에서 스스로 평가한 거라 수준이 천차만별이지. 진짜 좋은 호텔이라면, 예를 들어 홍콩의 페닌슐라라든지 리츠칼튼 같은 게 5성 중에서도 5성이란 말이야. 5성을 넘어선 6성이라고 할 수 있지. 우리 제4중학은 시 중점 학교 중에서도 중점 학교야. 그러니까 초중점 학교라고 할 수 있지. 우리 제4중학은 1907년에 세워졌는데 당시에는 순텐 중학당이라고 불렸지. 옛날 학교 문이 지금도 남아 있는데 옛 칭화대학 교문하고 되게 비슷해. 우리 학교에는 칭화대와 직간접적으로 관련된 것이 꽤 많아서 그런 건 별로 대수롭지도 않고 평범하지. 잘나가는 학교라 그래. 멋지지 않아? 나중에 개축을 해서 지금은 건물이 완전히 우윳빛이고 교실은 육각형이야. 자리에 앉아 있으면 창문으로 들어오는 햇빛도 엄청 멋지다고. 부지런히 꿀을 모는 일벌이 된 것 같은 기분이 들어. 꽃 사이를 쉴 새 없이 날아다니면서 열심히 공부하고 지식의 꽃가루들을 모으는 거지. 표준 규격을 갖춘 운동장에 수영장도 있어. 여름에 놀러 오겠다면 내가 보여줄게. 정말 넓다고. 네 가슴을 훔쳐볼 어린 건달 녀석들도 없을 거야. 우리는 천문대도 있어서 날이 좋으면 위로 올라가서 보는데 정말 손을 뻗으면 닿을 것 같은 느낌이 들어. 그곳에서 하늘의 별을 바라보면서 너와 같은 여자애를 떠올리지. 너는 별과 같이 아름답고 손 닿지 않을 만큼 높은 데 있으니까 더 힘을 내서 다가가려는 투지를 불러일으키거든. 정말이지 그보다 더 적당한 곳은 없을 거야."

"난 집에 갈래."

"그래. 지금 내가 너를 바래다주고 있잖아. 보통 때 넌 되게 바쁜 것 같더라. 공부도 좋아하는 것 같고. 타고난 미모에 공부까지 잘하다니, 나중에 위대한 사람이 되겠어. 이렇게 하자. 주말이니까 연극 보러 서우두 극장에 같이 갈까? 나한테 표 두 장이 있거든. 런이人藝의 「차관茶館」이라는 작품인데, 상당히 괜찮을 거라고."

"난 집에 갈래."

"집에 안 가는 사람이 누가 있어! 매일 집에 가잖아. 지겹지도 않아? 「차관」은 런이에서 새로 올리는 작품이라고. 그걸 안 보면 베이징 사람이라고 할 수 없지. '얼더쯔, 샤오탕테쮀' 날 믿어보라고. 경성 안의 모든 관기며 개인 소유의 기녀, 무희, 가기가 모두 함께 나와서……"

"난 집에 갈래!" 주상은 내게 말했다. 세 번째로 집으로 돌아가겠다고 말했을 때, 그녀는 그녀의 오라버니들이 가르쳐준 랴오인투이를 떠올렸다. 그녀는 종아리를 들어서 사내 녀석의 바짓가랑이 사이를 걷어찼고 녀석은 자전거와 함께 큰길 한가운데로 나가떨어졌다. 건너편에서 달려오던 미니버스형 택시(빵차)가 귀를 찢는 듯한 굉음을 내며 급브레이크를 밟았다. 주상은 얼른 종아리를 거두고 자전거에 올라타 온 힘을 다해 교차로 쪽으로 달렸다.

29. 지금은 춤을 춘다

그녀들은 모두 갑작스럽게 멈춰 섰다. 두 손의 다섯 손가락은 그대로 뻗어나갔고 쪽 뻗은 채로 허벅다리 위나 어깨 위에 올려졌다. 눈은 제각기 허공의 어느 곳을 향한 채 사납게 저마다의 방향을 노려보았다.

새해 저녁 모임.

책상과 의자를 사방으로 치워 가운데 공간을 만들었다. 책상은 벽 쪽으로 바싹 붙이고 의자는 책상들을 둘러싸고 있었다. 책상 위에는 과쯔, 땅콩, 과일, 베이징귀푸, 스몐탕, 베이빙양 사이다 등이 놓여있다. 칠판 위에는 오색 분필로 '새해 복 많이 받으세요'라는 글자가 적혀있고 유리창에는 붉은 셀로판지를 오려 만든 만화 캐릭터들이 붙어 있었다. 교실 형광등은 색색의 종이 리본에 둘둘 말려져 있어 알록달록한 빛을 발했다.

가운데 빈 공간에서 담임인 국어 선생이 한 해를 마치는 짧은 인사를 했다. 모직 치마 아래로는 장군 항아리처럼 굵직한 종아리가 드러나 있었고, 새로 다듬은 머리에는 헤어젤이 잔뜩 발라져 있었다. 누렇게 뜬 얼굴은 핏빛 입술 색 때문에 한층 어둡게 보였다. 언제나 그렇듯 인사말은 상투적인 격식에 따라 짧은 몽롱시를 표절하거나 300~400자에 이르는 『인민일보』의 사설을 인용하는 식이었다.

"안개가 우리의 두 날개를 적시지만 바람은 더 이상 머뭇대지 않게 우리를 재촉한다. 기슭이여, 마음으로 사랑하는 강기슭이여, 어제 막 나는 당신과 이별을 고했건만 오늘 당신은 또 거기에 있네. 내일 우리는 또 다른 위도에서 서로 만나리. 어제, 지나간 일 년 동안 우리나라, 우리 시, 우리 구, 우리 학교, 우리 반은 상당한 성적을 거두었습니다. 모든 인민이 기뻐하고 격려하는 가운데 우리는 네 가지 현대화를 향한 견고한 한 발자국을 내디뎠습니다. 그러나 책임은 무겁고 갈 길은 멉니다. 앞길은 여전히 가시덤불에 덮여 있고 우리는 더 큰 용기와 결심을 필요로 합니다. 새로운 일 년을 내다보건대, 앞으로 일 년 반이면 대학 입시가 기다리고 있습니다. 큰 전투를 앞두고 있는 셈이죠. 우리는 반드시 착실히 준비하고 노력해야만 합니다. 여러분의 선생으로서 저 또한 결심과 준비를 착실히 하고자 합니다. 여러분을 위해 땀을 흘리고 눈물을 흘리고 피를 흘릴 겁니다. 모두들 준비됐나요?"

모이를 찍어먹는 작은 새들처럼 과쯔를 까먹고 있던 우리는 갑작스러운 질문에 동작을 멈추고 한 목소리로 대답했다. "준비됐습니다. 항상 준비하고 있습니다." 마침 베이빙양 사이다 마시기 시합 중이던 장궈둥과 쌍바오장은 담임선생의 말에 깜짝 놀라 입에 머금은 사이다를 뿜어냈고 사레가 들려 쿨럭댔다. 그 와중에도 장궈둥의 입에서는 말소리가 줄줄 나왔다. "선생님을 위해 땀을 흘리고 눈물을 흘리고 피를 흘리고, 그밖에 다른 모든 것도 다 선생님을 위해 흘릴 겁니다." 담임선생은 즐거운 신년회 자리이니만큼 장궈둥을 매섭게 흘겨보았을 뿐 더 이상 나무라지 않았다.

그 뒤에는 준비한 프로그램들이 이어졌다. 여학생들이 선보인 것은 단체 현대무용이었다. 마치 미리 준비한 것처럼 몇몇 여학생이 외투를 벗자 무용 의상이 드러났다. 하얀 니삭스를 묶은 가늘고 긴 다리는 검정 레깅스로 감싸여 있었다. 하얀 셔츠 위로 알록달록한 스웨터를 걸쳤으며 검은 머리카락은 흐트러뜨린 채였다. 그녀들은 교실 한가운데서 아래로 움츠렸다가 위로 뛰어올랐고 음악에 맞춰서 두 손의 다섯 손가락을 최대한 벌린 채 공중에서 교차시키기를 반복했다. 음악이 바뀌는 어떤 순간에 그녀들은 모두 갑작스럽게 멈춰 섰다. 두 손의 다섯 손가락은 그대로 뻗어나갔고 쫙 뻗은 채로 허벅다리 위나 어깨 위에 올려졌다. 눈은 제각기 허공의 어느 곳을 향한 채 사납게 저마다의 방향을 노려보았다. 나는 노래나 춤에는 젬병인지라 춤 솜씨가 어떤지는 알 수 없었지만 알록달록한 불빛 아래 이제 막 봉긋해진 젖가슴의 윤곽이나 탱탱하게 올라붙은 엉덩이는 꽤 볼 만했다. 음치와 몸치는 유전이다. 부모님은 나를 만나러 미국에 오셨을 때 뉴욕과 워싱턴과 라스베이거스를 보고 싶다고 했다. 나는 차라리 옐로스톤이나 그랜드캐니언에 가자고 했지만 엄마는 거절했다. "뉴욕과 워싱턴은 누구나 알잖니? 도박은 누구나 좋아한다고. 나중에 다른 사람과 이야기하면서 가봤느니 안 가봤느니 할 때 바로 가봤다고 말할 수 있어야지. 도박을 해봤느니 안 해봤느니 할 때 나는 미국에서도 해봤다고 말할 거야." 나는 조수석에 아버지를 태우고 뒷좌석에는 엄마를 태운 채 마이애미 해변 북쪽에서 뉴욕시티까지 낡은 뷰익을 몰아야 했다. 1991년형 뷰익은 차체가 넓어서 뒷좌석에 앉은 엄마가 다리를 쭉 뻗고 누울 수도 있을 정도였다. 발밑에 일렁이는 파도만 없을 뿐 운전석에 앉은 나는 커다란 크루즈를 조종하는 기분이었다. 나의 부모님을 양부모나 마찬가지로 여기는 동기나 친구들은 성대한 환영식을 거행하기로 의견을 모았다. 그중 하나는 멋진 공연을 보여드리는 것이었다. 나는 「캣츠」 같이 최대한 생동감 넘치는 공연을 고르라고 미리 말해두었다. 결국 그들은 세계 최정상의 현대무용 공연을 골랐다. 관객은 검고 흰 예복 차림으로 입장해야 했으며 공연 전에는 칵테일파티가, 공연 후에는 연회가 이어지는 성대한 행사였다. 공연이 시작된 지 10분 만에 아버지의 두 눈은 감겼고 살짝 벌어진 두 입술 사이로 침방울이 맺혔다 사라지기를 반복했다. 아버지의 고른 호흡이 변화를 일으킬 때마다 침방울을 붙들고 있는 침 줄기가 짧아졌다가 길어지곤 했다. 반면 엄마는 무척 들떠 있었다. 두 번째 줄 좌석이었는데, 내가 텔레비전 홈쇼핑에서 구입한 고배율 망원경을 가지고 열심히 무대 좌우를 살폈다. 처음에 엄마는 작은 목소리로 이렇게 말했다. "저 배우들은 마흔이 훨씬 넘어 보이는데 어떻게 무대에서 펄펄 날아다닐 수가 있냐?" 두 번째에도 작은 소리로 내게 말했다. "저 사람들 참 힘들겠다." 세 번째에는 작은 소리로 말했다. "저 앞에서 춤추는 남자는 개리를 닮았구나." 개리는 누나의 대머리 친구로, 개리를 만난 뒤로 엄마는 대머리 남자만 보면 개리를 닮았다고 했다. 이런 부모의 노래와 무용, 음악에 대한 이해력은 완전히 내게 유전된 것처럼 보인다. 나는 이 부분에 대해서 어떤 희망도 갖고 있지 않다.

여학생들의 현대무용이 끝나자 류징웨이의 현대 소림권 시범이 있었다. 이는 종종 보여주었던 것으로, 류징웨이의 사나운 면모를 십분 드러내는 데 그 의의가 있다. 그가 사용하는 권법은 마지막 절정 부분만 다를 뿐 언제나 같은 레퍼토리였다. 재작년에는 겹쳐놓은 벽돌 다섯 장을 한 번에 격파했고 작년에는 손에 든 벽돌을 머리로 격파했다. 올해는 땅바닥에 놓인 벽돌을 손가락 하나로 격파하는 시범을 보이기로 했는데, 류징웨이의 공력이 해마다 강해진 것인지 아니면 벽돌 품질이 나날이 저하된 것인지는 알 수 없다. 류징웨이가 절정에 이르는 순간, 창안 극장에서 무술 중심의 전통극을 볼 때처럼 우리는 있는 힘껏 '잘한다'라고 소리쳤다. "잘한다, 잘한다, 잘한다." 그 중 두 번의 외침은 별로 성의가 없었다. 류징웨이의 벽돌 콤플렉스는 싸움에서 벽돌을 제대로 쓰지 못해서 생긴 것 같다. 훗날 부동산업에 뛰어든 쌍바오장은 점포 규모를 크게 늘리다가 자금 부족으로 건물 공사를 중단하게 되었다. 그래서 그는 류징웨이의 투자를 이끌어내기 위해 고군분투했다. 급기야 류징웨이를 공사장으로 데려가서 현장을 보여주기도 했다. 공사장을 이리저리 돌아다니던 류징웨이는 이맛살을 찌푸리며 구시렁댔다. "요즘 공사장의 벽돌은 왜 이렇게 작지? 이런 걸로 어떻게 싸우겠어?" 요즘은 환경오염 때문에 아예 벽돌을 굽지 않는다. 류징웨이가 일찍 죽었기에 망정이지, 그러지 않았다면 그는 시대에 뒤처지는 외로움을 맛봤을 것이다.

이어진 신년회 순서는 '격고전화擊鼓傳花'라는 게임이었다. 한 명이 눈을 감고 북을 치는 동안 사람들은 둥그렇게 앉아서 옆 사람에게 꽃을 전달하는데, 북소리가 멈춘 순간 꽃을 들고 있는 사람은 분위기를 띄울 만한 뭔가를 보여주어야 한다. 장궈둥이 베이빙양 사이다를 너무 마신 나머지 화장실에 간 사이에 옆자리의 쌍바오장이 한사코 꽃을 받지 않는 바람에 장궈둥의 자리에 꽃이 놓이고 말았다. 돌아온 장궈둥은 억지를 부려 벌칙을 피하려 했다. 류징웨이는 주상이 너랑 같이 노래해주겠다는데도 안 할 거냐고 야유하자 장궈둥과 주상은 동시에 매섭게 그를 흘겨보았다. 장궈둥이 말했다. 내가 그럼 공 돌리기를 보여주지. 그는 뒤에 있는 탁자에서 귤 세 개를 집어 들더니 곡예사가 하듯이 귤을 돌리기 시작했다. 2분 정도 돌리고 나서야 귤 하나가 바닥에 떨어졌다. 쌍바오장이 말했다. 재주가 정말 대단한데? 아예 사이다 병으로 해봐. 장궈둥이 말했다. "니미럴, 내가 널 병에다 넣고 돌려주겠어."

9시가 넘자 담임선생이 말했다. 시간이 늦었으니 나는 먼저 가겠다. 내일도 수업이 있어서 준비해야 하거든. 너희는 좀 더 놀아도 되지만 너무 늦지 않도록 해라.

여학생들은 춤을 추자고 했다. 어쨌거나 그 애들은 현대무용 공연을 위해 몸에 딱 맞는 레깅스나 스커트를 걸치고 있었다. 화장도 했고 머리도 했고 향수까지 뿌린 참이었다. 그때까지 나는 여자들이 화장하는 모습을 본 적이 없었지만 그 과정을 상상하는 것만으로도 꽤 흥분되곤 했다. 나는 상상했다. 커다란 거울이 있을 것이다. 그리고 알록달록하고 크고 작은 병이 여러 개 늘어서 있을 것이다. 연고가 담긴 것, 액체가 담긴 것, 가루가 담긴 것, 오일이 담긴 것도 있다. 게다가 브러시, 족집게, 퍼프, 칼 따위 도구들이 있을 것이다. 아가씨들은 거울 앞에 앉아서 서로 다른 도구들로 서로 다른 용기에 든 서로 다른 화장품을 찍어 바른다. 16가지 색깔의 16계열 색조의 화장품을 조합하면 256가지 색이 만들어지는데, 이 다양한 빛깔은 하나같이 아름답다. 16가지 향기의 16계열 향료의 화장품을 조합하면 256가지 향기가 나는데, 이 다양한 향기는 하나같이 향기롭다. 거울 앞에 앉은 여자는 얼굴 위에 선을 긋고 색을 채워나간다. 이 과정은 마음속에 사랑하는 사람을 한 방울씩 채워나가는 것과 같다. 그러고는 거울에게 묻는다. 거울아, 거울아, 내가 세상에서 가장 아름다우냐? 그것은 마치 내가 연녹색의 400자 원고지 칸에 한 자 한 자 마음을 적어 넣는 과정과 같다. 이 기괴한 과정에서 우리는 평범함을 넘어 성인의 경지 근처에 이르게 되고, 손에 들린 평범한 필기구는 요괴의 칼처럼 새로운 생명과 세상을 만들어낸다. 달러 딜러로 지낼 때 나는 호텔 방 침대 위에서 여우를 길렀다. 내가 밤 8시 반에 개장하는 뉴욕 외환선물거래 마켓 판도를 보기 시작하면 작은 여우는 진한 화장을 하고 호텔 아래층 디스코텍에 가서 신체를 단련했다. 새벽 3시 반에 뉴욕 마켓이 문을 닫을 때 신체 단련을 마친 작은 여우가 돌아왔다. 짙은 화장은 번진 데가 하나도 없었다. 그녀는 땀을 흘리지도 않았고 걸을 때 소리도 내지 않았기 때문에 나는 늘 오싹한 기운을 느꼈다. 작은 여우가 말했다. 밤참을 먹고 싶어요. 허먼밀러 의자 위에서 뻣뻣하게 굳은 어깨를 풀고 있으면 작은 여우가 나의 두 다리 사이에 웅크리고 앉아 헐렁한 잠옷을 열어젖힌 뒤 밤참을 먹기 시작했다. 그녀가 고개를 들면 짙은 화장 때문에 얼굴 윤곽이 더욱 뚜렷해 보이면서 더할 나위 없이 아름답게 느껴졌다. 핏빛으로 붉은 입술은 내 몸의 경락을 따라 중요한 혈을 짚어 내려갔고 곳곳에 붉은 립스틱 자국을 남겼다. 작은 여우는 거의 스커트를 입지 않았다. 어쩌다 스커트를 입을 때면 그녀에게 책상을 짚게 하고 등 뒤에서 그녀를 덮쳤다. 나는 그녀의 스커트를 걷어 올리고 팬티를 끌어내린 뒤 그녀의 몸 안으로 들어갔다. 책상 맞은편 거울에 비친 화장을 지우지 않은 작은 여우의 얼굴은 환상적이었다. 밤참을 먹고 나면 작은 여우는 욕실로 가서 화장을 지웠다. 나는 그 모습을 볼 수 없었다. 뉴질랜드 웰링턴과 일본 도쿄의 외환선물거래 마켓이 개장을 앞두고 있었고 나의 어깨는 더욱 뻣뻣해졌기 때문이다. 주상은 평소에 화장을 하지 않았다. 화장을 하면 자기처럼 보이지 않는다는 거다. 그건 그렇다. 나는 그녀와 남편의 결혼사진을 본 적이 있다. 꽤 진하게 화장한 주상은 마치 어디선가 본 듯한 영화배우처럼 가르마를 타서 머리를 넘긴 남자의 어깨에 얼굴을 기대고 있었다. 취얼은 연기를 할 때 외에는 화장을 하지 않았다. 화장을 하면 얼굴이 망가지게 마련이며 그건 마치 글 쓰는 일이 수명을 단축시키는 것과 마찬가지라고 했다. 나중에 취얼은 아프리카의 젊은 추장에게 시집을 갔다. 몇 년 뒤, 나는 차오양 외곽의 '영연제조' 패루 근처에서 내게 아프리카 욕을 가르쳐준 아프리카 건달 녀석들을 만났다. 나는 그들에게 내 여자 동창이 아프리카로 시집을 갔다고 말한 뒤 지갑 안에 넣고 다니던 취얼의 사진을 보여주었다. 사진을 본 건달 녀석들은 곧 엄숙한 표정으로 셔츠 단추를 잠그고 옷매무새를 가다듬더니 이 젊은 추장이 바로 왕위를 이어받은 국왕이라고 했다. 이제 그들의 왕비가 된 나의 취얼은 그 나라에서 만인의 추앙을 받는 존재였다. 취얼의 모습은 포스터에 인쇄되어 그 나라 수도의 국제공항과 해변의 리조트 호텔에 나붙었고 그녀의 얼굴은 새로 찍은 주화에도 새겨졌다. 그들은 또 말했다. 자기들이 조국을 떠나오기 전 운 좋게도 취얼 왕비를 볼 기회가 있었는데 너무 놀라서 감히 세 번은 쳐다보지 못했다고. 나는 취얼의 얼굴이 새겨진 아프리카 주화 하나를 달라고 했고, 집으로 돌아가 취얼에게 전화를 걸었다. 취얼은 아프리카에서는 연기를 하지 않기 때문에 예전에 배운 화장법을 잊지 않으려고 가끔씩 직접 화장을 한다고 했다. 취얼이 말했다. 아프리카니까 덥긴 해. 그래도 저녁에는 괜찮아. 그녀는 밤이면 옷을 한 겹씩 벗으면서 하이힐을 신고 서늘한 바람을 맞는다고 했다. 하이힐이 무척 많지만 가장 굽이 높고 가는 힐을 골라 신고 꼼꼼히 화장한 얼굴로 집 안을 여기저기 걸어 다닌다고 말이다. 내가 커튼이 쳐져 있는지 묻자 그녀는 아니라고 대답했다. 창문 밖은 바다야. 내가 말했다. "아무래도 너무 야한 풍경인데. 내 물건도 세우겠어. 내 포르노는 장궈둥이 다 가져갔다고. 전화를 끊고 나면 너한테는 아프리카 추장이 있겠지만 여기엔 아무것도 없는데 난 어쩌라고. 우리 다른 얘기 하자. 요즘 너희 나라의 관광업은 어때? 국민경제의 지주 산업이 되지 않았어?" 취얼이 말했다.

"난 이것보다 더 음탕해질 수도 있는데. 수화기에 대고 들어봐. 네 물건을 다시 세워줄 테니까. 난 커다란 욕조를 갖고 있어. 작은 수영장만하지. 물은 뜨겁지만 수증기가 피어오르지는 않아. 그래야 얼굴 화장이 지워지지 않으니까. 물 위에 꽃잎을 띄우고 알몸으로 20분 정도 담그면 뼈까지 녹아내리는 것처럼 온몸에 뭉친 곳 하나 없이 노글노글해지. 마치 공기 속에 떠다니는 것처럼 몸이 물 위로 떠오른다고. 하지만 네가 들어오기만 하면 위든 아래든 온몸이 확 조여들게 될 거야. 어색함도 하나 없이 온몸이 조여들었다가 풀어지고 다시 조여들지. 지금은 더 단단해지지 않았어? 조금만 더 버텨봐. 난 전화를 끊을 테니까."

고등학교 시절, 대개 여학생들은 자기 반 남학생들을 어리게 본다. 그래서 조숙한 여학생들은 대학생이나 다른 학교의 상급생들과 어울린다. 개중에 몇몇 가슴 발육이 남다른 아이들은 직접 사회에 뛰어들어 일자리를 얻기도 한다. 수업을 마칠 무렵이면 학교 앞에는 멋지게 차려입은 어른 남자들이나 멋진 명품 브랜드 트레이닝복을 걸친 남자 대학생들이 와서 그들의 아가씨들을 기다리곤 했다. 때로는 한두 대의 승용차가 그들의 여자 친구를 데리러 왔다. 우리 반의 여자 지부서기가 그 대표적 사례였다. 그녀는 빈틈없고 단호한 성격이라 우리는 그녀를 '사다리'라고 불렀다. 여자 지부 '서기'는 '서적'과 발음이 같아서 "서적(서기)은 인류 진보의 사다리"라는 말로 놀리기도 했다. 사다리는 애초에 우리를 거들떠보지 않았으며, 무엇이든 잘했다. 그녀는 장궈둥처럼 빠르게 달리지 못했지만 그래도 여름 운동회 때는 장궈둥네 4인 1조가 끄는 패널 위에 섰다. 그녀는 엄숙한 표정으로 한 손에는 '용'이라고 쓰인 팻말을, 다른 손에는 '호'라고 쓰인 팻말을 들었다. 사다리가 '용'자 팻말을 들어 올리면 우리는 앞으로 전

진하면서 '신체를 단련하자'라고 외쳤다. 사다리가 '호'자 팻말을 들어올리면 우리는 '혁명을 위해 학습하자'라고 크게 외쳤다. 마치 요즘 상점 입구에 판매대를 벌여놓고 약 파는 장사치들처럼 그때 장귀둥은 어깨에 장대를 멨고 사다리는 그 위쪽에 앉아 있었다. 그는 사다리의 수준이 높다고 말했다. 장귀둥이 고개를 들자 사다리의 엉덩이가 높다랗게 붙은 것이 보였다는 것이다. 또 '용'과 '호' 팻말을 들 때는 팔을 번쩍 치켜들어 겨드랑이가 보였는데 깨끗하게 제모를 했더라며 확실히 자기보다 대단하다고 했다. 그 뒤로 장귀둥은 사다리에 대해 말할 때면 몸매가 좋다는 둥 엉덩이가 둥글다는 둥 찬사를 늘어났다. 또 멀리서 바라볼 때는 쫓아가서 정면으로 얼굴을 보고 싶은데, 막상 정면으로 바라보면 자기가 바보가 된 것 같은 기분이라고도 했다. 이 말이 사다리의 귀에 들어갔다. 그때 장귀둥은 다리가 늘씬한 같은 반의 어떤 여학생을 쫓아다니고 있었다. 그는 어수선한 틈을 타서 손을 잡아볼 요량으로 그녀와 궁런 체육관에 가서 축구를 관람하기로 했다. 그 사실을 안 사다리는 친구들을 모아 축구를 보러 가기로 하면서 장귀둥과 여학생에게는 그 사실을 알리지 않았다. 사다리 일행은 둘이 앉은 자리에서 일고여덟 번째 줄 뒤에 앉았다. 그리고 첫 번째 골이 들어갔을 때 장귀둥의 죄 많은 오른손이 여학생의 허리를 감싸는 모습을 똑똑히 목격했다.

사다리는 막 중학교에 진학했을 무렵 고등학교 2학년 남학생과 친하게 지냈고 그 남학생의 추천으로 중학교 2학년 때 공산주의 청년단에 가입했다. 고등학교 때는 베이징대학 중문과에 다니는 새카맣고 깡마른 안경잡이랑 사귀었다. 그는 베이징대학 문학동아리 회장이었으며 일찍이 웨이밍 호반의 스궁차오 위에서 쓰촨 억양이 섞인 표준어로 즉흥시를 낭송해 베이징사범대학부속고등학교에서 이름을 날리기도 했다. 이 촨푸 문학동아리 회장 덕분에 사다리는 고등학교 시절 3년 동안 담임선생이 평생 발표한 것보다 더 많은 몽롱시를 발표했다. 평론가들은 사다리의 몽롱시가 밝고 순수하며 강건한 남성적 아름다움을 지니고 있으며 베이징 소녀의 글에서 찾아보기 어려운 쓰촨 북쪽 지역의 정서를 볼 수 있다고 높이 평가했다. 대학에 들어가서 사다리가 사귄 남자는 미국에서 고고학을 공부한 대학원생이었다. 그는 산시陝西에서 중국어를 배웠다. 그는 산시에서 고분을 도굴했던 농민들과 숙식을 함께하면서 기막힌 호미질 기술을 배웠고 유려한 산시 사투리를 구사할 수 있게 되었다. 그리고 고문古文에 능통해서 오래된 『한서』 판본을 줄줄 읽어내기도 했다. 사다리는 종종 어느 민영 기업가와도 잠자리를 즐겼다. 그때 사다리는 자신이 아직 어려서 방황하는 중이라고 내게 해명했다. 장차 해외로 나가 부패한 미국 자본주의를 전복시킬 것인지, 아니면 국내에 남아 사회주의의 큰 기둥으로서 소임을 다할 것인지, 좁고 어려운 학술의 길을 꿋꿋이 걸어야 할지, 황금만능주의의 물결에 동참해 사업가로서 이익을 추구하며 살 것인지, 아직 판단이 서지 않았기 때문에 산시 유학생과 국내 재벌을 동시에 사귀는 중이라는 것이다. 내가 말했다. 동의해, 시간 안배 잘하고 건강에 주의하도록 해. 밥도 잘 챙겨 먹어. 훗날 사다리는 자본주의의 부패한 생활을 선택해 미국으로 건너갔고, 1년 후에 영주권을 얻은 다음 산시 유학생과 이혼했다. 미국에서 1년이 다 되도록 흙내 나는 산 잉어를 먹어보지 못했는데, 종일 흙내 나는 남편이랑 같이 자는 게 견딜 수 없더라고 했다. 사다리는 곧 늙은 미국인 남편을 얻었다. 돈도 있고 집도 있고 심장병도 있는 그는 성기는 짧아도 자주 발기하는 노인이었다. 그는 아내로 맞은 사다리를 헬리콥터에 태워 집으로 데려갔다. 나는 그들의 결혼식 때 찍은 사진을 보았는데, 그는 하얀 수염을 붙인 산타클로스 같았다. 사다리의 피부는 윤이 났지만 표정은 여전히 빈틈없이 단호했다. 사다리가 말했다. 처음으로 침대에 올랐을 때 남편이 어느 정도인지 알았지. 허풍 떠는 거 아니야. 내가 원한다면 남편이 1000마일이나 떨어져 있어도 전화 한 통으로 심장 발작을 일으킬 수 있었을 걸. 아무리 멀리 떨어져 있어도 그를 앰뷸런스에 실려 가게 할 수 있었다고. 그녀의 얼굴에는 더없이 음란한 표정이 떠올랐다. 정말 그 노인네는 그렇게 죽었다. 미국 비자와 천문학적인 재산을 물려받은 사다리는 베이징으로 돌아와 내게 말했다. "난 어려서부터 나보다 나이 많고 성숙한 사람을 쫓아다녔지. 앞으로 나아가기를, 빛을 따라가기를 바랐어. 지금은 그 반대로 살고 싶어. 말해 봐. 내가 늙은 거니?" 내가 말했다. "그럴 리가. 네 피부는 아직도 단단하고 다리 근육도 전혀 풀어지지 않았어. 수만 대군 가운데 장수의 머리를 베는 일이 아직도 네게는 손바닥 뒤집듯 쉬울 거야. 게다가 다른 관점에서 보자면, 너는 우리보다 몇 걸음 앞서서 흐름을 이끌어낸 거라고 할 수 있어." 사다리가 말했다. "네가 나한테는 아무런 감정도 욕망도 없다는 걸 알아. 나와 자고 싶은 마음도 없고 나를 아름답다고 생각하지도 않지. 내 돈을 바라지도 않고 내 돈이 대단하다고 생각하지도 않지. 하지만 돈은 역시 커다란 힘을 지니고 있어. 400위안이면 다리 하나 값이라고. 조심해. 내가 돈으로 네 혓바닥을 잘라내고 내 마음의 평안을 구할지도 모르니까." 나중에 사다리는 내 혓바닥을 잘라내겠다는 생각을 버렸고, 자기보다 열네 살이나 어린 명문가 자제를 찾아냈다. 중국 전통극 배우를 부모로 두었으며 독학으로 춤을 배웠다는 그는 희디흰 치아에 붉은 입술을 지녔으며 눈꺼풀 주변에는 복사꽃처럼 은은한 붉은빛이 감돌았고 눈 속에는 우울한 아름다움이 깃들어 있었다. 맨 처음이 젊은 친구를 보았을 때 남자 중에도 경국지색이 있구나 하고 감탄했으며, 난생처음 동성애를 이해하게 되었다. 나는 내 여자에게 돌아가 혹시 내가 바이가 될 가능성이 보이는지 물어야 했다. 그 젊은이는 오른쪽 귀에 커다란 다이아몬드 귀걸이를 하고 있었다. 사다리가 말했다. 그의 배꼽에도 같은 크기의 액세서리가 있어. 거의 2캐럿쯤 되는 거야. 그것들은 모두 그녀가 그에게 사준 티파니 제품이었다. 내가 말했다. "왜 나는 어릴 때 너처럼 부자인 마누라를 얻지 못했을까? 돈도 있고 품격도 갖춘, 또 의지도 강한 사람 말이야. 너와 함께 먹고 마실 걱정 없이 품위 있게 살면서 삶의 지혜를 배웠다면 얼마나 좋았을까." 사다리가 말했다. "그 애의 목에서 흐르는 땀은 달고 그 애의 가슴에서 떨어지는 땀은 재스민처럼 향기롭지. 그 애가 바라보면 난 가끔 갑자기 눈물이 흐르기도 해. 게다가 그 앤 이상한 소리도 지껄이지 않거든. 하지만 너한테서는 그렇게 좋은 자질을 발견할 수 없었지." 그 애를 거둔 뒤로 사다리의 몸매는 점점 좋아졌고 피부도 더 부드러워졌다. 사다리가 말했다. "이런 아이가 나한테는 둘이나 더 있어. 월수금, 화목토 이런 식이야. 일요일에는 휴식을 취하지. 오전에는 중일 청년교류센터 국제홀에서 예배를 드리고, 점심때는 푸완러우에서 차를 마신 다음 오후에 얼굴 마사지를 받아." 내가 말했다. "너 혹시 양기를 취해 음기를 보하는 전설의 음양공을 연마한 거 아냐? 문화대혁명 시기에 그런 일이 있었다고 하더라고. 저장 샤오산에 예순 살 넘은 선생이 음양공을 연마했는데, 열대여섯 살의 여학생 두 명이 기꺼이 그를 위해 임신을 했다는 거야. 정부에서 이 사실을 알고 그에게 사형을 언도했는데 그가 3개월만 집행을 미뤄달라고 했대. 자신이 연성한 음양공에 대한 저술을 남겨서 인류에게 도움을 주고 싶다고 한 거야. 물론 정부는 허락하지 않았어. 형을 집행

한 경찰이 나중에 말하기를, 그의 머리에 총을 쏘았는데 쇳소리가 나면서 빗나가더래. 세 번을 쏘았을 때 겨우 총알이 박혔고, 다섯 번을 쏘고 나자 숨이 멎었다는군. 사다리 동무, 연성을 끝낼 때까지 기다리지 말고 지금부터 연성 과정의 비결을 좀 기록해둬. 만에 하나 무슨 일이 생길지 모르는 거니까 말이야." 사다리가 말했다. "추수이, 넌 베이징을 벗어나지 마라. 이 도시를 떠나면 아무도 널 보호해주지 못할 테니까. 내가 사람을 시켜서 네 혓바닥을 잘라 갈가리 찢은 다음 들개한테 먹이로 던져줄 거야." 최후까지도 사다리는 유전자를 잇고 후대를 양성하는 분야에서도 우리보다 앞선 길을 걸었다. 사다리는 시험관 기술을 이용해 쌍둥이를 임신했는데 두 아이의 아버지가 다른 케이스였다. 그녀의 사례는 『중국 산부인과 매거진』에 실릴 만큼 실험적인 것이었다. 사다리는 '노후 대비를 위해 자식을 키울' 생각은 없다고 말했다. 그 어떤 대가도 바라는 게 아니며 그저 자기 앞에서 어린아이들이 뛰어다니는 것을 바라보고 싶을 뿐이며, 아이들이 성장하면서 여러 일을 겪어나가는 모습을 보는 즐거움이 다른 모든 번거로움을 제쳤다는 것이다. 나는 사다리의 아이들을 위해 새로 유행하는 아기 옷 두 벌을 샀다. 사다리는 출산 전까지 성별을 묻지 않았기 때문에 아기의 성별은 알 수 없었다. 베이징에 있는 동문들은 아기의 성별을 두고 내기를 했다. 한 팀은 남자아기에, 다른 한 팀은 여자아기에, 나머지는 남녀 한 쌍이라는 데 판돈을 걸었고, 아이가 돌을 맞이하면 내기에 진 팀이 이긴 팀에게 한턱내기로 했다. 나는 확률에 근거해 남녀 한 쌍에 걸었고 아기 옷도 남녀 한 벌씩 샀다. 두 아기가 폭주족 옷을 입은 채 뛰어다니는 모습을 상상하자 더할 나위 완벽한 아름다움에 나도 모르게 웃음이 터졌다. 사다리가 말했다. "만약 네가 두 아이 중 한 명의 아빠라고 말해준다면 넌 어떡할 거야?" 나는 아이 옷을 가지고 놀면서 말했다. "불가능하지. 나는 네 손조차 만져본 적이 없는데 어떻게 그럴 수 있겠어?" 사다리가 말했다. "네가 이런 말을 한 적이 있어. 대학 다닐 때 정자 기증 차량이 학교에 왔었고 장귀둥과 너, 류징웨이가 3밀리리터씩 정자를 기증했다고. 그러고 나서 맥주 한 상자씩 받았다고 했지?" 나는 식은땀이 흐르는 것을 느낄 수 있었다. "장귀둥이나 류징웨이의 정자가 아니라 내 것이라고 어떻게 확신할 수 있지?" 사다리가 웃으며 말했다. "나는 아니까."

그러나 지금은 춤을 춘다. 이 특별한 시간에 남학생들은 안기 위해 애를 쓰지 않아도 되고 여학생들도 더 이상은 까탈을 떨지 않는다. 남학생들의 춤추는 기술은 형편없지만 평소 밝게만 비추던 형광등 불빛을 가린 형형색색의 셀로판지 때문에 춤 솜씨가 감춰진다. 평소에는 평범하기 그지없는 여자애들도 화장의 마법 덕분에 시선을 사로잡는 요술을 부린다. 남학생들은 가슴속에서 뭔가 용솟음치는 충동을 느끼고, 여학생들은 얇은 옷 밖으로 엄청난 열기를 내뿜는다. 물이 가득 찬 주전자가 끓어오르며 덜컹대듯이 여학생들의 몸에 갖다 댄 남학생들의 손가락들이 끊임없이 오르내린다. 춤을 춘다는 것은 좋은 핑곗거리가 된다. 정정당당하게 아가씨들을 안고 어른이 되는 법을 배울 수 있다. 여학생들이 내민 손은 그를 물속으로 끌어내릴 수도 있고 뭍에 오르도록 도울 수도 있다. 하지만 남학생들은 바보라서 생각하지 않는다. 춤을 어떻게 추든 거울이 없으니 얼굴만 두꺼우면 된다. 두려워하지 마라. 백열등 몇 개가 더 꺼지자 교실은 더욱 어둑해졌다. 탁자 위의 녹음기에서 흘러나오는 음악은 허공에 가볍게 떠돌다가도 향로에서 피어오르는 향냄새와 같이 무겁게 바닥으로 가라앉았다. 방 안 가득 날아다니며 퍼지는 게 아니라 바

딕 위에 나지막이 깔린 채 심장 박동에 맞춰 오르락내리락할 뿐이었다. 이 연기 같은 음악 속에서 어린 남학생과 여학생들은 엄숙한 표정으로 어색한 걸음을 옮기고 있었다. 남학생들은 '두 볼이 어깨까지 쳐졌네' '얼굴은 넙데데하고 눈은 삼각으로 찢어졌네' 따위의 뒷담화를 잊었고 여학생들은 자기가 안고 있는 남학생이 '더러운 코흘리개'라는 사실을 잊은 듯했다.

나는 창가 구석자리에 앉아서, 보고 있었다. 주상은 나의 맞은편 어두운 구석 자리에 앉아 있었는데, 어쨌거나 다른 녀석의 품에 안겨 있지 않으니 내 마음이 불편하진 않았다. 주상은 스커트를 입지 않았고 얼굴에는 화장기도 없었지만 푸른색 바탕에 희고 노란 국화가 그려져 있는 꽤 예쁜 스웨터를 입고 있었는데 국화 문양이 매우 추상적이었다. 깨끗이 감은 듯한 머리카락은 어깨를 덮고 있었다. 이후 나는 대학에 들어가서도 한동안 학생임원으로 활동했다. 댄스 파티 같은 문화 체육 이벤트를 전담했던 이력이 있어 행사 공간이나 음향 설비, 선곡 등에 무척 친숙했던 것이다. 행사가 시작되면 한쪽 구석에 앉아서 지켜보았고 그럴 때마다 옛날 그 끓어오르는 주전자와 같은 심정을 다시 음미하곤 했다. 나는 언제나 여자 친구에게 말했다. 너는 춤을 추도록 해. 나는 전혀 신경 쓰지 말고 마음껏 놀아. 난 여기서 네 외투와 짐을 지키고 있을게. 나는 구석에 앉아 무도장 한복판에서 빙글빙글 돌고 있는 그녀의 머리카락이 포물선을 그리는 모습, 해사하게 웃는 모습, 셔츠가 땀에 젖은 모습을 지켜보았다. 그 시간은 나와 함께했던 그 어느 때보다 더 아름답게 느꼈다.

갑자기 장귀둥이 주상을 향해 달려가더니 같이 춤추자고 했다. 주상은 어리둥절한 표정으로 장귀둥이 내민 손을 잡고 일어섰다. 장귀둥은 검은 배기바지 위에 청보라색 양모 터틀넥 스웨터, 그 위로 노란색 재킷을 걸치고 있었다. 재킷 재질이 좋은 편인지 노란색임에도 그다지 튀어 보이지 않았다. 그날 장귀둥은 이상하리만큼 멋지게 보였는데, 코흘리개 아닌 장귀둥을 처음 보는 것 같았다.

"난 춤을 잘 못 추는데." 주상이 장귀둥에게 하는 말이 어렴풋이 들렸다.

"넌 음감이 좋으니까. 그냥 음악을 들으면서 내가 리드하는 대로 따르면 돼." 장귀둥은 씩 웃어보였다. 훗날 주상은 이렇게 말했다. 장귀둥의 미소는 음탕해 보이지 않아. 그래서 여자애들에게는 햇빛 같은 느낌을 주거든. 조금 추고 나니 그녀의 스텝은 한결 경쾌해졌다. 몸이 더워졌을 것이다. 장귀둥은 처음보다 더 주상을 가까이 안고 있었다. 주상이 살짝 눈을 감은 걸 보니 편안하게 느끼는 듯했다. 주상은 나중에 말했다. 장귀둥은 몸이 말랐지만 뼈대가 큰 편이고 가슴이 두터운 데다 어깨가 넓어서 여자 입장에서 장귀둥의 등에 손을 얹고 있으면 회전할 때 근육이 꿈틀거리는 걸 느낄 수 있어. 게다가 장귀둥은 신기하게 리듬감이 좋아서 스텝을 밟으면 구름 위를 미끄러지는 느낌이야. 나는 그때 장귀둥의 손을 보고 있었다. 그의 손은 커다랗고 단단했다. 주상의 흐트러진 머리카락을 안고 있는 손등 위로 푸른 힘줄이 도드라져 있었다. 그리고 주상이 머리를 꼼꼼히 감았다는 것을 알 수 있었다. 그녀의 머리카락이 평소보다 부스스하고 빛깔도 더 옅어 보였기 때문이다. 내게는 나름의 이론이 있었다. 물질은 소멸되지 않으며 하늘과 땅 사이에는 신령한 기운이 감돌고 있다. 돌에 쌓이면 옥이 되고 사람에게 쌓이면 주상과 같은 아가씨가 되는 것이다. 옥은 사람들이 즐겨 몸에 지니는 것이다. 좋은 사람이 몸에 지녀야 비로소 그 영기가 진가를 발휘한다. 여자는 남자에게 안겨야 하는 존재다. 자기가 좋아하는 남자의 품에 안겼을 때 비로소 가장 아름다운 형식으로 그 영기가 진가를 발휘한다.

이 이론을 떠올리자 문득 불쾌해졌다.

취얼이 들어왔다. 향기로운 그녀가 내 곁에 앉아서 말했다. 우리 반 모임은 재미가 없어서 널 보러 왔어. 취얼은 옷감이 상당히 부족한 검은 옷을 입고 있었다. 앞가슴은 절반만 가려져 있고 등판은 허리 근처까지 아무것도 덮여 있지 않았다. 허벅지 옆쪽으로는 3분의 1만 가려져 있었다. 나중에 취얼은 자신이 입은 옷을 이브닝드레스라고 부른다고 알려주었다. 나는 이브닝드레스란 생활이 부유하고 문화가 어느 정도 발달한 뒤에야 출현하는 것임을 그제야 알았다. 고분에서 이브닝드레스가 발견되지 않았기 때문에 대부분의 유명한 학자들은 하나라 문명의 존재를 부정한다. 어렸을 때 나는 이 세계에 대해 궁금한 게 많았다. 그중 주요한 세 가지는 이런 것이었다. 자명종은 어째서 정해진 시간에 울리는가? 타워크레인은 어떻게 해서 그리 높이 올라갈까? 이브닝드레스는 어떻게 여성의 몸에 착 붙어 있을까? 나는 자명종을 해체해 본 적이 있지만 원래대로 조립하지 못했기 때문에 여전히 그 원리를 알지 못한다. 나는 수많은 부동산 사장들과 밥을 먹었지만 그들은 공사 현장에서 일하지 않기 때문에 타워크레인의 원리를 알지 못한다고 했다. 지금 나는 이브닝드레스가 어떻게 여성의 몸에서 흘러내리지 않고 잘 붙어 있는지 알고 있다. 내가 취얼과 알고 지냈기 때문이다. 내가 말했다. "나도 들은 얘기야. 경극에서 퉁추이화롄銅錘花臉[정정正淨, 다화롄大花臉이라고도 부르며 노래를 주특기로 삼는 배우로서 얼굴에 분장을 하고 주로 원로元老·대신·재상 등의 역을 맡는다]의 몇 가지 기막힌 묘기 중에 머리 장식을 얹은 채로 재주넘기를 하는 게 있거든. 머리 장식을 떨어지지 않게 하려면 절대 떨어지지 않고, 머리 장식을 떨어지게 하고 싶으면 또 떨어지게 할 수 있단 말이야. 비결은 어금니로 머리 장식의 끈을 꽉 깨물고 있는 거래. 그러면 관자놀이가 툭 불거져서 끈이 팽팽하게 당겨져서 재주넘기를 해도 머리 장식이 안 떨어지는 거야. 어금니의 힘을 빼면 관자놀이도 평평해지니까 끈이 느슨해져서 조금만 비틀거려도 머리 장식이 떨어지지. 이브닝드레스에도 그런 원리인 건가? 옷을 입을 때나 아니면 밖에서 돌아다닐 때 음탕한 생각을 하면 젖가슴이 부풀어 오르고 젖꼭지가 단단해져서 옷이 흘러내리지 않는 거지. 집에 돌아가서 시험이나 과제, 부모님을 생각하면 젖가슴에 작아지고 젖꼭지도 물렁해져서 옷이 자동적으로 벗겨지는 거고." 취얼이 말했다. "허튼 상상은 그만해. 이브닝드레스에는 어깨에 거는 아주 가느다란 투명 끈이 여러 개 달려 있어. 자세히 보지 않으면 안 보일 뿐이야. 게다가 이브닝드레스는 뒤쪽을 꽉 잡아매기 때문에 한두 번 잡아당기는 것으로는 벗겨지지 않아. 넌 아가씨들의 젖가슴과 젖꼭지가 남자들 거시기인 줄 아는 거야? 음탕한 생각을 하면 그렇게 부풀어 오르고 또 그렇게 오랫동안 유지된다고 생각했어?"

그날 무도회에서 취얼은 옷감이 상당히 부족해 보이는 이브닝드레스를 입고 내 곁에 앉아 있었다. 나는 그녀에게 물었다. 안 추워? 취얼이 말했다. 추워. 그러니까 나한테 춤추자고 해. 내가 말했다. 못 춰. 너도 알잖아. 취얼이 말했다. 넌 그냥 내 손을 잡으면 돼. 네가 넘어져서 멍들면 내가 문질러줄게. 난 너한테 롤러스케이트도 가르쳐준 적이 있잖아. 내가 말했다. 난 바보라서. 음감도 없고. 취얼이 말했다. 걸을 줄은 알잖아? 여자를 안을 줄도 알잖아? 적어도 나는 안아봤잖아? 음악을 들을 필요도 없어. 그냥 날 안고 걸으면 된다고. 나는 취얼을 안고 걸었다. 취얼은 내 손을 자신의 1번 요추 위에 가져갔다. 드레스 옷감이 덮여 있지 않은 곳, 내 손가락과 그녀의 피부 사이에는 그저 얄따란 땀의 막이 존재할 뿐이었다. 나중에 이 광경은 학생주임의 귀에 들어갔고 신년회에서 불을 끄고 치크댄스를 추는 관례의 시발점이 되었다. 나는 취얼의 어깨 너머로 장귀둥이 나를 향해 보내는 경고의 눈빛을 보았다. 그의 눈 옆으로는 주상의 풀어헤친 머리를 볼 수 있었다. 류징웨이는 우리 반의 우람한 여자애를 안고 춤을 추었는데 그녀는 평범하지만 따스하고 부드럽게 보였다. 나의 눈에는 류징웨이의 품에 안긴 우람한 여자애가 가느다란 쌍절곤으로 보였다. 류징웨이의 손에서 그녀는 휙휙 바람을 일으키며 길게 땋아 내린 머리를 날렸다. 나중에 류징웨이는 이 쌍절곤 같은 여자애를 우리 싸움판에 끼워줄 수 있는지 우리에게 거듭 물었다. 나와 장귀둥은 류징웨이가 도무지 말도 안 되는 소리를 한다고 여기고 알은 체도 하지 않았다. 음악에 전혀 관심도 없고 청춘의 싹이 아직 발아하지 않아 사랑 따위에는 흥미를 느끼지 못하는 어린 남학생들은 돈을 걷어 사 온 과쯔나 과일, 땅콩 따위를 우적대며 현대 무기나 타이완 공격, 바둑 등을 화제로 이야기판을 벌이고 있었다. 누군가 다케미야 마사키의 우주류宇宙流는 바둑 초보자가 배울 수 있는 기술이 아니며 사카다 에이오나 조치훈의 방식부터 배워야 한다고 했다. 이에 반대하는 의견도 있었다. 처음부터 대가에 접근하는 천재가 있다는 건 부정할 수 없는 사실이라는 주장이다.

신년회의 마지막 순서는 선물 교환이었다. 각자 준비해온 선물을 제출한 뒤 학급위원들이 마련한 제비를 뽑는 식으로, 자기가 뽑은 제비에 적힌 번호대로 선물을 가져가는 것이다. 주상은 그날 입이 작고 코가 없으며 비비드한 그린 컬러의 옷이 입혀진 못생긴 헝겊 인형을 뽑았다고 했다. 인형의 팔에는 노란 국화가 그려진 하늘색 카드가 끼워져 있었고 이런 문장이 담겨 있었다. "네가 누구든 이 선물을 뽑

왔다면 우리는 인연이 있는 거야. 친구니까. 새해 복 많이 받고 겨울
잘 보내. 추수이가."

못생긴 인형은 한동안 주상의 베갯머리를 장식하고 있었다. 주상
은 인형을 위해 푸른 치마를 만들고 그 위에 노란색 실로 국화 두 송
이를 수놓았다. 그러던 어느 날 주상은 머리를 감고 난 뒤 가위로 인
형을 조각조각 잘라 쓰레기통에 버렸다.

어느 날 주상의 아버지가 못생긴 인형의 행방을 물었다.

"없어졌어요."

"어째서 없어졌어?"

"없어졌으니까 없어졌죠. 나도 몰라요. 없어졌으면 없어진 거예요."

저녁에는 생선 요리가 나왔다. 남쪽 사람들은 언제나 생선에 간
을 하지 않고 쪄낸다. 주상의 아버지는 기분 좋게 생선 요리를 먹다
가 문득 고양이를 떠올리고는 아내에게 요즘 고양이가 기승을 떨지
않느냐고 말했다. 주상의 엄마는 5동의 암컷이 암내를 풍겨서 3동의
수컷이 발정이 났다면서, 4동 베란다에서 둘이 만나는 모양인지 밤
마다 잠들기 힘들다고 했다.

"봄이 다가와서 그런 모양이에요." 주상의 엄마가 말했다.

"늙은 스님은 고양이 같은 뜻이 있어도 감히 사람들 앞에서 한 마
디를 못 하지."

주상의 엄마가 남편을 노려보았다. 딸내미가 있는 자리에서 청소
년에게 해로운 말을 하지 말라는 것이다.

"결정적인 순간에 두 놈을 잡아서 수고양이는 3동에, 암고양이는
5동에 넘겨줘야겠어. 나도 우리 딸내미의 심신 건강을 위해 그러는
거라고." 돌이켜보니 당시 복도에서 주상의 아버지와 마주쳤을 때 얼
굴과 손에는 할퀸 자국이 있었고 그 위에 보라색 소독약이 발라져

있었다. 그때 나는 그가 바람을 피우고 주상 엄마에게 들킨 게 아닐까 생각했다. 주상 엄마가 화가 치밀어 사납게 손을 쓴 것일까, 남몰래 처절한 암투가 벌어진 것은 아닐까 하고 말이다.

30. 어스름에 이르러 방울방울

마치 3만 년 전 베이징 원인들이 아직 저우커우뎬에 살고 있을 때처럼, 쌈박질은 우리에게 사냥감을 가져다주었고, 수작질은 우리의 성과 씨를 번성하게 만들어주었다. 요즘 깡패들은 그저 홍콩이나 타이완의 아이돌 가수들을 베끼면서 옷차림만 눈에 띄게 화려하면 그만인 줄 알고 있으니, 앞으로 크게 되기는 어려울 것이다.

아마도 곧 봄이 올 모양이다. 공부를 하면서 나는 알게 모르게 마음이 부풀고 기운이 움찔대는 것을 느꼈다. 번개가 번쩍하는 걸 보진 못했지만 벌써 하늘 저 끝에서 울리는 천둥소리를 들은 것만 같았다.

장궈둥과 쌍바오장은 온종일 하늘과 땅을 원망하며 욕했다. "지미럴, 왜 아직도 정전이 안 되는 거야? 왜 전력공사는 우리 학교를 이렇게 우대하는 거냐고. 전력공사에 뒷돈이라도 갖다 바친 거 아냐? 어째서 이 빌어먹을 교과서는 봐도 봐도 끝이 안 나는 거야?" 장궈둥은 '문혁'을 일종의 축제로 생각했다. 사람이 이 세상에서 살 수 있으려면 싸움도 할 줄도 알고 여자도 꼬실 줄 알고 상남자답게 보일 수 있어야 한다. 그래야 명분도 떳떳하고 말발도 서는 법이다. 소년들은 싸움에서 많은 걸 배운다. 인내라든지 기지와 지혜, 그리고 필요한 경우 폭력에 호소하는 법까지도. 마치 3만 년 전 베이징 원인들이 아직 저우커우뎬周口店에 살고 있을 때처럼, 쌈박질은 우리에게 사냥감을 가져다주었고, 수작질은 우리의 성과 씨를 번성하게 만들어주었다. 요즘 깡패들은 그저 홍콩이나 타이완의 아이돌 가수를 베끼면서 옷차림만 눈에 띄게 화려하면 그만인 줄 알고 있으니, 앞으로 크게 되기는 어려울 것이다.

쌍바오장이 내게서 구입한『플레이보이』지의 대여율이 높아질수록 미녀의 두 허벅지 사이에 위치한 은밀한 부위는 흑갈색에서 점차 옅은 색깔로 흐려졌다. 얼마나 많은 녀석들이 손가락으로 종이를 매만져대면서 살결의 감촉을 상상한 것일까? 좀 심하다는 생각이 들었다.

"뭐가 어때서? 걔들은 그림을 감상하는 게 아니잖아. 진짜 사람을 만져보고 싶은 마음을 억누를 수 없었을 뿐이야. 신농도 모든 풀을 맛보고 나서야 어떤 독초에도 중독되지 않는 몸을 만들 수 있었는데. 사미승이 절에서 내려오는 것도 다 아가씨를 만나기 위해서라고. 게다가 뭐 대단한 일이 일어난 것도 아니잖아. 내 대여업은 어디까지나 정당한 사업이라고. 걔들도 하늘을 우러러 한 점 부끄러움도 없는 일을 하는 건 아니니까 고자질은 할 수 없을 거야. 고자질하는 놈이 없으면 위에서도 알지 못한다고. 모르면 아무 일도 안 생겨." 쌍바오장이 말했다.

목요일에, 마침내, 정전이 되었다.

형광등 불빛이 눈부시던 4층짜리 교실 건물은 순식간에 캄캄한 어둠에 휩싸였다. 잠시 정적이 흐른 뒤 환호성이 터져 나왔다. 드디어 정당한 이유로 맘 편히 수업에서 벗어날 수 있게 된 것이다!

감정적 교류에 대해 알아가기 시작한 소년소녀들은 교내의 후미진 구석들을 점거한 채 키스 테크닉을 연습하기 바빴다. 귀차니스트들은 기숙사로 몰려가 각자 르번더우日本豆 한 봉지씩 끌어안고서 침대에 누워 치정, 강도, 살인, 성매매 등의 최신 동향에 대해 떠들어댔다. 르번더우는 땅콩 위에 밀가루를 입힌 미원 브랜드 과자로, 일본에서 수입되었다는 이유로 르번더우라고 불렸다. 장귀둥은 일본 사람들이 땅콩처럼 생겼기 때문에 붙은 이름이라고 우겼다.

나, 장귀둥, 류징웨이, 쌍바오장 등 몇몇은 어둠 속에서 교과서를 책상 아래 아무렇게나 쑤셔 넣은 뒤 100미터 달리기 시합을 하듯 교정을 가로질러 뛰었다. 교실이 시야에서 사라지고 난 뒤에야 우리는 속도를 늦췄다.

"다시 전기가 들어와도 우린 상관없어!"

"이 타락한 녀석!"

"난 원래 타락을 좋아해!"

"궁런 클럽으로 갈래? 아니면 쯔광?"

"어느 쪽이든."

"홍콩, 타이완 느와르 먼저 때리고, 그다음에는 북미든 일본이든 한바탕 즐겨보자."

쌍바오장의 오른쪽 입꼬리 위에는 검은 사마귀가 하나 있고 그 사마귀에는 세 가닥 털이 나 있었다. 그가 크게 웃거나 흥분할 때면 검은 사마귀가 부르르 떨었고 사마귀에 난 세 가닥 털도 부르르 떨었다. 그중 가장 긴 털은 빙그르르 상모돌리기를 했다.

"이따 양꼬치 10개 사 가지고 돌아가자. 쯔란과 고춧가루를 잔뜩 뿌리고 한 사람에 1병씩 맥주를 마시면서 학교로 돌아가는 거야."

"아, 인생이여!"

"너무 부르주아적이야. 이런 쁘띠 부르주아!"

"그럼 우리 징둥러우빙 먹으러 가자. 차오양 문 바깥쪽에 원래 인력거 집합소가 있었는데, 노동 인민들은 정전이 되면 모두 러우빙을 먹는단 말씀이야. 거기에 쯔미저우紫米粥[흑미와 황설탕, 팥, 녹두 등 오곡을 넣고 끓인 죽]도 함께 곁들이고."

"배부르게 먹고 돌아가서 침대에 누워 자기 몸을 어루만지면서 환상에 젖는 거지……."

"아, 인생이여!"

"쌍바오장, 너는 돈이라면 한 푼도 아까워서 못 쓰잖아? 지난번에 함께 둥쓰에 있는 중국서점에 갔을 때 이렇게 두꺼운 러한사전이 겨우 1위안 5자오였는데 한참 노려보다가 결국 내려놓고 왔잖아?" 장궈둥이 말했다.

"영화를 보는 거라면 얼마든지 쓰지."

"맞아. 쉽게 번 돈이 아니면 쉽게 못 쓰는 법이니까."

"뭐라는 거야?"

"싸우지 마, 영화 끝나고 포르노까지 보고 돌아가면 너무 늦지 않을까? 학교 대문 걸어 잠그는 거 아니야?"

"담 넘으면 돼. 얼마나 스릴 넘치냐! 끝까지 타락해보자고!"

저녁 7시, 퇴근한 사람들은 대부분 집으로 돌아갔고 거리에는 차가 많지 않았다. 신문 파는 사람은 자전거를 옆에 기대어두고 남아 있는 몇 장의 『베이징만보』를 늦게 퇴근하는 사람들에게 파느라 정신이 없었다. 차오양 병원 입구의 과일가게는 여전히 깜빡이는 전구를 켜놓고 병문안 오는 이들을 유혹하고 있을 뿐, 젠빙이나 식료품을 파는 노점은 가게를 정리하는 중이었다. 우리는 어깨를 나란히 하고 거리를 누볐다. 나는 가로등 불빛에 비친 장궈둥, 류징웨이, 쌍바오장의 얼굴을 바라보았다. 그들의 얼굴에는 분홍, 빨강, 보라 등 화려한 빛깔이 얼룩져 봄꽃 흐드러진 동산처럼 찬란하게 빛났다. 고개를 돌리니 하늘에는 고운 달이 마치 모든 것을 알고 있다는 듯 냉랭하게 지켜보고 있었다. 우리는 더 이상 깊이 생각하지 않고 앞을 향해 걸었고 더 이상 살을 에는 맞바람은 불지 않았다. 우리 가운데 누구도 "궁핍한 처지에 놓이면 홀로 그 몸을 보전하고, 영달하게 되면 천하와 더불어 누리리라"라는 생각은 하지 않았다. 무협소설이 가르쳐주지 않았던가! 멋지게 차려입고 좋은 말 위에 올랐으니, 나이는 어리지만 재물은 넘친다네. 사실 우리 주머니에는 각자 동전 몇 개가 들었을 뿐이었다. 젊음이란 참으로 좋은 것이다.

게다가 그 순간 우리 가운데 누구도 여자를 떠올리지 않았다. 우리는 손에 손을 잡고 마치 남북조 시기의 동성애자들처럼 그렇게 거리를 누볐다.

우리는 10리 사방에서 자라는 식물 또는 주변에 있는 건물들과 마찬가지였다. 성장할 수도 있었고 시들어 버리거나 원망을 품거나 고함을 칠 수도 있고 소멸할 수도 있었지만 떠날 수는 없었다.

나중에 장궈둥은 디지털 비디오 작품으로 수상한 뒤, 방문학자 신분으로 유럽에 가서 유서 깊은 몇몇 대학에서 중국 현대영화에 대한 강의를 했다. 강의 시간이 길건 짧건 장궈둥의 결론은 언제나 같았다. 중국 현대영화 가운데 자신의 작품만큼 잘 나가는 작품은 없으니 만약 중국의 현대영화를 이해할 시간이 세 시간밖에 없다면 자신의 작품을 보는 걸로 충분하다는 말이었다. 장궈둥은 얼마 지나지 않아 귀국했다. 이유는 수십 년 전 피카소가 그랬던 것과 같은 이유였다. 예술은 오직 동방에, 중국과 일본에 있는 것이다. 대학에서 겸임교수직을 맡게 된 그는 다음과 같은 편지를 내게 보냈다. 여자란 해마다 새로운 품종이 개발되는 곡식이나 과일, 배나 복숭아 같은 존재야. 맛보기 전까지는 신품종이 예전 품종보다 맛이 덜하다고 할수 없는 거야.

나중에 쌍바오장은 시골에 계신 아버지의 성화에 못 이겨 뉴질랜드로 갔다. 그의 아버지는 쌍바오장에게 선언했다. 중국어를 완전히 잊고 영어를 제대로 배우기 전에는 돌아와서 자기 얼굴을 볼 생각을 하지도 말라고. 또 여력이 생기면 경영관리를 배우라고도 했다. 쌍바오장은 뉴질랜드에서 배산임수의 입지 조건을 갖춘 풍수가 좋은 집을 얻었다. 그 집은 섬광탄을 쏘아도 아무도 들을 수 없는 집이었다. 따뜻한 봄이 찾아와 온갖 꽃이 만발할 무렵 쌍바오장의 눈물은 완전히 메말랐다. 그는 온라인으로 평생회원 등록한 『펜트하우스』를 정기구독하면서 매일 치즈케이크 한 조각과 오렌지주스 1리터를 마시고 열 번씩 자위를 즐겼다. 그가 써버린 휴지는 모두 창문을 통해 뉴질랜드의 광대한 바다로 떨어졌다. 쌍바오장은 내게 말했다. 자신이 만리장성에 올라 '쌍바오장이 여기 놀러 오다'라고 새겼던 것처럼. 뉴질랜드의 바다에 무수히 많은 쌍바오장들을 남기고 왔다고. 그의 단백질로 범벅이 된 휴지를 꿀꺽 삼킨 바닷속 물고기들은 입을 모아 'Thank you, 오줌싸개'라고 노래를 불렀으리라. 나는 이메일로 쌍바오장에게 그의 처지에 걸맞을 만한 이청조의 사詞 한 수를 보냈다. 사의 마지막 구절은 다음과 같았다. "오동나무 가지에 가랑비, 어스름에 이르러 방울방울. 이제야 '시름'이란 한 글자가 어떤 뜻인지 비로소 아네." 이 글을 받은 쌍바오장은 자신의 MSN 아이디를 '어스름에 이르러 방울방울'로 바꾸고, 내막을 모르는 숱한 어린 여자들을 꼬드겼다. 여자들은 그를 시인으로 알고 온라인상에서 밤새 그와 수다를 떨었다. 쌍바오장이 '어스름에 이르기까지' 과도하게 자위를 하다가 바보가 되기 직전에 그의 아버지는 뉴질랜드에 있는 먼 친척의 도움으로 자신의 잘못을 깨닫게 되었다. 쌍바오장은 귀국했고 고향에 있는 부동산 회사의 제너럴 매니저 어시스턴트가 되었다. 그의 아버지는 제너럴 매니저로서 베이징 싼환과 쓰환 사이에 개발된 전망을 지닌 100만 평방미터의 건축용지 몇 곳을 장악할 수 있었다. 쌍바오장은 이따금씩 건설 중인 건축 개발지와 함께 부동산 잡지에 등장했다. 그가 개발하는 건물의 정문에는 언제나 시멘트로 만든 로마 전사와 전차의 형상이 금색으로 도금된 채 서 있었다. 그것은 대영 제국의 유럽 전통을 계승하며 베이징 개혁개방의 새로운 기상을 상징한다고 홍보 책자에 소개되었다. 쌍바오장은 내게 전화를 걸어 흥분된 목소리로 말했다. 베이징의 물가가 전혀 오르지 않고 심지어 내리고 있다니 정말 놀랐어. 아가씨 부르는 값이 아직 100위안인데다 때로는 반값도 되더라고. 그가 거주하는 지역의 주요 간선도로 곳곳에는 가로수 사이에 붉은 현수막이 내걸려 있었는데, 삼국 시대 비석에서나 볼 수 있는 고풍스런 서체로 "거리 성매매 등 위법 행위는 엄중히 타파해야 한다"라는 검은색 표어가 쓰여 있었다. 그러나 붉은 현수막 아래 그 어디서든 100위안의 아가씨는 쉽게 찾을 수 있었다. 들리는 말에 따르면, 쌍바오장의 성생활이 정상화된 이후에도 그에게는 상당한 후유증이 남았다. 사람들과 악수할 때 오른손의 힘이 비할 바 없이 강해서 다른 사람의 손을 원형으로 꽉 틀어쥐게 된다는 것이었다. 그래서 이제 악수할 때는 전적으로 왼손만 쓴다고 한다.

류징웨이는 잠시 몸을 피하느라 온두라스와 쿠바에서 각각 반년씩 지낸 적이 있었다. 그는 그 지역을 방문한 중국의 부패 관리들과 밤마다 100위안짜리 마작을 즐겼으며 낮에는 말을 탔다. 때로는 남미의 아름다운 미녀들을 타기도 했다. 1년 뒤, 류징웨이는 베이징으로 돌아와 자연스럽게 승마장을 열었다. 아는 사람들을 소개받아 적절한 수준의 가격 협상이 이루어지면 한바탕 마작판을 벌이기도 했다. 낮에는 말을 타고 밤에는 베이징의 아름다운 아가씨들을 타는데 뒤에서 하면 말을 타는 것 같다고 했다.

　나중에 우리 중 몇몇은 다시 모였다. 10리 사방의 건물들은 마치 들풀과도 같아서 밑동까지 잘라내도 또 자라서 더 높은 수풀을 이루기 일쑤였다. 우리가 다니던 학교는 이미 술집으로 포위당한 지 오래였고, 중국 서커스단이 있던 자리에는 '너트 아파트'라 불리는 요란한 핑크 컬러의 아파트가 들어섰다. 나중에 그 이름이 지닌 음란성에 대한 비판이 거세지자 결국 아무런 특색도 없는 홍콩 이름으로 바뀌기는 했다. 의체 공장은 아직도 의족과 의수를 생산하고 있는 모양이었다. 나는 류징웨이에게 담장 넘어 들어가서 그들이 혹시 성인용 실리콘 인형을 만들고 있는지 확인할 생각 없느냐고 물었다. 류징웨이는 거리에 저렇게 많은 진짜 인형들이 있는데 그런 짓은 국가 자원의 낭비가 아니냐고 했다. 우리는 술을 다 마시고 나서 그래도 북미든 일본이든 포르노 테이프를 보러가는 게 어떻겠느냐고 했다. 그러나 '영연제조'라고 쓰인 패루까지 가서야 쯔광 영화관과 차오양 궁런 클럽이 철거되었고 사우나 센터가 들어섰다는 사실을 깨달았다. 안에 있던 꾀죄죄한 점원 놈이 남자 사우나 값은 18위안이고, 로비 휴식비는 10위안이며, 안마는 60위안, 오일 마사지는 120위안, 스페셜 서비스는 400위안, 팁은 아가씨와 알아서 상의하면 된다고 알려줬다. 우리는 서로를 바라보며 쓴웃음을 지었다. 학창 시절 정전된 학교를 빠져나와 포르노 테이프를 보러 가던 그날의 시원한 쾌감은 다시 오지 않았다.

31. 엽하적도葉下摘桃

내가 휘파람이라도 불어주랴?

"너무 저질이야!" 비디오테이프를 보고 나온 우리는 상기된 얼굴에 신선한 바깥바람을 쐬면서 기숙사로 향했다.

"말해 봐!" 밖에 나가지 못하고 기숙사에 틀어박혀 있던 놈들이 일제히 외쳤다.

독촉하지 않아도 나는 말해줄 작정이었다. "가장 저질인 장면은 소협이 '엽하적도'라는 일초를 시전했을 때야. 그 못된 땡중이 축양신공縮陽神功을 발휘해서 이 공격을 무위로 돌릴 줄 누가 알았겠어. 소협의 사매가 옆에서 소리쳤어. '저놈의 봉지혈鳳池穴을 치세요!' 소협은 엽하적도를 시전한 손을 그대로 둔 채 다른 손으로 못된 땡중의 뒤통수를 갈겼지. 못된 땡중이 외마디 비명을 지르면서 그의 음낭이 양쪽 고환과 함께 소협의 손안에 떨어졌지. 소협은 있는 힘을 다해 그 물건을 움켜쥐었는데, 화면에는 달걀 두 개가 나타나 껍질이 깨지고 노른자가 흘러내렸어……."

"심하다, 심해……."

"너무 저질이야!"

"너무 노골적이잖아! 함축적이지 못 하구만! 학생주임의 오랜 훈육이 모두 헛된 노력이었다니. 영화를 보러 가지 않은 우리가 너희들에게 새로 지은 함축적인 이야기를 들려주지." 기숙사 안에는 르번더우 봉지가 여기저기 굴러다녔고 방 한가운데 놓인 탁자 위에는 빈 도시락통 서너 개가 어질러져 있었는데, 그 안에는 먹다 남은 저녁밥과 고추감자채볶음이 있었다.

"좋아!"

"이야기를 시작한다. 이야기는 쌍바오장이⋯⋯."

"내 이름 들먹이지 마. 추수이가 뻔뻔하니까 추수이 이름으로 하라고⋯⋯."

"그래도 좋지. 추수이는 어려서부터 한 가지 포부를 가진 착한 아이였어. 세 살 때 엄마에게 이렇게 말했지. '좋은 사내가 어찌 아내가 없음을 걱정하리오. 저는 처녀를 찾으려고 합니다.' 그가 만난 여자가 처녀인지 어떻게 알아낼 수 있을까? 뻔뻔한 추수이는 역시 뻔뻔한 방법을 생각했지. 사춘기가 시작된 어느 날, 추수이는 마음에 들어하던 '예쁜 눈'이라는 소녀를 몰래 불러냈어. 그리고 자신의 거시기를 살짝 꺼내 보이면서 물었지. '너 이게 뭔지 알아?' '남자의 물건 아냐?' 추수이는 말문이 막혔지. 절망이야, 절망이었어. 그녀가 처녀가 아니라니. 추수이는 또 '큰 가슴'이라는 소녀를 찾아냈어. 어쨌거나 안기면 포근할 테니까, 자기 거시기를 꺼내 보이곤 물었지. '너 이게 뭔지 알아?' '그건 좆 아니니?' 추수이는 또 말문이 막혔어. 절망하고 실의에 빠졌지. 큰 가슴은 비속어까지 알고 있으니 더욱 처녀가 아니라는 거지. 처녀, 처녀, 처녀는 어디 있는 거지? 어떻게 하면 너를 찾아낼 수 있을까? 추수이는 마침내 실낱같은 희망을 품고 주상을 찾아갔어. 다시 거시기를 꺼내고는 물었지. '이게 뭔지 알아?' 주상은 한동안 멍하니 있다가 알쏭달쏭한 표정을 지으며 말했어. '모르겠는데.' 추수이는 완전 기뻐 날뛰었지. '너 정말 모르는 거야? 정말 모르는 거지? 말해줄게. 이게 바로 남자의 생식기야.' 주상은 깜짝 놀라며 이상하다는 듯이 말했어. '정말이야? 난 이렇게 작은 건 한 번도 본 적이 없어.'"

"그건 좀 비참한 이야기인걸." 쌍바오장이 말했다.

"누가 지어낸 거야? 다들 변소에 같이 가봤으면서 그러냐. 추수이의 선조는 그래도 제법 잘나가는 분이었단 말이다. 추수이의 시조는 체격이 장대해서 진시황의 어머니를 모실 수 있었고 바지를 벗고 아랫도리 힘으로 수레바퀴를 굴렸다니까. 추수이는 때를 잘못 타고난 거야."

"주상이 정말 봤다면 말이지, 호두를 찾던 다람쥐가 도널드 덕의 커다란 호두 공장을 발견했을 때처럼, 물구나무를 서서 뒤구르기를 한 뒤 데구르르 굴러서 그대로 팔짝 뛰어 그 품에 안겼을 거라고."

"사실 추수이의 장점은 물건의 길이랑 상관없이 음란 방탕한 성향에 있는 거야. 난 어린 여자들이 추수이의 장점을 직접 체험할 필요는 없다고 봐. 추수이는 부업을 할 필요가 있어. 우울하고 무료한 상류층 중년 여성을 상대로 서비스하면 틀림없이 한 시대를 주름잡는 지골로가 될 거야."

"어디 뭉친 데 없냐? 몽둥이 찜질이라도 해줄까?" 내가 말했다.

"이제 곧 열두 시야. 소등할 시간이니까 그만 떠들어. 다들 얌전히 취침하도록! 숙면이 얼마나 중요한지, 늬들이 알아!" 기숙사 관리원은 그들이 그칠 줄 모르고 떠들어대는 소리에 오늘 밤에 뭔가 신기한 이야기라도 들을 수 있을까 싶어 올라와서는 갑자기 잠을 자라고 재촉했다.

불이 꺼지고 한참이 지나도록 나는 잠을 이룰 수 없었다. 갑자기 아래쪽 침대에서 움직이는 소리가 들렸다.

침대에서 일어난 쌍바오장이 어둠 속에서 더듬더듬 기어 내려가면서 혼잣말로 중얼댔다. "오줌 누러 가야지."

"너 또 우리 방구석에다 싸지르면 네 놈 불알을 까놓을 테니, 그런 줄 알아. 얇게 포를 떠서 뤼첸러우처럼 만들어놓을 테다."

몇몇이 즉시 몸을 일으키더니 침대에 앉은 채로 고함을 질러댔다. 며칠 전 방문 구석에 소변을 본 흔적이 발견되었는데, 쌍바오장은 끝까지 부인했지만 우리 모두는 쌍바오장의 짓이라고 확신했다.

"난 벗고 자는 버릇이 있어서 바지를 안 입는다고. 밖에 나갔다가 처녀귀신을 만나면 내 고추를 떼어갈지도 몰라."

쌍바오장은 탁자 위에서 빈 콜라 캔을 찾아내더니, 갑자기 '처녀 찾기' 우스갯소리를 떠올렸는지 모두에게 물었다. "주상이 정말 알아볼까?" 녀석의 물건이 제멋대로 단단해졌는지 콜라 캔 구멍 안에 조준하지 못하고 있는 눈치였다.

"좆나 이 새끼, 어째서 한참을 오줌도 못 싸고 있냐?"

"내가 휘파람이라도 불어주랴?"

"저 새끼 섰어. 다들 봐봐. 새끼 진짜 저질이야." 누군가 침대에서 손전등을 켰다. 손전등 불빛을 받은 쌍바오장의 엉덩이가 보름달처럼 휘영청 빛났다. 녀석의 아랫도리 그림자는 빗자루에 올라탄 마녀 같았다.

쌍바오장의 주의가 흐트러지자 녀석의 아랫도리도 금세 물컹해지면서 정확히 콜라 캔 구멍 안에 오줌을 내갈겼다. 오줌을 다 싸고 난 뒤 녀석은 콜라 캔을 창밖으로 던졌다. 콜라 캔이 기숙사 옆 작은 길에 부딪히는 소리가 짜랑짜랑 울렸다.

32. 마라도나

선생님이 자리가 바르지 않으면 앉지 말고 바르게 잘리지 않았으면 먹지 말라고 하셨잖아요? 그러지 않으면 맹자를 품을 수 없다고.

체육 선생은 마침내 학교 밖으로 나가 오래달리기를 하는 대신 운동장에서 농구를 하게 해달라는 우리의 제안에 동의했다.

체육 선생은 단순하고 순박한 사람이었다. 그는 월급이 아주 적어서 하루 세 끼를 학교 식당에서 해결했는데, 그의 가장 큰 즐거움은 안마나 철봉 연습을 하는 여학생들을 지도하는 것이었다. 그는 따뜻하고 두툼한 작은 손을 가지고 있었다. 공자는 말했다. 천하에 도가 있어도 나는 그와 함께 바뀌지 않으리라. 너도 상남자고 나도 상남자니, 나는 너의 상남자다움과 나의 상남자다움을 바꾸지 않겠다. 나는 너를 부러워하지 않는다는 뜻이다. 어려서부터 어른이 되도록 내가 진심으로 부러워했던 사람은 오직 둘뿐인데 그중 한 사람이 바로 이 체육 선생이다. 봄, 여름, 가을, 겨울을 막론하고 일 년 내내 싱싱한 여자애들의 엉덩이를 만질 수 있기 때문이었다. 특히 당시 시대적으로 만연했던 물질적 결핍 환경을 고려할 때 한겨울에 먹을 수 있는 싱싱한 채소는 배추뿐이었다. 또 다른 사람은 대학에서 나를 가르쳤던 외과 교수다. 그의 주요 전공 분야는 유방 외과로, 매일 아침 진찰실에는 그의 손길을 애타게 기다리는 작고 하얀 젖가슴들이 대기 중이었다.

체육 선생을 기쁘게 하는 비결은 진정성 있는 태도로 이렇게 말하는 것이다. "어째서 선생님이 점점 더 마라도나를 닮아가는 것처럼 보일까요?" 체육 선생은 작달막하면서 몸집이 땅땅한 편이어서 마라도나 같았다. 머리카락도 곱슬머리여서 마라도나 같았다. 축구를 좋아하는 것도 마라도나 같았다. 마라도나가 아디다스를 걸쳤기 때문에 체육 선생은 먹고 쓰는 비용을 아껴서 리성 체육상점에서 진품 아디다스 반바지 운동복을 샀다. 3월 15일에 베이징의 난방이 중지되면 체육 선생은 곧 오슬오슬 소름 돋는 꽃샘추위 속에서도 자신의 진품 아디다스 반바지운동복을 입고 넓적다리와 종아리의 털을 드러냈다. 11월 15일, 난방이 시작될 무렵 다리털이 오그라들 만큼 추위가 닥치면 체육 선생은 더 이상 반바지를 입지 않았다. 그에게는 갈아입을 다른 바지가 없었기 때문에 진품 아디다스 반바지는 유약을 바른 기왓장처럼 언제나 반질반질 윤이 났다. 햇볕이 내리쬐는 운동장에서 그가 우리를 등지고 새로운 방송 체조를 가르칠 때 그의 반질반질한 엉덩이는 거울처럼 빛나고 있었고, 나는 그 거울에 비친 쌍바오장의 그림자를 보고 바지 지퍼를 올리라고 충고해준 적도 있다. 농구장에서 우리는 "진짜 마라도나 닮으신 것 같아요"라고 한 번 더 치켜세웠고, 체육 선생은 유약을 바른 기왓장처럼 반질반질하고 터질 듯 토실한 엉덩이를 뒤룩대면서 우아하게 공을 드리블하며 달려 나갔다. 마치 옛날 무사들이 가슴을 보호하기 위해 착용하던 서슬 퍼런 호심경을 엉덩이에 붙이고 적진을 향해 돌진하는 것 같았다. 형편상 진품 아디다스 축구화까지 구입할 수 없었던 체육 선생은 어쩔 수 없이 짝퉁 제품을 구입했는데 기술이 조악하기 짝이 없는 짝통 푸마였다. 그의 푸마는 쌍둥이를 임신한 것처럼 불룩한 배를 안고 달렸다. 그가 시즈먼 의류시장에서 고른 듯한 가장 진짜 같은 짝통 운동화 뒷면에는 아디다스가 찍혀 있었고 옆면에는 나이키의 유명한 초승달 로고가 박혀 있었다. 고등학교 연합 축구시합을 치를 때 류징웨이는 한 장에 2위안짜리 하늘색 라운드 셔츠를 유니폼으로 정해 도매로 구입했는데, 나와 장귀둥은 그것들을 브랜드 제품으로 바꾸기로 했다. 나는 3~4밀리미터 정도의 납작한 청전석을 찾아냈고 장귀둥의 아디다스 유니폼의 로고를 본떠서 돌에 새겼다. 그러고는 돌에 의류용 염료를 묻혀 셔츠 왼쪽 가슴에 찍었더니 아디다스 셔츠가 만들어졌다. 고작 한 장을 만들었을 때 체육 선생이 어디선가 소문을 듣고 달려왔다. 그는 셔츠를 흘깃 보더니 웃으며 말했다. "짝퉁 티가 나잖아." 그는 진지한 표정으로 짝퉁을 만드는 첫걸음은 위조 도구를 준비하는 게 아니라 오리지널 진품을 준비하는 것이라고 지적했다. 진품 아디다스 로고의 세 이파리는 크기와 모양이 똑같지만 꽃잎이랑은 다르며 나뭇잎으로 보여야 한다고 했다. 나는 장귀둥을 잡아 족쳤다. 그는 자기 바지가 가짜임을 실토하면서 지금까지 상남자인 척 재고 다닌 것은 모두 허영심 때문이라고 했다. 체육 선생은 천천히 자기 오리지널 진품 아디다스 반바지를 벗더니 진지한 표정으로 말했다. "정확하게 크기만 재어야 해. 절대 입어보면 안 돼. 짝퉁이라도 진짜처럼 만들어야 해. 절대 가짜처럼 보이면 안 된다." 나는 진지한 표정으로 그가 건넨 반바지를 받아들었다. 대표팀의 깃발을 받아든 것처럼 두 팔에 무게가 실리면서 밑으로 처지는 게 마치 체육 선생의 반쯤 벗은 엉덩이의 피와 살을 직접 받아 든 느낌이었다. 두 번째 작업은 대성공을 거뒀다. 체육 선생은 세 벌을 만들게 했다. 그의 유명한 아디다스 바지는 드디어 가장 진짜 같은 아디다스 셔츠와 짝을 이루게 된 것이다. 그의 모습은 더욱 마라도나 같았다.

체육 선생은 우리가 만들어준 아디다스를 입은 채 여전히 추운 날씨에 오래달리기를 하라고 우리를 쪼았다. "늬들이 지금은 나를 지미럴 선생이라고 욕하겠지만, 나중에 늬들이나 늬들 마누라는 나한테 감사하게 생각할 거다. 지구력은 무척 중요하니까." 우리가 달려야 하는 코스는 사탕 공장까지 갔다가 오른쪽으로 돌아 자동차 수리점이 있는 거리를 지나서 다시 오른쪽으로 돌아 기계공정 관리대학과 자오룽 호텔까지 갔다가 다시 오른쪽으로 돌아 공중화장실을 찍고 중국청년신문 인쇄 공장을 거쳐 학교로 돌아오는 것이었다. 이 코스라면 버스를 타고 이동할 수 있다는 사실을 우리는 발견했고 몇 번쯤 실행에 옮길 수 있었다. 그러던 어느 날 43번 버스에서 내리는 순간 그 앞에 기다리고 있던 체육 선생과 맞닥뜨리고 말았다. 그는 자상한 태도로 말했다. "앞으로는 우리 운동장에서 뛰자." 3000미터를 뛰려면 운동장 열 바퀴를 돌아야 했다. 일곱 바퀴 돌았을 때 나는 개처럼 혓바닥을 내밀고 있었다. 나중에 잠자리에서 아내가 말했다. 당신, 지구력은 참 좋아. 당신 친구들 말로는 학교 다닐 때 체육은 반에서 꼴찌였다더니, 그 학교는 정말 앞서가는 학교였나 봐. 체육 선생이 정말 좋은 분이셨을 것 같아. 나는 다람쥐 쳇바퀴처럼 돌던 그 운동장을 떠올렸다. 언젠가는 다 뛰는 순간이 온다. 한 바퀴씩 돌자. 나는 혓바닥을 개처럼 내밀고 가쁜 숨을 몰아쉬었다. 중고등학교 시절에는 날씨가 추운 날에만 운동장을 뛰었다. 여름에 침대 위에서 달리기를 하는 건 사람이 할 짓이 아니다.

어른이 되고 나서는 침대가 아니면 달리기를 하지 않았다. 나는 대신 수영을 택했고 오후에 섹스를 하지 않을 때면 21세기 호텔 수영장으로 향했다. 그 호텔 수영장은 표준적인 50미터 규격을 갖추고 있었기 때문이다. 장궈둥은 내가 의학을 전공했으니 섹스할 때 소모되는 운동량을 가르쳐달라고 했다. 나는 전희와 후희, 그리고 중간 과정을 모두 포함하는 풀코스라면 아마도 20~30분 정도가 소요될 것이고, 그 운동량은 500미터를 수영하거나 1500미터 오래달리기를 하는 것과 비슷하다고 답했다. 장궈둥은 나한테 과학적 근거가 있느냐고 물었고, 나는 당연히 그렇다고 대답했다. 오후에 풀코스로 섹스를 두 번 하지 않을 때 나는 1000미터를 수영하거나 3000미터를 뛰는데 그 피로감이 서로 비슷한 정도라고 말이다. 1000미터를 둘로 나누면 500미터이고 3000미터를 둘로 나누면 1500미터로, 이것은 과학적인 답이니 너도 믿지 않으면 안 된다고 못박았다.

체육을 마치고 땀을 닦으면서 교실로 걸어가고 있을 때, 샤오 성을 가진 반장이 나를 불러 세웠다.

"담임이 너 오래."

몽롱시인인 담임선생과 시와 문학에 대해 무엇을 이야기할지 머리를 굴리면서 교무실로 들어갔더니 학생주임도 같이 있었다. 나는 가슴이 철렁했다.

"이리 와서 앉아 봐." 담임선생이 말했다.

"그냥 서 있겠습니다. 교실에서도 계속 앉아 있으니까요." 주위를 이리저리 곁눈질해보니 반경 5미터 안에 빈 의자는 하나도 없었다.

"좀 전에 체육 시간이었니?"

"농구를 하고 왔습니다."

"네가 농구를 하는 줄은 몰랐는데? 시를 쓴다는 이야기는 들었어도 말이다."

"그러니까 지금 막 배우고 있는 중입니다. 시를 쓰는 애들이 너무 많기도 하고, 요즘은 유행도 아니니까요. 최근에는 소설을 쓰는 것이 가장 유행하고 있지요. 하지만 소설은 너무 길다 보니 『베이징만보』 에는 실을 수도 없지요."

"어제 오전에 수업을 들었니?" 담임선생은 갑작스럽게 내 말을 잘랐다.

나는 순간 멍해지고 말았다.

"내가 물어봤더니, 어떤 애는 좀 전까지 널 봤다 하고, 어떤 애는 화장실에 갔다고 하더구나. 내가 2교시에 다시 가서 봤더니 네가 라오청황먀오우샹더우老城隍廟五香豆[팔각, 정향, 계피, 회향, 후추 등 갖은 양념을 뿌린 콩. 상하이의 전통 간식으로 유명하며 전국적으로 유통됨]를 너무 많이 먹어서 변비에 걸린 모양이라면서 화장실에 앉아서 면벽수도 중인 것 같다고 말하는 애도 있었지. 또 어떤 애는 국민으로서의 의무를 다하기 위해서라더라. 웬 백발의 할머니가 쓰러졌는데 곁에 돌봐줄 사람이 없는 걸 보고 네가 그분을 차오양 병원으로 모시고 갔다는 거야. 보아하니, 넌 친구들과 상당히 관계가 좋은 모양이네? 도대체 어제 뭘 한 거야?"

"그런 일들은 실제로 다 겪었던 일들이에요. 하지만 어제는 아팠습니다." 사실 나는 어제 땡땡이친 일을 후회하고 있었다. 장궈둥의 말을 들으니 어제 영어 시간에는 긴 머리카락을 엉덩이까지 늘어뜨린 영어 선생이 우리의 듣기 실력을 향상시키기 위해 시청각실에서 자막 없는 오리지널 영어 비디오 「소피의 선택」을 보여줬단다. "벗은 몸이 얼마나 많아 나왔는데…… 내 귀엔 한 마디밖에 안 들렸지만 말이야. 그 여자가 계속 큰 소리로 'dear! dear!'라고 외치는 소리만 들렸을 뿐 다른 말은 하나도 못 알아듣겠더라고. 하지만 주상 같은 여자애들은 꼼짝도 않고 완전히 굳은 표정으로 화면에서 눈을 못 떼더라." 장귀둥이 내게 말했다.

"그럼 오늘은 어떻게 체육 시간 내내 뛰어다닐 수 있었니?" 마침내 나의 허점이 드러났고, 담임선생은 빈틈을 놓치지 않았다. 담임선생의 반짝반짝 빛나는 두 눈에는 득의의 기쁨이 역력했고 콧방울은 장밋빛으로 물들어 반질반질하다 못해 붉은 꽃잎이 뚝뚝 듣는 듯했다. 담임선생은 여전히 자애로운 얼굴빛으로 숨죽인 채 나의 말에 귀를 기울였다.

"병이 이제 나았거든요."

"어째서 그렇게 빨리 나은 거지?"

"진찰을 받았으니까요."

"어느 병원에 갔지? 진단서 받았니?"

"집에서 진찰받았어요."

"집에서 어떻게 진찰을 받았어?"

"제가 스스로를 진찰했죠."

"어떻게 네가 스스로를 진찰해?"

"집에서 거울을 보면서 제가 제 병을 확인했죠."

담임선생은 이를 악물었고 입가에서 부득부득 이 갈리는 소리가 들렸다. 사람을 어금니로 아그작아그작 씹어버리고 싶은 듯한 표정이었지만 담임선생은 여전히 자애로운 미소로 말했다. "너는 아주 재능이 뛰어난 학생이야. 그런 학생이라면 모름지기 선생을 도와 학교의 규칙들이 준수되도록 모범을 보여야지. 네가 보기에는 요즘 학교 분위기가 어떤 것 같으니?"

"조금 붕 떠 있는 것 같아요."

"그 이유가 뭐라고 생각하니? 친구들이 뭔가 나쁜 책을 읽거나, 나쁜 친구들과 사귀거나, 나쁜 단체라도 조직하고 있는 것 같아?" 나는 상상 속에서 담임선생 얼굴에 일본 제국주의자들의 얼굴에서 자주 볼 수 있는 나비수염을 붙여 넣었다. 중국 농촌의 순박한 소년들을 꼬드기는 일본 황군 소좌로 만들어버린 것이다.

"아마도 날씨 때문이겠죠. 봄이잖아요." 교정에는 완연해진 백목련이 시들어가고 있었고, 금은화니 개나리 따위가 거침없이 노랗게 물들어가고 있었다. "저희는 강한 면역력을 가지고 있습니다. 나쁜 책과 나쁜 사람에 의해 오염되지 않아요. 선생님이 자리가 바르지 않으면 앉지 말고 바르게 잘리지 않았으면 먹지 말라고 하셨잖아요? 그러지 않으면 맹자를 품을 수 없다고."

33. 여인의 즐거움 女兒樂

　　또 다른 한 부류의, 어려서부터 다른 사람을 정서불안으로 만드는 사람들이 있었다. 예를 들어 취얼이나 주상 같은 소녀들. 좋은 소녀들이었다. 얼굴도 좋고, 허리도 좋고, 다리도 좋고, 모든 것이 좋았다.

　　학생주임은 우리의 천적이었다. 그때 그는 같은 하늘을 이고 살 수 없는 철천지원수인 양 우리와 맞섰다. 그야말로 우리의 기억 속에서 그는 최고의 악인이었다.

　　종종 우리는 그가 어떻게 하루를 보내고 있을지 상상하곤 했다. 학생주임의 하루는 다음과 같았다.

　　오전 8시 정각이 되면 그는 교무실 자기 책상 앞에 앉는다. 교무실 책상은 크지는 않았지만 나무 재질은 꽤 좋은 것이었다. 페인트칠공 역시 그 재질을 아꼈는지 칠을 얇게 발라서 원목이 지닌 원래의 아름다운 무늬를 그대로 드러냈다. 책상 위에는 5밀리미터 두께의 유리판이 깔려있고 그 아래 여남은 장의 단체 사진 끼워져 있었다. 그가 가르친 학생들과 함께 찍은 사진으로, 흑백에서 컬러로 바뀌었고 학생들의 옷차림도 낡은 군복이나 부모의 작업복 차림에서 알록달록한 스커트와 푸마, 아디다스 따위의 트레이닝복으로 바뀌었다. 다만 그가 서 있는 자리는 변함이 없었다. 그는 항상 맨 앞줄 한

가운데 학생들 사이에 앉아 있으며, 건강하고 자부심 넘치는 표정으로 웃고 있는 모습이 마치 이름난 조각가가 자신이 만든 걸작들 사이에 앉아 있는 것 같았다. 그와 이야기를 나누고 싶다면 가장 간단한 방법은 이 사진 속의 학생들이 지금 어디에서 얼마나 잘나가고 있는지 물어보는 것이다. 학생주임은 그 이야기로 최소 두 시간은 떠들 수 있다. 핵심은 언제나 두 가지였다. 첫째는 지금 제자들이 대개 당과 정계, 군대, 공직, 검찰, 법조계 등에서 요직을 차지하고 있다는 것이다. 둘째는 제자들이 자신에게 무척 감사하고 있으며, 지금 잘나가게 된 것은 모두 중고등학교 시절 그에게 받은 교육 덕분이라 여긴다는 것이다. 그들은 시시때때로 여러 방식으로 자신을 추억하며 새해가 되면 모두 자기에게 연하장을 보낸다. 그래서 그에게는 늘 연하장이 한 보따리라고 했다. 학생주임은 언제나 교무실 창가에 철사 줄을 매어 한 보따리 연하장 가운데 가장 예쁘고 눈에 띄는 카드들을 골라 철삿줄 위에 빨래처럼 걸어두고 일 년 내내 자랑으로 삼았다.

학생주임은 늘 이런 말을 했다. "자연이 아이들에게 육체를 주었으니, 우리는 그들의 영혼을 조각해야 한다." 이 말을 할 때 그의 표정은 그다지 무시무시하지 않으며 엄청난 책임감과 성취감이 느껴질 뿐이다.

그의 의자는 책상과 마찬가지로 좋은 재질로 만들어진 것이었다. 아내가 그를 위해 면으로 된 방석을 만들어주었는데, 그는 젊은 여선생들에게 본보기가 되기를 바라는 마음에 여름에도 방석을 깔고 앉았다. 그는 말했다. "그러지 않으면 생리불순 등 몸에 안 좋은 영향이 있을 거야."

언제나 그렇듯 그는 보온병 두 개에 끓는 물을 담아두고 차를 우려 마셨다. 9시면 유리판 위에 오늘자 신문을 펴놓고 차를 마시면서 신문 내용을 공부했다. 이 모두가 매우 중요한 과정으로, 선생으로서 학생들의 영혼을 조각하는 데 정확한 방향을 얻으려면 매우 상세한 연구가 필요하기 때문이다.

그는 의자에 앉아서 창문을 통해 교무실 건물 아래 작은 화단을 바라볼 수 있었다. 푸른 잔디와 팬지꽃이 피어 있고 그 위로는 쉬땅나무, 풀또기, 배롱나무의 꽃들을 볼 수 있었다.

그리고 조각상 하나가 세워져 있었다.

그 작은 조각상을 쳐다보면서 학생주임은 문명과 거리가 먼 언어들을 쏟아내고 싶은 충동에 시달렸다. 반년 전쯤 무슨무슨 미술대학 출신이라는 아랫녘 출신 두 사람이 와서는 학교는 과학과 미래를 지향해야 한다면서, 교정에 조각상 하나 없다는 건 젊은 여성에게 코가 없는 것과 마찬가지로 용납할 수 없는 일이라고 우겼다. 교장은 무려 3000위안의 거금을 투자했고, 아랫녘 출신자들은 4개월 동안 일없이 먹고 살았다. 조각상이 완성되었다. 기마 자세로 쪼그리고 앉은 한 여학생이 수소 원자 모형을 두 손에 떠받들고 있고, 남학생은 활 쏘는 자세로 한 손에 우주선을 높이 들어 올린 형상이었다. 선생들은 어떻게 봐도 이 한 쌍의 남녀 학생이 우주에서 오는 손님을 맞이하는 수문장 신 같다고 품평했다.

교무실 건물 맞은편은 소련식으로 지은 교실 건물이었다. 내려다보는 각도에서는 마치 배가 불룩한 비행기처럼 보였는데, 왼쪽 날개는 도서관이었고 오른쪽 날개는 실험실이었으며, 가슴 부분은 교실, 배 부분은 강당과 학생식당을 겸한 로비, 엉덩이 부분은 교직원들이 이용하는 작은 식당이었다. 입 부위가 바로 교실 건물의 정문이었다. 매일 수천 명의 학생들이 이 입을 통해 드나들었고, 학생주임은 나무로 만들어진 훌륭한 의자에 앉아 그 모습을 똑똑히 지켜보았지만 남학생들을 바라보는 일은 극히 적었다. 그의 눈에 비친 여학생들은 두 그룹으로 나뉜다. 브래지어를 한 그룹과 브래지어를 안 한 그룹. 브래지어를 안 한 여학생도 두 그룹으로 나뉠 수 있었다. 원래 할 필요가 없는 그룹과 해야 하지만 안 하고 다니는 그룹으로, 후자 쪽이 가장 혐오스러운 대상이었다. 그 여학생들은 교내 불량한 분위기와 직접적인 관련이 있다. 학생주임은 그렇게 생각했다.

"학교를 짓지 않으면 더 많은 감옥을 지어야 합니다. 학교에 사람이 적으면 감옥에 있는 사람이 늘기 마련이죠. 학교가 제대로 하지 않으면 감옥에는 사람이 넘쳐 골머리를 앓게 될 겁니다." 그는 교무회의에서 이런 말을 할 때마다 스스로 장군이라도 된 듯 느끼는 모양이다. "어쨌거나 중고등학생은 아이들이죠. 막 인생관과 세계관이 형성되는 단계입니다. 마치 아직 갈고 닦지 않은 원석과도 같고, 색칠되지 않은 도화지와 같습니다. 그들에게 문제가 없는 것이 아니라 우리가 발견하지 못한 것에 불과합니다." 누군가 신장에 다녀오면서 바탕이 곱고 수정처럼 매끄러운 옥돌 하나를 학생주임에게 선물한 적이 있다. 학생주임은 그 돌을 보더니 "자르고 갈고 쪼고 문지른 듯하구나如切如磋, 如琢如磨!"라고 『시경』의 시 두 구절을 떠올렸으며, 이를 교육자 인생의 좌우명으로 삼기로 했다. 그래서 그는 옥 장인을 찾아가 예서체로 이 글자들을 옥에다 새긴 다음 구멍 두 개를 내고 고동색 명주실에 꿰어서 허리춤에 달고 다니면서 때때로 만지작거리곤 했다. 장궈둥은 학생주임이 화장실에 갈 때 그 물건을 유심히 관찰하고 나서는 옥돌이 크기나 형태 면에서 학생주임의 불알과 구별이 안 될 만큼 닮았다고 말해주었다. 불알은 아무 때나 밖에 내놓을 수 없고 사람들 앞에서 가지고 놀 수도 없으니 옥돌로 대신하는 것이라는 해석이다.

런 학생주임의 눈에 어떻게 문제가 없을 수 있겠는가? 어떤 꽃은 향기로움을 뿜내고자 하고 어떤 날은 금시라도 비가 올 것만 같고 어떤 여자는 시집가고 싶어 안달복달하는 것처럼 어떤 사람은 어려서부터 정서불안인 것이다.

우리 중 몇몇은 아주 일찌감치 학생주임과 원수 사이였다.

고등학교 첫 학기가 시작되는 날, 우리는 운동장에서 개학식이 시작되기를 기다리고 있었다. 할 일이 없어서 무료했던 우리는 쌍바오장이 위아래로 깔끔하지가 않으니 매무새를 다듬어주겠다는 핑계로 너나없이 달려들어 더듬기 시작했다. 다급해진 쌍바오장은 벽돌 한 장을 찾아 들었다. 우리는 고개를 숙이고 앞으로 달아났고 쌍바오장이 뒤따라왔다. 나는 홍보판 근처까지 달려가 쌍바오장을 향해 메롱하고 혀를 내밀었다. 쌍바오장이 벽돌을 집어던지는 걸 본 나는 본능적으로 고개를 숙였고, 그로 인해 가로세로 2미터쯤 되는 홍보판 유리창이 와장창 깨지면서 산산조각났다. 홍보판에 붙어 있던 레이펑, 둥춘뤼, 황지광 등의 초상이 사방에 널브러진 채 엄숙하고 진중한 태도로 나를 향해 눈을 부라리고 있었다. 학생주임의 조정으로 나와 쌍바오장은 홍보판 유리를 갈아 끼우는 돈을 절반씩 부담하기로 했다.

유리창 배상금을 절반만 내게 해줬는데도 쌍바오장은 학생주임을 증오했다. 그 무렵에는 베이징 내 모든 중고등학교 학생들이 아시안 게임 개최 준비를 위해 1위안짜리 아시안 게임 복권을 한 장씩 사야 했다. 류징웨이와 장궈둥이 긁은 복권에는 "고맙습니다"라는 문구가 쓰여 있었다. 내가 긁은 복권은 5등짜리로 2위안을 받을 수 있었다. 나는 학교를 빠져나가기도 전에 담임인 국어 선생에게 붙잡혔고, 그 복권을 다른 복권 2장으로 바꿔야만 했다. 물론 다시 긁었을 때는 당연히 '고맙습니다'였다. 쌍바오장은 복권을 긁고 나서 수상하게한 마디도 하지 않았다. 그러나 얼굴이 붉으락푸르락한 게 무언가 참고 있는 눈치였다. 그는 담임선생이 교실에서 나가자마자 달려와 참았던 말을 내뱉었다. "나, 나, 나, 1등이야. 500위안이라고! 전 지역에서 이런 건 한 장뿐인 거지!" 우리가 덮치듯 달려가 들여다보니 과연 1등이었다. 그때 생각에 500위안이라는 돈은 평생가야 구경도 못 할거액이었다. 쌍바오장이 이어서 말했다. "500위안이면 비디오를 수백번이나 볼 수 있어. 후루왕에 가서 거기 있는 탕후루를 다 사 먹을수도 있어. 5자오에 1줄이니까 산자 열매로 된 탕후루를 다 사고 팥앙금과 호두가 들어 있는 것도 살 수 있을 거야. 500위안을 1위안짜리 지폐로 바꾸면 세는 데 한나절은 걸릴걸. 그 돈을 은행에 넣으면매달 이자만으로도 아이스크림을 실컷 사 먹을 수 있을 거야. 너희들 손은 이런 운이 없었으니까 너희들 몫은 없는 거다. 기껏해야 내가 너희들한테 딩러우빙은 한 번 쏠 수 있겠지." 우리는 입을 모아 외쳤다. "Thank you, 오줌싸개!" 그때 반장이 달려와서는 학생주임이 쌍바오장을 교무실로 부른다고 했다. "틀림없이 현금으로 받겠느냐은행에 넣겠느냐 물으시겠지. 나는 은행에 넣겠다고 할 거야. 아니면학교에서 네 놈들한테 빼앗길 테니 말이야." 쌍바오장이 불려가고 나서 한 시간 뒤, 전교생을 학교 운동장으로 소집하는 방송이 흘러나왔다. 우리가 밖으로 나갔을 때 쌍바오장은 운동장 체조 단상 위에서 있었다. 내 기억에 그가 그 자리에 선 것은 그때가 처음이자 마지막이었다. 그 곁에는 학생주임이 근엄한 태도로 느긋하게 서 있었다. 쌍바오장은 집에 불이 났거나 누가 돌아가시기라도 한 것처럼 얼굴을 붉힌 채 고개를 숙이고 있었다. 학생들이 시커멓게 모인 운동장위에서 쌍바오장은 학생주임에게 종이 한 장을 받아들고 읽었다. "조국이여, 나의 어머니여! 조국은 아름다운 강산과 유구한 역사와 찬란한 고대문화를 지녔으며, 영광스러운 혁명 전통과 뛰어난 사회주의 제도를 갖추고 있습니다. 조국은 수많은 괴로움과 어려움을 이겨내고 이제 청춘의 찬란한 아름다움을 빛내며 새로운 얼굴로 중흥의 길을 걷고자 합니다. '나는 사회주의 조국을 사랑합니다', '우리 모두 단결하여 중화를 부흥시키자'라는 소리가 내 마음에 울려 퍼지고 있습니다. 숭고한 애국주의는 사회주의를 건설하는 위대한 정신적 역량입니다. 그것은 내가 원대한 혁명의 이상을 세우고 조국의 번영과 부강을 위해 청춘과 나의 모든 것을 바치도록 격려합니다. 고등학교 2학년 3반 학생인 나 쌍바오장은 조국을 위해, 아시안 게임을 위해, 우리 학교를 위해, 우리 반 전체를 대표해 아시안 게임 복권으로 얻은 500위안을 국가에 헌금하기로 자원했습니다." 단상 아래에서는 우레 같은 박수갈채가 쏟아졌고, 쌍바오장은 울음을 터뜨렸다가 환하게 웃어 보였다. 쌍바오장은 우리의 부축을 받으며 기숙사로 돌아갔다. 그는 그날 하루가 다 가도록 한 마디만 되풀이할 뿐이었다. "지미럴 학생주임, 지미럴. 지미럴 학생주임, 지미럴. 지미럴 학생주임, 지미럴. 지미럴 학생주임, 지미럴. 지미럴 학생주임, 지미럴. 지미럴 학생주임, 지미럴. 지미럴 학생주임, 지미럴."

학생주임의 눈에는 또 다른 한 부류의, 어려서부터 다른 사람을 정서불안으로 만드는 사람들이 있었다. 예를 들어 취얼이나 주상 같은 소녀들. 좋은 소녀들이었다. 얼굴도 좋고, 허리도 좋고, 다리도 좋고, 모든 것이 좋았다. 그러나 교문 앞에서 어슬렁거리는 어중이떠중이 건달 놈들이 대부분 취얼이나 주상 같은, 그 좋은 소녀들을 기다리는 것을 보면서 학생주임은 절로 한숨을 내쉬었다.

"어떻게 문제가 없을 수 있겠어? 교정 안에 야한 책들이 돌아다닌

다고 하던데. 손으로 베낀 책이 아니라 외국에서 수입한 야한 화보집
이라고. 게다가 야한 노래도 제멋대로 지어 부르고 있지. 이런 것들
이 합쳐지면 문제는 분명해지는 법이야. 야한 책을 보면 이 냄새나는
사내 녀석들의 욕망을 자극하기 때문에 그런 노래가 떠돌게 된 거라
고. 게다가 화장실에서는……" 화장실을 떠올리며 학생주임은 또 문
명과 거리가 먼 언어들을 내뱉고 싶은 충동을 느꼈다.

"이 못된 깡패 새끼들! 의미 있는 일을 떠올리고 원고지 위에 좋은
일과 좋은 사람에 대해 적어보라고 하면 800자도 못 채우면서 화장
실만 들어가면 할 말이 어쩌나 많은가 몰라." 화장실 벽에는 중국어
뿐만 아니라 영어도 있었고, 표준어뿐만 아니라 사투리도 있었다. 글
자만 있는 게 아니라 삽화도 그려 넣었다. 벽에만 쓰는 것이 아니라
문이나 시멘트 바닥에도 뭔가가 적혀있다. 학생주임은 소변기 주변의
바닥이 고르지 않은 부분을 시멘트로 메우라고 지시한 뒤 얼마 후
와보니 채 마르지도 않은 시멘트 위에 지렁이가 기어가는 듯한 글씨
로 이렇게 적혀 있었다. "여인의 즐거움은 사내의 물건으로 죽여주는
것이지女兒樂, 一根鷄巴往里戳." 완전히 새로운 내용은 아니고 고전문학
속의 시가 작품을 개사한 것이었다. 아마도 『금병매』는 이런 글귀 때
문에 금서가 되고 말았을 것이다. 학생주임은 대변기 쪽으로 가서 볼
일을 보다가 또 다른 글귀를 발견했다. "검은 수풀을 헤치니 작은 꼬
마 하나가 보이는구나. 붉은 문짝을 젖히며 건달 하나가 들어가고 두
나쁜 놈이 남겨졌구나." 그가 페인트와 붓을 가져와 그 낙서를 지우
려는데 이번에는 변기 안에 씻겨 내려가지 않은 똥 덩어리와 함께 미
묘하게 변한 낙서 내용이 보였다. "……젖히고 학생주임이 들어가고
두 나쁜 놈이 남겨졌구나."

"내일은 반드시 사람을 불러다가 화장실 문을 전부 검은색으로

칠해버리고 말 겁니다." 학생주임은 교실 복도에서 우리 반 담임선생에게 이 말을 하고 또 했다.

34. 『서양미술사』

하버드에 가서 공부하고, 주상의 남편이 되겠다.

수업 끝나는 벨이 울렸다.

1, 2층의 저학년 학생들이 교실 밖으로 쏟아져 나가면서 함성을 질러댔다. 낫과 쟁기를 들고 혁명에 나선 농민들처럼 아이들은 저마다 손에 들린 탁구채를 휘두르며 시멘트 탁구대가 있는 아래층으로 파도처럼 달려갔다. 위쪽 창문으로 이 모습을 내려다보던 고학년생 하나가 악의적으로 분필 토막을 던지곤 했다. 분필에 맞은 하급생들이 고개를 들어 할아버지 할머니까지 들먹이며 욕설을 쏟아내자 고학년생은 자기 뒤에 있던 죄 없는 누군가를 창가로 끌어당겼다.

나는 이 와자지껄한 소란 속에서 반장이 침착한 태도로 자리에서 일어나는 걸 보았다. 녀석은 트레이닝복 위의 아디다스 마크가 잘 펴지도록 옷매무새를 가다듬더니 오른손으로 머리카락을 넘기며 주상에게 향했다. 우리가 짝퉁 아디다스 라운드 셔츠를 찍어냈을 때 반장은 우리의 생산품을 원하지 않았던 유일한 인물이었다. 그는 직접 셔츠를 사러 갔다. 그의 왼쪽 가슴 위에 새겨진 아디다스 마크는 실로 수놓은 것이어서 우리의 인쇄 작품과는 확연히 달랐다.

장궈둥은 뼛속 깊이 녀석을 무시하고 있었다. 그는 수염이 나지 않은 녀석의 흰 얼굴과 고자질하기를 좋아하고 여자를 밝히면서도 근엄한 척 사람을 닦달하는 성품으로 보건대 마땅히 환관이 정당한 직업이었던 시대에 태어났어야 한다고 이죽거리곤 했다. 사실 장궈둥도 반장이 매우 출중한 인물이라는 사실은 인정하고 있었다. 그러나 그의 두뇌는 주도면밀할 뿐 그밖에 남다른 점은 없었다. 그는 모든 일 처리에 꼼꼼한데다 언어 표현도 섬세했다. 어쩌면 그러한 섬세함 때문에 반장이 되었을 것이다. 녀석과 같은 초등학교를 다녔던 애들은 녀석이 교실 앞에 걸려 있는 마오 주석의 초상화를 언제나 진지하게 바라보았다고 했다. 우리가 중학교에 올라올 무렵 마오 주석은 오직 톈안먼 광장에서 사진을 찍어대는 인민들과 창안 거리를 지나다니는 차량들만 바라보게 되었다. 그러자 반장은 습관적인 경외의 시선을 담임선생에게로 향했다. 그 결과 담임이 발표한 모든 몽롱시들을 마오 주석의 작품보다 더 줄줄 읊어대는 수준이 되었다. 그래서 담임선생은 마치 의발을 전수할 수제자를 찾아냈다는 듯 엄숙한 표정으로 녀석에게 반장의 직무를 맡겼으며, 다른 동료 선생들에게도 녀석에게 높은 점수를 주도록 영향력을 행사했다. 그녀가 가르치는 국어 과목은 더 말할 것도 없었다. 그녀가 "의인법과 대구법이 뛰어나니 작문은 만점이야"라고 하면 아무도 이의를 제기할 수 없었던 것이다. 수학 선생은 한술 더 떠서 아주 세심한 방식으로 점수를 얹어주었다. 녀석이 별 관련 없는 방정식을 쓰는 경우에도 점수를 주었고, 몇몇 연산 과정을 건너뛰어도 점수를 주었고, 답에 단위를 더 적는 경우에도 점수를 주었다. 어떻게도 할 수 없는 경우에는 이렇게 말했다. "틀리기는 했지만 난 반장이 무슨 생각으로 이렇게 썼는지 알 것 같군요. 반장의 사유는 기본적으로 정확해요."

장궈둥은 3층 남학생 화장실 두 번째 문 앞에 다음과 같은 낙서가 있다고 내게 말했다. "하버드에 가서 공부하고, 주상의 남편이 되겠다."

장궈둥이 말했다. "우리 반장의 꿈이 참 원대하지. 난 녀석의 글씨체를 알아볼 수 있다고. 오글거리거든."

"넌 꿈이 뭔데?" 내가 물었다.

"돈 버는 거지. 그리고……."

"뭔데?"

"만약 내 꿈과 우리 반장의 꿈이 모두 실현된다면 말이지, 나는 온 힘을 다해서 녀석에게 초록 모자를 씌울 테야. 벤츠 600을 몰고 녀석의 집으로 달려가서 핸드폰으로 주상에게 전화를 걸고 옛날이야기를 할 거야. 서두르지 않고 천천히 노닥거려야지. 우선 주상에게 춤을 추자고 할 거야. 주상은 내 리듬감이 좋다고 칭찬하겠지. 스텝이 자연스러워서 춤출 줄 모르는 여자도 리드하는 대로 잘 따르게 된다고 말이지. 나는 주상을 살짝 밀었다가 당겨서 내 품 안에 들어오게 하면서 스텝이 가볍다고 칭찬하겠어. 이야기를 나누던 우리는 밤 열두 시에 약속이라도 한 것처럼 학교 운동장으로 달려가는 거야. 우리는 서로 기댄 채 앉아있고 주변은 온통 새카만 어둠이지. 밤새도록 마작을 하는 불빛들만이 우리의 별과 달을 남몰래 지켜보겠지. 내 숨소리와 주상의 심장 뛰는 소리만 들릴 뿐 대지는 온통 고요하지. 틀림없이 녀석을 초록색으로 물들이고 녀석의 심장을 꿰뚫어서 아랫도리가 서지 못할 만큼 쪼그라들게 만들어버릴 거야. 녀석은 전봇대가 줄줄이 늘어선 거리를 헤매다가 그 위에 나붙은 광고를 보고 후미진 후통으로 들어가 늙은 군의관을 찾아가겠지. 하지만 사기를 당해서 주사 한 대 맞고는 영영 불구가 되고 마는 거지. 그러면 나는 그의 딸아이와 친해져서 함께 디스코텍이나 가라오케에 다니고 호텔과 바에 데려갈 거야……. 원하는 건 뭐든 유행하는 걸로 사주고 집에 돌아가기 싫게 만들겠어. 딸은 자기 아빠를 볼 때마다 불만에 차서 툴툴거리고, 때때로 주상에게 달려가 이렇게 묻겠지. '엄마는 왜 저런 사람을 내 아빠로 삼은 거예요?'"

샤오 반장은 주상에게 다가가서 오른손 검지로 가볍게 책상을 두드렸다. 주상이 그의 존재를 의식하자 왼손을 뻗어 『서양미술사』라는 책을 내밀었다.

"돌려줄게, 고마웠어. 정말 읽을 만하더라. 요즘 이렇게 장정이 좋은 책은 흔치 않지. 싼롄 서점 것은 완전히 차원이 다르네. 가격도 아주 싸더라고. 어디서 산 거야?"

"싼웨이 서옥."

"어떻게 가지? 나도 돌아보고 싶은데. 하지만 서쪽 지역은 길을 잘 몰라서."

"톈안먼에서 서쪽으로 자전거 타고 곧바로 가면 돼."

"아, 내가 젤 무서워하는 게 길 찾기라서. 내일 수업 끝나고 나랑 같이 가줄 수 있을까? 친구 하나 돕는 셈치고. 어때? 저녁은 내가 살게. 시단 쪽이라면 나도 잘 알아."

"나도 어떻게 가는지 까먹었어."

"그래? 그럼 됐어. 그 책에서 가장 좋아하는 그림은 어떤 거야? 난 미켈란젤로의 「천지창조」가 좋더라. 그렇게 광대하고 심오하고 힘이 넘치는 작품은 흔치 않지. 중국 사람들은 절대 그런 그림을 그려내지 못할 거야. 고대의 암굴 벽화를 제외하면, 중국인들은 남성미 넘치는 그림을 그려낸 적이 없거든. 미켈란젤로는 정말 대단한 것 같아."

샤오 반장은 미켈란젤로라는 다섯 글자를 또박또박 낭랑한 목소리로 발음했다. 그 단어를 발음할 때 그의 얼굴에는 자세히 보지 않아도 누구나 알아챌 수 있는 득의양양함이 엿보였다.

나는 곁에 있던 책상에서 몸을 일으키면서 잠에서 덜 깬 눈으로 큰 소리로 물었다. "미켈란젤로가 어째서 그렇게 '미대味大'한지 알아?"['미대'라는 말은 중국어로 '냄새가 대단하다'라는 뜻으로, '위대하다'와 발음이 같다.]

"천재니까. 세속적인 사람들은 진정한 천재를 알아보지 못하지."

"틀렸어. 미켈란젤로가 일생 동안 씻은 적이 없기 때문이야. 미켈란젤로는 목욕을 하면 원기가 상한다고 굳게 믿었대. 그래서 씻고 싶다는 생각이 들 때마다 말없이 앉아 있다가 자기 몸에 향수를 뿌렸다는 거야. 그렇게 날이 가고 달이 가니까 겨드랑이 냄새, 발냄새, 땀내 찌든 쉰내 등 온갖 악취가 향수 냄새와 뒤섞이게 된 거야. 그래서 그는 대단한 냄새를 풍기게 된 거지."

주상은 싱긋 웃기만 할 뿐 아무런 말도 하지 않았다.

주변은 시끌시끌했지만 우리 쪽을 주목하는 시선이 없진 않았다. 샤오 반장은 작은 소리로 웅얼댔다. "저속하긴. 재미없게."

나는 반장의 보복이 두렵지 않았다. 이번에 아버지가 승진을 해서 반장 아버지보다 두 계급이나 높았으니까. 류징웨이의 아버지는 반장 아버지보다 세 계급이나 높았고, 반장 엄마와는 전부터 미심쩍은 관계였다. 반장 아버지는 팡즈커우에서 꽃 같고 옥같이 고운 수많은 모델들을 관리했고, 류징웨이의 아버지는 옛 애인에게 조심하라고 일러주었다. 마치 환관 고력사가 무엇을 할 수 있는지 당 현종은 꿈에도 생각지 못했던 것처럼 반장 엄마는 입을 삐죽거리면서 되물었다. "그 사람이?"

"양귀비가 그랬다죠. '비누라면 난 럭스만 써요.'[중국어로 '럭스' 비누와 고력사의 '력사'는 발음이 같다]." 류징웨이는 자기 아버지에게 이렇게 말하면서 옛날 애인에게 마음 놓지 말라고 다시 충고하는 게 좋겠다고 말했다고 한다.

나는 주상이 웃는 모습을 보는 것이 좋았다. 반장은 주상의 곁에 앉았다. 나는 주상이 웃는 것을 볼 때마다 안아주고 싶은 충동을 느꼈다. 그녀가 내 품 안에서 웃게 만들고 싶었다.

"반장, 넌 책을 많이 읽었으니까 내가 어려운 질문을 좀 해도 될까? 베토벤은 왜 이 손가락을 피아노 치는 데 쓰지 않았을까?"

나는 오른손 검지를 뻗으며 물었다.

반장은 역시 품격이 있는 사람이었다. 내가 그를 속여 넘기려는 것을 눈치챘지만 뭐라 대답해야 좋을지 모르자 그냥 웃었다. 그리고 자부심 넘치는 미소를 지어 보이고는 자기 자리로 돌아갔다. 그러나 그 행동의 효과는 뻔뻔함이라는 재능을 타고났으며 후천적으로도 엄격하게 훈련을 마친 나에게 아무런 영향도 미치지 못했다.

"모르겠어? 이건 내 손가락이니까."

"주상." 나는 작은 목소리로 주상에게 속삭였다. "사실 우리 반장도 '미대'하고, 게다가 신기하기까지 하거든. 지난 반년 동안 나는 풀리지 않는 몇 가지 문제를 생각하고 있는데 말이야. 한 가지는 건축 현장에 있는 타워크레인이 어떻게 높이 올라갈 수 있을까 하는 것이고, 다른 하나는 우리 반장의 가르마는 어떻게 한 올의 흐트러짐도 없을까 하는 것이었어. 두 번째 문제는 어제서야 비로소 답을 알았지." 나는 이어서 말했다. "무스라는 게 있는데 말이야, 머리에 바르고 빗질을 하면 장비도 미인으로 변한다네. 머리카락이 한 올도 흐트러지지 않는대."

35. 『신혼필독』

난 잠들고 싶다고. 혼자서.

어젯밤 취얼이 내 방을 찾았다. 머리를 새로 손질했는지 이마를 덮은 앞머리가 흐트러짐 없이 안으로 굽어 있었다.

"앞머리가 멋지네." 나는 손을 뻗어 가만히 만져보았다. 딱딱했다.

"무스를 발라서 그래."

내가 문을 열고 들어왔을 때 취얼은 방 안에 먼저 와서 앉아 있었다. 그녀는 내 방 열쇠를 가지고 있다.

"내가 말했지. 열쇠는 웬만하면 쓰지 말라고."

"뭐가 무서운 건데? 내가 너랑 자는 다른 여자애랑 마주칠까봐 무서워? 주상 같은? 날 그런 눈으로 보지 마. 몽한약蒙汗藥[무협소설에 자주 등장하는 마취제]을 쓰지 않는 한 넌 손도 쓰지 못할 걸. 주상은 미래의 남편에게 순결을 바칠 테니까. 다른 여자라면, 난 여기 조용히 숨죽이고 앉아서 네가 일을 마칠 때까지 기다릴게."

"오늘은 어째서 이렇게 화가 나셨을까. 또 어떤 꽃미남이 널 무시한 거야? 난 널 위해서 옥처럼 깨끗하게 몸을 아끼고 있다고. 다른 사람이 무서운 게 아니라 우리 엄마, 아버지가 들어오실까 봐 걱정되는 거야. 또 너한테 보기 흉한 꼴을 보이거나 부모님이 나한테 왜 너 같은 불량소녀와 친하게 지내냐고 물으실까 봐."

"내가 화장실에 숨어 있으면 되잖아. 문을 열고 들어오는 사람이 네가 아니면 바로 화장실로 달려가 문을 잠가버리면 돼. 네 부모님이 숨이 넘어가실 때까지 안에서 안 나오는 거지. 너네 엄마가 날 어떻게 보시는지 봐. 내가 무슨 귀신 이야기라도 되는 양 구시잖아."

"화장실에서 먼저 숨 막혀 죽을 사람은 너야. 우리 엄마를 너무 비난하지 마. 엄마는 네가 내 동정을 훔칠까 봐 걱정하시는 것뿐이니까. 사실 그렇기도 하지. 근데 내가 들어올 줄 어떻게 알았어?"

"넌 타고난 호색한이잖아. 넌 열쇠를 구멍에 넣을 때면 언제나 부산을 떨면서 휘파람을 불거든. 마치 다른 구멍에다 뭘 넣을 때처럼 말이야."

"역시 날 아는 건 너뿐이구나. 넌 나의 지기야!" 내 손이 취얼의 손을 거머쥐었다. 취얼은 웃어 보이더니 그대로 내 품에 안겼다. 취얼과 함께 있으면 나는 언제나 나 자신이다. 감출 것도, 아닌 척할 필요도 없다. 그저 바람이 불고 비가 오는 것처럼 자연스럽고 자유롭다. 두 사람은 같은 상표의 담배를 좋아하고, 같은 상표의 맥주를 좋아하며, 맥주 세 병쯤 마시면 감정이 동요하는 것도 비슷했다.

"머리가 좀 길었나?" 나는 취얼을 떠올릴 때가 많았다. 특히 피곤할 때나 머리가 복잡할 때는 취얼이 곁에 있는 듯한 환상에 빠져들곤 했다. 취얼의 어깨에 머리를 기대며 끌어안은 채 삽입하고, 우아함이라고는 털끝만큼도 없는, 세상이 놀랄 만한 터무니없는 말들을 끊임없이 주고받는 것이다.

나는 취얼의 목에 머리를 묻었다. 그녀의 머리카락은 매끄럽고 향굿했다.

　내 손가락이 취얼의 머릿결을 따라 미끄러질 때 샴푸 향에 덮일 수 없는 그녀의 향기를 맡기만 하면 내 아랫도리는 순식간에 단단해졌다. 이것은 불가사의한 일이었다. 나는 그리 예민한 사람이 아니다. 학생주임이 우리보다 훨씬 민감했다. 나는 우연히 공중화장실에서 학생주임과 나란히 서서 소변을 본 적이 몇 번 있다. 남자 화장실의 소변기 위쪽에는 사람 키의 절반쯤 되는 커다란 창문이 있어서 소변기 앞에 서면 어깨 위쪽이 창밖으로 드러났다. 그리고 바로 옆에 붙어있는 여자 화장실에 드나드는 여학생들을 볼 수 있었다. 한 번은 학생주임과 내가 거의 동시에 소변기 앞에 서서 거의 동시에 지퍼를 내렸다. 덕분에 학생주임의 허리춤에 매달린 '절차탁마'라는 좌우명이 새겨진 옥돌 노리개를 볼 수 있었다. 우리는 거의 동시에 볼일을 보기 시작해서 거의 동시에 끝났고, 각자의 어린 아우들을 가볍게 털고 있을 때 주상이 화장실에서 나오는 모습을 거의 동시에 보게 되었다. 나는 이어서 마무리 작업을 수행할 수 있었지만 학생주임은 꼼짝도 못하고 있다는 사실을 깨달았다. 갑작스럽게 발기한 것이다. 그는 엄숙한 목소리로 마른기침을 하더니 부자연스럽게 지퍼를 잠갔고, 뒤도 돌아보지 않고 자리를 떴다.

　"이번에 머리하면서 조금 다듬었어. 머리끝이 자꾸 갈라져서. 어이, 냄새나는 자식아! 말해 봐. 얼마나 날 못 보고 지낸 거지? 얼마나 날 안아보지 못한 거야? 내가 그립더냐?"

　"그리웠지."

　"다른 여자 쫓아다니는 일은 재미있고?"

　"난 안 쫓아다닌다고. 장귀둥이 쫓아다니는 거지. 난 어시스트를 하는 거야. 그 애가 장귀둥에게 관심이 있는지 알아봐주겠다고 했거

든. 내 자리도 양보했다고. 장궈둥이 그러는데, 지금까지는 여전히 양
초를 씹는 것 같대."

"그건 그 애가 먹을 복이 없는 거고. 네가 어시스트한다고? 장궈둥
이 실패하면 네가 바지 벗고 올라가려는 거 아니고?"

"양초를 씹는 맛도 맛은 맛이니까."

"양초를 씹을 때도 내가 그립긴 하니?"

"그립지."

"어디가 그리운데? 이 녀석이 날 그리워하는 건가?" 취얼은 내 귓
불을 깨물면서 말했다. 그러더니 내 귓불에 키스했다.

"가장 그리워하고 있지." 내가 말했다.

나는 처음 한 번을 떠올렸다. 1년 전의 처음 한 번. 오늘 같은 날
씨였다. 막 비가 그치고 하늘이 맑게 개기 시작하자 공기에서 진흙
냄새가 났다. 우리 둘은 나란히 이 침대 가장자리에 앉아있었다. 침
대 위, 전날 엄마가 볕에 널어 말린 이불에서는 햇볕 냄새가 났다. 그
때도 취얼은 똑같은 질문을 던졌다. "내가 그립더냐?" 그때도 그 말
이 끝나자마자 내 귓불에 키스하기 시작했다. 그다음에는 턱, 그다음
에는 목, 그다음에는 가슴, 그다음에는 허벅지, 그다음은 아랫도리로
이어졌다. 취얼 앞에서, 오직 취얼 앞에서만, 나는 이성이 마비되었
다. 대뇌를 대신해 아랫도리가 나의 모든 행위를 주관했다. 나는 벌
거벗은 채 굶주린 만큼 먹었고, 목마른 만큼 마셨다. 내 혈관의 모든
피가 대뇌로부터 흘러나와 아랫도리를 꽉 채웠고 녀석은 머리를 불
끈 들어 올리며 말했다. 그녀를 안아. 그래서 나는 취얼을 안았다. 녀
석은 점점 커지더니 말했다. 어떻게 하지? 그래서 나는 취얼에게 물
었다. 어떻게 하지, 취얼? 취얼은 말없이 손을 가져가 녀석을 잡고 정
확한 위치를 가르쳐주었다. 녀석이 말했다. 너무 뜨거워. 그래서 나는

취얼에게 물었다. 더 이상 못 버티겠어. 어떻게 하지? 취얼이 말했다. 안 되겠으면 버티지 마. 처음인데 이미 충분히 길게 버텼어. 싸도 돼. 나는 한숨을 내쉬었다. 그대로 싸버렸다. 취얼은 내 어깨와 등을 두드리며 다독이며 말했다. 괜찮아. 피곤하지?

내 몸에는 남들과는 다른 무언가가 있다고 취얼은 말했다. 그녀는 그것을 이해할 만큼 인내심이 충분하진 않았지만 키스로 내 물건을 일으켜 세울 정도의 인내심은 갖고 있었다. 그날 내 어린 물건은 아주 크게 부풀어 올랐다. 나는 물을 흠뻑 머금고 부풀어 올라 싹을 틔우기 시작한 씨앗을 떠올렸고, 어렸을 때 본 영화에서 티베트 여주인이 남자 농노를 채찍으로 때렸을 때 내 몸에 생겼던 변화를 떠올렸다. 정말이지 너무 크게 부풀어 올라서, 술을 진탕 마시고 쓰러졌다가 일어난 다음 날 머리가 터질 듯 아픈 것처럼, 아버지 면도칼로 입가에 난 솜털을 처음 밀었을 때 윗입술이 팽팽히 부어올랐을 때처럼, 가슴이 미어질 듯 답답했다.

맨 처음 그때처럼, 잘 발육된 취얼의 몸은 마치 굽이치는 골짜기 사이로 난 작은 길 같았다.

"누워봐. 아무 말도 하지 말고. 정말 아름다워."

둘 사이에서 나는 내가 무엇을 가졌으며 또 무엇을 원하는지 분명히 알 수 있었다. 그러나 이 모든 것의 의미와 결과는 알 수 없었다. 나는 그저 끊임없이 마을들 사이로 이어진 작고 굴곡진 길들을 달릴 뿐이다. 창밖으로 높이 솟은 건물들은 일종의 숲과 같았다. 끊임없이 달리기만 하면 아랫도리는 투명해져서 앞길을 훤히 밝힐 것이다. 하지만 왜 뛰어야 하는 거지? 부풀어 올랐기 때문이다. 어째서 부풀어 오르는 거지? 누군가 아랫도리를 좋아해주기 때문이다. 어째서 누군가 아랫도리를 좋아해주는 거지? 거기에 다른 뭔가가 있기 때문이다. 그 뭔가는 과연 남들과 다른 것인가? 허튼소리다. 끝까지 달려가면 또 뭐가 어떻게 되는 거지?

나는 며칠 전 골탕 먹은 일을 떠올렸다. 농구를 하고 나서 땀범벅이 되어 자리에 앉았을 때 매우 세심하게 포장된 작은 상자 하나를 발견했다. 속으로 기뻐하며 '또 어떤 여자가 나를 짝사랑하는 건가?' 생각했다. 푸른 바탕에 노란 곰돌이가 그려진 포장지를 벗겨내자 붉은 바탕에 노란 장미가 그려진 색종이가 보였다. 다시 벗겨냈더니 이번에는 초록 바탕에 잣나무 그림이 그려진 포장지가 나타났다. 네 번째로 포장지를 벗겨냈을 때 비로소 종이 상자가 보였다. 나는 호흡을 멈추고 조심스럽게 열었다. 그 안에는 하트 모양으로 접힌 쪽지가 들어 있었다. 쪽지를 펴보니 다음과 같은 글이 쓰여 있었다. "바보 천치." 이를 본 장궈둥이 배꼽을 잡고 웃더니, 샤오 반장 글씨 같다고 말했다. 지금 육체 아래 놓인 길과 마음에서 내려놓지 못하는 주상은 이처럼 무수한 색종이로 포장된 종이 상자가 아닐까?

마을 사이로 난 길은 가면 갈수록 경사가 가파르고 가면 갈수록 험난하고 어지러워졌다.

"조용히 해." 5층 쪽으로 시선을 돌리자 베란다에는 주상의 팬티가 볕을 쬐고 있었다.

"이런! 너희 부모님은 아직 오시지도 않았는데 누가 들을까 겁내는 거야? 이웃 사람들? 이웃에서는 틀림없이 또 고양이가 소란을 피운다고 생각할 거라고!"

"소리 좀 낮추라고." 5층 베란다에서는 흰 바탕에 분홍 꽃무늬가 있는 팬티가 바람에 살랑살랑 나부끼고 있었다.

"좋아! 그럼 내가 뽀뽀하게 해줘." 취열은 내 목에 자기 입술을 갖다 대더니 있는 힘껏 빨아들였다.

"아파!"

"내 마음은 더 아파."

"아프다고."

"내일 네 목에는 검붉은 키스 마크가 생길 거야. 폈다가 지는 장미 꽃잎같이 검붉은. 책에서는 '춘인春印'이라고 가르치는 것이지. 내일 너는 그 키스마크를 달고 학교에 갈 거야. 네 짝이 정말 널 좋아한다면, 또 충분히 똑똑하고 세심하다면 눈여겨보겠지."

나는 그저 끊임없이 달릴 뿐이다. 지치면 지칠수록 발밑의 길은 점점 더 이리저리 꼬여간다. 마침내 더 이상 버틸 수 없게 되면 나는 달리지 않을 것이다. 또 어디까지 달려가야 한단 말인가?

"넌 정말 일을 잘하는구나. 스스로를 잘 지키렴." 그녀는 내 꼬마 녀석에게 속삭였다. 마치 처음인 것처럼 그녀는 다시 녀석을 데리고 놀기 시작했다. "이번에는 왜 이렇게 얌전한 거야? 내가 노래를 불러 줄 테니 들어볼래? '일어나라, 일어나라, 일어나라! 노예가 되고 싶지 않은 프롤레타리아여!' 알겠니? 내가 어떤 가게에서 자명종을 봤거든. 다음번에 네게 선물로 사다줄게. 그 자명종은 말도 하더라. 시간이 되면 이렇게 소리쳐. '일어나라, 일어나라, 꽉 붙들고 절대 놓지마.' 추수이, 너 잠들어 있으면 안 돼. 젊음과 힘만 믿고 기교를 배우지 않으면 안 되는 거라고. 『신혼필독』이란 책도 안 읽어봤어?"

"읽을 필요 없어. 다 아는 걸. 내가 직접 쓸 수도 있을 정도야. 일을 끝내고 난 뒤 그냥 잠들지 말고 애무해야 한다는 거 아냐? 볼일이 끝난 뒤 숫총각들이 얼마나 괴로운지 알아? 둥춘뤼, 황지광 등을 생각하면서 오늘 학교에서 배운 수산화나트륨의 분자식과 쌍곡선 방정식을 복습해야 하거든. 그러니까, 난 잠들고 싶다고, 혼자서.

취얼은 지니고 다니는 작은 파우치를 들고 화장실로 갔다. 파우치

안에는 티슈와 작은 병에 든 클렌저, 올레이 로션, 무스 등이 들어 있었다. 앞머리를 몇 번 만져주자 처음처럼 한 올 흐트러짐 없이 안쪽으로 말려들었다.

"그래도 마렵든 안 마렵든 소변은 보는 게 좋을 거야. 그게 몸에 좋대. 『신혼필독』에서 그랬어."

나는 대답하지 않고 침대에서 일어나 이부자리를 정리하기 시작했다. 정리란 이불과 요 위에서 긴 머리카락을 하나하나 주워서 돌돌 말아 변기에 버리는 것이었다.

한번은 외출했다가 큰비를 맞아 바지 안까지 홀딱 젖은 적이 있는데, 옷을 빨려고 가져가던 엄마가 주머니 속에 남은 담뱃가루를 발견하더니 마치 부력을 발견한 아르키메데스처럼 집 안을 뛰어다니며 비명을 질러댔다. "내가 드디어 찾아냈어! 내가 드디어 찾아냈다고!" 그 뒤로 나는 항상 조심하게 되었다. 심지어 몽정을 했을 때는 바로 팬티와 반바지를 직접 빨았다. 그러자 엄마는 종종 아버지에게 이렇게 물어보곤 했다. 애한테 생리적 문제가 있는 건 아니겠죠?

36. 기린 사이다

그가 잡고 있던 주상의 손이 천천히 풀렸고, 그 몸도 무너져 내렸다. 푸른 바탕에 붉은 무늬가 담긴 넥타이가 목매달아 죽은 귀신의 혀처럼 힘없이 땅을 핥았다.

봄빛은 아름다웠다.

눈부시게 아름다운 태양, 나른하게 따사로운 바람, 바람은 깔깔대는 아이처럼 온 세상에 버들 솜과 꽃가루를 날리며 사람들을 쫓았다. 꽃이 지자 이른 봄의 여린 이파리들이 기분 좋게 마음을 간질이며 솟아났다. 꾸미기를 좋아하거나 추위에 아랑곳하지 않는 여학생들이 봄날에 어울리는 스커트를 입거나 시폰 재질의 반투명 블라우스 차림으로 걸어갈 때 우리는 그녀들이 움직일 때 변화하는 모습과 옷에 비친 브래지어 끈을 볼 수 있었다.

나는 무기력하게 창가 자리에 웅크린 채 앉아 있었다. 창밖에는 버들 솜이 하염없이 떠다니고 있고 봄은 발을 동동 구르고 있다. 그지없이 통속적인 송사宋詞 한 구절이 떠오른다. "버드나무 길에 봄은 깊어서 사랑하던 옛 장소까지 걸어왔네. 이맛살을 찡그린 채 말없이 있으나, 마음은 바람에 날리는 버들 솜을 타고, 사랑하는 낭군 곁으로 날아가누나."

이상하게도 주상은 야한 꿈에는 거의 나타나지 않았다. 꿈속의 주상은 눈빛, 표정, 머리카락 또는 새하얀 손 등의 신체 일부로 나타날 뿐이었으며 흐릿했다. 꿈은 언제나 캄캄한 밤과 밝은 낮이 교차하는 동틀 무렵의 어슴푸레한 푸른빛이었다. 우리는 평소에 별로 진지한 대화를 나누지 않았고 꿈속에서도 말을 주고받지 않았다. 활동은 고작해야 여기저기 걸어 다니는 게 전부였다. 주상이 있고, 버드나무 가지가 늘어진 1킬로미터 안팎의 둑길이 있을 뿐이다. '사랑하던 옛 장소까지 걸어갔네'란 감정이 동요했던 곳까지 걸어갔다는 뜻이다. 손이 닿을 필요는 없었다. 눈길을 나눌 필요도 없다. 그저 둘이 천천히 걸을 수 있으면 그것으로 좋다. 어떤 감정을 느끼긴 했지만, 분명하지 않고 흐리터분하다. 마치 봄볕을 받은 버들 솜처럼 아련할 뿐이다. 버들 솜은 버들 솜 같은 상념들을 싣고 그녀 곁으로 간다. 그녀처럼 마음을 어지럽히고 애간장을 태우고 도무지 알 수 없게 만든다.

　더욱 이상하게도, 현실에서도 나는 주상이 무엇이며 무엇에 대응되는 존재인지 알 수가 없었다. 주상은 아침부터 저녁까지 내 곁에 앉아 있으며 향기로운 육체를 가진 존재였지만, 잠든 밤 꿈속의 모호한 이미지보다 더 비현실적이었다. 나는 주상 곁에서 뭘 어째야 할지 알 수 없었다. 그건 전혀 나답지 않았다. 나는 스스로를 경멸했다. 겁탈? 감히 상상도 할 수 없다. 꿈? 꿈도 꿀 수 없다. 장귀둥이 말한 것처럼 "겁탈은 아니어도 기회를 잡아 억지로라도 한번 안아봐. 다른 사람들 말을 좀 들어보라고." 하지만 도무지 어떻게 안아야 할지 알 수 없었다. 비너스의 팔처럼 어디에 두어도 어색할 것만 같았다. 바람이 잔잔한 봄날 저녁에 그녀에게 전화를 걸어 불러낼 생각이었지만 도통 무슨 핑계를 대야 할지 알 수 없었다. 마치 입을 봉해버린 것 같았고, 말이 위장으로 떨어져 완전히 소화된 기분이었다.

수업이 끝나자 나는 집으로 돌아가기로 했다. 우리는 함께 자전거를 밀면서 교문을 나서는데 교문 앞에 웬 은색 도요타 크라운 한 대가 서 있었다. 훗날 장궈둥은 그 차의 색깔이 쥐색이라고 했다. 나와 장궈둥, 류징웨이는 주상이 승용차 근처를 지날 때 승용차 문이 열리더니 양복 차림의 두 남자가 나와 주상 앞을 막아서는 걸 보았고, 우리는 걸음을 늦추었다. 그들과 몇 마디를 나누던 주상의 얼굴에 불쾌한 기색이 역력했다. 평소 주상은 말수가 적긴 해도 웬만해서는 불쾌한 표정을 드러내지 않는다.

나는 걸음을 멈추었다. 훗날 장궈둥은 나의 눈에서 그토록 사나운 빛을 본 건 처음이었다고 했다.

두 남자는 꽤나 멀쑥하게 생겼다. 푸른 바탕에 붉은 무늬가 있는 넥타이도 거리 노점에서 산 것 같지 않았다. 장궈둥과 류징웨이는 내가 본 남자애 중에서는 가장 사내답게 생긴 편이었지만, 딱 봐도 그 둘에 비하면 덜 익은 풋사과 같았다.

두 남자의 얼굴에는 반갑고 기쁜 기색이 어려 있었다. 주상은 그저 고개를 저을 뿐, 청바지 주머니에 넣은 손을 죽어라 빼지 않았다.

"집에 갈 거예요."

둘 중 하나가 주상의 팔을 잡았다. "별거 아냐. 그냥 밥 먹고 노래를 부르는 거라고. 그런 다음에는 집으로 데려다줄 거야. 좋은 날이잖아. 오랫동안 함께 놀지도 못했고."

주상은 고개를 저었다. "집에 갈 거예요."

"숙제할 게 있나? 정말 어린 여동생이라니까. 예전처럼 우리가 먼저 숙제를 도와주고 나서 놀러 갈까?" 그의 손은 여전히 주상의 팔을 잡고 있었다.

주상은 고개를 저었다. "집에 갈 거예요."

나는 주상이 세 번째로 "집에 갈 거예요"라고 말하는 것을 듣자마자 자전거를 내던지고는 가능한 한 평정을 유지한 채 말했다. "그 손 놓지. 싫어하는데."

"넌 누군데?"

"학교 친구."

"그래?" 주상을 잡고 있던 남자가 주상에게 물었다.

주상은 고개를 끄덕였다.

"세상은 변하고 노는 애들은 늘 새로 생긴다더니, 우리가 늙었나 봐." 두 남자는 서로 바라보며 웃었다.

"허튼소리 그만하고, 그 손 놓지."

"못 놓겠다면? 네 입가의 수염은 어제 처음 깎은 거야?"

나는 무의식적으로 바지 주머니에 손을 넣었다. 주머니 안에는 잭나이프가 있었다.

이 칼은 오래전에 윈난에서 가져온 것이었다. 최근에 나와 함께 쿵젠궈에게 교육을 받은 어느 젊은 건달이 후자러우의 샤오피를 병신으로 만들어놓고 허베이로 달아나버렸다. 그러자 샤오피의 보스가 조직원을 다 불러 모아 복수를 선언했고, 그 후로 쇠사슬과 쇠파이프를 든 패거리가 학교 입구에서 얼쩡거렸다. 나는 무방비 상태로 그들과 맞닥뜨릴까봐 겁이 나서 쿵젠궈에게 칼을 하나 갈아달라고 했다. 쿵젠궈는 그냥 쇳덩어리에 불과하지만 반짝반짝 빛나게 해두면 햇빛에 반사되었을 때 놈들을 겁먹게 할 수 있다고 말하고는 이렇게 덧붙였다. 게다가 잭나이프의 장점은 소리가 카랑카랑하다는 거야. 이 칼의 최대 위력은 칼날을 펼칠 때 사람들을 놀라게 할 수 있다는 거지.

지금, 나는 사람들을 놀라게 할 마음은 없다.

마침 학교 정문 앞에서 한 발짝 떨어진 곳에는 사이다를 파는 소녀가 두근두근 불안한 심정으로 이 소란을 지켜보고 있었다. 나는 단번에 사이다 좌판에서 기린 사이다 두 병을 집어 들고 왼손에 있던 병을 내 머리에 부딪쳐서 깼다. 사이다 병이 산산조각나면서 끈적하고 달달한 사이다가 피와 함께 흘러내렸다. 그들이 정신을 차리기도 전에 나는 오른손에 들려있던 병으로 그의 머리통을 내리쳤다. 더 많은 피와 사이다가 단정하게 손질된 그의 머리를 타고 흘러내렸다. 그가 잡고 있던 주상의 손이 천천히 풀렸고, 그 몸도 무너져 내렸다. 푸른 바탕에 붉은 무늬가 담긴 넥타이가 목매달아 죽은 귀신의 혀처럼 힘없이 땅을 핥았다.

나는 왼손과 오른손에 남은 토막 난 사이다병을 다른 남자에게 들이밀었다. 토막 난 사이다병은 개 이빨처럼 삐죽삐죽한 날을 드러냈다. 분칠이라도 한 것처럼 그의 얼굴이 하얗게 질릴 때까지 시뻘건 저녁놀 속에서 번쩍였다. 류징웨이와 장궈둥은 책가방 안에 무기가 될 만한 것을 찾고 있었다.

"네 친구를 데리고 병원으로 가라. 여기서 차오양 병원이 가까워." 나는 사이다 병을 땅바닥에 내던진 후 2위안을 꺼내 사이다를 파는 소녀에게 주었다. 그러고 나서 자전거를 끌고 집으로 향했다. 주상이 달려와 내 팔을 붙잡았다. 그녀가 아주 살짝 내게 몸을 기대는 게 느껴졌다. 왠지 내게 의지하는 기분이었다.

"너도 병원에 가봐야 할 것 같아." 훗날 주상은 그때 내 팔을 잡았을 때 셔츠 아래 근육들이 돌처럼 단단했던 기억이 남아 있다고 말했다.

"그럴 필요 없어. 그냥 집으로 가자." 나를 붙잡고 있는 주상에게서는 별다른 감정을 느낄 수 없었지만, 그녀의 몸에서는 여전히 은은한 향기가 풍겼다. 그때 문득 내게 의지하는 이 느낌을 위해서라면 지금

바닥에 쓰러져 죽는다 해도 행복하겠다는 생각이 들었다.

주상은 나를 부축하고 4층까지 올라와 나의 집 앞에 멈춰 섰다. 그녀는 복도 바깥쪽 창 너머로 오색찬란한 노을이 드리운 하늘을 바라보았다. 퇴근하는 사람들이 길가의 노점에서 산 채소와 석간신문을 든 채 무표정한 얼굴로 집으로 돌아가고 있었다. 팔뚝에 빨간색 완장을 두른 중년여성들은 사회 불안을 야기할 만한 일이 벌어지는지 삼삼오오 경계와 호기심의 눈빛으로 우리를 지켜보았다.

"그래도 병원에 가보자." 주상이 말했다.

"그럴 필요 없다니까."

"오늘 일은, 많이 고마워."

"천만에."

"그럼 난 돌아갈게."

"아니면 잠깐 들어가 앉을래?"

그 순간 나는 주상의 사고가 정지되었음을 알아차렸다. 복도에서는 퇴근한 사람들이 연이어 돌아오는 발소리들이 들리기 시작했다. 주상이 말했다. "다음에. 오늘은 마음이 좀 복잡해. 나도 모르겠어."

방으로 들어온 나는 세상이 온통 깜깜해진 것처럼 느꼈다. 나는 책상 앞으로 가서 차가운 잔에 끓인 물을 따라 마셨다. 물이 목구멍으로 넘어가는 소리가 어마어마하게 크게 들리는 바람에 깜짝 놀랐다. 커튼을 치자 현실과 감각이 일치되어 온통 어두컴컴해졌다. 이때 리드미컬한 어떤 소리를 들었다. 소파에 털썩 주저앉자 단조로운 그 소리 때문에 머리가 깨질 듯 아팠다. 머릿속을 파고드는 것 같은 그 소리는 마치 혈관들이 머릿속에서 펄떡대는 것 같았고, 어렸을 때 공원의 쇠 난간을 나무 몽둥이로 두드렸을 때 나는 소리 같기도 했다. 넋을 놓고 들어보니, 단조롭고 리드미컬한 그 소리는 어느덧 고정적인 어휘로 변해 있었다. 사람마다 다르게 들을 수 있는 그런 소리였다. 여름철 매미 소리를 누군가는 '맴맴'이라 하고 어떤 사람은 '쓰르쓰르'라고 하는 것처럼. 내 귓속의 소리는 점점 더 커지고 리듬은 점점 더 빨라졌으며, 반복적으로 하나의 이름을 외쳤다. "주상, 주상, 주상." 머리가 깨질 듯 아파서 더 이상 듣고 있을 수가 없었다. 머릿속에서 들려오는 그 소리는 마치 두개골 사이 벌어진 틈으로 새어나와 마찰하는 것만 같았다. "주상, 주상, 주상."

37. 브래지어

천 년 전이라면 팔뚝 굵은 백정 번쾌처럼 돼지 잡던 칼을 휘둘러 사람의 목을 벨 수 있었을 것이다. 혀가 제법 길었다면 열국을 주유하며 시비를 따지고 세상을 주름잡을 수 있었을 것이다.

날이 뜨거워지기 시작했다.

베이징의 날씨라는 게 꼭 이렇다. 겨울은 그다지 춥지 않지만 엄청나게 길다. 어느 날 문을 열면 꽃들이 붉어져 있고 버들잎이 연두색으로 변해 있는 걸 보고 봄이구나 깨닫는다. 그러다가 바람이 불고 황사가 날리고, 그러다가 문득 뜨거워지기 시작한다. 베이징의 봄은 겨울잠에서 깨어난 곰이 기지개를 켜는 것만큼이나 짧다. 기지개를 켜고 나면 벌써 여름이다. 하지만 봄꽃이 지고 나면 소녀들은 치마를 입는다. 그래서 사람들의 감각은 천지간에 뭔가 결핍되었다는 데 미치지 않는다.

수업이 계속되고 있었다. 국어 수업이었다.

나는 피곤해서 견딜 수가 없었다. 눈을 반쯤 감은 채 비스듬히 앉아 수업을 듣는 둥 마는 둥했다. 어젯밤에 마작을 너무 심하게 한 것 같다.

예전에 어떤 건달이 속옷을 팔아 단단히 한몫을 잡고 나서는 시도 때도 없이 사람들을 아지트로 불러들였다. 모여서 뭘 하냐고?

밥을 먹고, 마작을 한다.

"브래지어, 내가 추수이에게 무슨 공부를 또 하냐고 했잖아?" 속옷 장사를 시작하면서부터 그는 이통 패를 '브래지어'라 부르기 시작했다. 게다가 이통을 쥐면 자기 행운의 판이라고 하면서 웬만해선 패를 내놓지 않았다. 그는 또 좌판에서 옥돌로 만든 이통 패를 하나 사서 구멍을 뚫어 목에 걸고 다녔다. 나중에 그는 크게 성공해서 미국 브랜드 '빅토리아 시크릿' 브래지어의 절반 정도를 자기 공장에서 생산하게 되었다. 그는 시력이 1.5였지만 브래지어처럼 보인다는 이유로 안경을 걸치고 다녔다. 나중에는 유리처럼 투명한 비취로 정교하게 깎아 만든 이통 목걸이로 바꿔 걸었다. 그는 작은 건물 두 개를 지어 연결시켜 놓았는데, 이 또한 멀리서 보면 브래지어 같았다. 건물 앞에는 상산의 옌징 호수를 모방해 연못을 만들었다. 그에게는 어려서부터 유방 외과 의사가 되겠다는 장한 뜻을 세운 빅토리아라는 이름의 딸이 있다. 사람들은 그가 양변기 장사를 하지 않은 게 천만다행이라고 했다.

"따라 붙는다. 브래지어. 늬들, 추수이는 치지 마. 우리 같은 인간 쓰레기들 가운데 그래도 이렇게 공부에 전념하는 놈이 있다는 게 어디냐. 제대로 보호를 해줘야지."

"삼조."

"삼조를 치려면 음경[이조 패를 가리키는 속어]을 속여서 따먹어야지. 너한테 줄게. 추수이, 앞으로 누군가에게 밥을 사게 하거나 아가씨를 안고 싶으면 우리한테 말만 해라."

"일만. 너 그렇게 정이 넘치는 척하지 마라. 추수이는 너한테 아가씨를 찾아달라고 할 테니까."

"듣자하니 옆자리 짝이 신세대 절세미녀라면서. 공부하려는 건 결국 천징룬처럼 되고 싶은 거 아닌가? 그렇게 되기도 쉽지 않지?" 곁에서 패를 들여다보던 어떤 아가씨가 이런 말을 하면서 나에게 흘깃 눈길을 던졌다.

"남풍. 마작이나 열심히 하지. 뭔 말이 그리 많아. 내가 늬들 돈 다 쓸어버릴 테니까 보고만 있어."

"월경[홍중 패를 가리키는 속어]. 듣자하니, 늙은 건달 쿵젠궈가 늘 입버릇처럼 말하던 그 여자가 네 짝 엄마라며?"

"따라 붙는다. 월경. 추수이의 심보가 아직 바르게 잡히지 않았거든."

"칠통. 쿵젠궈가 벌써부터 그랬지. 추수이의 심보는 아무래도 바로 잡히지 않는다고."

"먹는다. 육통. 너네 끝난 거냐?"

"삼만. 너 먹어라. 나중에 원망하지 마라."

세 녀석은 제각각 아가씨를 데리고 있었고 그들 뒤에 바짝 붙어 앉은 그녀들은 젖가슴을 그들의 등에 기대고 있었다. 니미럴 신기한 일이다. 속옷 장사하는 녀석이 계속 듣고만 있더니 갑자기 소리를 내질렀다. "나 쯔모自摸[마작판에 깔린 패를 순서가 되어서 가져오는 것. 마지막 한 패를 맞춰서 날 때 미리 '쯔모'를 외침]한다!" 패를 만지던 손으로 제 몸에 기대고 있던 아가씨의 손을 꽉 잡았다가 놓더니 단번에 원하는 패를 가져갔다.

"안 돼. 다츠바오大赤包[라오서의 연극 「사세동당」에 등장하는 인물로 극단적인 이기주의자를 가리킴]도 12번 연속까지는 안 했다고. 이건 벌써 6번째 연속이잖아. 거기 고모할머니, 우리 좀 도와줘요. 고모할머니 손이 좀 많이 크네. 돈 좀 집어가서 맥주 한 박스 사오라고. 너네

저 브래지어 파는 오빠를 데리고 잠시 여기서 떠나주면 감사하겠어. 저 녀석이 또 네 손을 만지고 나서 마작패를 만지면, 우리는 화장실에 가서 자위나 할밖에 다른 도리가 없다고……[마작의 패를 가져오는 '쯔모'라는 말로 '자위'를 가리키는 말장난을 함]."

우리는 베이징 맥주를 각자 병째로 마셨다. 원래 지고 있던 두 명은 서서히 살아났지만 나는 여전히 지고 있었다.

"추수이, 요즘 애정 문제가 잘 풀리는 모양이지? 도박판에서 어째 그 모양인 거야? 어때, 안고 난 기분이? 아직 안 한 거야? 피를 아직 안 봤다고?"

"늬들 그만해라. 난 손 하나 까딱 안 했거든. 늬들도 다른 사람들도 나를 모른다. 이렇게 클 때까지 자위 말고는 해본 적 없는 총각이란 말이다."

"영원한 처녀라. 쟤들이랑 같네." 속옷 파는 녀석은 마작패를 들여다보고 있는 세 여자를 가리켰다.

"그럼 오늘 밤 우리가 너를 처녀로 만들어주지. 영원한 처녀로 만들어주겠어." 세 여자는 입을 모아 사나운 기세로 말했다.

맥주 세 병이 뱃속에 들어가자 나는 조금 어지러워졌다. 다른 세 명은 밑도 끝도 없이 치정이니 살인에 대한 허튼소리를 지껄이고 있었다. 아마도 나는 정말 안 되는 놈인가보다. '주색'도 제대로 못하는데 대체 뭘 제대로 할 수 있겠어. 그야말로 쿵젠궈의 가르침이 송구할 따름이다.

집에 들어왔을 때는 뱃속에 맥주 여섯 병을 채워 넣은 참이었고, 머리가 평소보다 엄청 커진 기분이었다.

사람의 척추에는 등잔불 같은 것이 존재하는데, 얼궈터우 한 잔이 척추를 타고 내려가다가 이 진짜 넋이 존재하는 곳에 닿으면 불꽃이 화르르 타오르기 시작한다. 맥주는 그보다 훨씬 부드러워서 몇 병을 마셔야 하고 시간도 더 많이 걸린다. 불이 붙어도 별로 밝지 않고 깨진 기름등잔의 불꽃처럼 잔바람에 잘 흔들린다. 기름등잔의 세계는 햇빛이 있는 한낮과 다르며 빛이 없는 검은 밤과도 다르다. 세계는 훨씬 더 진실하고 아름답다.

하늘은 이미 희미하게 밝아지고 있었다. 나뭇가지에는 샤오빙燒餠 [기름을 바르지 않고 구운 호떡]을 크게 한 입 베어 문 것 같은 달이 걸려있었다.

"아마 새벽 다섯 시쯤 됐겠지." 하늘이 조금 밝아졌다. 나는 밑에서 주상의 집 베란다에 걸린 분홍 꽃무늬 팬티가 바람에 날리는 모습을 바라보았다.

"난 두려운 사람도 없고, 특별히 믿는 것도 없어. 하지만 나중에는 돈 많은 부자가 될 거라고 믿어. 남자는 누군가를 진심으로 사랑할 수 없는 걸까? 어루만지고 안아주기만 하면 마음에 아무것도 남지 않는 걸까? 그래야만 비로소 잘 자고 잘 먹고 말을 해도 거리낌이 없고 뭘 하든 목숨을 걸어서 다 할 수 있나? 그래야 비로소 진짜 남자가 될 수 있는 건가? 그래야, 그래, 그래야만 많은 여자애들이 다 좋아해주고, 그래야만 아무것도 마음에 안 남도록 어루만지고 안아줄 수 있을 테니까. 어쩌면 좋아하는 마음을 놓을 수 없어서 좋아하는 건 아닐까? 정말이지 지미럴, 이상한 일이다. 귀신이라도 본 것처럼 이상한 일이 아닐 수 없다. 정말 누군가를 사랑한다는 건 자신이 정하는 게 아니다. 니미럴, 그런 건 도대체 누가 정한단 말인가? 도대체 누가 관여한단 말인가? 무엇 때문에! 무슨 까닭으로 너를 좋아하는가? 무엇 때문에! 무엇 때문에!" 나는 크게 소리를 지르고 싶었다. 모든 사람을 소리쳐 깨우고 싶었다. 건물 안에 있는 사람들, 부모님 직장의 사람들, 학교 친구들, 선생들, 쿵젠귀, 주상 엄마의 옛 애인을 포함해 잠들어 있는 모든 사람을 소리쳐 깨우고, 모든 사람에게 다 알리고 싶었다. 내가 귀신처럼 통곡하고 늑대처럼 울부짖고 있다는 사실, 내가 그렇게 통곡하고 울부짖을 정도로 한 소녀를 좋아하고 있다는 사실을.

왜 지금은 천 년 전이 아닐까? 천 년 전이라면 팔뚝 굵은 백정 번쾌처럼 돼지 잡던 칼을 휘둘러 사람의 목을 벨 수 있었을 것이다. 혀가 제법 길었다면 열국을 주유하며 시비를 따지고 세상을 주름잡을 수 있었을 것이다. 거대한 양물을 가졌다면 측천무후의 귀에 소문이 들어가도록 수레바퀴에 양물을 끼워 마차를 멈춰 세워서 입궁할 수도 있었을 것이다. 아니, 100여 년 전이었더라도 주상을 데리고 산으로 도망칠 수 있었다. 옛 시절은 얼마나 좋았는가! 지금은 법률로 제재 받는 쌈박질이나 겁탈 같은 범죄도 그때는 그저 생존 수단이었을 뿐이다.

현재는 현재다. 길에는 봉고차 택시들이 돌아다니고 가로등은 정해진 시간에 꺼졌다가 켜진다. 이런 현재에 뭘 할 수 있단 말인가?

"난 이번에 정말 믿었어. 아직도 안 된다고 믿는 거야?" 문득 내 속에서 들리는 소리가 작아지고 부드러워진 것을 느꼈다. "만약 네가 이번 생에 주상을 아내로 맞을 수 있다면 그녀의 방에 불이 켜질 거야! 불이 켜진다면 믿겠어."

"불을 켜봐."

"환하게!"

갑자기, 난데없이, 내가 세 번째로 주문을 외웠을 때 그녀의 방에 불이 켜졌다.

나는 그대로 내 방으로 달려가 숨었다.

38. 판륵板肋과 중동重瞳

산시陝西와 산시山西의 농민들은 겉보기엔 구분하기 힘들지. 그러나 나한테는 그들을 구분하는 비결이 하나 있어. 산시陝西에선 머릿수건 매듭을 뒤로 묶고, 산시山西에선 머릿수건 매듭을 앞으로 묶는단 말이야.

국어 수업은 아직 끝나지 않았다.

담임선생은 병으로 앓아누웠다. 대외적으로는 말을 안 듣는 우리 때문에 화병이 났다지만, 담낭 결석과 담관 결석으로 입원해서 수술을 받는 모양이다. 나와 장궈둥은 시인으로서 재능은 차고 넘치는 반면 표현력 부족으로 가슴에 맺힌 게 많아서 담낭 결석과 담관 결석이 생긴 것이라고 진단했다. 장궈둥은 이렇게 말했다. 수술을 받고 나면 담임은 반드시 결석을 보관해둬야 할 거야. 그 결석은 틀림없이 굉장한 법력이 담겨있을 테니까. 그걸 잘 갈아서 마시면 가슴속 울화가 풀릴지도 몰라. 내가 말했다. 그 결석 가루를 타조표 잉크에 넣고 섞어서 만년필 잉크로 쓴다면 틀림없이 이백의 「몽유천모음유별夢遊天姥吟留別」과 같은 걸작을 써낼 수 있을걸.

대타로 수업을 맡은 국어 선생은 수학 선생만큼이나 대두大頭인 남자로, 그의 머리는 언제나 학교 건너편에 있는 보운헌步雲軒을 떠올리게 했다.

보운헌은 골동품점 상호로, 전한 시기의 금동 참새, 후한 시기 왕망의 일도평오천一刀平五千, 여자들의 징타이란景泰藍 팔찌, 금세공 반지, 질이 낮은 청전석青田石, 8자오짜리 화선지, 진흙으로 만든 니마오泥猫와 니거우泥狗, 대나무로 만든 정판교鄭板橋[양주 팔괴로 불리는 청대 중기의 화가 정섭을 가리킨다. 판교는 정섭의 호] 모형, 발렌타인데이 카드, 연하장, 사진 필름 현상, 공중전화……. 무엇이든 다 있어서 대타로 들어온 국어 선생의 대두가 떠오른다. 골동품 가게 주인은 염소수염을 기른 깡마른 노인이었다. 그에 대해 장궈둥은 신선의 기운이 있다고 했고 류징웨이는 바보 천치라고 했다. 장궈둥이 맘에 들었는지 가게 주인은 옥으로 된 고리를 하나 선물로 주었다. 명나라 때 제작된 그것은 투박하긴 하지만 고풍스런 골동품이라 했다. 게다가 방사房事할 때 그것을 아랫도리에 끼워두면 절정을 여러 번 느낄 수 있다고 했다. 가게 주인이 '절정을 여러 번 느낄 수 있다'라는 말을 수차례 반복하자, 장궈둥은 방사가 무엇이며 왜 절정을 여러 번 느껴야 하는지 물었다. 훗날 영화에 뛰어든 장궈둥은 보운헌 주인 같은 사람들이 베이징에 널렸다고 하면서 그들을 '베이징의 문화 퇴적자'라 불렀다.

대타 국어 선생은 자신의 대두에 의지해 정통 중국 문인의 전통적인 절기, 즉 밑도 끝도 없는 푸념과 허튼소리를 지껄여댔다. 예를 들어 중국의 지식인에 대해 거론할 때는 자신이 우파로 몰렸을 때 박해받았던 일을 빼놓지 않았다. 그는 한때 자살을 하려고 강물에 뛰어든 적도 있었는데 두어 번 물을 먹자 불쾌감을 느끼고 생각을 바꿔 기슭으로 기어올랐다고 했다. 허징즈何敬之의 「옌안으로 돌아가다回延安」를 언급하면서, 당시 청년들이 옌안으로 향한 주된 이유는 원치 않는 결혼에서 벗어나기 위해서였다는 말을 덧붙였다. 공자 중이

重耳에 대해 말할 때는 그가 판륵板肋이자 중동重瞳이었다는 사실을 덧붙였다. 판륵이라는 것은 갈비뼈 사이사이에 살이 없고 하나의 덩어리로 연결되어 있다는 뜻이고, 중동은 눈 하나에 두 개의 눈동자가 있는 것, 즉 네 개의 눈동자를 가지고 태어난 매우 특이한 사람이라는 뜻이었다. 단상 아래 앉은 여학생들이 하얀 두 뺨을 발그레 물들이며 턱을 받치고 이야기에 빠져들자 국어 선생은 여인들이 자신의 젖가슴을 소중히 여기듯 공자 중이는 제 판륵을 아끼며 어루만지곤 했다는 설명까지 곁들였다. 중이가 도망을 다니던 시절 어느 나라 군주가 목욕하는 중이의 판륵을 훔쳐보았으나 그는 꾹 참고 내색하지 않았는데, 나중에 진晉나라 군주가 되자 빌미를 잡아 그 군주를 해치웠다고 했다.

대타 국어 선생은 문화대혁명 시기에 박해받을 때 호되게 허리를 얻어맞은 후유증으로 주로 앉아서 수업을 했는데, 이야기하다가 흥이 오르면 자리에서 일어나 칠판지우개를 들고 교단 위로 올라가 팡팡 소리가 나게 두드리기도 했다.

"오늘은 허징즈의 「옌안으로 돌아가다」와 리지의 「왕구이와 리샹샹」에 대해 이야기하겠다. 나는 800리 친촨秦川[산시陝西성·간쑤성의 다른 이름]에 대해 막연한 동경을 품고 있었는데, 작년에 기회가 있어서 한번 다녀왔어. 정말 영화 속 장면처럼, 웬 사내가 나귀 수레를 몰고 황톳길을 가고 있더라고. 한쪽 다리는 수레바퀴 위에 걸치고 다른 쪽 다리는 수레 위에 걸친 채 흔들흔들 가고 있었지. 수레 뒤에는 붉은 저고리에 초록 바지를 입은 그의 마누라가 비스듬히 누워있었고 그녀의 품에는 아이가 안겨 있었지. 아이는 엄마의 젖을 계속 물고 있었지. 산시陝西와 산시山西의 농민들은 겉보기엔 구분하기 힘들지. 그러나 나한테는 그들을 구분하는 비결이 하나 있어. 산시陝西에서는 머릿수건 매듭을 뒤로 묶고, 산시山西에서는 머릿수건 매듭을 앞으로 묶는단 말이야."

창문으로 불어오는 바람 속에는 벌써 열기가 실려 있었다. 창밖의 나뭇잎들은 봄날의 빗물을 잔뜩 머금은 듯 햇빛 아래 반질반질한 푸른빛을 띠기 시작했다. 대타 국어 선생의 입술은 마치 자신의 생리적 욕구를 만족시키려는 듯 끊임없이 움직이고 있었다. 그의 입술은 두툼하면서도 붉고 윤기가 도는 걸로 봐서 영양 섭취를 잘하는 모양이었다. 그의 안경알은 두꺼워서 옆모습을 보면 안경알 안쪽으로 여러 개의 원이 그려진 게 마치 이통 같았다. 나는 '브래지어'를 떠올렸다.

나는 정말 피곤했다. 국어 선생이 하는 모든 말들은 내 감각 속에서 오직 '잠'이라는 한 단어로 변환되어 떨어져 내렸다.

거의 감겨버린 나의 눈에는 오직 곁에 앉은 주상만 담겨 있다. 짙푸른 청바지와 분홍색 재킷. 어젯밤에 머리는 감았을까? 아침에 막 감고 나왔을까? 그녀는 아래쪽에서 머리를 묶었고, 묶은 머리는 그녀의 어깨에 걸쳐져 있었다.

'이런 것도 그녀와 함께 자는 셈이니까.' 나는 이렇게 생각하면서 마음 놓고 눈을 감았다.

벨소리에 눈을 떴을 때는 이미 쉬는 시간이었고, 교실 안은 난장판이었다.

책을 좋아하는 몇몇은 여느 때처럼 엉덩이로 의자를 있는 힘껏 빨아들인 채 수업 시간에 적은 내용을 복습했다. "산시陝西의 머릿수건은 매듭을 뒤로 묶고, 산시山西의 머릿수건은 매듭을 앞으로 묶는다……."

콧구멍이 새카만 남학생들은 짝의 예쁜 얼굴을 바라보며 바보처

럼 벙싯거렸다. 가판대에 새로운 워싱 팬츠들이 깔렸던데 디자인이
괜찮더라. 같이 가볼래?

몇몇 코흘리개들은 책걸상 사이를 돌아다니며 술래잡기에 열을
올리다가 상대의 몸을 두들기는 식으로 우정을 확인했다. 또 하나의
수업이 끝나서 행복하다고 느끼는 건가?

그밖에 몇몇은 구석 자리에 틀어박혀 음탕한 미소를 흘렸다. 틀림
없이 학생주임을 새로 떠도는 야한 이야기 속의 주인공으로 만들고
있을 것이다. 학생주임은 도대체 전생에 무슨 악행을 저지른 것일까?
마치 기하학의 공식이나 플라톤이나 『육포단肉蒲团』처럼 이토록 많은
열성적인 학생들의 입에서 오르내리고 있으니 말이다.

"졸려?" 주상은 눈꺼풀을 들어 올리려고 기를 쓰는 나를 보고 싱
긋 웃었다.

"배고파."

"한 시간만 더 있으면 밥을 먹을 수 있잖아."

"돼지 밥이잖아."

"그렇게 자기 자신을 욕하지 마."

"식당 밥은 사람이 먹을 수 없는 거고, 돼지나 먹고 살을 찌우는
거지. 그러니 돼지 밥이지 뭐야?"

나는 갑자기 주상을 데리고 레스토랑이라도 가고 싶은 충동을 느
꼈다. 간단하게 몇 잔 마시면 입에서 생생한 이야기가 줄줄 흘러나올
텐데. 입 안에 가래가 고였는데 뱉을 곳을 못 찾아 입 안에 머금고
있다가 가래의 짠맛이 점점 옅어지면 삼켜버리는 기분이다. '뭐 여자
를 후리는 지골로라도 될 생각이냐? 허튼소리 작작해.' 나는 속으로
자신을 꾸짖었다.

"하지만 다음은 수학 시간이야. 수업을 열심히 들으면 식욕이 사라

질 거야. 배가 고프지 않게 될지도 모르지."

"콜럼버스에게 수학 선생이 있었다면 신대륙을 발견할 수 있었을 거 같아? 너무 열심히 들으면 안 된다고. 너무 많이 듣다보면 욕망이란 욕망은 다 사라지고 말 테니까. 식욕뿐만 아니라 야한 꿈도 꾸지 못하게 될 거야."

"입이 썩었어."

"참, 너 어젯밤에 꿈 안 꿨어? 야한 꿈을 말하는 게 아니니까 오해는 하지 말고. 책에서 보니까 여자애들은 야한 꿈을 거의 안 꾼다고 하더라고. 새벽 다섯 시쯤 무슨 꿈 꿨어?"

"어제 깊이 잠들어서 꿈은 꾸지 않은 거 같아. 아, 맞다. 고양이가 시끄럽게 굴었지. 아마 새벽 다섯 시쯤이었을걸? 날이 환해지려는 참이었으니까. 수고양이 한 마리가 베란다에 엎드려 있더라고. 눈이 녹색이고 얼굴이 큼직했는데 웃는 것처럼 보였어. 깜짝 놀라서 전등을 켰지."

"……그다음에는?"

"고양이가 가버렸어."

"아…… 진짜 배고프다."

"이렇게 하자. 점심은 내가 가져온 걸 먹어. 난 집에 갈 거니까. 오후 수업에 쓸 정치학 교과서를 집에 두고 와서 돌아가려던 참이었어."

"고마워. 그래서 난 점심에 뭘 먹게 되는 거지?"

"칭차오셰펀淸炒蟹粉[삶은 감자와 당근을 으깨고 버섯과 죽순을 채 썰어 보기에 게살과 당면을 볶은 것처럼 만든 요리], 그밖에 여러 가지 종류. 어제 먹고 남은 것들을 챙겨왔거든."

"다 못 먹으면 어떻게 하지?"

"열심히 먹어. 혼자 다 못 먹을 것 같으면 장궈둥이랑 나눠 먹든지. 둘 다 너무 말라서 눈이 다 툭 불거져 나왔다고."

"우리가 불쌍해? 내가 더 불쌍해? 아니면 장궈둥?"

"그런 거 아니고. 마침 내가 게시판 담당이 되어서 말이지. 두 사람에게 글을 좀 써달라고 할 참이었거든. 책에 있는 것들은 너무 길어서 볼 수가 없더라고. 그래서 미리 둘에게 뇌물을 쓰는 거야."

"가난해야 좋은 글이 나오고 부유해야 잘 싸우는 사내가 되는데. 문인들은 배가 부르면 먼저 여자를 안고 싶어 하지, 글을 쓰고 싶어 하진 않는 법이거든. 하지만 어쩌면 그게 뇌물을 주는 진짜 목적일지도 모르지."

"입이 정말 썩었어."

또 한 번 수업이 끝나는 벨이 울렸다. 앞자리의 작은 남학생들은 제 머리통보다 큰 도시락을 부랴부랴 챙겨들고 줄줄이 교실 밖을 빠져나갔다. 그들은 망설임 없이 폭약을 지고 적진을 향해 달려가는 둥춘뤼董存瑞[인민해방군으로 국공내전에 참전했으며, 1948년 5월 폭탄 가방을 지고 적군 벙커로 뛰어들어 산화한 인물]처럼 식당으로 직행했다.

39. 청춘미문

주상이 허리를 펴고 앉아 머리카락 끄트머리가 내 손에 닿기를 기다렸다. 그건 마치 관음보살의 버드나무 가지 끝에서 성수 한 방울이 굴러떨어지기를 기다리는 것 같았고, 부처님이 불법을 전파하실 때 꽃을 들고 나를 향해 미소 지어주기를 기다리는 것 같았고, 최앵앵이 자리를 뜨면서 나에게만 의미 있는 눈빛을 던져주기를 기다리는 것 같았다.

문득 오후의 정치 과목 수업을 듣고 싶지 않았다. 하늘이 흐려지자 내 방으로 돌아가고 싶었다.

방은 매우 비좁았다. 침대 하나, 책상 하나, 의자 하나. 책들은 침대 위에 쌓아둘 수밖에 없다.

책상 오른쪽에는 사계절의 풍경을 담아내는 여닫이창이 있다. 그 안에서 꽃이 피고 졌으며 달이 차고 기울었다. 책상 왼쪽에는 여닫이문이 있다. 방 안에 들어와 문을 잠그면 세계는 그대로 바깥에 갇히고 만다.

불을 켜고 차를 한 모금 마시면 방 안 세계가 점점 살아나기 시작한다. 조조라면 살인을 하고 도적질을 하고도 웃으며 삶과 죽음을 이야기하겠지. 그리고 어떻게 원소와 함께 남의 신방을 엿보고 남의 아내를 윤간했는지 들려줄 것이다. 서머싯 몸은 내게 인생의 이치를 알려주었다. 가장 중요한 것은 재능 있는 화가나 시인을 집에 들이지 말라는 것이다. 그들은 배불리 먹은 뒤 틀림없이 주인의 아내를 유혹

할 테니 말이다. 뭇 여인의 사랑을 한 몸에 받았던 송대의 사인 유영은 낮은 소리로 「우림령雨霖雨霖鈴」을 흥얼대고, 로렌스는 삶의 여정은 잔혹하기 짝이 없는 성지순례라고 나지막이 읊조린다. 당나라 시인 두목은 비로소 '그리움이 뼈에 사무친다'고 탄식하고, 영원히 자라지 않는 마크 트웨인은 우리에게 온갖 유년의 놀이를 가르쳐준다.

"어떤 것들은 정말이지 알기가 어렵다고. 예를 들어 학교에 들어가면 엄마에게서 벗어난 것 같지만 나중에는 다른 여자에게 목숨을 걸게 되거든. 지금 마음속으로 한 소녀를 좋아하게 된 일처럼. 방이 이렇게 비좁은데 두 명이 앉을 수나 있을까? 방 안 세계가 너무 넓어서 아가씨가 좋아하긴 할까?"

나는 책상에 앉아 있다. 세계와 나 사이에는 담장이 하나 있고, 담장과 나 사이에는 등잔이 하나 있으며, 등잔과 나 사이에는 책이 한 권 있다. 책과 나 사이에는 아련한 주상의 그림자가 있었다.

전화가 옆에 있고, 숫자 일곱 개만 누르면 그리움은 해결될 것이다. 날이 점점 흐려지고 있었고 창문에는 환한 달이 걸렸다.

지금 돌이켜 생각하니, 그때 나의 생각은 음란하고도 더할 나위 없이 맑고 또렷하게 밝았다. 그러나 내 일기에 쓰인 문장들은 통속적이고 손발이 오글거렸다. 훗날 청춘미문으로 이름이 알려진 몇몇 거친 동북 사내들을 만났다. 겨울에는 3주에 한 번, 여름에는 2주에 한 번쯤 목욕을 하고 코를 찌르는 겨드랑이 냄새를 풍기며 굵고 빽빽한 코털을 기른 사람들이었지만 입을 열기만 하면 주옥같은 말들이 굴러떨어졌다. "보랏빛 하늘 아래 장밋빛 이슬비가 떨어지고 나는 철봉에 거꾸로 매달린다. 먼저 하늘의 별이 보이고 다음으로는 네가 보인다. 저수지 제방 안에 봄물이 가득 고이면 수문이 열리듯, 차가운 겨울 속에 숨죽이고 있던 따뜻한 봄이 물밀듯 흘러든다. 예전의 고즈

넉한 평온과 티끌 같던 꿈들이 순식간에 사라지고 대자연이라는 화집은 한 페이지씩 팔랑팔랑 넘어간다. 대기는 촉촉해지고, 새들이 노래하고, 제비가 날아들고, 빗방울이 떨어지고, 버들은 푸르고 꽃은 발갛게 물들어간다. 이제 막 사랑에 눈뜬 소년이 마음속에 당신을 향한 '사랑'을 켜켜이 쌓았다가 어느 아침 입 밖으로 꺼내듯, 그로 인해 웃고 울고 입 맞추고 성내고 애태우고 기뻐하듯, 봄의 온갖 풍경이 당신을 향해 펼쳐지는 것이다." 나는 속으로 생각했다. 내가 만약 중고등학교 시절부터 계속 글을 썼다면 틀림없이 이 청춘미문을 쓰는 거친 동북 사내들 꼴이 됐을 것이다.

내 일기에는 이런 글들이 적혀 있었다.

"이런 달빛 아래 고궁 뒷길은 처연히 아름답겠지. 누각 모퉁이마다 걸린 아름다움은 가슴을 찢고 눈물짓게 한다."

"아가씨, 내 어린 소녀여, 분홍 꽃잎 위에 잠든 나의 소녀여, 국화처럼 담담한 나의 소녀여, 나와 함께 걷지 않으려나?"

"네 도시락의 칭샤오셰펀은 맛있었다. 하늘이 흐려질 때까지 천천히 많이 먹었다. 네가 내게 준 일용할 식량을 먹고 나니 더 이상 '자본주의의 모순은 날이 갈수록 확대되는 생산력과 상대적인 소비능력의 감소 사이에서 발생한다' 따위의 말은 듣고 싶지 않았다."

"아가씨, 내 어린 소녀여, 얼음처럼 맑고 수정처럼 깨끗한 소녀여, 네게 고하고 싶구나. 고마웠다고."

나는 수화기를 들고 몇 개의 번호를 눌렀다. 전화선 저쪽에서 여자 목소리가 들렸다.

"여보세요?"

"주상 있습니까?"

"전데요."

"나 추수이야. 미안한데, 오늘 오후 정치 수업의 핵심 부분을 좀 가르쳐줄래?"

"응, 잠깐만. 책을 가져올게……. 됐어. 15페이지 둘째 단락, 16페이지 첫째 단락, 17페이지 둘째 단락과 셋째 단락이야."

"고마워. 방해해서 미안해. 고맙다."

나는 잽싸게 수화기를 내려놓았다. 책상에서 종이를 집어 들고 주상이 진행하는 '게시판'을 채워줄 짧은 글을 쓰기 시작했다.

마치

마치 어떤 언어처럼
말을 하면 속에 담긴 깊은 이야기는 사라질까 봐
마치 아득하게 떨어지는 메아리처럼
손바닥 위로 흘러가는 구름처럼
비어 있는 여백처럼
강물이 흘러서 기슭에 부딪히고 나면 사라지는 기억처럼
물속에 빠져버린 돌멩이처럼
마음속에 떨어지는 글귀들처럼
어떤 존재처럼
홀로 앉아서야 서로를 느끼는
귀밑머리를 스쳐 지나는 세월처럼
창문에 주름을 만들며 떨어지는 싸락눈처럼

나는 혼란스러운 가운데 다시 꿈속 교실로 돌아갔다.
왼쪽 세 개의 창문으로 들이치는 햇빛으로 교실 안은 눈부시게

환했다. 수학 선생은 침을 튀기며 말하고 있었지만 아무 소리도 들리지 않았고 교실 안은 쥐 죽은 듯 고요했다. 나는 모두의 머릿속 혈관과 그 혈관을 타고 흐르는 생각들을 볼 수 있었으나 옳고 그름, 좋고 나쁨은 판단할 수가 없었다.

주상은 내 옆이 아닌 앞에 앉아 있었다. 풀어헤친 검은 머리카락은 햇빛을 받아 짙푸른 비취처럼 반짝였다. 책상 위에는 붉은색 바탕에 작은 흰색 동그라미가 점점이 찍힌 머리끈이 무심히 던져져 있었다. 그녀가 허리를 꼿꼿하게 세우고 수업에 집중하고 있으면 그녀의 머리카락 끄트머리가 내 필통 위를 스칠락 말락 했고, 그녀가 몸을 숙여 글을 쓸 때는 머리카락이 그녀의 어깨를 덮었다.

나는 필통을 치우고 그 자리에 왼손을 뻗은 채 주상이 다시 허리를 펴고 똑바로 앉기를 기다렸다. 그건 마치 관음보살의 버드나무 가지 끝에서 성수 한 방울이 굴러떨어지기를 기다리는 것 같았고, 부처님이 불법을 전파하실 때 꽃을 들고 나를 향해 미소 지어주기를 기다리는 것 같았고, 최앵앵이 자리를 뜨면서 나에게만 의미 있는 눈빛을 던져주기를 기다리는 것 같았다.

나는 그 순간이 다가왔을 때 내 반응이 그토록 격렬할 줄 꿈에도 몰랐다. 알록달록한 오색의 빛무리가 흩어지는 주상의 머리카락을 따라 사방으로 솟구쳐 흩뿌려졌다가 떨어졌다. 손가락 끝은 감전된 듯한 충격으로 떨리기 시작했다.

기나긴 그리움과 지난한 사색의 과정을 거친 뒤 경전을 이해하는 깨달음이 벼락처럼 스치고 지나가듯이, 그와 같은 고통스러운 놀라움과 기쁨은 결코 오래 지속되지 않았다. 누르스름하고 끈적거리는 희멀건 액체가 왼손 검지 마디를 타고 흘러내렸다. 그것은 말 한 마디 한 마디가 너무 빠르게 뱉어지면서도 너무 흥분되어 더듬거리는 것 같았다.

잠에서 깨어났을 때 침대 위에는 이백과 유영과 두목이 음산하고 표독한 눈초리로 나를 노려보고 있었다. 방부제 속에 천 년 동안 담겨 있다가 떠오른 것 같은 그들의 얼굴은 텅 비어버린 것처럼 아무 의미를 지니고 있지 않았다.

40. 대추나무 털기

내가 네게 르번더우 한 봉지를 주마.

밤 10시 정각, 나는 기숙사 침대에 시체처럼 누워 있었다. 자습실에서 돌아온 냄새나는 사내놈들은 10시 반 소등 시간을 앞두고 본격적으로 주둥이를 털어대기 시작했다.

"추수이가 어쩐 일이래? 침대에 아가씨도 없는데 그런 자세로 뭘 어쩌려고?"

"네가 뭘 알겠냐? 이건 연습이라고 하는 거야. 명상이라고 할 수도 있겠지. 정기를 기르고 모으고 벼리는 과정이란 말이다. 도사나 비구니들도 언제나 이런 식으로 내공을 쌓는다고. 음기를 취해 양기를 보하고, 양기를 취해 음기를 보하지. 생명이라는 것은 이렇게 짝을 지어 수련하는 법이야. 백 여자 또는 백 남자를 상대하고 나면 대낮에도 하늘로 날아올라 마법의 빗자루를 타고 날아다니는 거지."

"맞아, 정기를 기르고 모으고 벼리려면 달 없이 캄캄하고 바람이 세게 불어올 때 사다리를 타고……." 내가 아무 말도 하지 않자 냄새나는 녀석들은 대적하기를 포기하고 이야기를 계속했다.

"사다리는 전통적인 도구라 할 수 있지! 18, 19세기의 프랑스 소설에는 전부 사다리가 나오거든! 사다리를 타고 기어 올라가서 아가씨가 창문을 열어주면 하나가 되어 구르는 거지. 창가에 있는 침대까지 그대로 굴러가는 거야……."

"20세기라면 건물 계단도 사다리라고 할 수 있지! 우리 위층이 바로 여학생 기숙사잖아. 이대로 올라가면, 그 애들이 문을 열어주고……."

"추수이가 왜 아무 말도 안 하는지 알아? 좋은 방법을 생각하고 있는 중이라고. 추수이는 이런 일을 좀 어려워하거든." 불이 꺼지고 나자 녀석들은 더 거침없었다.

"한번은 내가 저 녀석 아래 깔린 아가씨가 하는 말을 들었지. 좀 더 안으로 밀어 넣으라는 거야. 그랬더니 녀석은 얼굴이 굳어져서 말하더라고. '이게 다야.'"

"그건 참 비참한 일이지. 비참한 일이야. 좋지 않아. 정말 좋지 않아."

"추수이가 자랑하는 건 길이가 아니고 힘이야. 곧게 세워서 시간을 오래 유지하는 거지."

"그건 늬들이 멋대로 지어낸 말이잖아. 추수이는 우리 학교 최고의 명사수라고. 그걸 누가 모르겠어? 추수이가 소변기 앞에 서서 자웅을 겨루려 하면 감히 누가 덤비겠어? 다른 사람들은 소변기 밑에 쭈그려져야 할 텐데. 추수이보다 누가 더 잘 세우겠냐고?"

"맞아, 맞아. 최근에 또 하나 실화가 생겼지."

"말해 봐."

"다들 잘 알겠지만, 우리 학교는 중점 학교란 말이지. 사람들이 부유해지면 돈을 어떻게 쓰겠어? 우선은 자기를 위해 쓰겠지. 병이 있으면 양의에게 가고, 병이 없으면 한의에게 가고. 돈이 더 있으면 자식들에게 쓴다고. 그래서 우리 학교가 갈수록 들어오기 어려운 곳이 되고 있는 거야. 추수이는 똑똑한 놈이라 시험 보기 전에 뭐가 어떻게 어려운지 알아보고 다녔지. 먼저 왕 할아버지를 만났어. 경비를 보는 왕 할아버지는 우리 학교에 오려면 반드시 선천적으로 뛰어나야 한다고 했지. '날 보게. 일흔이 다 되어가지만 전혀 쪼그라들지 않았다고. 그래서 문 앞을 얼씬대는 어린 건달 놈들이 성질을 부리면 마구 패준단 말이지. 경찰봉이나 전기봉 따위는 한 번도 써본 적이 없다고.' 추수이는 그 말을 듣자 경멸하듯 씩 웃으며 말했지. '저는 보통 때 제 어린 아우를 허리띠 대신 매고 다닙니다. 지금까지 한 번도 벨트를 따로 써본 적이 없어요.' 그 말을 듣자 왕 할아버지는 바로 탄복하고 추수이를 들여보내 학생주임을 만나게 해줬지. 추수이는 득의양양하게 학생주임 사택으로 향하면서 생각했어. 시 중점 학교라도 별거 아니구나. 그러나 학생주임의 사택에 들어서자마자 추수이는 넋을 잃고 고개를 돌려 달아나고 말았어. 무슨 일이 있었는지 알아? 학생주임이 땅바닥에 벌러덩 누워서 대추나무를 털고 있었던 거야."

"응? 이상하네? 추수이 너 왜 그래? 기분 나쁘다는 표정이잖아? 우리는 되먹지 못한 인간이고 넌 맹자라도 품은 되먹은 놈이다 이거냐? 고기가 바르게 잘리지 않으면 안 먹고, 자리가 바르지 않으면 앉지 않고, 예가 아니면 듣지도 않고 말하지도 않는다는 거야?"

"추수이, 너 병이 정말 깊구나. 내가 약 처방이라도 써줄까? 100년 전의 어떤 기녀가 이렇게 노래했지. '과쯔를 서른 개나 깨물어 붉은 종이에 싸서 비단 상자에 넣고는 계집종을 불러 사랑하는 오라버니께 보냈네. 그에게 전하라. 하나하나 내 입으로 깨물어 깠다고. 붉은 것은 연지요 젖은 것은 침이니, 다 먹으면 그가 앓는 상사병도 모두 나으리.' 내가 네게 르번더우 한 봉지를 주마."

"이런 니미럴!" 나는 버럭 소리를 내질렀다.

"누구야? 누가 널 이 모양으로 만든 거야? 하늘도 눈이 있으시구나! 너한테도 오늘 같은 날이 있다니, 다 인과응보라고!"

"정말, 요 며칠 추수이가 정말 너무 열심히 공부하더라고. 마치 공부하다가 죽어버리려는 것처럼 보였다니까. 이건 틀림없이 누구한테 차인 거야. 그래서 완전히 가라앉아 죽어라 공부만 하는 거지. 슬픔의 힘으로 말이야. 내 말 들어. 여기 이러고 처박혀 있지 말고 밖에 나가서 제대로 방탕하게 놀아봐. 과거에 그랬던 것처럼 말이야. 미친 듯이 여자들 꽁무니 따라다니면서 희롱하고 안아봐. 취얼이 얼마나 좋은 여자냐! 복에 겨워서 복인 줄을 몰라요. 너를 두들겨 패고 싶어하는 애들이 얼마나 많은지 알기나 해! 나가서 방탕하게 놀아보는 거야! 캉 아저씨가 그랬잖아. 안는 게 좋아, 안는 게 좋은 거라고! 춘화를 그리는 사람들은 정말 위대하게 머리가 좋다니까. 보라고. 음이 있으면 양이 있고, 남자가 있으면 여자가 있지. 네 안에 내가 있고, 내 안에 네가 있어. 한쪽이 많아지면 다른 쪽은 줄어들기 마련인 거야. 봐라, 사람의 마음속에는 모두 텅 빈 구멍이 있어. 네가 아무리 노력해도, 축구를 하든 포커를 하든 무삭제 야동을 보든 자위를 하든 아무 소용없는 일이라고. 그런 건 암만 해봐야 반쪽짜리니까. 춘화에 그려진 것처럼, 사내라면 여자애들을 안고 힘을 써야 반쪽이 채워지는 느낌을 받을 수 있는 거야. 그래야 비로소 진짜 실존을 느끼고 진짜 뿌듯한 기분을 느끼는 거지. 가서 안으라고! 안는 게 최고야!"

"니미럴! 입 다물고 있어도 너를 벙어리로 생각하는 사람 아무도 없거든. 네가 엉덩이를 까지 않는다고 해서 모든 사람이 널 고자로 여기는 건 아니라고!" 나는 한바탕 욕설을 퍼붓고 기숙사 밖으로 나왔다.

41. 부틸알코올 춘약사건

내가 그것을 한 번 보면 그놈도 나를 한 번 보고, 내가 또 그 놈을 한 번 보면, 그놈도 나를 한 번 보지.

선선하다가 뜨거워지고, 비가 내리더니 어느새 해가 반짝 떴다. 날씨가 몇 번 서늘했다 더웠다 하더니 급격히 더워지기 시작했다. 아침까지만 해도 파룻하고 윤기 흐르던 나뭇잎이 한낮이 되자 가장자리가 말려들었다. 거리를 오가는 사람들은 하늘에서 쏟아지는 불볕을 가리려고 우산을 펴들었다.

"식당에 가서 맥주나 마시자." 장궈둥이 내게 말했다.

"좋아."

식당은 학교 근처에 있었다. 가게 규모는 크지 않지만 깔끔해서 테이블보도 깔려 있었고 손님이 앉으면 재스민 차를 따라주었다. 벽에는 붉은 쪽지마다 검은 글씨로 음식 이름이 적혀 있었고, 먹물에 묻혀 큰 글자로 쓰인 두 폭의 대련도 걸려 있었다. "구수한 냄새에 말에서 내리네聞香下馬"와 "취하기 전에는 돌아가지 않으리不醉不歸"라는 내용이 마음에 들었다.

나는 되는 대로 몇 가지 요리를 시키고 나서 술잔에 든 술을 모두 비웠다.

"너 요즘 기분이 별로인 거 같더라." 장궈둥이 맥주를 한 모금을 마셨다.

"약간. 네가 노력 중인 건 좀 어때?" 내가 물었다.

"어떻긴 뭐가 어때?" 장궈둥이 말했다.

"주상을 쫓아다니는 거 어떠냐고? 아직도 나랑 자리 바꾸고 싶어?"

"주상에게 차오양 극장에 가서 영화 보자고 했는데, 안 간다더라. 후루왕에 가서 탕후루를 사주겠다고 했더니, 그건 먹더라고. 언젠가 비가 엄청나게 내리고 천둥 번개가 치던 날, 주상이랑 실험실 앞 처마 밑에서 비가 그치기를 기다리고 있을 때 얼굴에 철판을 깔고 좋아한다고 말해버렸어"

"그랬더니 뭐래?"

"그래? 그러던데."

"그다음엔?"

"그다음이고 뭐고 할 게 없어. 그냥 우리 사이에는 종이 한 겹이 끼워져 있는 것 같아. 어떻게 해도 뚫을 수 없고, 어떻게 뚫어야 할지도 모르는."

"다시 뚫어봐. 그건 네가 알아서 해야지. 내가 도와줄 수 있는 일도 아니고. 스님들이 말하는 '깨달음' 같은 거라고. 스승이 암만 말해줘도 소용없는 거야. 자기 스스로 알아야지."

"때로는 알아도 소용없는 거야. 경험해보기 전에는 알 방법이 없다고. 너랑 주상이랑 웃으면서 대화하는 걸 보니까 나 대신 연애편지를 써줄 필요가 없다고 생각했어. 좆나 이 새끼 너 사실대로 말해봐. 나한테 말해보라고. 넌 도대체 주상을 좋아하는 거냐?"

"좋아해."

"난 그 애도 널 좋아한다고 생각해."

"허튼소리 작작해. 어느 정도 호감은 있을지 모르지만, 그래서 뭘 어쩌게. 국어 선생이 그랬잖아. '내 눈이 네 심장을 뛰게 한다면 나는 네 얼굴에서 시선을 돌릴 거야. 노를 저어 물결을 일으킨다면 내 작은 배는 네 기슭을 떠나갈 거야.' 난 너랑 달라. 너처럼 솔직하지 못해." 나는 다시 술을 한 모금 마셨다.

"주상은 사람들에게 너무 숭배를 받아서 병이 생긴 것 같아. 성정이 냉담한데다 별로 반응을 드러내지 않아. 전혀 여지가 없다고."

장궈둥은 자신의 고백에 대해 주상이 어떤 진술을 확인하는 듯한 어조로 '그래?'라고 대답한 뒤로 춘약 제조에 빠졌다. 그 목적은 자양강장이 아닌 불감증을 치료하는 것이다. 장궈둥은 은밀한 말투로 내게 말했다. 약의 성분은 기본적으로 식물성과 동물성으로 나뉘는데, 식물성 재료로는 육종용, 음양곽, 인삼, 오미자, 토사자, 원지, 사상자 등이 들어가고, 동물성 재료로는 온갖 종류의 채찍과 여성의 월경, 어린 사내아이의 오줌 등이 포함된다는 것이다. 언젠가 장궈둥이 연구해서 만든 아이스크림을 먹어본 적이 있었는데 세상에 그보다 더 먹기 힘든 맛은 없었다. 그때 나는 그의 춘약 이론에 대해 아무 관심이 없었지만, 그 춘약은 훗날 두 가지 사건의 빌미가 되었다. 그중 하나는 인터넷이 대대적으로 확산되던 무렵, 장궈둥이 칭화대 재학 시절에 있었던 일이다. 그는 자신의 춘약 연구 개론을 열 가지로 간략히 정리한 다음 인터넷에 능숙한 같은 과 친구의 도움으로 온라인 판매에 나섰다. 그 광고 내용은 다음과 같았다. "중국 고대의 춘약 대전. 중국 고대의 50가지 춘약 비방을 공개한다. 가격은 15위안. 이 비방을 구입한 경우 본 사이트의 의도와 달리 나쁜 일에 사용하지 말

것! 그것은 본인과 무관한 일이다! 게다가 국법이 허용하지 않는다!"
또 다른 하나는 장궈둥의 칭화대 화학과 후배 하나가 온라인에서 장
궈둥의 연구 개론을 구매해 읽은 뒤 비법을 개선한 것이다. 그는 좀
더 빠른 시간에 의식을 잃게 만드는 부틸알코올을 춘약에 추가했으
며 에어로졸 형태로 변형시켰다. 겨울방학의 어느 주말, 에어로졸 춘
약이 창문을 통해 어느 여학생의 방에 분사되었다. 하지만 장궈둥의
화학과 후배는 세 가지 실수를 저질렀다. 첫째, 화학이라는 학문에
대한 실질적인 지식이 없었고 부틸알코올의 양이 적었다. 둘째, 한약
은 본디 정확한 계량이 어려운 법이라 춘약 성분 역시 부족했다. 셋
째, 너무 일찍 여학생 방으로 침입한 탓에 춘약의 효과가 충분하지
않았다. 그 건물 아주머니들의 말에 따르면, 그가 여학생 방으로 뛰
어들었을 때 그 안에는 세 명의 여학생이 있었는데, 기절하지는 않
고 어지럼증을 호소하고 있었다. 그녀들의 얼굴은 복사꽃처럼 벌겋
게 달아오르긴 했지만 훌떡 벗고 요염하게 드러눕는 대신 그의 뺨을
힘껏 갈겼고, 그에게 '자기야' 하고 부르는 대신 '치한 잡아라' 하고 비
명을 질렀다. 경비원이 도착했을 때 장궈둥의 화학과 후배는 얼굴을
알아볼 수 없는 지경이 되어 있었고, 그의 아랫도리는 골반 안쪽으
로 처박힐 만큼 걷어차였다. 갈비뼈도 네 대나 부러져 있었다. 경비
원이 제때 달려오지 않았다면 그는 목숨을 잃었을지도 모른다. 이것
이 1990년대에 가장 유명했던 부틸알코올 춘약사건이다. 결국 화학
과 후배는 제적되었고 장궈둥 역시 제적을 피할 수 없었다. 저학년을
꼬드겨서 사건의 빌미를 제공한 범죄 배후자라는 죄목이었다. 장궈
둥은 온라인 광고에 올리기 위해 검은 글씨로 적었던 문구를 학교에
제출했다. "비방을 구입한 경우 본 사이트의 의도와 달리 나쁜 일에
사용하지 말 것! 그것은 본인과 무관한 일이다! 게다가 국법이 허용

하지 않는다!" 그러자 학교 간부가 이렇게 말했다. "내가 바보인 줄 아냐?" 이 또한 훗날의 이야기다.

"넌 주상의 어디가 좋은 거냐?" 장귀둥이 내게 물었다.

"난 그 애가 예쁘다고 생각 안 해." 내가 말했다.

"그 애의 어디가 예쁘지 않은 건데?"

나는 대답할 수 없었다.

"쌍바오장의 침대 위에 있는 작은 선물 상자 봤어?" 장귀둥이 또 물었다.

"봤지. 이상하다고 생각했어. 빈틈없이 몇 겹으로 싸뒀던데. 멋지더라. 쌍바오장이 그렇게 세심할 줄은 몰랐어."

"누구 줄 건지 맞춰봐."

나와 장귀둥은 동시에 젓가락 끝에 맥주를 묻힌 뒤 식탁 위에 글자를 썼다. 물자국이 선명하게 남으면서 '주'라는 글자가 나타났다.

"그 돈이 어디서 났을 것 같아?" 장귀둥이 또 물었다.

나는 고개를 저었다.

"네가 쌍바오장에게 책 두 권 주었던 거 기억해?"

"나도 녀석이 그 책을 밑천으로 장사하고 있다는 건 알아. 게다가 갈수록 꼴불견이라는 것도."

"그날 나도 한번 말했지. 후배들이 기숙사 침대에 숨어서 보는데, 검은색 음모 부분이 지워져 있을 뿐만 아니라 하도 문질러 대서 몇 군데는 종이가 뚫어졌다고."

"소림사 승려들이 무술 단련하는 곳의 돌바닥 같더라고. 난 아무래도 불길한 예감이 들어."

"나도 그래. 이제 쌍바오장은 기숙사에서는 안 보여주고 화장실에서 보게 하겠대. 게다가……."

"뭐라는데?"

"자리도 너랑 다시 바꾸겠다고 했어."

"왜 그러겠대?"

"시간이 한참 지났으니까. 화장실 갈 때와 나올 때 마음이 달라지는 법이지."

"날이 너무 더워서 머리가 어떻게 된 거 아냐?"

"어제는 특히 더웠잖아? 넌 학교를 땡땡이쳐서 모르겠지만, 주상이 흰색 상의를 입었었거든. 어두운 빛이 비치더라고. 반투명으로. 브래지어를 안 한 거야. 반팔 소매는 통이 좀 넓어서 옆으로 보면 보인다고. 산은 산이요, 물은 물이라." 장궈둥은 젓가락으로 훙유주얼紅油猪耳[고추기름에 버무린 돼지 귀 요리] 한 점을 집어 들었다.

"책에 나오는 눈이 붉은 흰 비둘기랑 닮지 않았어? 아니면 작은 토끼처럼 빨간 눈이랑 비슷하지 않아? 내가 그것을 보면 그놈도 나를 보고, 내가 또 그놈을 보면, 그놈도 나를 보지."

"넌 그렇게 오래 그 애 옆에 앉아 있었으면서 아직 못 본 거냐? 좋아, 다음에 그런 상황이 생기면 너한테 전화해줄게. 바로 달려와서 다시 수업을 받을 수 있도록 말이야. 그렇게 좋지는 않았어. 책에 나온 것 같지는 않더라. 색이 많이 어두워서 그리 예쁘진 않더라고. 쌍바오장은 일없이 대여섯 번이나 왔다 갔다 하고, 샤오 반장도 몇 번이나 순시를 했지. 둘 다 얼굴이 벌게지고 확 부풀어 올랐더라고."

"그러고 나서는?"

"여자애가 그렇게 노출하고 다니는 건 좋지 않은 것 같아서 쪽지를 써서 보냈지. '조끼는 잊어버리고 온 거냐?' 다음 시간에는 입었더라. 브래지어를 가방에 넣어가지고 왔나봐. 쉬는 시간에 갈아입은 거지."

"쌍바오장이 자리를 다시 바꾸자고 할 만하네."

"그 자식 얘기는 하지도 마. 속이 다 메슥거리니까. 됐고, 수업 시
작하겠다. 돌아가자."

장궈둥은 계산을 했다. 오후에도 수업이 있었다. 수학.

훗날 쌍바오장의 상자 안에 무엇이 들었는지 주상에게 물었더니
이렇게 말했다. 아주 단단히 봉해져 있었어. 다섯 겹으로 포장되었고
포장지 색이 각각 달랐어. 안에는 푸른색 고무 인형이 들어 있었고.
내가 말했다. 여러 자세로 남녀가 부둥켜안고 있는 모양이었지? 주상
이 말했다. 너 말고 그렇게 음탕한 사람이 또 있으려고. 역시 네 책이
그렇게 많이 팔리는 이유가 있는 거야. 고무 인형은 무척 단정한 모
습이었어. 서 있기도 하고 앉아 있기도 하고 걷는 모습이기도 했지.
하지만 모두 눈동자가 없더라.

42. 포르노 잡지

이 얼마나 비열한 행위입니까!

다시 미치게 더운 오후였다. 갑자기 스피커에서 방송으로 공지가 나왔다. 2교시가 끝난 뒤 고2학년생은 전원 강당으로 집합하라는 내용이었다.

"영화는 다 봤네." 곧바로 누군가 불만을 터뜨렸다.

"오늘 과제도 대빵 많은데. 빌어먹을."

"바지 고르러 같이 가기로 한 거, 내일 가도 되겠니?"

학생들이 자리에 앉자 학생주임이 늠름하고 당당한 모습으로 단상 한가운데로 썩 나섰다.

"뭔 일이래?" 단상 아래 학생들 사이에서는 의론이 분분했다.

"선생이 그러는데 쌍바오장이 잡혔다더라."

"뭘로?"

"포르노 잡지 대여."

"무슨 포르노 잡지? 볼 만한 거야?"

"포르노 잡진데 당연히 볼 만하겠지. 나도 아직 못 봤어."

"어쩌다가 잡혔대?"

"학생주임이 기숙사에 갔다가 갑자기 대변이 마려워서 화장실에 들어갔는데 옆 칸에서 애들 쌍바오장에게 빌린 책을 보고 있었대. 애들이 소리를 지르고 그러니까 들켰겠지. 게다가 바지 지퍼를 올리느라 책을 칸막이 위에 올려놓았는데 그걸 학생주임이 낚아챈 거지. 나도 정확하게는 몰라."

"무슨 큰 소리가 났는데?"

"나도 현장에 있었던 게 아니라고. 궁금하면 학생주임한테 가서 물어보든지."

"왜 포르노 잡지를 보는데 바지 지퍼를 내려?"

"네 아버지한테 물어봐."

"한여름입니다. 산들바람이 상쾌하지요." 학생주임 선생은 목청을 가다듬었다. '상쾌하다'의 '상'이 거의 '쌍'으로 들렸다. 마치 그의 말 한 마디 한 마디가 팔을 높이 들었다가 손을 휘둘러 단상 아래 있는 학생들 한 사람 한 사람의 뺨을 내려치는 것처럼 들렸다. 나는 아주 멀리 떨어져 있었는데도 그 허리춤에 달린 거대한 옥돌을 볼 수 있었다. "학생 여러분! 요즘, 우리 학교에서, 바로 2학년에서, 깜짝 놀랄 만한 끔찍한 일이 벌어졌습니다! 모두 웃지 마십시오! 이것은 아주 심각한 문제입니다. 오늘 일은 경찰이 출동할 수도 있는 일이에요. 각급 지도자들의 영도 아래 모든 선생과 학생 간부들의 도움으로 마침내 우리 학생부에서 이 사건의 전말을 밝혀냈습니다! 놀랍게도 우리 학년 중 한 명이 다른 학년 학생들에게 돈을 받고 포르노 잡지를 빌려주고 있었어요. 이 얼마나 비열한 행위입니까! 자신만 본 게 아니라 다른 학생에게도 보여주면서 금품을 갈취하다니! 그 죄악을 발본색원하는 게 우선이고 어떻게 처리할지는 그의 태도와 표현에 달려 있습니다. 어떤 식으로든 처분은 불가피하지요. 앞으로 해야 할 일이 세 가지 더 있습니다. 첫째, 스스로 이 일에 관련된 사람들을 적발해서 포르노 잡지를 본 사람들의 명단을 작성해 조사받도록 합니다. 그 과정을 명확히 한 뒤 자기반성을 가져야 해요. 둘째, 스스로 나서서 먼저 그 포르노 잡지와 모든 포르노 테이프를 학생부에 제출해야 합니다. 이때 내놓지 않았다가 나중에 발각되면 엄중한 제재와 처분이 따를 겁니다. 제재와 처분이 얼마나 엄중할까요? 앞으로 평생 후회할 정도가 될 겁니다. 셋째, 이 포르노 잡지와 관련한 모든 일을 샅샅이 조사할 겁니다. 이것은 단순한 하나의 사건이 아닙니다. 자본주의의 썩은 허벅지와 벗은 엉덩이가 이유 없이 하늘에서 우리 학교 운동장으로 떨어진 게 아니란 말입니다. 구체적으로 누구를 가리키는 것이냐? 우리는 이미 분명한 실마리를 잡았습니다. 하지만 여전히 그들 스스로 나서서 이 일을 인정하고……"

43. 나도 네가 아니꼽단 말이다

이건 학생주임의 논리야. 내 논리가 아니라고. 너도 알잖아. 나한테는 논리라는 게 없어.

나는 내 방으로 도망쳐 돌아와 문을 걸어 잠갔다. 얼굴을 숙인 채 몸을 침대에 던졌다. 며칠 전 엄마가 볕에 널어 말린 이불에서는 짙은 햇볕 냄새가 났다.

"이 모든 게 어떻게 시작된 일이더라?"

나는 눈을 들어 힘들게 각도를 조정한 다음 건물 틈새로 지평선을 찾아냈다. 해가 가라앉고 있었다. "어째서 갓 떠오를 때나 가라앉을 때는 저토록 커다란 걸까?" 붉디붉고 둥글둥글한 것이, 마치 영원히 아물지 못할 커다란 상처 같았다.

누군가 문을 두드렸다.

쌍바오장이었다.

"학생주임은 그 두 권이 네가 빌려준 거라는 사실을 알아. 내가 말한 게 아니라 샤오 반장이 말한 거야. 걘 정말 좋은 놈이 아냐. 내가 아시안게임 복권에 1등 당첨됐다는 사실을 학생주임한테 고자질한 것도 그놈이었어."

"응."

"학생주임은 그 책을 네가 준 게 맞냐고 나한테 묻더라. 작은 방에 가둬놓고 물도 주지 않고 네 시간 동안이나 계속 묻더라고."

"응."

"난 기억이 잘 나지 않는다고 했는데, 자꾸 생각해보라고 하더라고. 너무 오래된 일이라서 모르겠다고 했는데 안 믿더라. 못 믿겠으면 잡지 두 권을 보라고, 국소 부분이 다 닳아서 보이지도 않는다고 했지."

"응."

"학생주임은 나더러 잘 생각해보고 똑똑히 굴라고 했어. 반장의 증언이 있으니까 그걸 참고하면 된다면서. 네가 나한테 준 거라면 네가 가장 큰 책임이 있는 주동자라고도 했어. 하지만 내가 밖에서 스스로 발견한 거라면 내 책임이 큰 거라고. 학생주임은 원인 제공자를 반드시 색출하겠대."

"내가 너한테 칼도 하나 사다줬잖아. 근데 넌 왜 그 학생주임을 고자로 만들어버리지 않은 거냐? 어쨌든 내 책임이 가장 크긴 하지만." 학생주임이 소변기 앞에서 부자연스럽게 바지 지퍼를 올리던 장면이 다시금 뇌리를 스쳤다.

"이건 학생주임의 논리야. 내 논리가 아니라고. 너도 알잖아. 나한테는 논리라는 게 없어. 그 사람은 학생주임이고, 나는 널 끌어들이고 싶지 않았다고. 어쨌든 나는 처분을 받을 테니까, 둘 다 처분받을 필요는 없잖아."

"그 처분과 이 처분은 다른 거지. 처분에도 여러 가지가 있으니까 말이야."

"난 널 지키려고 했어."

"넌 진정한 의리남이지. '그 대신'을 말하지 않는다면."

"그 대신 우리 다시 자리를 바꾸자."

"싫어."

"그냥 반년 동안만 바꾸는 거야."

"말할 필요 없어. 싫어."

"내 조건이 그리 나쁘지는 않은데. 네가 그 일만 오케이하면 넌 이 사건이랑 아무 상관이 없는 거야. 잡지는 밖에서 내가 구한 거라고 잡아뗄 테니까. 바깥에는 나쁜 사람들이 쇠털만큼이나 많다고. 반장과 학생주임도 다른 말은 못 할 거야."

"싫다고."

"난 원래 너한테 사실대로 말하지 않으려고 했어. 네가 널 위협하는 거라고 생각할까 봐. 그 책이 원래 네 것이었다고 말하면 너는 제 적당할 거라고 학생주임이 그랬어. 반장과 담임선생도 널 위해 좋은 말은 해주지 않을 거라고. 그들은 두 손 놓고 바라만 보고 있을 거라고. 네가 안 바꿔준다고 해도 어차피 넌 그 자리에 앉을 수 없어. 왜 그렇게 고집을 피우는 거냐?"

"싫다고. 내가 물어보자. 넌 주상 옆에 앉으면 무슨 이익이 있어서 그러는 거냐?"

"내가 뭘 어쩌겠다는 게 아니야. 그냥 그 애 옆에 앉아보고 싶은 거라고. 아무 이유는 없어."

"나도 아무 이유가 없어. 그냥 싫다는 거야. 알아들었으면 나가주시고, 못 알아듣겠으면 꺼져."

"좋아, 두고 보자. 나는 네가 날 우습게 여긴다는 걸 알아. 입학했을 때부터 날 아니꼽게 여겼지. 너희들 모두 날 마음에 안 들어 했지. 나도 네 놈이 아니꼽단 말이다."

44. 따뜻하고 부드러운 아름다움

당신이 무인도에 가는데 책을 한 권만 가져갈 수 있다면, 무슨 책을 가져갈 테야?

당신이 단 한 명의 여자만 데려갈 수 있다면, 누구를 데려갈 테야?

내가 말했다. 난 『설문해자』랑 우리 엄마.

2주 후에 처분 결과가 나왔다. 쌍바오장은 큰 벌점을 받는 데 그쳤다. 나는 아버지가 여러 인맥을 동원해 교무실 앞 화단의 석상을 없애고 대신 중앙미술원의 유명한 교수가 만든 새로운 석상을 선물하기로 한 뒤에야 제적 처분을 면할 수 있었다. 다만 보름 안에 다른 학교로 전학을 간다는 조건이 붙었다.

마지막 날 선생들은 수업 시간을 넘기지 않고 제시간에 끝냈다. 나는 내 물건들을 챙긴 뒤 교정을 한 바퀴 걸었다. 화단에 있던 석상은 벌써 바닥에 넘어져 있었다. 나는 장궈둥과 류징웨이에게 '간다'라고 한 마디를 던지고 밖으로 나섰다. 날이 정말 뜨거웠다. 나는 쌍으로 붙어 있는 위안양쉐가오鴛鴦雪糕[쌍쌍바처럼 두 개가 나란히 붙어있는 중국 빙과류] 아이스바를 하나 샀고, 눈을 들어 건물 옆에 있는 커다란 회화나무와 늙은 건달 쿵젠궈의 작은 방을 보았다.

집으로 돌아왔을 때 날은 아직 어두워지지 않았지만 주상의 방에는 벌써 불이 밝혀져 있었다.

나는 문득 오랫동안 맛보지 못했던 홀가분한 기분을 느꼈다. 죽어도 풀리지 않을 것처럼 꽁꽁 묶였던 매듭이 풀어지는 듯한 해방감이었다. 먼 훗날 아내가 내게 물었다. 진심으로 대답해야 해. 무인도에 대한 두 가지 질문이 있어. 첫째, 당신이 무인도에 가는데 책을 한 권만 가져갈 수 있다면 무슨 책을 가져갈 거야? 둘째, 당신이 단 한 명의 여자만 데려갈 수 있다면, 누구를 데려갈 거야? 내가 말했다. 여섯 시가 다 됐어. 우리 쐀양러우涮羊肉[뜨거운 물에 양고기를 적셔먹는 중국식 신선로 요리]나 먹으러 가자. 아내는 말했다. 반드시 대답해야 하는 문제야. 내가 말했다. 난 『설문해자』랑 우리 엄마.

"한 마디, 한 마디만." 목소리 하나가 소리 높여 외쳤다.

나는 이를 닦고 세수를 하고 새 바지로 갈아입었다. 거울 앞에서 위아래를 찬찬히 들여다본 뒤 만족스런 기분으로 계단을 올라갔다. 위로 올라갈수록 더 홀가분한 기분이었다. 계단 끝까지 올라가보니 그 끝은 수정처럼 반질반질 윤기가 흘러서 마치 전설 속에 등장하는 비취로 만든 궁전 같았다.

"더 이상 빌딩들 사이의 낡은 길이 아니구나."

늙은 무당은 더 이상 늙을 수 없을 만큼 늙었고 가슴은 배꼽까지 늘어져 있었다. 역시 왕자는 좋다. 아무 쓸모없는 왕자라도 입을 맞추면 천 년 동안 잠들었던 공주가 깨어나는 법이니까.

"한 마디, 한 마디만." 목소리 하나가 소리 높여 외쳤다.

5층까지 올라가서 나는 문을 두드렸다. 문을 열고 나온 것은 역시 주상이었다. 흰 치마에 푸른색 실크 상의를 입고 있었다. 작고 노란 국화 무늬가 그려진 옷이었다. 머리카락은 흐트러진 채 어깨를 가볍게 덮고 있었다.

나는 정신이 아득한 가운데서도 몇 가지 일들을 떠올렸다. 쿵젠궈의 교육과 처녀를 찾아다녔던 일, 처음으로 안았던 취얼의 허리, 학생주임이 부자연스럽게 지퍼를 끌어올리던 장면…….

"내일은 다른 곳으로 등교를 하니까. 너에게 하고 싶은 마지막 한마디 말이 있어서." 나는 바지 지퍼를 내리고 단단해진 성기를 꺼내 보였다. 옥처럼 매끄럽고 따뜻하고 부드러운, 마치 저주와도 같은, 한마디.

훗날 주상은 내게 말했다. 그때 내 꼬마 녀석을 보자 입술이 덜덜 떨렸고, 자기도 깜짝 놀랄 만큼 큰 소리로 비명을 질렀다고. 늙은 마녀의 마법에 걸려 전혀 다른 모습으로 변한 왕자처럼 그것은 또 다른 언어였고, 다른 문법이었다고. 그때 그녀는 어렴풋하게나마 그 모든 글자들의 행간에 숨겨진 의미를 이해하게 된 것 같았다고, 그러나 그 꼬마 놈에 대해 어떤 방식으로 답해야 할지 알 수 없었다고. 그놈의 눈동자는 번개처럼 움직였고 눈가에는 마치 한 방울의 눈물이 고여 있는 듯했었다고 말이다.

훗날 주상은 내게 말했다. 그녀의 머릿속에 그 더할 나위 없이 못생긴 헝겊 인형과 인형을 조각조각 잘라버리는 가위가 떠올랐었다고. 그래서 더는 생각을 하지 않았다고 말이다. 그녀는 문을 꽉꽉 걸어 잠근 채 몸을 돌렸다. 그리고 그대로 문간에 기대어 하염없는 눈물을 흘렸다.

나는 주상이 문을 닫는 순간, 그녀의 뒷모습 너머로 베란다를 보았다. 흰 바탕에 분홍 꽃무늬 팬티가 바람에 흔들리고 있었다.

후기

일 년 동안 하루도 쉬지 않고 4주간의 휴가를 모아 연말 내내 집에서 이 소설을 쫓아다녔다. 난방기를 충분히 틀어서 방 안은 제법 따뜻했다. '다빈大彬'이라는 낙관이 찍힌 값비싼 자사호를 하나 질렀는데, 뼈대부터 잘 빠져 아무리 손에 쥐고 있어도 질리지 않는다. 여기에 해묵은 벗이 보내준 갓 딴 철관음을 우렸다. 되는 대로 책 몇 권을 찾아서 곁에 놓고 나니 흥이 돋았다. 마치 섹스를 하기 전에 무삭제 야동을 반쯤 돌려본 것처럼 말이다. 상무인서관의 『신화사전』, 나보코프의 『로리타』, 샐린저의 『아홉 개의 이야기』, 헨리 밀러의 『남회귀선』, 유의경의 『세설신어』, 위화의 『가랑비 속의 외침』이었다. 『신화사전』은 쓸 수 없더라도 『가랑비 속의 외침』은 쓸 수 있겠지 싶었다.

이 장편은 2~3만 자 정도의 「주상」이라는 초창기의 중편소설을 발전시킨 것인데, 10년이 지나서 다시 보니 문학소년 취향이 강하고 유치해서 코웃음이 쳐졌다. 하지만 당시의 감정이나 심리 등이 그대로 담겨 있어서 꽤 좋은 원재료가 되었다. 나는 이 중편을 제1회 이

판넷에서 주관하는 문학작품 공모대전에 투고했다. 당시는 아직 인터 넷 거품이 꺼지지 않은 때여서 나는 4명이나 되는 3등상 수상자 가운데 한 명이 되었고 부상으로 30달러짜리 수표를 받았다. 마침 애틀랜타에 있었던 나는 그 돈으로 참게 10근과 미국인들이 잘 먹지 않는 돼지 콩팥을 잔뜩 사다놓고 한동안 먹었다.

당시 루쉰 문학대학원의 평은 아래와 같았다.

"작품 속의 시공간은 무척이나 광범하고 소재 영역 또한 상당히 광대하다. 이 작품은 사춘기 소년들의 성 심리와 반항적인 심리 상태에 대한 면밀한 탐구와 분석을 보여준다. 작품은 집과 사회, 학교라는 환경 속에 녹아들어 있는 동시에 특정한 역사적 배경 아래 위치시킴으로써 보다 깊이 있는 탐구를 보인다.

독특하고 정교한 풍격과 유머러스한 언어는 작품을 예술적으로 장악하여 일정한 수준에 올려놓았다. 이로써 작가의 심후한 내공을 확인할 수 있다.

사회의 암담하고 음습한 면과 청소년의 엇나가는 심리와 반항적인 행위를 묘사할 때, 작품 자체가 지니고 있는 농후한 과장법과 그에 필적하는 문체와 어조는 미성년 독자들에게 어느 정도 부정적인 영향을 끼칠 수 있다.

나는 특히 마지막 문장이 마음에 들었다. 내 스스로 마치 무당이 되기라도 한 것처럼 사람의 마음을 움직이는 초능력을 지닌 기분이었기 때문이다. 그래서 이 중편의 줄거리를 고치지 않고 단순한 실마리를 따라 이야기를 진전시키기로 마음먹었다. 기억과 상상, 허구를 통해 "온갖 꽃이 나무 위에 피고, 꾀꼬리 떼가 어지럽게 날고" 따위의 문장을 엮어 장편을 완성했다. 이 과정 가운데 출판인 슝찬 선생은 내게 베스트셀러 장편소설에서 줄거리와 이야기가 얼마나 중요한지를 반복적으로 강조했다. 나는 내가 쓰려고 하는 것은 중고등학생의 첫사랑 이야기가 아니라는 점을 거듭 강조했다. 나는 수다 떨듯이 글쓰기의 즐거움을 느끼고자 했으며 내가 느꼈던 진실을 기록하고 싶었다. 잘 팔리고 안 팔리고는 부차적인 문제였다. 문자에 대한 책임과 스스로의 즐거움을 위해, 이야기성과 원래 상태의 유지 사이에서, 나는 다시 한 번 후자를 선택했다. 내 결정을 좀 더 잘 설득하기 위해 나는 정판교의 말을 인용했다. "나는 대나무를 그릴 때 마음속에 담은 대나무를 그려내지 않는다. 진하고 흐리고 성기고 빽빽한 선과 짧고 길고 살지고 메마른 선들을 붓 가는 대로 긋고 보면 저절로 그런 모양이 만들어지고 그 그림의 신묘한 이치가 절로 갖추어진다." 또한 출판인 슝찬 선생을 좀 더 강력하게 유혹하기 위해 나는 이렇게 말했다. "이 책은 내버려둡시다. 세 번째 장편은 폭력과 돈, 성이 뒤엉킨 통속적인 사랑 이야기가 될 텐데, 그때 가서 당신에게 책을 부탁드리지요."

혼자 밥을 먹는 일이 가장 싫다. 이 소설을 쫓아다니는 동안 때로는 소설 속 몇몇 모델들과 함께 밥을 먹었고, 마지막에는 언제나 창밖의 겨울을 바라보면서 옌징춘성 맥주 한 모금을 마시고 "인생은 쓰고 짧으니, 그나마 좋아하는 것이 있다면 하루 빨리 그걸 해야지"라고 중얼대곤 했다.

장편을 쓰는 것은 힘이 드는 일이라서 서른에서 쉰 정도 되는 사람들이나 할 만하다. 좌우명을 하나 붙여놓고 자신을 격려했다. "「이소」를 숙독하고 아파하며 술을 마시되 하루 5000자를 쓰리라." 그러나 며칠 지나지 않아 곧 떼어버렸다. 머리가 아플 뿐 아니라 어깨도 아팠기 때문이었다. 나이가 몇 살 더 먹으면 어떤 좆같은 몰골이 될지 모르겠다.

여러 편의 장편을 쓰다보면 언제나 '구렁텅이'에 빠지게 된다. 대개 3분의 2쯤 쓰고 나면 그런 상황에 맞닥뜨리게 되는데, 어떻게 해야 빠져나올지 도통 알 수 없을 뿐 아니라 지금까지 써온 것들이 모두 쓰레기처럼 느껴진다. 이 작품을 쓸 때는 '구렁텅이'의 출현이 훨씬 더 빨라서 3분의 1쯤 썼을 때 그런 느낌이 들었다. 가장 큰 실수는 '구렁텅이'에 빠졌을 때 내가 외투를 집어 들고 밖으로 나가 서점들을 배회했다는 것이다. 덩스커우다제燈市口大街 북쪽에 할인 서점이 있다. 새 책들을 잔뜩 쌓아놓고 파는데 '한우충동汗牛沖棟[책 실은 수레를 끄는 소가 땀을 흘리고 기둥에 들이받을 만큼 책이 많다는 뜻]'이라는 사자성어가 안성맞춤이라 할 만큼 책들은 겨울을 나기 위해 비축한 배추처럼 바닥에서 천장까지 쭉 쌓여 있었다. 왕샤오포의 커다란 네 권짜리 전집이 겨우 20위안이었다. 그때 머리 위에서 번개가 치고 천둥이 울리는 것처럼 자신감이 완전히 꺾이고 말았다. 이 안에 쓰레기 취급받는 책이 얼마나 많을까? 500년 뒤에도 사람들이 읽어줄 책이 얼마나 될까? 이런 생각에 이르면, 대단한 상남자도 아니고 자뻑 나르시시스트도 아니면서 종기가 나도록 엉덩이를 붙이고 앉아 10여만 자나 되는 글을 쓰고, 또 이 글들을 깨끗한 흰 종이에 인쇄하는 짓은 훨씬 더 좋은 일에 쓰일 수 있는 나무와 풀들을 부질없이 낭비하는 게 아닐 수 없다. 일본 작가 아쿠타가와 류노스케가 자신의 능력에 의심이 들 때마다 다락 창문을 열고 하늘을 향해 "나는 천재다"라고 크게 소리치곤 했다는 말이 떠올랐다. 결국은 그런 몸부림도 부질없었다. 서른다섯의 나이에 수면제를 먹고 세상을 떠났으니 말이다.

나 자신을 돌이켜보면 이런 글쓰기를 하고 있을 필요는 전혀 없었다. 이것은 절대적으로 엔트로피를 감소시키는 과정에 불과하기 때문이다. 아주 솔직하게 털어놓고 자문 보고서를 쓴다면 A4 용지 한 장에 파노라마식의 횡적 구성으로 2만 자 정도면 완성할 수 있는 내용이다. "복사꽃이 다 떨어진 뒤에야 가지마다 복숭아가 그득 차는 법", 옛날 운동장 단상 위에 올랐던 학교 여학생 대표는 지금 어떻게 하면 국가의 정책을 벗어나 둘째아이를 낳을 수 있을까, 자기 스스로 유치원을 차릴까 고민하는 마당이다. 군이 삶의 경험을 기록한다는 깃발을 휘날리며 그들의 과거를 의도적으로 만방에 떨치는 만행을 저지를 필요가 있을까?

그래서 뜨거운 열망은 다시 긴긴 방학을 맞았고, 나는 종이에 쓰지 않을 수 없는 것들을 쓰는 것으로 일을 끝마쳤다. 글을 다 쓴 뒤에는 마음속에 아무것도 없는 것 같은 기분이 된다지 않는가? 옛사람들의 얼굴을 보아도 오래전 말라버린 우물처럼 마음에 한 줄금 물결도 일지 않을 것이다. 그리하여 뭔가를 쓰겠다는 충동이 전혀 느껴지지 않는 그날을 뜨겁게 열망한다. 나는 세상 번뇌에 시달려 힘이 다했을 뿐 아니라 타고난 재능도 미천하다는 핑계를 대고 한 자도 쓰지 않으면서 간절하게 발기불능의 때가 오기를 기다린다.

야사에 따르면, 남조의 시인 강엄江淹은 먹고 마시고 여자를 유혹하고 도박하고 담배 피우고 사기와 협잡과 도둑질을 일삼는 행복한 나날을 보냈다고 한다. 나는 그것이 사실이었기를 바란다.

평탕
1994년 8월부터 2004년 2월까지
베이징, 애틀랜타, 프랭클린레이크, 뉴욕, 캐스트로밸리,
싱가포르, 홍콩

발문

평탕이 가장 즐겨 이야기하는 것은 '나의 아버지, 어머니'다. 그는 달변인데다 풍자와 조소에 거리낌이 없다. 비평가들은 아마도 부친 살해, 모친 살해 운운하며 한 무더기의 이론을 끌어들여 그를 재단할 수도 있을 것이다.

그러나 평탕에게는 또한 '이론 살해'의 재능이 있다. 기존의 이론들은 그에게 대입되는 순간 모두 생명력을 잃는다. 바로 그런 까닭에, 평탕이 소설을 써온 10여 년 동안 강호에 넘쳐나는 그의 팬들이 이 사람이야말로 일대고수라고 침이 마르도록 칭송하는데도 불구하고 그가 어떤 문파 출신인지 아무도 밝혀내지 못했으며, 그 어떤 비평가도 섣불리 그를 건드리지 않았다(나는 지금껏 그에게 칼날을 들이댄 이름난 비평가가 있다는 말을 들어보지 못했다). 나 또한 이런 골치 아픈 문제를 다루고 싶지 않았다. 이는 사실 문학은 언제나 새싹을 틔우고 풍성한 신록으로 자라나는 반면 이론은 그 뒤에 타다 남은 재에 불과하다는 사실을 말해주는 증거이기도 하다. 한약방에 가면

약장 서랍마다 이름이 붙어있고 각각에 해당하는 약재가 들어 있는 것을 볼 수 있다. 그러나 평탕이라는 이 약재는 어떤 서랍에도 넣어 둘 수 없는, 그저 한약방 접수대 책상 밑에나 꿍쳐둘 수밖에 없다. 거기에 그가 있다는 것을 모두들 알고 있지만 짐짓 그가 없는 것처럼 모른 척한다.

기존의 어떤 해석 체계에도 귀납되지 않는 소설가란 물론 불행한 존재다. 적어도 그런 소설가는 대가가 될 수 없다. 그는 너덜너덜한 짚신에 닳아빠진 가사 장삼을 걸치고 도첩조차 없이 온 세상을 떠도는 땡중이나 돌팔이 도사에 불과한 것이다. 어느 때든 깔끔하고 멀쑥한 모습으로 사람들 앞에 자신을 드러내지 못하는 땡중이나 돌팔이 도사. 그러나 대가들은 해석되어야 하고 때로는 약탕기에 들어가 푹 고아져 다음 세상을 구하고 사람을 이롭게 하는 탕약이 되어야 한다. 승려라면 방장이 되어야 불가의 삼보三寶로서 장엄하게 모셔지고 그런대로 꼴을 갖추어 시방세계의 흠향을 받고 우주에 우뚝한 수미산처럼 금은보화와 비단으로 짝을 삼을 수 있는 법이다.

소설가 가운데서 땡중을 찾는다면 아마도 평탕 같은 사람일 것이다. 그에게는 다른 속내가 전혀 없다. 그는 사람을 등급으로 유형화하지 않는다. 어떤 부모의 자식인지, 지도자와 지식인과 군중은 어떻게 다른지 생각하지 않는다. 마치 의사가 분만실 가득 들어찬 환자들을 바라보듯이, 세신사들이 목욕탕 안에 득실대는 손님들을 바라보듯이, 인생의 도가니 안에 떨어진 모두가 그에게는 그저 똑같은 존재로 다루어진다. 그는 모든 사람들이 평등하다는 점을 깊이 이해한 철두철미한 유물론자다. 거리낌 없이 술과 고기를 뱃속에 채워 넣으면서 기존의 원칙에 얽매이지 않는 새로운 행보를 보이는 땡중인 것이다.

평탕의 소설은 현실이 아니다. 평탕의 소설은 몽상도 아니다. 평탕의 소설은 현실의 투사가 아니며 현실에 의해 좀먹은 몽상도 아니다. 소설가 평탕은 몽상과 현실 사이에 살지 않는다. 그는 자신이 주재하는 인력장 안에 살지 않으며 세계 안의 어떤 시간에도 얽매이지 않는다. 그래서 평탕의 소설은 문체와 언어가 좋고 서사도 좋고 또 사람들이 흥미진진하게 읽을 만큼 재미도 있지만, 때로는 읽다가 버럭 화를 내게 되는 내용도 담겨 있다는 말을 듣는다. 결국 그의 이야기는 글러먹었다는 것이다. 옳은 말이다. 이른바 이야기라는 것은 사람들이 온갖 고난을 겪으면서도 거듭 돌아올 수밖에 없는 그 자신의 인력장 안에 있어야 한다. 그 세계 안에서 이루어지거나 이루어지지 않는 이야기를 다루어야만 하는 것이다.

평탕의 세계에는 이야기가 없다. 평탕의 세계에는 심지어 인물도 없다. 아무도 자신을 상상할 수 없는 것이 그 소설 속 인물이다보니 소설 안으로 들어가고자 한들 들어가는 문을 찾을 수 없는 것이다. 평탕의 세계는 사람들의 인식이나 상상 밖에서 자기만족적으로 봉인되어 있다. 그의 소설은 영원히 영화나 드라마로 만들어질 수 없을 것이다. 그의 세계에는 권력도 의지도, 심지어는 애욕조차 존재하지 않는 까닭이다. 이것은 유토피아도 옐로토피아도 아니며, 매킨지 프로젝트로 재단된 인간 세상도 천당도 아니다. 아무것도 없는 황무지와 푸른 숲과 높이 치솟은 봉우리만 있는 이 유토피아에서는 세상에 아무 미련도 없는 도인이 박수를 치고 노래할 뿐이다. 평탕의 소설에는 소리만이 남아 있다. 텅 비어 있는 허공에 메아리치는, 이 평등과 고요를 재미지게 가지고 노는 다양한 노랫가락이 있을 뿐이다. 그것은 아득히 먼 곳에서부터 전해져 오는 풍진 세상의 유희로서 많은 사람들이 귀 기울여 들을 만한 것이고, 또 그런 뒤에는 제각기 잊어버리고 제 갈 길로 가게 만드는 그런 소리다.

　그러니까,

　종이에 쓰인 것은 온통 황당한 말뿐, 너와 나를 가리지 않는다더
라.

　모든 사람은 작가를 두고 바보라 칭하니, 누가 그 속의 참뜻을 알
리오.

　滿紙荒唐言, 不關你我事. 都云作者痴, 誰解其中味.

리징쩌 李敬澤

청춘의 탈역사성에 대하여

　무엇이든 할 수 있을 것 같지만 어떻게 해야 하는지 도무지 알 수 없어 좌충우돌하고, 어디로든 갈 수 있을 것 같지만 결국 어디로도 갈 수 없었던 시절이 있다. 자신이 가진 것이 무엇인지, 무엇이 될 수 있고 어떻게 해낼 수 있을지, 미치도록 알고 싶어 몸부림쳤던 시절, 그 어디로 튈지 모르는 자신을 어찌할 바 모르고, 때로는 두려워지기까지 했던 시절을 우리는 '청춘'이라 부른다.

　『열여덟, 소녀를 내게 줘』는 『만물생장』, 『베이징, 베이징』과 더불어 작가 펑탕의 '애정삼부곡' 또는 '만물생장' 3부작(추수이의 대학 시절을 다룬 트릴로지의 두 번째 작품인 『만물생장』이 영화로도 주목을 받았기 때문에 이런 이름으로 불린다)의 첫 번째 이야기로서 주인공 추수이의 고등학교 시절을 다룬다. 그러나 작가 스스로 밝힌 바와 같이, 이 소설은 주인공의 '애정적 사건'을 다룬 그럴듯한 청춘소설의 형식을 띠고 있지 않다. 어쩌면 누군가가 말한 것처럼 열여덟 소년의 수필처럼 보이기도 한다. 그만한 나이의 감수성이 넘쳐나는 소년의 심리를 줄기차게 파고들며 그 섬세하고 예리하며 때로는 더할 나위 없이 민감한 정서를 그 순간의 솔직함으로 늘어놓은 것만 같다. 예정된 소설적 구성을 따르지 않기 때문에 글은 마치 천 피스짜리 직소퍼즐처럼 엎어놓고 뒤섞은 것처럼 보이기도 한다. 그래서 글을 읽는 사람은 그 퍼즐조각 하나하나를 들여다보며 이 조각을 어디에 두면 좋을지 생각하지 않을 수 없다. 첫 번째 독자로서 옮긴이가 이 소설에 애정을 느끼기 시작한 것은 바로 그 때문이었다.

어느 순간부터 글의 문체는 소설과 수필을 막론하고 간결한 것이 좋다는 생각을 하게 됐던 것 같다. 치렁치렁한 수식어 대신 촌철살인의 한 마디로 상황을 전달하는 그런 문체가 이끄는 서사의 속도에 끌리게 되었던 것이다. 하지만 『열여덟, 소녀를 내게 줘』는 잊고 있었던 문체에의 탐닉이라는 것이 얼마나 매혹적인가를 새삼 일깨워주었다. 더욱이 그 문체는 완전히 통제할 수 없는 육체와 도저히 이해할 수 없는 스스로의 감정의 소용돌이 속에서 이성적으로 이 문제들을 다루고자 분투하는 열여덟 소년의 예민함을 통해 전달되기에 과잉과 결핍의 절묘한 균형을 유지하기 위한 노력을 필요로 한다. 커피를 좋아하지 않는 사람이라면 이해할 수 없을지도 모르지만, 일단 한 번 즐기기 시작하면 절대 포기할 수 없는 중독적인 맛, 생크림을 잔뜩 얹은 아인슈페너를 한 모금 넘긴 뒤에 마시는 뜨거운 리스트레토 더블샷의 아찔한 환희다.

펑탕은 다재다능할 뿐 아니라 매우 복잡한 삶의 이력을 지닌 사람이다. 인도네시아 화교 출신인 아버지와 몽골족 어머니 사이에서 태어났고 의대를 나와서 임상의학으로 박사학위를 땄으며 미국에서는 MBA 학위를 취득해 세계 1위 컨설팅그룹인 맥킨지 앤 컴퍼니에서 근무하면서 소설을 썼다. 화룬그룹의 의료 부문 자회사인 화룬의

료의 CEO를 역임하기도 했는데 『열여덟, 소녀를 내게 쥐』가 출판된 것이 바로 그 무렵의 일이다. 그는 소설가이자 시인이며 전시회를 여는 서예가이기도 하고 의사이며 성공한 사업가이기도 하다. 소설가이자 성공한 사업가를 만나는 것은 하늘의 별따기보다 어려운 일이기에 펑탕의 문학 세계를 평가하기란 그리 녹록치 않은 일이지만 문학이란 결국 사람을 관찰하고 그 세계를 관조하는 작업이다. 펑탕의 애정 트릴로지는 그 다양한 삶의 이력의 이면에 자리 잡고 있는 가치를 구현하는 아주 작은 한 조각의 직소퍼즐이라고 할 수 있을 것이다. 천 피스의 직소퍼즐 가운데 그 한 조각이 어떤 의미를 갖고 있는지 헤아리는 것은 그 퍼즐을 쥐고 찬찬히 살펴보는 사람의 몫이 될 것이다.

『열여덟, 소녀를 내게 쥐』의 주인공 추수이처럼 펑탕은 어린 시절부터 책을 무척 좋아하는 소년이었다고 한다. 두목과 이백의 당시를 사랑하고 D. H. 로런스와 헨리 밀러의 소설에 탐닉했던 소년. 천 년 동안 인류의 문화가 내놓은 걸작들에 대한 숭배와 찬양은 열여덟의 나이에 그를 찾아온 첫사랑에 대한 숭배와 찬양에 못지않았다. 그래서 이 소설은 그 모든 걸작에 대한 박학다식함과 문체들의 향연으로 가득 차 있다고도 할 것이다. 작가가 거듭 강조했던 것처럼 수다를 떨 듯이 글을 쓰는 즐거움에 탐닉할 때 비로소 그 가치가 빛나는 소설小說(소소한 이야기)라고도 보아도 좋겠다.

학교를 땡땡이친 추수이가 44번 버스를 타고 아직 싼환로가 완성되지 않은 시내를 한 바퀴 돌 그 무렵의 베이징을 아는 사람이라면, 또는 추이젠의 노래 「일무소유一無所有」를 기억하고 가슴이 뜨거워지는 것을 느껴본 적이 있는 사람이라면, 다만 "해보자고, 처음으로 뭔가를, 열여덟이 네게 한 소녀를 주었을 때처럼"만을 기억하고 "한 조각 붉은 천一塊紅布"을 말하지 않는 평탕의 이 소설이 탈역사적이라는 사실에 분노하거나 아쉬워할 수도 있을 것이다. 하지만 그 탈역사적인 시간성 때문에 이 소설은 비로소 열여덟 질풍노도의 시절을 말하는 보편적인 언어가 되었다고도 볼 수 있다.

사람의 일생이란 천 길 벼랑 끝 나뭇가지에 매달린 채 가지 끝에 새로 난 달콤한 열매를 먹겠다고 안간힘을 쓰며 손을 뻗는 것이라고 묘사하는 불가의 우화가 있다. 나무의 뿌리 쪽에서는 하얀 쥐 한 마리와 검은 쥐 한 마리가 번갈아 가며 쉬지 않고 줄기를 갉아먹는 중이다. 낮과 밤이 끊임없이 지나가는 동안에 하염없이 위태로운 상황에서도 바라는 것을 손에 넣기 위해 안간힘을 쓰는 사람의 욕망을 풍자한 이야기일 수도 있겠다. 청춘은 그 붉고 아름다운 열매를 바라보며 그것을 손에 넣는 일 말고 더는 아무것도 돌아보지 않는 시간이 아닐까. 내가 어디에 있는지, 어떠한 모습인지를 깨닫고 그 위태로움을 돌아보는 순간 사라지는 신기루 같은 것. 그래서 아마도, 그 시절에는 그토록 소중했을 것이다. 열여덟, 다시는 돌아올 수 없는 그 시절이 내게 준 소녀가.

문현선

열여덟, 소녀를 내게 줘

| 초판 인쇄 | 2024년 10월 17일 |
| 초판 발행 | 2024년 10월 30일 |

지은이	평탕
옮긴이	문현선
펴낸이	강성민
편집장	이은혜
마케팅	정민호 박치우 한민아 이민경 박진희 황승현
브랜딩	함유지 함근아 김희숙 이송이 박다솔 조다현 배진성
제작	강신은 김동욱 이순호

펴낸곳	(주)글항아리	**출판등록** 2009년 1월 19일 제406-2009-000002호
주소	10881 경기도 파주시 심학산로 10 3층
전자우편	bookpot@hanmail.net
전화번호	031-955-2689(마케팅) 031-941-5161(편집부)

| ISBN | 979-11-6909-312-5 03820 |

www.geulhangari.com